大鱼

有爱的青春陪伴者

Zhui Luo

降落
蓁拉 / 著
贵州出版集团
贵州人民出版社

图书在版编目（CIP）数据

坠落 / 慕拉著. -- 贵阳：贵州人民出版社, 2023.3
ISBN 978-7-221-17539-7

Ⅰ. ①坠… Ⅱ. ①慕… Ⅲ. ①长篇小说－中国－当代 Ⅳ. ①I247.5

中国版本图书馆CIP数据核字(2023)第219905号

坠落

ZHUILUO

慕拉/ 著

出版统筹：陈继光
选题策划：大鱼文化
责任编辑：陈珊珊
特约编辑：廖　妍　文佳慧
装帧设计：刘　艳　唐卉婷
封面绘制：KEHAO
出版发行：贵州人民出版社（贵阳市观山湖区会展东路SOHO办公区A座 邮编：550081）
印　　刷：长沙鸿发印务实业有限公司
开　　本：880毫米×1230毫米　1/32
字　　数：406千字
印　　张：10.5
版　　次：2023年3月第1版
印　　次：2023年3月第1次印刷
书　　号：ISBN 978-7-221-17539-7
定　　价：45.80元

贵州人民出版社微信

目/录 CONTENTS

目/录

CONTENTS

第一章 软刺玫瑰

新来的家教已经在楼下等了两个小时，但舒梨并不关心。

她靠着天台栏杆，熟练地从 Marlboro 烟盒里抖出一根烟，手指在烟蒂的三分之二处轻捻。

圆圆的小薄荷珠被捻爆，浓烈的薄荷香气弥漫鼻尖。

烟刚点上，舒梨就看到楼底下多了个身影。

在橙黄夕阳映衬之下，男生穿着白色 T 恤和洗得发白的牛仔裤，头发并不短，稍稍遮盖住半额。

这个居高临下的角度，舒梨自然看不到他的脸。

但是她记得他的模样，记得他刘海的长度，记得他高挺的鼻梁和从未动过一丝波澜的眸。

他身高腿长，从容不迫地离开她家。

看着这个背影，舒梨心口堵上口气，更加烦闷。

这夏日的蝉鸣惹得她耳朵疼。

这越走越远的身影，更惹得她心烦意乱。

第二日，他又来了。

舒梨在侧厅见到他。

仍如第一次见面那样，桌前摆着几本书，用人给他倒的茶端端正正放在书边。

他为舒梨摘抄的重点笔记就放在书的最上面。

而他坐在那儿，神色淡然。

舒梨这次没有像昨天那样逃课，没有避而不见，而是选择直接走上前。

“说了让你不要再来，你听不懂吗？”

舒家财力雄厚，连个小小的侧厅都金碧辉煌，每一块砖似乎都价值不菲。

边寂听到舒梨的声音，只静静地抬头看她。白天侧厅都亮着灯，那明亮而辉煌的灯光映衬着他俊秀的五官。

眼前女孩娇俏精致的小脸掩不住无由来的敌对和蛮横，落在他眼里，他却能不动声色，视若无睹。

边寂用他修长的手指平静翻开笔记本，淡声道："今天讲作文。"

舒梨憋着一口气，差点被自己噎住。

边寂是舒梨妈妈给舒梨请来的雅思家教老师，据说是清大高才生，年年拿奖学金，在校期间的论文登过金融报纸。

偏偏舒梨讨厌这种高才生，更讨厌他用这种虚伪的清冷外表做掩饰。

"我妈给了你多少钱，你至于这么听她的话？"

舒梨骄横乖张，喜恶全写在脸上。

边寂仍然置若罔闻，翻阅着笔记本。他的手指甲修得很干净，就像他这张脸。

舒梨从没见过长相这么干净的男生，鼻骨挺拔，清癯内敛。

"我们只有两小时。"他出声提醒。

舒梨却是笑了声："那你就在这儿继续坐两小时吧。"

只要两小时的固定教学时间一到，边寂就会走。

也是等到过了两小时，边寂才会走，不管这期间舒梨如何刁难。

舒梨丢下话，转身欲走，可又想到一直这样不是办法，边寂明天还是会来。

细思过后，她改变策略，主动坐到边寂旁边的位置上。

盛夏天气炎热，舒梨的头发随意盘着，几缕碎发落在额前、耳边和细长白嫩的脖颈上。

蕾丝裙两条细细的吊带勾勒着直角肩，裙子领口的弧度偏低。她借此靠近边寂，离得过近，呼吸被刻意喷洒在他脖子的皮肤上。

"你觉得我和我妈，谁比较漂亮？"

这是个很奇怪的问题。

边寂本能地蹙眉，对于舒梨的靠近也本能地有排斥。

他往边上微侧，却被舒梨拉住胳膊。

纤细白皙的手臂围绕住他的手臂和胳膊，她贴身靠近，从未有过的触感让他的眉头皱得更深。

舒梨整个人贴在边寂的胳膊上，裙子领口也蹭着他皮肤。

一阵怪异的炙热和麻意逐渐席卷而来。

边寂要推开舒梨，舒梨却紧盯着他的眼睛，问："我妈给你很多钱吗？"

"你要钱，我也能给你。"

"可是，你真的会喜欢一个中年女人吗，你喜欢她，不如看看我——"

她扬着尾音，嘴角笑意带着毫不遮掩的嘲弄："起码，我比她年轻。"

边寂绷着清瘦下颌，舒梨话里的意思再清晰不过，她的玩弄意味也很明显。

舒梨是有玩弄的资本的，因为她是个娇生惯养的大小姐。

玩弄和他们不在同一水平线的人，本身就是他们这类有钱人的恶趣味。

视线无意扫到舒梨领口，影影绰绰的线条就像她这个人一样嚣张蛮横。

陌生促烈的心跳骤起，边寂陡然起身，推开舒梨。

舒梨受力往边上侧了一下，没生气，嘴角反而勾起一抹得意的笑，而后很快散去。

她终于看到他生起波澜的眼。

可是她觉得不够。

舒梨一把拽下边寂，边寂双手钳住她纤瘦的肩膀要将她推开，她反而死死勾住他的脖子，好似只要他想用力把她推开，她就能把他就地掐死。

挣扎几番，边寂终是让步，压抑着气息问："玩够没有？"

"没有。"

舒梨笑靥浅浅，唇瓣近距离贴着边寂的唇，没有碰上，似碰非碰最是撩人。

"你还没回答我的问题呢。"她追缠着。

舒梨身上有种道不清的香味，似是薄荷，又似是一种尼古丁。她的呼吸掠过他鼻尖，勾着他的心神沦陷进这味道里。

但边寂还保持着清醒，撇开头，避开舒梨无限近的唇和微热的呼吸。

"你误会了，我和舒总不是你想的那样。"这是他唯一的解释。

舒梨滞愣一秒，蓦地笑了。

"舒总。"

她笑着："舒总。噢，对，她是舒总。"

是她的母亲，也是舒氏集团的负责人，舒连漪。

舒梨用手指指尖轻轻勾勒边寂的脸，俏丽的杏眸此刻好似失了焦距。她问："你长这么好看，真的不是我想的那样吗？"

她又轻抿起唇："你跟她无亲无故，却被她请来教我，我还以为你们有什么别的关系呢。"

直到此刻，边寂终于知晓这些天舒梨对自己的敌意到底是源于什么。

其实在刚开始，面对舒梨的胡搅蛮缠，边寂是可以有自尊有骨气地选择推开，但他只是选择无视，忍受下来——

他很需要这份工作。

所以他忍受了下来，现在，又再次重复解释："不是你想的那样。你误会了。"

"是吗……"

舒梨忽地露出哀伤惆怅的表情："她是不是对我很失望？高中毕业后就一直想送我出国，可我不争气，不止培训机构的课不好好上，还在那儿闹事，现在就只能找你这样的高才生来教我。"

"她应该很希望我早点考过雅思吧，这样就能早点把我送出国，以后都能眼不见为净。"

说着说着，她就把脸靠在了边寂的肩头。

这个男生肩骨宽挺，身上衣服一直是两套来回换，一眼就看得出的贫寒。

可是他很干净，连衣服上都有着干净又特殊的皂香。

舒梨问他："你说，她这么想丢下我，为什么不直接包机把我送出去，然后就对我不管不顾呢？"

"这样我在国外是生是死，能不能活下去，她都不用管了。"

舒梨像是在呓语，像个精神出了问题的病人。

她千变万化，时而这样，时而那样，完全无法令人琢磨透。

边寂背脊僵着，尽可能地撇开头，离舒梨远一点。

他全身心抗拒，舒梨能感受得到，且愈加激发起她的挑战欲。

他清冽的眉眼那样高高在上，让她想要把他拉下，然后坠落，沉沦，拥有人类最低等的七情六欲。

她就是要挑战他。

舒梨用掌心去碰触边寂心脏跳动的位置，掌心底下是隔着单薄衣料的心跳。

他年轻，蓬勃，有肌肉，她感受到了。

少年人看似瘦削的身躯其实蕴藏着不为人知的秘密。

"你要不要跟我在一起？无论是金钱还是别的，你要什么，我都能给你。"

听到这话，边寂不自觉箍紧她肩膀，眉头紧蹙，眼眸里多了抹冷意。

这股冷意像刀，剜在舒梨脸上。

舒梨毫不在意，脸上始终漾着笑。此刻的她像个引人堕落的小妖精，嘴唇轻轻碰在边寂耳垂，鼻息里尽是热意。

碰上的瞬间，边寂一把推开她。

桌上的水杯落地，没有碎，但水洒了一地。

舒梨摔坐在地上，还在笑，嘴角的梨涡陷得很深。

她抬头，望着站得笔直的男生，看他眉头深皱的脸。

然后她带着笑意从地上起来，整理着自己的白色蕾丝连衣裙，那是她新买的夏季限定款，她很喜欢。

可惜裙摆已经有些弄脏，还被打湿了大片。

舒梨轻轻拍了拍，坐到原来的位置。

她拿起边寂做的笔记本翻阅着，语气懒怠，听不出情绪，像是刚刚什么都没发生过。

"老师，不过来上课吗？"

边寂有半刻的怔滞，勉强从刚才的情绪中抽身。

他永远不知眼前这女孩到底想做什么，她长得娇俏漂亮，眉梢之间带着几分清雅，但她的言行却那样出格。

她刚满二十，却更像个没长大的小孩。

边寂敛下心头浮躁复杂的情绪，整理一番，坐回原位。

“今天讲作文。”

舒梨懒懒回应着：“知道，你说过一次了。”

边寂垂眼瞧她，她真的生得很好，鼻骨细挺，睫毛纤长卷翘，皮肤白皙细腻。

仿若是察觉到边寂的目光，舒梨稍稍抬眼，眸光和边寂对上。

她露出个粲然的笑：“老师，请专心上课噢。”

边寂别开眼神。

舒梨却紧盯着他的脸，捉弄的心思又袭上心头，她问：“老师，你什么都会，什么都教吗？”

边寂以为她指的是英语，便点了一下头。

可舒梨杵着下巴，笑意盈盈地看他：“那老师，我想学谈恋爱，你教吗？”

舒梨很佩服边寂的定力。

他明明知道她的意思，却能一本正经拿过笔记本，在上面一笔一画地写下恋爱的英文表达，表情甚至都没有一丝一毫的变化。

舒梨看边寂写的字，字很好看，英文字母连体，清隽有力。

她继续托着腮，抬眸看他，挑逗的意味明显。

“老师，我的意思是，我想跟你交往。”

黑色水笔的笔尖在笔记本上倏地顿住，墨水渗出一小块圆晕。

他的脸色终于有变化了。

舒梨满意地勾起嘴角，期待着边寂的反应。

她的明示，让边寂背脊再次僵直着，从未有过的感觉从下往上侵袭，胸腔也似有了别样的情绪。

他的视线直直落在自己停笔的那句英文上。

还差最后一个字母没写完。

而舒梨在这时候“咯咯”笑起来，像枝头畅快的鸟儿，毫不掩饰着笑声。

她以为他是块木头，原来也会脸红。

她伸出涂着裸色指甲油的手指，指尖轻碰他泛红的耳垂，笑着：“你害羞了呀。”

边寂没躲，凸起的喉结微滚，握着黑色水笔的手指逐渐用力。

从没一个女生像舒梨这样，对他做这样的事、说这样的话。

在舒梨说出那句话的时候，他以为自己可以很好地经受住她的故意撩拨。可他毕竟是个未经人事的毛头小子，舒梨的话，太引人想入非非，他实在无法当作没听到。

微微闭眼之后，边寂睁眼，侧头对上舒梨笑意盈盈的眼。

他从不为自己的清贫感到羞赧，在阐述这个事实的时候，反而给人一种反差极大的清傲感。

这就是他这个人最独特的一点。

他对舒梨说：“我很需要这份工作。所以，请你好好上课。”

有那么几秒，舒梨被这么一句简短的话震慑到。

说不上为什么，她的心脏犹如被一双手掐紧，让她无法喘气。

不好玩了。

舒梨变了表情，笑意敛去，小脸冷漠着坐直身体。

边寂看得出她不高兴，以为她会发脾气甩手离去，可她却只是坐好，在几分钟的沉默过后，反问他：“还不上课吗？”

这是舒梨认识边寂的第三天，也是她第一次好好坐着，听边寂给她讲课。

撇去别的不谈，光看边寂这个人，这一身廉价衣服并不能遮掩住他的优秀。

他对她很有耐心，逐字逐句地讲解，念起英文来，声调倒是出乎意料地标准。

舒梨上过一段时间雅思班，不久后有一场考试。但是在一周前，她在培训机构闹了事。

为了不影响后面的考试，舒连漪给她找来了边寂。

舒梨见边寂的第一眼，目光就无法从他身上移开。

他长得很好看，眉眼孤傲，眸子澄澈，似是从未被这纷杂凡世染指过。

但他是个穷小子。

身上那件T恤的领口宽松，看得出这件衣服洗了又洗，穿了很久。

手腕骨节突出，没有手表，全身也没任何的装饰物。连手机都是几年前的旧款式，看起来很新，不是主人保护得很好，就是贪便宜买的旧款。

舒梨当时想，她妈怎么回事，怎么就不给买个最新款的手机呢。

还有衣服，怎么也不多买几件限量版的。

这么抠门，一点都不像平日里大方花钱的舒总。

舒梨当时不明白，但是现在明白了：边寂跟舒连漪没有什么特别的关系。

是她误会了。

就边寂这副唐僧般对女色不为所动的样，舒连漪是不会喜欢的。

她妈可不喜欢木头——

啊？不！边寂是块假木头。

至少刚刚，他还因为她一句话而脸红呢。

想到这儿，舒梨忽然有了一种难以言喻的成就感。

两小时很快结束。

边寂收拾书本，给舒梨布置今天的作业。

“以刚才的课堂示范写一篇小作文，用上讲过的短句，类似的词组也可以。”

“好。”舒梨应得轻巧，没有讨价还价。

边寂不禁抬眸看她，似是意外她的配合。

舒梨直对着边寂的目光，笑了起来，脸颊左侧的梨涡有些晃眼。

夕阳透过她身后的玻璃门透进来，她背着光，但每一根发丝都像是在发光。

“老师，我今天上课这么认真，可以给我一点奖励吗？”

边寂皱起眉头，不知舒梨又在打什么主意。

舒梨要的奖励，是让边寂带她出去。

在培训机构闹完事后，舒连漪就不允许她出门半步，家里好几个用人盯着。

她很闷。

“我为什么要帮你？”

“因为你需要这份工作。”

面对舒梨如此肯定的回答，边寂不甚明显地勾起嘴角弧度，似是清嘲：“我帮了你，大概就会失去这份工作。”

舒梨马上说：“我可以按她给你的薪资结给你。”

似是怕边寂还有顾虑，她又拉住他的手腕：“如果我妈要辞退你，我自己请你。薪资翻倍。”

边寂重新和舒梨对上视线，她的眼睛会说话，水汪汪的，这会儿还带着点虔诚。

喉咙口忽然压抑着一个字，边寂知道自己可能是脑子抽了，否则他怎么会想答应她。

这很明显是一个赔本买卖，不被允许出门的女孩被他带出去，无论发生什么，都需要他来承担后果。

但是这又好像是个稳赚不赔的买卖，因为舒梨给了他保证，他不会失去这份工作。

“我为什么要相信你？”他对着她眼睛问。

舒梨莞尔一笑：“因为……你就是会相信我啊。”

她的自信和张扬，是会蛊惑人心智的毒药。

边寂胸膛发紧，嘴唇紧抿着，有一瞬间失去了清醒理智。

是的，他就是会相信她。

他知道自己不该这么做，也知道自己不该这么轻易地相信她，但偏偏——

他就是信了。

而他还因此，有了少年人青春期迟到的心悸。

“两小时。”边寂深思熟虑之后，跟舒梨约定时间。

舒梨一口答应：“好，两小时。”

在舒梨去楼上换衣服的时候，边寂收拾好书本，坐在侧厅等。

时间不算很长，也就十来分钟。她从楼梯上下来。

头发梳成高马尾，原先的白色连衣裙换成了贴身的吊带背心，热裤下的两条腿又细又白。

边寂的目光在停顿须臾后便移开，喉结微微滚动。

舒梨觉察出边寂这微乎其微的动作，故意走至边寂身边，挽住他的手臂，娇声喊他："好哥哥，我们走吧。"

她是故意的，边寂很清楚。

同时他也输了。

他抵挡不住她的任何一切。

她仿佛就是他的潘多拉魔盒，只要打开，他就无法抗拒。

边寂跟用人打招呼，借口带舒梨出去买英语用书，并声明两小时内回来。

用人向来知道他们家小姐鬼主意多，不敢轻易放行。等跟舒连漪通过电话，在舒连漪应允后，才让舒梨跟边寂出门。

外面的空气就是比家里好。

一出舒家大门，舒梨就先闭眼深呼吸了几口，身心畅快。

四下无人，边寂问沉浸在橙黄夕阳之下的她："你要去哪儿？"

"当然不会是跟你去买书。"

舒梨睁眼，看着边寂，转而又笑："担心我吗？"

边寂气息微变，回答不出来。

随后舒梨轻飘飘的一句话，让他的脸色变得难看。

舒梨轻巧笑着："你还不够资格呢。"

重机车的轰隆声由远至近，黑色炫酷的机车在他们两人旁边停下，骑车的少年戴着头盔，露出棱角分明的五官。

他斜着嘴角吊着抹笑，朝舒梨丢去一个小号女士头盔。

舒梨接住，而后利落地翻身上车，坐在了那个桀骜不驯的少年身后。

少年转动油门前，轻佻的眸子打量边寂，从头到脚。

然后他意味不明地轻蔑笑了声，载着舒梨，轰隆离去。

尾气席卷，边寂站在原地，垂在身侧的手握紧又松开。

他在担心什么，他能有什么资格担心。

像舒梨这样恣意娇纵的大小姐，何以会需要他这种廉价的担心。

他只不过，是被利用的那一个人而已。

夕阳笼罩下的江市有令人恍惚的宁静。

舒梨坐在机车后座，没有戴头盔，风吹起她那梳成马尾的长发，尽情享受着速度与自由。

在晚风的呼啸声里，周洛南问她："刚才那个就是你新来的家教？"

舒梨回了些神，散漫地应："怎么？"

"你妈看男人的眼光挺好。"

舒梨脑海中闪过边寂的脸，连她自己都没觉察到因他而起的不悦。

其中可能也夹杂着半分她对舒连漪的维护。

她可以冷嘲热讽她妈，但别人不可以。

“停车。”舒梨冷着嗓说。

周洛南意识到自己说错了话，马上道歉：“我没别的意思，就是随口——”

“对不起，你别生气。”

舒梨不为所动，依然只说两个字：“停车。”

重机车在马路边停下，舒梨翻身下车，丢下头盔就头也不回地朝反方向走。

周洛南在她身后喊她：“舒梨——舒梨——”

他摘下自己头盔，寸头利落桀骜，平日犀利冷酷的脸满满写着焦躁和愧歉。

“舒梨——”

舒梨没应他，看起来是真的生气了。

周洛南看着愈行愈远的小小身影，表情着急又懊恼，气急时抬手用力拍打机车手把，把气撒在上面。

舒梨沿着马路不知走了多久，黄昏时刻，这个城市车水马龙。

她嫌吵闹，绕进不知名的小巷，寻求片刻的清静。

与市中心的繁华喧闹不同，小巷后面是还未拆除的老城区，有着市井的热闹。

骑摩托的，骑电动车的，不断从她身边掠过。有老妇坐在家门口洗菜，也有孩童背着书包在巷道奔跑。

这儿老旧，落后，却充满烟火气。

是舒梨从未感受过的，烟火气。

一盆水从舒梨身旁不远倒下，她下意识地往边上躲。

是刚才那个洗菜的老妇在倒洗菜的脏水。

舒梨与这个地方格格不入，老妇打量着她，眼神疑惑。

她忽略掉周遭和老妇同样的打量目光，一直往前走，没有目的地。

不知过去多久，舒梨觉得走累了，掏出手机给周洛南发了个定位，然后倚在一棵梧桐树树干上点烟。

夹在指间的女士香烟亮着一点猩红光亮，充满薄荷气的白色烟雾漫进空气里。

对面是琳琅满目的小炒餐馆和面馆，生意很好，来来往往都是人。

他们身上的汗衫还带着做了一天工流下的汗液，有浓烈的味道，舒梨不愿靠近。

这是喧闹的市井，是她完全没接触过的世界，也不是她需要接触的世界。

舒梨等待着周洛南过来接自己，不经意间，视线停顿。

距离不远也不近，她清晰地看到，前方熟悉的那个人，还穿着今天穿的那套衣服。

他用下午教她写英语作文的那双手，从一家装修寒酸破旧的面馆里端出几个被客人用过的碗，放到门边角落的水池里。

边寂在洗碗。

他连低头洗碗的时候，表情都那么认真。

盛夏的傍晚，有风，有蝉鸣。

蝉在枝头聒噪着，市井的喧闹却将这蝉鸣掩去。

舒梨站在梧桐树边看了边寂许久，直到手中这根烟燃到尽头。

她觉得很巧。

就这样漫无目的地走，竟然都能碰见他。

她看着边寂在这个只有几平方米的小面馆里忙活，洗碗、擦桌子、端面送来给客人。

他这一连串娴熟的动作，能看出这是他每天都会做的事。

舒梨又点了一根烟，斜靠着梧桐树，远远观赏着边寂的一切。

他的忙碌，在她眼里，像场真实电影，一点一滴地落在她眼里，凝在她心口。

盛夏还带着燥热的晚风拂过，梧桐叶“哗啦啦”响。

夕阳消散，天边逐渐被灰青笼罩。

第二根烟快燃尽的时候，舒梨看到，边寂身边多了个女孩。

十来岁的模样，乌黑的头发梳成两个麻花辫。个子虽然小，可已经明显有了青春期发育的曲线，身上的T恤和短裤紧身得过于尴尬。

舒梨看得到边寂在跟女孩说话，周遭的嘈杂却让她听不到他到底说了什么。

她以为女孩会说什么回应，结果看到的却是女孩对着边寂打手语。

舒梨错愕的目光落在那女孩的笑脸上，久久没有收回。

一个在说话，另一个用手语回应，与常人不一样的交流方式。

最后，舒梨看到边寂冲女孩笑了下，耐心又温柔地揉着女孩的头。

原来他也会笑啊。

周洛南的机车轰鸣声老远就能听到。

舒梨往周洛南可能会来的方向看去，转而重新再抬头看边寂。她觉得自己像个可耻的偷窥者，在偷窥别人的生活。

她收回视线，垂眸自嘲笑了声，而后往另一个方向走去。

在前方转角的路口，恰好跟周洛南碰上。

舒梨什么都没说，连对视都没有，就直接上了周洛南的车。

轰隆的重机车声总会惹来路人的目光，连在跟妹妹交流的边寂也听到了。

他忽地恍惚，抬头去看。

但眼前只有黑夜到来前的灰沉，除去看了百遍的熟悉景物，再无其他。

回家的路上，舒梨没出声，周洛南也没敢主动搭话。

等机车停下，周洛南摘下头盔，才鼓起勇气小心又歉疚地问舒梨：“还生我气呢？”

“气完了。”舒梨说着，利落地下车。

她不是小气的人，有些劲儿过了，就算是过去了。

不爱记仇，也不爱翻旧账。

周洛南这才宽心地笑起来，露出一排整齐的白牙：“那先别回去，好不容易出来一趟，我们叫上几个人，待会儿一块儿——”

“下次吧。”

舒梨回绝，兀自瞧着手机上显示的时间，计算着自己从出门到现在到底过去了多久。

“差不多两小时了，我得回去。”

听舒梨这么说，周洛南很是意外，硬朗的眉毛挑起：“你妈只给你两小时出门？你还准备听她的按时回去？”

“不是她。”

“那是谁？你以前可没这么听话。”

舒梨怔愣片刻。

是的，她就没听过谁的话。

那现在，她是在听谁的话？

边寂？

凭什么？

不知怎的，舒梨忽然生出几分道不明的焦躁。

她不愿就着这个话题继续，收起手机，对周洛南丢下句：“不关你的事。”

走到大门口时，她又停顿住脚步。

“一会儿有时间吗？”

周洛南眼眸一亮：“有。”

舒梨抿唇笑了笑，令人捉摸不透：“好，帮我去趟商场。”

第二日。

边寂按照每日约定好的固定时间过来时，才知舒梨擅自改了学习地点。

边寂跟着引路的用人来到宅子后面的露天泳池。

放眼望去，泳池透蓝的水面在日光下微波粼粼。

只是泳池边只有遮阳伞和躺椅，躺椅边上的小桌上摆着一杯橙黄果汁，再无他人身影。

边寂本想开口询问，可用人只负责带路，转身就走了。

四周一片安静。

边寂耐心地等待着舒梨，时间一分一秒过去。

不知过了多久，他的身后终于传来舒梨的声音：

“老师。”

边寂转身去看舒梨，漆黑眼眸却蓦地收紧。

舒梨长得白，张扬又漂亮。盛夏日光与她身上纯黑的比基尼形成强大的视觉反差，笔直纤白的腿一步步朝边寂走近，眼神直直对着边寂，唇边带着笑。

“你来了啊。”

她说着，又在中途停了下来，坐到了遮阳伞下的躺椅上，姿态悠闲地端起冰镇过的果汁，咬着吸管小小抿了一口。

边寂不知舒梨意欲何为，此刻她的脸，她泳衣包裹着的，都在暗示他非礼勿视。

他转过身，嗓音不轻不重：“学习时间到了。”

“我知道呀。老师不是什么都会教吗？我想学游泳，老师教不教？”

轻快的语调，让边寂不自觉想起昨天。

他始终无法理解她到底想做什么。

舒梨瞧着沉默的边寂，舒适跷起二郎腿，卷长的睫毛轻轻眨着，说话声是很刻意的清甜和娇气：“老师，你怎么不看我？”

边寂背脊发麻，似乎已经感知到舒梨直勾勾的眼神落在自己后背。

“难道老师……是觉得害羞吗？”舒梨精致的脸蛋露出点笑意，“我都不害羞，老师害羞什么呢？”

边寂觉得无话可说，抬步欲走：“我去里面等你。”

“——你每天从这回去，都要刷盘子吗？”

突兀的问题，舒梨问出来的时候，饶有兴致地等待边寂的反应。

边寂果然停步，回头看她。

他的回答在他的眼神里，他意外又诧异，不知她怎么知道。

舒梨全身无骨似的，懒洋洋地靠在躺椅上，细长雪白的手指还握着橙黄果汁，带着水珠的润泽嘴唇微张：“跟你打手语的那女孩，是你妹妹吗？”

边寂沉着眸，表情定住。

“你怎么知道？”

“原来我猜得没错，她真的是你妹妹呀。”舒梨连自己都叹服自己的观察力。

她又问：“你亲妹妹吗？”

边寂已经不知道舒梨到底怎么知道的这些，更不知道她问这些的目的。

他不是很愿意说自己的私事，只回：“这是我的私事。”

不愿意说啊。

舒梨瞬间露出委屈的表情，委屈巴巴地望着边寂：“我就是想关心关心老师嘛。”

“……”

边寂回过头，继续背对着舒梨。

他竟然不敢看她，总觉得看一眼，他就会着她的道。

她危险又乖张，无法猜透。

舒梨对着他背影，叹息一声：“看着挺可惜，小小年纪就不会说话。她是听不到，还是不能说呢？”

边寂陷入恍惚。

他能从舒梨的问题里听出与她平日行为不符的真诚，更惊叹愕然于她用“可惜”来形容他妹妹，而不是大多数人第一反应的“可怜”。

这种恍惚，让他心口松动。

“后天性耳聋，能看懂唇语。因为听不到，所以就慢慢失去了说话的能力。”

“她叫什么名字？”

“沛沛。”

“多大了？”

“十二岁。”

“那里是你家吗？”

“不是，亲戚家。”

回答完，边寂停顿，反问舒梨：“你为什么问这些？”

舒梨无辜地抿嘴巴：“好奇嘛。”

她放下果汁，赤脚朝边寂走来，圆润白嫩的脚趾涂着好看的车厘子红。

停在边寂身前后，舒梨伸手抽走边寂一直拿着的书，放到旁边桌子上，对边寂说：“老师，教我游泳吧。”

“不。”

他言简意赅地拒绝。

不过完全在舒梨的预料范围内。

舒梨顾自从边寂眼前晃过，她的后背薄瘦白皙，只一条黑色细带悬在那儿，蝴蝶骨和腰窝清晰可见。

纤腰细肢，简直白到发光。

随后就是“扑通”一声，舒梨跳进泳池，水花溅起一大片。

她在水里畅快地玩着，纤细的手臂和长腿在水下晃来晃去，明明是在对边寂视若无睹，可总有那么几个瞬间，她的眼神是定在他身上的。

边寂站在原地，一动不动。

短暂的几分钟过后，舒梨忽然扑腾了起来，整个人一个劲儿地往水下坠，很快就变成挣扎。

“救——救命——”

边寂发觉情况不对的瞬间，竟有了心慌的感觉。

她让他教她游泳，难道是因为真的不会游泳？

不会游还敢直接下水——

边寂来不及分辨舒梨溺水到底是真是假，什么都来不及想，直接跳进泳池里。

他朝舒梨游过去，捉住她胡乱扑腾的手臂后，将她拉过来，再将她抱起。

舒梨仍在拼命挣扎，但有了边寂的力量，她缓和了一些，双手顺势搭在了边寂的肩膀上。

水流的压力使他们靠得极其的近。

边寂托抱着舒梨，想办法将她带离泳池。

可这时候，舒梨却突然搂紧他的脖子，用力往下，带着他一起往泳池里坠。

这是完全没意料到的一个动作，边寂猝不及防，失了力，整个人沉入水下。

边寂只通一点水性，被拖入水下的那瞬间所幸没有被呛到。他在水下憋住气，睁开眼，本能地想往上游，结果却看到近在咫尺的舒梨不似刚才恍若溺水那般挣扎，反而是用手捧住他的脸。

边寂几乎来不及挣脱抗拒，他们的唇瓣就紧贴在了一块。

舒梨亲了边寂。

在水下。

在不能呼吸的时候。

边寂错愕地睁大眼，看到的只是舒梨带着狡黠笑意的眼。

这时他才意识到，刚刚她根本没有发生意外。

他被她骗了。

边寂要推开舒梨，却阻挡不住水流的压力，更阻挡不住舒梨紧箍住他头的手。

他越挣扎，她亲得就越用力。

最后，憋气到达最高负荷的时候，两人一起冲出水面。

水声哗啦，彼此都很狼狈。

而这时，边寂才发现自己可以在泳池里站着。

舒梨也能站。

这个泳池，水深不超过一米二。

他被骗了，他十分确定，刚刚舒梨的意外溺水是假装的。

但他却完全不懂舒梨的意图到底是什么。

边寂头一次有了愤怒的情绪，他用力拉扯开还紧箍着自己的舒梨，眼底似是有火在燃烧。

“你是不是有病？”

舒梨重新跌落水中，却不慌乱，游刃有余地浮在水中，透蓝水面正好淹在她胸口处。

她没有生气，看着气愤的边寂往台阶那走，微微笑了。

“哥哥，你占了我便宜就跑啊。”

“这是我初吻呢。”

边寂倏地停步，表情瞬变，心弦触动。

舒梨娇柔又委屈的声音还在耳畔。

“刚刚腿抽筋了，可疼了，你怎么还骂我有病呢。”

边寂忍不住回头去看舒梨。

舒梨微微嘟唇，可怜兮兮地控诉着他：“你还推我，太狠心了。”

边寂一时不知如何反应，呆呆地站立在水中。

他从没见过这样喜怒无常的女孩，她的心思那样跳跃，他完全猜不透她下一秒会说什么做什么。

松旧的短袖因湿透紧贴在身上，薄薄的白，仿佛能借此瞥见它所遮挡的身体。

而胸腔之下，他的一颗心也因血液倒流而开始沸腾。

猝然陌生的感觉，将他侵袭。

她说那是她初吻。

他又何尝不是。

可为什么，光是这么一想，他就觉得自己像凝聚了一团火，在被水面掩盖着的身体里烧着。

舒梨仍是那副委屈的样儿，长睫忽闪，好似刚才确实是边寂占了她便宜。

“你还不过来扶起我吗？”

她的装惨卖乖，确实有用。

边寂已经无法去计较舒梨刚才到底是不是故意骗他，那瞬间的怒意也已经在她用漾满水光的双眸看着他时消散。

他朝她走去，刚恢复平静的泳池水面又开始随波晃动。

边寂在舒梨前边停下，朝她伸手。

舒梨却没动，只说：“你抱我。”

边寂犹豫，舒梨在他拒绝前说：“你刚刚推我的时候，我脚崴了。”

不知是真是假。

可边寂还是弯身，手臂穿过舒梨纤瘦背脊，另只手在水下捞起她的腿，然后将她抱了起来。

水流沿着两人的衣服和身体不断落下，舒梨双手搂住边寂的脖子，抱紧了，似是怕他随时把自己丢下。

少年人脖颈之后的骨骼凸起，有些硌人。

舒梨想，他可真瘦啊。

边寂抱着舒梨走出泳池，要把她放在旁边躺椅上时，舒梨攀紧他的脖颈，整个人黏在他身上。

“送我回房间。”

边寂直直地望着前方，目光不知该放在何处。

她很轻，在他怀里，又柔又软。

他从未接触过女孩子，哪怕读大学这几年，他都没把心思花在这方面。

这是他第一次抱女孩，也是第一次，被一个女孩用手臂紧紧缠绕着。

家里用人看到边寂抱着舒梨进来，想上前帮忙，却被舒梨一个眼神吓退。

舒梨惬意地由边寂抱上楼，抱到她自己的房间。

边寂将舒梨放置在床上，刚想松手，却被舒梨箍紧脖子。

舒梨不放手，边寂往后退，舒梨却箍得更紧。

边寂再次意识到这女孩是在捉弄他。

“放手。”

舒梨眨着眼笑，眼眸亮亮的：“可是我不想放怎么办？”

边寂绷着脸，想强制挣脱开时，舒梨忽然又露出委屈的表情：“你亲了我，不想负责吗？”

边寂心口颤动，视线不自觉地闪躲。

“明明是你——”

“是啊，明明是我亲的你。”

舒梨笑起来，意犹未尽似的，盯着边寂的唇。

他的唇形很好看，看起来就很适合接吻。

不过舒梨还是放开了边寂，指着前边柜子说：“那里有瓶喷雾，拿过来帮我喷一下。”

既然要装脚崴，那演戏就得演到底。

边寂顺着舒梨指的方向去看，这时他才看到舒梨房间的布局。

房间很大，没有太多少女心的东西，装饰物也几乎没有。

不像一个女孩的房间。

不过，这单单一个房间，已经比他和他妹妹住的地方大了很多倍。

边寂没有过多打量，走至柜子前，拉开抽屉，从里面拿出一瓶云南白药。

转头时，舒梨已经在床上寻找合适的姿势，靠着床头，屈着一条腿，另一条装受伤的腿平放着。

“过来帮我。”

舒梨看着边寂的脸，说。

边寂走过来，站在她旁边，问：“这里吗？”

“嗯，就这里，你弄的。”

她娇滴滴地埋怨。

边寂已经想不起自己是不是推她推得很用力，害她受伤。

当时看，她好似并没伤到。

“傻站着干什么，快点呀。”

舒梨没耐心地催促，边寂不再想那么多，打开喷雾的盖子，将喷头对准舒梨的脚踝。

但舒梨却在这时突然缩回脚，说：“要是喷到我的床怎么办，会弄脏的。”

“你坐下来，把我的脚放在你腿上——”

“呲——”

云南白药的彻骨凉意差点让舒梨飙脏话。

边寂喷完药，不紧不慢地盖上云南白药的盖子，淡声说：“好了。”

舒梨顺顺气，算了，不跟他生气。

反正她也是假装的。

于是，她清清嗓子，问边寂：“你衣服都湿了，怎么办？”

边寂这才低头看一眼自己身上早已湿透的衣服，还未答话，舒梨就说：“我不喜欢欠别人，既然你帮我喷了药，那我就给你找套干净的衣服换。”

“不用。”

边寂下意识地拒绝。

舒梨轻哼一声：“要是感冒了，还得费钱买药呢。”

边寂：“……”

舒梨跳下床，完全忘了去装自己崴脚，她去旁边柜子里拿衣服，边寂默默看着她完好的双脚，眼神暗了几分。

她果然是骗他的。

舒梨拿出一套干净的衣服，是男装，款式简单。

在昨晚周洛南买了送过来后，她就剪了吊牌。

这个尺码，边寂应该能穿。

“旧衣服，还希望老师不要嫌弃。”

边寂望着手上被舒梨塞过来的衣服，微有愣神。

他不习惯接受他人的好意，这时他却僭越地想问，为什么舒梨会有男孩子的衣服。

他为自己的想法感到可笑。

“卫生间在那边。”

舒梨指着卫生间方向，看边寂还是站着没动，不禁笑问：“难道老师是想……在我面前换？”

边寂不受控地看向她，而后朝卫生间的方向迈动脚步。

中途他停下，道了一声：“谢谢。”

对这句“谢谢”，舒梨还挺受用。

她看着边寂进了卫生间，门被关上，而后自己找了件宽松的衣服套到自己身上，遮住了泳衣。

没几分钟，边寂就出来了。

他终于不再穿着他那几套寒酸的旧衣服，换上新衣，颜值更是拔高几分。

舒梨很满意，从柜子底下牵出一个袋子，对边寂说：“你身上这衣服反正我也不要了，送你了，穿回家吧，不用还我。”

“这里是我不要了的裙子，你带回去给你妹妹。”

边寂静静地看着舒梨，问她：“我身上的，真的是旧衣服吗？”

舒梨一笑：“不然我还特意给你买新衣吗？你当你是谁呀。”

她说的话不算好听，但边寂知道，她在撒谎。

新衣服有种特殊的味道，对于边寂这种不常买衣服的人来说，很敏感。

他能猜到，身上这衣服是全新的。

甚至于，可能舒梨丢给他的那个袋子里的衣服，也是新的。

“我和我妹妹，不需要你的施舍。”

边寂转身要去换回自己的湿衣服，舒梨怔滞片刻，漂亮白皙的脸上浮出几分娇怒。

“谁要施舍你，我吃饱了撑的吗？”

边寂停步，舒梨顺口气，冲着他背影缓缓悠悠地说：“就是我施舍你又怎么样，我喜欢，我乐意。”

“你可以不接受，反正这些衣服你不要，我也是要扔的。”

“这是新的。”

边寂冷冷清清地站在那儿，气息那么静，却是毫不留情地戳穿舒梨的谎言。

“你为什么要骗我，你到底想做什么？”

舒梨有一瞬间面上挂不住。

既然被发现，她就干脆承认。

“是，我是骗你。”

“你管我想做什么，你管不着。”

“但我给你的东西，你不能拒绝。”

舒梨“唰唰”两下把袋子里的衣服倒出来，然后走去拽住边寂的手腕，强制将他拉过来看。

“你妹妹已经十二岁，她需要这些，你懂吗？”

边寂的目光顺着舒梨指的方向落下，呼吸猝停，清癯脸庞瞬时漫上一层薄薄的红。

被舒梨倒出来的，除了裙子和衣物，还有属于少女极其隐私的内衣。

小小的，柔软的，有草莓图案的，也有蕾丝小花边的。

那是他作为哥哥，一直忽略掉的，青春期女孩的发育。

“你为什么——”

“我为什么会知道？”舒梨截了边寂的话，轻俏露出个笑，“因为我看到了。”

边寂的表情难以言喻的复杂。

若不是舒梨的提醒，他不会想起家里妹妹已经进入青春期，身体已经有了明显的曲线变化。

他忽略了，真的忽略了。

可他忽略的事，舒梨竟然能考虑到。

这真的出乎他的意料。

“说来你可能不信，昨天我出去透气，走着走着，就碰到了你。”

舒梨缓缓说着，看着边寂，从锁骨到喉结，从脖子到下颌，再到他的脸。

他的这张脸啊，长得真是让人赏心悦目。

头发还是湿的，发梢坠着水珠，睫毛打湿成簇，遮着漆黑的眸。适才的薄晕未退，脸颊泛着层红。

舒梨专注地瞧着他，继续说着。

“我看到你在那家小面馆里洗碗，也看到了你和你妹妹。我还以为那是你家呢。”

边寂有些出神，想起昨天傍晚听到的那声机车轰隆的声音。

或许，那就是舒梨来过的佐证。

“那不是我家。”边寂语调平静，不愿再说太多。

舒梨听出来了，这个人啊，总有那么多的防备心，什么都不愿多说。

偏偏他越不想说，她就越好奇。

在这方面，她不喜欢强人所难。

“把这些收起来带走。你可以是当作我对你救我的感谢，也可以是当作我害你落水的补偿，总之……你最好不要拒绝。”

边寂问：“如果我拒绝呢？”

舒梨又是一口气憋在胸口，真是块食古不化冥顽不灵的石头。

她揪住边寂领口的衣襟，迫使他压下脖子降低高度，视线和她处于平视的对等状态。

舒梨的长睫拢着眸光，和边寂对视几秒后，嘴唇移到边寂耳边，一张一合间，温热气息给他惹来一阵不自觉的酥麻。

她说：“你要是拒绝，那我就……”

“辞退你。”

说完，舒梨松开边寂的衣领，懒懒散散地往后退，轻抿着唇笑。

她知道他需要这份工作，虽然她不一定能辞退得掉他，但她想，他肯定不会愿意冒这种可能被辞退的风险。

确实，如舒梨所想，边寂不会冒这种风险。

如果一切顺利，暑假这两个月的家教工资，正好可以给沛沛买一副助听器。

他真的需要这份工作，因为他真的要给沛沛戴上助听器，像个正常人一样学习、生活。

然而边寂又若有若无地猜出，舒梨今日的乖张无常，或许就是为了这一刻。

她给她的同情粉饰上捉弄和嘲意，为的就是，让他接受她的怜悯。

她如此费尽心思，他竟不知该如何去应对。

边寂沉默了许久，舒梨等得没了耐心，故意露出不耐烦的神色：“老师，快点，我们还得上课呢。”

被舒梨一催促，边寂恍然回神，想起今天还没上课。

他低头去收倒在床上的那些衣物，塞进袋子里时，沉声说着：“我会把钱给你。”

舒梨瞬时来了气，张嘴想回，最后想想还是算了，丢下句：“随便你。”

边寂收拾着衣物，手指碰触到柔软的小内衣，指尖微微停顿，而后抓起，放进袋子里。

舒梨察觉到他的小动作，极其欣赏他的害羞。

好似给清冷无波的外表扒开了一丝裂缝，得以窥见内里。

不过这还不够。

她想撕破边寂冷静的表面，看看真实的他，到底是什么样的。

“如果内衣扣子不会扣，就让你妈教你妹妹。”

舒梨随口提醒，抬手去解头发上的发圈，湿答答的头发就这样落下来，垂至肩胛处。

她想去吹头发，湿漉的感觉不是很舒服。

在她转身往卫生间走的时候，她听到身后很轻很低的声音。

是边寂在说话。

他说：“我妈几年前就去世了。”

舒梨停滞住脚步，回头去看，边寂站在那儿，瘦削修长，半垂的眸里含着清寂的光。

第一次，或许也是唯一一次，舒梨在他身上看到了脆弱。

那种脆弱，仿佛是她的一种错觉。

从舒梨家到小面馆，如果坐公交车，是将近四十分钟的路程。

边寂上完课回来，就被表叔表婶吆喝着做事。

洗碗时候，表婶在后头嗑瓜子嘀咕：“天天往外跑，看来是赚到钱了，还买了身新衣服。”

边寂只当什么都没听到，沉默着将手浸润在浮着泡沫的污水里，洗着一个又一个的碗。

小面馆晚上十点过后便没什么生意，边寂也在这时打扫完店面。

楼下是店面，楼上是两个房间。表叔表婶早已经在房间里休息，有电视播放的声音从他们房间传出来。

边寂和妹妹就住他们房间的楼上。

房间是小阁楼改造的，地方很小，只有几平方米。没有窗户，只有天花板那有一个小小的天窗。

因为面积小，除了两张小床，其余别的家具都没有。

他们的衣服用品都装在编织袋里，放在木床底下，洗脸用的脸盆牙刷，也整齐摆放在那儿。

学习用的书本一摞一摞堆在两张床中间，老旧的电风扇放在上面。

边寂回来时，老旧的电风扇在无力扇着风，沛沛正坐在床上看书，模样认真。

她下学期要升初中，学校没有换，还是小学就开始就读的那家特殊学校。

特殊学校里，所有的学生都是像沛沛这样有身体缺陷的，或是天生，或是后期因为意外导致。

但是学校里大多数的听障孩子都戴上了助听器，老师也曾不止一次地建议边寂给沛沛购买。

可惜，边寂暂时没有购买能力。

边寂的视线落在沛沛显得略微有些小了的短袖短裤上，想起舒梨的话，内疚感袭上心头。

房间太小，从舒梨那里带回来的袋子也跟着其余物品一样，被放在床底。

边寂走过去拿出来，递给沛沛。

沛沛看到，很惊讶，打着手语问："这是什么？"

"给你的衣服。"边寂用很慢的语速回答，确保她能读懂他说的话。

沛沛读懂了唇语，眼睛霎时亮了起来："我的衣服？"

"嗯。有很多，你看看。"

沛沛马上打开袋子，一条条漂亮的裙子让她诧异又惊喜。

很漂亮，每一件衣服每一条裙子，都很漂亮。

边寂看着自己妹妹开心又欣喜的脸，内心百转千回。

"对不起。"

他没能给她好的生活，甚至连件新衣服，都得靠别人施舍。

边寂的这句"对不起"，沛沛听不见。

小女孩沉浸在哥哥给的惊喜之中，开心得不得了。

可很快，她又忽然不笑了，打手语问边寂："哥哥，这些很贵吧？"

边寂冲她笑了笑，温柔地拍拍她的头，说："一个朋友不要的，正好你能穿。"

这样一说，沛沛就又笑了。

袋子里的衣服全拿出来后，她看到了几件少女文胸，脸煞红起来。

边寂碰碰她肩膀，她抬头看他，他说："你长大了，以后有什么需要，都要跟哥哥说。"

沛沛很害羞，她确实已经开始发育了，有时候会觉得前胸隐隐地疼。

去年还穿得下的衣服，今年变得特别小，尤其是上衣。

她知道自己发生了什么变化，大夏天的，她还会在上衣里面再穿一件背心，确保不会被人看笑话。可两件衣服叠加，在这样的夏天里，更紧更热。

这是她的"秘密"，她不想跟边寂说。

她知道他们没有富余的钱。

边寂的奖学金勉强够两人的日常开销，爸爸寄来的钱只够交新学期的学费，他们的日子过得紧巴巴的，借住在表叔表婶这儿，还必须按时交伙食费和水电费。

每一天都在寄人篱下。

因此，边寂平时除了读书之外，还在做兼职，暑假也在做。

早上他在隔壁街上的早餐铺帮忙，下午去做家教，忙了一天，回来之后还要继续帮表叔表婶干活。

他很辛苦，沛沛就更无法向他开口要什么东西。

这大概是沛沛最开心的一个晚上，连睡觉时候，脸上都带着甜甜笑意。

边寂在楼下简陋的卫生间里洗完澡，换上自己松旧的衣服，舒梨送给他的新衣服，就放在洗衣盆里。

他注视了许久，有什么似有似无的东西在心头萦绕，心跳都开始不受自己控制。

他洗了衣服晾好，回房睡觉。

小小的单人木板床根本容纳不下他一米八几的身躯，他以一个不大舒服的姿势侧躺着。

闭眼，脑海里却浮现出今日只穿一身黑色泳衣的舒梨。

她的笑，她粲然的眸，她唇边小小的梨涡，在微波粼粼的蓝色水光映衬下，美得像是一场梦。

她说她脚疼，她要他抱，她在他怀里细腻柔软的触感仿若至今都还有留存。

她喊他老师，喊他哥哥，一声比一声娇。

然后，她还亲他。

水下强制性的亲吻，强制性的窒息感，强制性地让他意动——

边寂猝然睁眼，陌生的情潮来得快，还来不及消散。

他恍惚着，失神着，望着天花板那个小小的天窗。

无法相信，单单只是这样一个回想，就能让他在半梦半醒间猝然醒来。

边寂冷静下来，转头去看正在睡觉的妹妹，此刻竟庆幸她什么都听不到，不会发现哥哥难堪的秘密。

他起来，又去洗了一次衣服。

换下的裤子，和原来洗好的衣服晾挂在同一根晾衣绳上，在这个盛夏的夜风中荡漾。

午后一声闷雷，夏天的暴雨会迟到，但从来不会缺席。

舒梨站在窗台边，嫩黄色洋裙的裙摆与窗帘一起，随风拂动。

灰蒙的天色之下，世界仿佛一片静籁。

突然一把红伞，突兀得像是这世界唯一跳动的点，落在舒梨眼中。

舒梨知道，边寂来了，比以往迟了半个小时。

但他还是来了，在这样的暴雨时分。

等了他许久的舒梨嘴角扬起半分笑，而后又抿住唇，收敛起笑意，转身下楼。

边寂仍在侧厅等，他的那把土气的红伞，不知被用人收到了哪儿。

他大概一路赶得匆忙，舒梨一过来，就瞧见他已经湿透的帆布鞋上面沾着些泥。

上衣的肩膀和袖口都被雨水洇湿，额前头发也一缕一缕地贴在一块。

模样有些狼狈。

舒梨转头交代边上的用人去泡杯祛寒的姜茶，待人走后，坐下来，姿态悠闲。

“老师，怎么不坐？”

这是边寂第一次拘谨。

虽然他极力地想掩饰自己的不自然，可在见到舒梨的刹那，昨天发生的一切，还有昨夜舒梨的入梦，都让他不自觉地心虚。

边寂轻滚喉结，走到舒梨边上坐下，翻开书本说：“下雨路上有些堵车，来晚了。”

“是吗，我还以为老师因为昨天我占你便宜的事而生气不来了呢。”

舒梨捉弄的心思还那么明显，刻意提起昨天她亲他的事。

果不其然，她看到他微怔的眼神，以及垂眸尽量保持镇定的模样。

边寂轻咳两声，说：“今天讲几个常用的词组和组句方法。”

“好啊。”

舒梨应着，离边寂近了一点，模样乖巧，看着像是准备好好听课的乖学生。

可边寂却失了神。

他闻到她身上若有若无的依兰香，又甜又凛冽，好似还混合着某种药香。那是种很特殊的香味，或许是某种香水，捉摸不透的少女感，就像她这个人。

边寂发觉自己已经无法把控好自己的心神，在不知不觉间一步步溃败给她。

于是他把心思放在了今天要讲的内容上。

开始讲课后，他渐入佳境，没有再去想一些不该想的东西。

舒梨也很配合。

中途用人过来送姜茶，花纹精美的茶壶茶杯被放置在桌子上，她斟了两杯出来便离去。

姜茶的辛辣和甜，瞬间在空气中弥漫。

舒梨听边寂讲课的时候，一直看着边寂的脸。他总那么专注，好像没有任何事能打扰到他。

以前她认为读书好的人很死板很无趣，但是此刻的她却觉得，边寂还挺有魅力。

虽然他也确实死板。

在边寂讲到一半停下稍作休息的时候，舒梨用指尖轻碰茶杯，问着："老师，喝茶吗？"

边寂定了定，视线转向前方那杯茶，再转回来说："谢谢，我不用。"

舒梨不强迫，只似笑非笑的，端起自己那杯抿了口。

姜茶微烫，但是温度刚好，喝下去身体就暖了，特别祛寒。

然后她开始讲别的。

"衣服都给你妹妹了吗？"

"嗯。"

"她喜欢吗？"

"喜欢。"

"为什么你的英文这么好，你好像不是英文系的。"

这个问题让边寂停顿了一下，短暂的犹豫过后，他说："普通水平而已。"

舒梨"扑哧"一声笑出来。

边寂不明白自己哪里说错了，眉眼间露出疑惑神情。

"我可以合理怀疑你是在'内涵'我，你普通水平来教我，那我岂不是很差？"

面对舒梨突然的指控，边寂心底有瞬间的慌，他很好地掩饰住，面上仍平平淡淡。

"我没有。"

舒梨不依不饶地靠近边寂，快贴到一起时，她身上的香味和姜茶的姜味混在一起，侵袭着他鼻尖。

她撒娇："我觉得你有。"

边寂一时不知该如何应对了，只得干干坐着，保持一动不动的姿势。

胳膊碰上舒梨手臂的滑腻肌肤，心中有海潮开始翻涌。

舒梨微微仰着头，看着边寂的眼睛，仿佛是要从他眼里看出些什么。

"老师，你今天怎么没穿我送你的衣服啊？"

边寂的喉结上下滚动着："洗了。"

舒梨恍然大悟，露出可惜的表情。

"我还想看你穿呢。看来一套还不够，得多给你几套换洗。"

边寂在这时候表情突然僵住，他侧头和舒梨对上目光，不解和疑惑在他脸上写得很明白。

"为什么？"

舒梨装听不懂，笑着："什么为什么呀？"

"为什么要这么做？"边寂很认真。

"没为什么。"舒梨还是在笑，"怎么，我这么对你，难道你……"

她冲边寂眨眨眼，问他：“觉得自己不配？”
边寂忽地抿住唇，面色发白，没有回答。
他不会觉得他不配，人人生而平等，只不过是家境不同而已。
但是舒梨这句话，确实踩到了他的自尊心。
舒梨察觉到边寂脸色的变化，也意识到自己可能说了伤人自尊的话。
她是无意的口不择言。
她不过，就是单纯地想对他好。
两人忽然间无声对视着。
舒梨没从边寂眼里看出生气、窘迫、羞赧，他的眼睛里什么都没有，平静到让她莫名心跳停漏一拍。
而后，边寂收回眼神，从自己的裤兜里掏出一沓钱。
很整齐，有整百的，有五十的，也有十块五块这样的小额。看得出来，他整理得很用心。
他把钱放到舒梨面前的桌上，沉着嗓说：“昨天衣服的钱，我说了我会还你。”
舒梨怔怔地望着那沓钱，几乎能看出边寂存了很久。随后她的目光牢牢锁在边寂脸上，问：“你还真要还我？”
边寂不吭声，答案很明确。
舒梨瞬间气结，内心躁郁，“咻”的一声站起来。
“你要还我？就拿这些钱？你这里的钱都不够买你昨天那衣服的一只袖子！”
边寂敛下眸光，他不意外。
他能猜出昨天的衣服很贵，因为是舒梨买的。
他仍是平静的语气：“剩下的，我以后慢慢还你。”
听到这话，舒梨的一口气憋在心口，上不去下不来。
她什么时候受过这样的气，她给出去的东西从来就没想要回来。
就当是可怜同情，舒梨昨天还怕自己太突兀，特意闹了泳池那一出，打湿他的衣服，让他有机会换上她买的。
但是她就是不懂，为什么此时此刻，他还能如此孤傲冷寂。
“你觉得我需要你这点钱？”
舒梨来了脾气，她向来都是蛮横乖张，不按套路出牌。
这时候也一样。
她的手指扣住边寂的下颌，迫使他抬头正面面对自己，轻笑一声：“不想欠我，所以想还钱是吗？可是怎么办，我要的根本就不是你的钱。”
边寂眸里拢着清光，反问：“那你想要什么？”
“你问我要什么，是不是我无论要什么，你都给？”
舒梨说着，缓缓靠近边寂的脸。她的手指还扣着他的下颌，靠近时候，两人鼻息相触，融合在一块，鼻尖相互碰着。
她盯着他的唇，再撩起眼帘，盯着他的眼。她莹软粉唇微微翘起弧度，问：“如果，我想要你这个人呢？”

边寂瞳孔微震，眼眸里那一抹清光，猝然破碎。

同时间，外面一声响亮的雷声，轰隆入耳。

……

用人进来收拾的时候，看到舒梨坐在桌前，指尖碰触着刚刚没讲完的课堂笔记。

她在出神，神色怠怠的。

边寂已经走了有一会儿。

在推开她后，他就撑着他那把破旧土气的红伞走了。

那一沓钱还留在桌上。

用人小心翼翼地走过来，轻声询问：“小姐……”

“张嫂，我是不是做什么都不招人喜欢？”

被称作“张嫂”的用人表情变化明显，连忙安慰舒梨，说：“小姐，您想多了。”

是吗？

舒梨自嘲地笑了声。

她没想多。

她从出生就是不招人喜欢的。

这么多年，她都是一个人生活，孤军奋战，自己学着怎么和这个无聊透顶的世界相处。

根本没人好好地教过她待人处事。

仿若一只刺猬，她想靠人越近，就越会扎到对方。

舒梨收起桌上那一沓钱，起身离去。

张嫂心疼地看她离去的背影，终是什么都没说，偷偷叹息摇头。

风大雨大，舒梨半靠在泳池边的躺椅上，在雨水淋不到的遮阳伞下点着一根烟。

视线所及，就是露天泳池。

水面被雨水砸出一个个小坑，水花四溅。

这场雨可真大。

舒梨没被淋到，但四周被风带进来的雨水沾在她的四肢和裙子上，黄色裙面已经有了湿漉的痕迹。

整个世界安静到似乎只剩下雨水的声音，细长的女士香烟被她夹在指间，白色烟雾缓缓上升。

还是她一贯喜欢的薄荷味，味道浓烈。

舒梨悠然吐出个漂亮烟圈，闭上眼，边寂冷淡清隽的脸就在眼前浮现。

她长这么大，从没对一个人有过这么直白强烈的兴趣。

边寂和她以往所认识的人不一样，他不讨好、不谄媚，骨子里透着股高高在上的清高，让她既讨厌……又喜欢。

第二日。

雨早在夜里就停了，但天没放晴，天边阴沉沉的，似乎随时都能再下一场大雨。

舒梨很早就做好了上课的准备，第一次主动且提早地坐在侧厅里。

但是今天边寂来得比往常迟。

舒梨等得久了，就开始聊赖地翻着边寂留下的笔记本。

他的字是真好看，人也细心，笔记做得特别详细。

正要仔细看笔记的时候，舒梨听到了脚步声。

她抬眼，眼神却蓦地定住。

张嫂向舒梨介绍身旁这个陌生的男人："小姐，这是舒总为您请来的新家教。"

"舒小姐您好，我姓徐，希望我们——"

"啪"的一声，舒梨合上笔记本，面无表情地问张嫂："边寂呢？"

第二章

心动心痛

边寂主动辞了这份兼职工作。

舒连漪在电话里对舒梨说：“现在这个新家教，有正式执照，教得不会比边寂差。你好好学习——”

“不要！我就要边寂！”

舒梨没听舒连漪说完，就把手机摔到了床上。

她很生气，气到整个人发颤。

边寂竟然就这样辞了工作。

是因为昨天的事吗？

他是因为不想再见到她，所以连工作都不要了吗？

他不是说很需要这份工作吗？

舒梨把自己锁在了房间里，兀自发了一通脾气。

楼下的新家教还在等，直到天黑。

新家教走了，张嫂过来敲门，问舒梨要不要吃点东西。

舒梨拒绝了。

她满肚子火，完全吃不下。

等天黑透，趁家里用人们都睡下后，舒梨偷偷翻墙出去。

周洛南就在墙外等。

本来舒梨不想叫上周洛南，可是她不知道怎么去找边寂，周洛南认得路。

坐上周洛南的机车后座，舒梨挂着脸，拨弄安全帽的带子，满脸的心情不好。

周洛南回头看她，问：“真要去找那个家教？人家不教就不教了，你还找他做什么。”

“你话怎么这么多。你不带我去，我自己打车。”

舒梨说着要下车，周洛南忙拉住她：“大晚上的打车多不安全，我当你司机，现在就带你去。”

舒梨这才坐好，将安全帽戴到头上。

夜色浓郁，道路两侧的路灯光亮连成线，一直延伸至前方看不到的尽头。

机车的速度很快，盛夏的夜风从身侧呼啸，舒梨定定地望着前方，眼底一片沉寂。

周洛南载着舒梨，很快就到了老城区，上次接舒梨的那个路口。

夜色之下，老城区比市中心安静，周遭没几个人来往，路灯昏黄，照亮不了这个夜。

舒梨凭着记忆，走到边寂洗碗的那家面馆门口。

面馆还没打烊，有个四十多岁的妇女拿着扫把在扫地，扫出一大片的垃圾。

扫到门口，她停住。

妇女先打量了下从没见过的舒梨，还有舒梨身边的周洛南，能看得出，这两人都是有钱人，光鲜亮丽的。

她马上换上热情的表情，询问："两位要吃点什么？"

舒梨看着这间几平方米大的小面馆，算不上很干净，里面的桌椅都很老旧，天花板的吊扇满是黑色的灰。

她记得，边寂说过，这是他亲戚的店。

于是，她说："我找边寂。"

妇女的脸色一下就变了，冷冷应了声："噢，找他啊。"

她继续挥动扫把扫地，把垃圾从舒梨的脚旁扫过，说着："他不在。"

舒梨往边上退了点，问："他在哪儿？"

"去医院了。"

妇女开始喋喋不休地嘟囔："去了一天也不回来，堆了那么多活儿都没人做。说什么妹妹住院，谁知道真的假的……还跟我借钱，就我这小面馆能有多少生意，平时借他的够多了，现在还跟我借。"

妹妹住院。

舒梨不由得想起那个打手语的女孩。

"他们在哪家医院？"

闻言，妇女仔细瞧了眼舒梨，模样漂亮，一看就是有钱人家娇生惯养的女孩子。她打量的神情多了分八卦："你和他是什么关系？"

舒梨沉着脸，一脸冷淡："没什么关系。"

"那我就不能告诉你了。再怎么样，我都是边寂的表婶，万一你们要是找他麻烦的，他被你们怎么样了，他欠我的钱谁还？"

一直在一旁听着的周洛南按捺不住火暴脾气，直接往旁边桌上丢了几张红钞："问你人在哪儿，你哪来那么多废话！"

一瞧见钱，边寂表婶眼睛一亮，连忙过去拿起来，数了数，十张。

她满眼只看得到钱，脸上堆起笑容说："他在市立医院。他妹妹昨天摔了一跤，说是摔得不轻。一个残疾人还在大雨天出门，这不就是等着被车撞吗。”

舒梨本来已经在听到“市立医院”几个字的时候转身要走了，可又听到了边寂表婶后面的话。

她的脸色变得难看，回头问：“他们兄妹欠你多少钱？”

“不多不多，八百。”

表婶以为舒梨要帮边寂还，双眼放光，等着舒梨拿钱。

但舒梨却是看了眼周洛南。

周洛南了然，上前从边寂表婶手中抽走他刚刚丢下的红钞，数出两张拿走，剩下的又丢回到桌上。

边寂表婶：“哎，你们——”

“不是只欠八百吗，我帮他还了。”

舒梨眼眸冷冷的，手臂环胸，瞧了瞧这家小店，丢下话：“你要是还想继续在这儿开店，就把嘴巴放干净点。他妹妹是听障人士，不是残疾。”

边寂表婶愣在原地。

过了半晌，看不见舒梨和周洛南的人影后，她“呸”了声：“有什么区别，不都是残疾，活着也是浪费粮食。”

市立医院离这边不远。

夜深，医院不允许探视。

舒梨也不知道边寂在住院部哪一层，就在住院部楼下的便利店外坐着，刚泡好的泡面在夜色中升腾着热气。

这个时间点，医院很安静，便利店没什么生意，偶尔有些病人家属过来买一点东西。

便利店里的灯光，透过玻璃门传递出来，落在外面的桌椅上。

舒梨有一半身体被光笼罩，另一侧落于黑暗。

泡面是周洛南给她买的，他知道她一晚上没吃什么东西。

但是舒梨没胃口，从身上摸出一包烟，正想取出一根点燃的时候，周洛南打完电话回来了。

“我托人打听了，估计马上就会有消息。”

周洛南认识的人多，连医院都有人脉，要查一个小小的病人，并不是什么难事。

他回来见到舒梨要抽烟，伸手从她手中把烟抢走。

“当初就不该教你。”

舒梨神色淡淡的，没抢回来，只敛着眸笑一声：“教都教了，没后悔药。”

也是，这世上没有后悔药。

但是周洛南要是知道舒梨会抽烟上瘾，他当初真不会给她点第一根烟。

他没烟瘾，反而她有了。

周洛南拉开旁边椅子，坐下，眼睛看着舒梨，问她："你找他到底要做什么？"

"没做什么。"

"你逗我呢，这么大费周章地找人，还没做什么？"

舒梨抬眼对着他，反问："那你觉得我想做什么？"

这反而把周洛南问住。

顿了顿，他勾唇笑了，没说什么。

反正，不管舒梨和要找的那个人是什么关系，周洛南都知道，他们两个不会有什么。

一个在天上，一个在地下，怎么可能会发生什么。

过了两分钟，周洛南手机响了，他接起来。

舒梨趁他接电话的时候，把被他拿走放在桌上的烟拿回来，咬在唇边，手掌拢着火机的光，将烟点燃。

周洛南看到，一面接电话，一面把烟从舒梨嘴边抽走，自己对着抽了口。

他故意不让她抽，但是女士香烟的味道，他很不习惯，抽一口就差点被呛到。

这是舒梨偏爱的浓烈薄荷味，薄荷格外凛冽醒脑。

电话挂断，周洛南将烟灭掉，对舒梨说："我朋友查过了，住院部三楼确实有个姓边的小姑娘，耳聋，不会说话。"

舒梨的脸终于有了些神色变化。

周洛南继续说："昨天晚上住院的，因为车祸导致的手脚骨折，还有轻微脑震荡。现在人没什么事，但是要在医院住一段时间。"

舒梨脸上的表情又隐了去，神情淡淡的，不知道在想些什么。

周洛南皱着眉问她："怎么了？"

舒梨摇摇头。

周洛南又问："现在人找到了，你打算？"

舒梨没回答，她沉默了好久，最后拿出自己手机，给周洛南转了一笔钱。

"叮"的一声，周洛南瞄了眼手机屏幕，满眼不懂："什么意思？"

舒梨眼睑低垂，漫不经心地放下手机，说："医药费。"

清晨，天边逐渐出现鱼肚白。

第一抹光亮落下的时候，边寂醒了。

他在病床边凑合了一晚，勉勉强强睡了个觉。

沛沛还在睡，左手臂和两条腿都打着石膏，黄瘦的小脸也有不同程度的擦伤。

昨晚沛沛出了车祸，是个意外。

边寂第一时间送她来医院，车主在垫付了急救医药费后就消失了，再也联系不上。

他报了警，警方还在寻人。

边寂起身，给沛沛掖好被子，轻轻走出病房。

病房里还有其他的病人和家属，他们都还在睡。

边寂走到走廊尽头的卫生间，拧开洗手台的水龙头，掬水冲了下脸。

清晨冰凉的自来水让边寂一下就不再困倦。

但是人一旦清醒，就会开始为现实而烦恼。

比如，现在迫在眉睫的是沛沛的医药费。

边寂没有钱，这两天已经把他爸寄过来的钱都拿来缴费了，那是原本作为下学期学费的。

他还没跟他爸说沛沛的事，他爸年纪很大，一把年纪还在工地干杂活，不用问都知道他爸也没有钱。

平时他爸都把攒下来的钱给了两个孩子，没有剩余。

这些边寂都是心知肚明的。

但是现在怎么办呢，现在好像也没有什么办法了。

后面还要住院，他最多只能再付今天和明天的住院费和医药费。

边寂去买了早饭，回来时，沛沛已经醒了。

他喂沛沛吃了点，很快就到了医生查房的时间。

沛沛没太大问题，但是因为轻微脑震荡，还是需要在医院再多住几天。

在沛沛吃完药后，边寂去楼下的缴费窗口缴费。

但是护士却在刷了就诊卡后很疑惑："你这个卡上有预存啊，而且你还交了半个月的住院费。"

边寂有点蒙，不确定地询问："你好，确定是我这张卡吗？是病人边沛沛吗？"

"是啊。"护士把就诊卡还给边寂，"可能是别人替你缴费了。"

收回就诊卡的边寂深蹙着眉，后面还有人排队，他只好先往一边退，让出窗口的位置。

他不明白，就诊卡一直在他这儿，怎么会有人帮他缴费？

而且，谁会帮他？

边寂怕护士刚刚弄错了，决定再排一次队。

抬头时候，恰好与住院部大厅门口站着的人对上视线。

那个人散漫地站在那儿，看着边寂时，唇边带着一抹笑，寸头桀骜利落。

边寂认得他。

上次和舒梨在一块的那个男生。

夏季早晨的光在住院部大厅内错落有致，边寂同周洛南隔着人群对视，周洛南嘴角噙着抹笑，头往边上指了下。

边寂懂了周洛南的意思。

他是来找他的。

住院部外面，阳光正好。

边寂跟着周洛南走到住院大楼的侧边，灌木丛郁郁葱葱。

两个人个子差不多高，年龄相仿，一个恣意纨绔，一个清隽沉静。

看起来完全不像是一个世界的人。

站在了边寂面前，周洛南才仔细打量一番边寂。

确实长了一张女孩都会喜欢的脸，又有身高加成，难怪舒梨会这么在意。

周洛南不愿用“喜欢”去形容舒梨对边寂的感情，因为在他看来，舒梨只是一时的新鲜感，当不了真。

等玩腻了，就弃了，就像小时候玩一下就不要了的玩具。

所以他看边寂的时候，眼神里也多了丝怜悯——

迟早要被舒梨丢掉的人，这会儿对这一切还一无所知。

周洛南不在这儿废话，将几张缴费发票递给边寂，说：“这东西，你拿走。”

边寂蹙着眉，接过来粗略看了一番，再看向周洛南时，眼底有震惊和诧异。

“是你缴的医药费？”

“是我。”周洛南轻笑一声，“不过也不是我。”

他接着说：“我只是个跑腿的，帮个忙而已。帮你交钱的人是舒梨。卡里预存的钱够你妹妹半个月的医疗费用。”

舒梨。

边寂呼吸骤顿，眼前是刹那的失焦，那个女孩的模样浮现在他脑海里。

“她为什么……”

周洛南挑挑眉，神情是一贯的吊儿郎当：“这得你自己去问了。”

虽说心底有嫉妒，可周洛南还是完整地将舒梨的话带到。

“她在她家等你，想知道原因，自己去。”

周洛南说完，收敛起表情，转身欲走。

边寂喊住他：“等一下——”

周洛南回头。

边寂脸上是探究认真的神情，他问：“就诊卡在我这儿，你是怎么缴的费？”

周洛南忍不住笑了。

他还以为他要问什么。

“只要有‘关系’，没什么事办不到。”

医院内部有人，缴个费而已，简直是小到不能再小的事。

边寂看着周洛南漠然又潇洒的背影，自嘲地动了下嘴角。

确实，这个世界上，只要有“关系”，没什么事情是办不到的。

这是现实，也是人人深谙的生存法则。

手中的缴费发票随着早晨的风轻动，边寂的目光缓慢地落在上面，眸底的光沉了又沉。

他不知道舒梨怎么会知道他在医院的事，更没有想到，舒梨会帮他缴费。

她帮了他很大一个忙，他的心反而却像压了一块千斤重的巨石，压得他喘不过气。

回到病房，沛沛在输液，睡着了。

边寂坐在她身边，陷入沉思。

等沛沛输完液醒来，边寂忙着照顾她，喂她喝水喂她吃饭，看起来跟平时没什么两样。

但沛沛还是看出了边寂心不在焉。

她手上打着石膏，不能打手语，只能轻轻拽住边寂的衣摆，用眼神询问他怎么了。

边寂理解妹妹的意思，没事般地笑了笑，扶着她躺下。

然后，他对她说：“你睡个午觉，哥哥出去一趟，很快回来。”

沛沛看懂了边寂说的话，乖巧点头。

但边寂还是放心不下。

沛沛情况太特殊，身边没人照顾，他根本离不开。

所幸隔壁床的病人家属，是个热心的大妈，主动提出帮忙照看一会儿。

于是，在沛沛睡午觉的时候，边寂离开了医院。

舒梨昨天夜里偷跑出去，在凌晨时候回来，家里没人发现。

舒连漪平时不住在这边，舒梨也不希望她回来，两母女反正相对无言，见了也是大眼瞪小眼，尴尬又无趣。

一夜没睡，舒梨一觉睡到中午。

醒来后，她先去洗了个澡，出来的时候，头发还湿答答的，落在肩头。她人瘦，真丝缎面的睡裙穿在她身上就显得懒垮垮的。

盛夏热意绵绵，舒梨懒得吹头发，拉开窗帘坐在飘窗上晒太阳。

房里是温度打到最低的冷气，玻璃窗外是夏日刺眼的光，舒梨望了眼玻璃外面的天，不大舒服地闭上眼。

这时，房门被敲响，张嫂的声音传来。

“小姐，原来那位家教来了，在楼下侧厅等您。”

舒梨神情微愣，而后眼尾上扬，弯唇浅笑：“让他来我这儿。”

门外的张嫂怔了怔，有了些不一样的表情变化，但还是听舒梨的，下楼去把边寂带上来。

边寂第二次进舒梨的房间。

这一次，张嫂主动帮他们关上了门。

边寂站在房门口，与坐在飘窗那儿的舒梨对上视线。她被身后的光笼罩着，纤瘦曲线被光线勾勒得清晰。

她穿得太少了，藕荷色的睡裙随着她坐的姿势，堪堪只遮到大腿上面一点。

边寂不自觉避开了视线，喉结微滚。

舒梨饶有兴致地观察着他。

怎么就一天不见，看起来瘦了不少，下颌线越发利落。

好像又有点憔悴了。

可能这两天都没睡好吧。

但他即使疲惫，站在她面前，仍是身形修长、清瘦笔挺的模样。

舒梨在明亮的光线里，看着门口站着没动落在阴影里的边寂，轻启嘴角："找我啊。"

边寂拽紧双手，薄唇抿成一条直线，没有忘记自己过来的目的。但一路上想了无数遍的话，到了这一刻，竟哽在嗓子眼，说不出来。

他闭闭眼，深呼吸后，睁眼看向舒梨，问她："为什么要帮我？"

舒梨细白的手指弯曲着，托着下颚，迷蒙眨了眨眼："什么呀？"

"为什么帮我缴医药费。"

经过几次的接触，边寂似乎已经习惯舒梨的明知故问，他直白地把话说明。

"你这人可真烦，每次都有这么多为什么。"

舒梨好像是真的嫌烦，不大高兴地从飘窗上下来，迈着轻盈的步子，一步步走向边寂。

睡裙只是薄薄一层料子，真丝的质地。当她一步一步走来时，裙摆微微晃动。

边寂的视线往一边躲避，耳垂不自觉地泛红。

舒梨只穿了一条单薄的裙子，光是刚才不小心的那一眼，边寂似乎都觉得自己看到了不该看的东西。

舒梨却故意走到边寂面前，和他隔了一点安全距离。

可惜再有距离，边寂都能闻到舒梨身上的甜香，不是香水味，是很甜的沐浴乳味道。

"这笔钱，我以后会还你。"边寂稳着心神，避开舒梨的视线不看她，继续表明这次的来意。

舒梨轻轻"噢"了声，问："你准备怎么还？以后，又是多久之后？"

边寂绷着脸，说得很认真："五年。五年内，我一定还你。如果你不放心，我可以写欠条。"

"谁要等你五年啊。"舒梨笑了，"欠条我也不要，我给出去的东西，从来就没想过要回来。"

"我不想欠你。"边寂的眸光定定的，看起来是真的不愿与舒梨过多地扯上关系。

可舒梨偏偏想跟他扯上关系。

她的手指轻轻点在边寂心口的位置，笑靥浅浅的。

“那如果我……就是想要你欠我呢？”

边寂蓦地捉住舒梨的手腕，眸色暗沉：“你到底想做什么？”

“我说得难道还不够明白吗，我就是要你欠我啊。”

舒梨任由边寂拽着自己手腕，他发怒的样子，她格外喜欢。

冷冰冰一块石头，可算被激起一点温度，泛起一丝涟漪。

“我要你时刻记着你欠我的，这样，你就能时刻想起我。”舒梨又是一笑，脸颊的梨涡格外好看，她凑近边寂一点，身上香气将他围绕侵袭。

她说：“至于为什么嘛……我那天，也说明白了。”

边寂想起最后一次见面，是在前天。

他在她说完那句话后就推开了她。

那天，舒梨说，她要他。

那是对他的一种侮辱，所以他直接走了，不再想着自己到底有多需要这份工作。

回去之后边寂有考虑过自己是否还能再容忍，犹豫之间，沛沛出了意外。

沛沛在医院需要照顾，他走不开，因此也给了他一个做出决定的机会。

边寂真的以为，他和舒梨就到此为止了。

却没想到——

“你觉得我是那种会为钱放弃自我的人吗？”

边寂看舒梨，眼里没有丝毫温度，甚至是冰冷的。

舒梨摇头，说：“你不是。”

她接着说：“正是因为你不是，所以我才更想要。”

不得不承认，舒梨对边寂是有致命的吸引力的。

她的话，她的笑，那样势在必得，甚至于连边寂自己都在恍惚，他是不是真的会随时投降。

眸里的冷意一点点退散，骨子里的清高让边寂不允许自己做出这样的事，可理智却早就被情感打败，心塌陷得一塌糊涂。

他再一次重复：“我不是那样的人。”

舒梨从他手中抽出手腕，攀在他脖颈上，踮着脚，鼻息扑在他下颌。

她也跟着重复一遍：“我知道你不是。”

仿若是找到边寂严密防守间的一丝缝隙，舒梨蛊惑着对他说：“你想把钱还我，可以。你想写欠条，也可以。但是你要先答应我一件事，不然，我要你现在就把钱还我。”

这是在变相谈条件，边寂本身就不愿欠舒梨，这笔钱，他铁了心要还，否则也不会来这找她。

所以这个“条件”，他愿意答应。

他确实需要这笔钱，只要舒梨给他时间，他一定会还。

“什么事？”

边寂碍于现实，松了口。

攀在他脖颈的双手在这时慢慢收紧，舒梨贴在他身前，温热呼吸纠缠。

她说：“亲我。”

边寂永远都不知道自己到底是如何一步步沦陷的，或许是碰上舒梨的那刻，潘多拉魔盒就被打开。

他的心神，被她所控，即使他努力维持着最后的理智，仍然溃败于她那一句：“亲我。”

彼此靠得如此的近，舒梨在冷气里待久了，身体仿若没有多少温度。

而边寂，还带着外面盛夏烈日的燥意。

来这之前，他先回过一次住的地方，简单地洗澡洗漱，换了身衣服。

舒梨的纤细手臂像藤蔓，缠在边寂脖颈上，清透的眼底亮着，等待着边寂的回应。

她其实没多少把握，也许他会答应，也许他会拒绝。

但是她吧，就是这样恶劣。

她就是想要边寂记得她，无论是以哪种方式。

可当边寂真的偏头将唇印在她唇上后，她反而愣滞住。

边寂的呼吸是短暂停住的，唇瓣只碰了一下，便退开。

脸紧绷着，仿佛刚刚这个动作，极其勉强。

“可以了？”他压着嗓子问。

舒梨微怔几秒，转而笑起来，抬着下巴跟边寂对视，声音娇软：“不够。”

边寂心跳顿了顿，躲闪着舒梨的目光，视线转向一边，却无处可放。

他只能做到这一步了，光是这简单的一触即离，就足够叫他身体里的某些不安定分子开始叫嚣。

他怕放纵，怕会不可收拾。

舒梨这时候松开边寂，在边寂以为她要放过他的时候，她牵住他的手，将他拉到旁边，摁在了椅子上。

又是猝不及防，又是狼狈。

在舒梨这儿，边寂是被控制的那一方，往往都来不及做出反应，就已经被她压制摆布。

舒梨坐上来，这样的高度终于合适，他们能够平视。

她还是把手臂搭在他的脖颈处，凝视着他的眼睛，微微笑着说：“你得要我满意才行。”

边寂避开她眼神，要伸手推开她，可只要他用力推，她就越用力地坐。

以至于相互挣扎的某一刹那，他骤然停住推她的动作，浑身僵住，脖颈耳根都染上一层红。

舒梨也意识到了。

她不说话，眨着眼看他。

她越是这样安静，就越是叫他窘迫。

边寂动弹不得，他尴尬，羞赧，气息也开始不稳。

二十多年的人生里，边寂从未有过这样的时刻。

他阖上眼，额角沁出细微的汗，脸上是矛盾的隐忍和生无可恋。

他是想逃避的，舒梨却要他面对。

她空出手，扣住他的下颌与他直直对上视线，似笑非笑地问："你的身体在告诉我，你很激动。"

边寂像任人宰割的羔羊，在舒梨一次又一次的撩拨里面红耳赤。

他无法再忍耐，手指箍住舒梨盈盈一握的腰身，生涩且毫无章法地亲吻住她。

他没有任何经验，甚至于连每个男生在青春期看过的小电影，他都没看过。

他是极致的纯，长这么大，世界里只有读书、学习，无心去想别的东西。女孩子，更是没有接触过。

有女孩递过情书，也有女孩告白，可他只会礼貌说一声"谢谢"，再无其他表示。

舒梨就不一样了。

边寂真的无法礼貌对她说声"谢谢"就拒绝，因为他无法拒绝，无法抗拒。

如果说他前面二十来年的生活是灰色的，那舒梨就是他灰色世界里难得一见的斑斓光点。

他知道自己抓不住，却忍不住因她失神心动。

舒梨被边寂亲得疼了，牙关总是磕到碰到，像在打架。

他太青涩太鲁莽，横冲直撞的，她疼得眼泪快出来。

最后，她喊停。

"能轻一点吗？"

舒梨眼泪汪汪地望着边寂，似埋怨。

边寂缓慢地回神，收回自己的手，性感凸起的喉结滚动两下，哑着嗓开口："这样，够了吗？"

边寂无法面对舒梨这副受了委屈的娇柔模样，在这冷气开到最低的房里竟出了一身的汗，十分燥热。

舒梨又缠上来，问他："你是不是不会？"

边寂全身绷直，舒梨知道答案了，笑着贴近他："我教你。"

再一次来不及拒绝。

舒梨的主动，温柔又缠绵，边寂的心神再次沦陷，一点一点地忘记自己原本带着的情绪。

他陷落进舒梨构造的世界里，缱绻的，柔软的，让他迷失自我的。

舒梨一步一步诱导着，在边寂终于渐入佳境的时候，她却骤然退开。

边寂的眼底还有沦陷后的未满足，但舒梨却眨着晶亮的双眸，抓住边寂的手，从自己的腰上背后拿开。

然后起身。

她停止得突然又潇洒，边寂没有一点点防备，陷入一个尴尬境地。

舒梨的目光从边寂红透的脸庞扫过，随手整理着自己有了些褶皱的裙摆，笑了声："感觉怎么样？"

边寂脸上是难堪的红，他敛着眸，绷着牙关，吐出几个字："没感觉。"

"真的？"

舒梨露出夸张疑惑的表情："可是你身体明明告诉我不是这样的啊。"

边寂更加无地自容。

他无法言说的生理反应已经足够叫他窘迫尴尬。

舒梨无奈地耸耸肩，说："撒谎是不好的行为呢。"

边寂红着脸，难堪地在椅子上坐着，舒梨笑了笑，给他留了私人空间，自己拿了烟出了房。

舒梨知道边寂是嘴硬。

他这个人啊，还挺傲。

舒梨独自在天台待了很久，虽然没站在太阳底下暴晒，可阴影处仍有紫外线的辐射，夏天的热度也叫她着实受不住。

等抽完一根烟回房间，房里已经没人了。

舒梨走至刚刚边寂坐的椅子前，看到上面放了一张纸。

应该是他临走前，在房里拿了纸和笔写下的话。

舒梨拿起来，看到最上面的两个大字就忍不住笑了。

欠条。

这家伙还真的给她写欠条。

舒梨一字不落地看了遍，还款期限是五年，金额是十万。

比她付的医药费多了两倍。

下面有一行小字，是边寂的备注：多出的部分算利息。

真是认真得可爱啊。

舒梨拿着这张欠条，笑着看了好久。

边寂的字真好看，规规整整，不愧是清大每年拿奖学金的。

舒梨喜欢他的字，拿着欠条对着阳光欣赏的时候，发觉背后还有一行字。

准确来说，是很简短的六个字：抽烟有害健康。

他应该是看到她拿烟出去了，所以才会在背面留下这句话。

舒梨忽然笑着笑着就掉下了眼泪。

那是一种突如其来的情绪，突然将她压垮。

这个人好烦啊，谁要他的关心了。

舒梨用手指轻轻撇去脸颊上的泪痕，小心地将这张欠条收好。

晚些时候，舒梨找张嫂，让她帮忙找一个阿姨去医院照顾病人，要求细心、耐心。

舒梨知道，边寂一个人照顾他妹妹，肯定有很多不方便的地方，毕竟男女有别，他妹妹已经长大了。

张嫂很疑惑舒梨提出这样的要求，她按要求去办的时候，也将舒梨这几日的奇怪行为告知了舒连漪。

一个多月没回过家的舒连漪，在这个晚上突然回来了。

已是中年的舒连漪保养得宜，一身精致妥帖的西服套装，衬出曼妙曲线。

妆容精致，打扮考究，看着很年轻，模样和舒梨几乎是一个模子里刻出来的，不像母女更像姐妹。

现在两个人就面对面坐着，享用着她们母女俩一月都难得一次的晚餐。

舒梨对着这一桌丰盛的晚餐毫无食欲，兴致缺缺地拨弄着碟子上放的刀叉。

舒连漪用惯有的对待公司下属的语气对舒梨开口："餐桌礼仪都忘了？"

舒梨抬眼瞧了眼舒连漪，似是带着点叛逆情绪，故意继续拨弄刀叉。

舒连漪看出她故意不听自己的话，干脆就不继续叮嘱，直接说了今晚过来的原因："你对新的家教很不满意？"

"原来舒总您这个大忙人抽空过来，就是为了新家教的事啊。"

十分明显的冷嘲热讽。

舒连漪忽略掉这一点，只说一句："出国是为了你好。"

"为我好？你就这么想把我丢到你看不到的地方去啊。"

舒梨冷笑了声："我到底碍着你哪儿了，既然这么想丢开我，那当初又何必生下我。"

"我倒是希望我可以重新做选择。"

舒连漪面色不改，多年在商业场上的打拼，早就叫她波澜不惊。

抑或者，是她对自己这个女儿过于冷血，反正无论舒梨怎么说难听的话怎么发脾气，她都不会有太大的反应。

连她自己说的话，都冷冰冰的，不像是一个母亲该有的语气和用词。

心脏仿若被刀尖狠狠戳了一刀，舒梨眼圈发红，双手手指紧紧地抓住刀叉的柄。

"听说这几天你和前面那个家教走得很近？"舒连漪不冷不热地问。

舒梨忽地怔住。

舒连漪像没看到对面舒梨的表情变化，优雅切着瓷盘中七分熟的牛排，说着："他叫什么来着，噢，边寂。"

“很优秀的年轻人，清大优等生，每年都能拿到董事会投进去的奖学金。下学期读大四，马上要进入实习阶段，是我们公司内部内定的人选之一。出身虽然凄惨，但前途还算光明。”

“你可能还不清楚他的背景吧。他有个六十来岁的老父亲，在工地做杂活，他妈妈早几年就因为癌症去世了，留下个耳聋的妹妹。”

“噢，对，他妈当年是被别人骗到他们那个村的。一个如花似玉的女孩，不顾家里反对跟男友私奔，结果被男友卖给了小山村里的一个鳏夫。所幸碰上了他爸，被救了出来。也不知道是怎么回事，这两个人竟然后来结了婚。老夫少妻，日子也就这么过下去了。”

“她是有机会走的，买她卖她的人早就被抓了，可是她舍不得自己的丈夫和孩子，甘愿在村里过苦日子，也不跟找上来的家人回城里。”

说到这儿，舒连漪还轻轻笑了笑，看向舒梨，问：“你说她傻不傻？”

舒梨听到这儿，已经听得有些愣，脸色发白：“你怎么知道这么多……”

舒连漪放下刀叉，像是已经享用完今晚的晚餐。

她说：“因为，我和她认识。”

但舒连漪也只说到这儿，其余的，不愿再多说。她提醒舒梨：“舒梨，你要记住，你和边寂不是一个世界的人，要是有什么心思，就趁早收了。让他当你家教，只是看他可怜想帮他一把。以后舒家的门不会再让他进，你也别去打扰他的生活。”

“我打扰他的生活？”舒梨觉得可笑，眼眶却不受控地泛起水光，“把他带到我面前的是你，怎么现在你说得好像是我不要脸地去认识他。”

“嗯，那样最好。记着你的身份，别做自降身价的事。”

舒连漪今晚过来的目的就是说这些，既然说完了，也就起身走了。

舒梨坐在原位，面对着这一桌丰盛的晚餐，除了舒连漪那块牛排被动过，其余的都还是原样。

她的眼泪控制不住地掉下来，但她紧咬住唇，隐忍着，不想让自己哭。

自降身价，到底什么叫作自降身价。

边寂是什么身价，她又是什么身价。

难道这个社会上的一切，都要用身份地位来衡量吗？

说到底，她也不过只是舒家一个见不得光的私生女，连亲生父亲是谁都不知道。

光鲜亮丽并不属于她，她也不想要。

从小到大，舒梨想要的，就只是陪伴。

无论是谁，只要有个人能陪陪她，永远地陪着她，她就觉得够了。

可是，就这么一个小小的愿望，都从来没被满足过。

舒梨倔强擦掉脸上的眼泪，她不会听舒涟漪的。

她要边寂。

就是要他。

舒梨给边寂找的护工，在第二天的早上七点就到了医院。

这个阿姨五十岁左右，做事很利索，也很细致，有了她的帮忙，沛沛终于可以好好擦个身体。

住院这么多天，沛沛一直不方便，每次上厕所都要麻烦护士。

现在边寂稍微轻松一点，内心却百感交集。

舒梨帮他找护工，这是他完全没料到的，就像主动给沛沛买少女内衣那次一样。

她很细心。

这样的细心，与表面的娇纵蛮横又不像是同一个人，边寂无法看清真正的她到底是什么样的。

护工在医院，边寂准备回去给沛沛煮点营养汤。

他刚走出医院，就接到了一个电话。

抬头望去，黑色的加长版豪车就停在路边，司机正站在车门边等他。

舒连漪是在去公司的途中抽空来的，与边寂碰上面，就将一个黄色信封递给他。

边寂坐在后座，奢华的皮质座椅让他很不自在。

舒连漪跟他隔着距离，拿着黄色信封的手还悬在半空。她开口："听说你妹妹住院了，拿着吧，算是一点心意。"

边寂以前跟舒连漪见过几次，清大的奖学金就是舒氏董事会赞助的。

但是他们并不熟。

"谢谢舒总，这笔钱我不会收。"

舒连漪轻轻笑了笑，将信封放到了边寂手上。

"这笔钱除了是对你妹妹的一点心意，还有另一种意思。"舒连漪年轻漂亮的脸上仍带着笑意，缓缓说着，"舒梨从小就爱玩，性格古怪。我知道这些天你们接触比较频繁，以后她再找你，希望你不要理会她。"

舒连漪说得很客气，可她的话里有话，边寂听得很明白。

她要他和舒梨保持距离。

"下学期你进入实习阶段，舒氏是你最好的选择。目前你也是我们董事会心中最合适的人选，所有人都很看好你。不用几年，国内整个金融行业都会知晓你的名字。"

舒连漪说到这儿，停顿一下，问边寂："你应该不想和普通人一样递简历参加无数次面试，最后连去个普通的银行证券都是问题吧？"

边寂看向舒连漪，瞳色漆黑，不起波澜。

舒连漪等同于是在做交易，也是另一种层面的威胁。

她这么做的目的，是舒梨。

边寂沉默着，呼吸很静。而后，他说："舒总的意思我明白了。您放心，舒氏我不会去，您的女儿跟我也没有任何关系。这笔钱，我更不会收。"

边寂冷静说完，打开车门下了车，头也不回，走得决绝。

舒连漪透过车窗，看着边寂在晨色之中孤傲高挺的背影，垂眸笑了声。

还挺倔。

该说他像谁呢，这一点倒是有点像他妈，放着高枕无忧的好日子不过，偏要拣苦日子。

司机重新上车，发动车子离去。

边寂孤身没入这城市的早高峰里。

他站在路口的人行道前，形形色色的人从身旁经过，斑马线对面的红绿灯跳了几个回合，他却一动不动。

他骨子里的清高是随妈妈的，从小到大，他妈妈都教他人穷志不穷，永远不要觉得自己低人一等。

其实他们一家以前过得也并不贫苦，他妈妈是村里的老师，爸爸开了家小铺子，一家四口平凡而幸福。

后来一场疾病，压垮了他们这个家。

为了给癌症晚期的妈妈治病，他们借了很多钱，最后山穷水尽，人也没留住。

因为读书，边寂不得已和妹妹借住在表叔表婶这儿，他年纪已大的父亲在外面工地上做杂活。

他的出身不好，可那又怎样。

这并不意味着他就能任人威胁。

舒氏的确是边寂最好的选择，在今天之前，边寂一直将进入舒氏作为自己的目标。

不同于证券公司和投行的普通职员，在舒氏可以直接从金融分析做起，起点完全不一样，这是改变现状最快的一条路。

但是现在——

对面的红灯跳成绿灯，周遭的行人开始在人行道上行走，边寂抬起头，朝着对面走去。

他不会再选择去舒氏。

他从来不向任何人低头。

张嫂给舒梨准备好早餐，过来敲门没人应，试着转动门把，发现门没锁。

“小姐，吃早餐了。”

门打开，房间里空空如也，没有舒梨的人影。

张嫂以为舒梨又跑去天台抽烟，等找过去，发现天台也没人。

这下她才开始意识到不妙，舒梨很可能偷跑出去了。

舒梨是真的偷跑出去了，一夜睡不着，清晨时候翻墙溜了出去。

舒连漪不允许舒梨出门，因为舒梨在外面闹事，而舒连漪又不希望外界知道舒家有舒梨这么个人。

所以舒梨就一直被关着。

但是被关久了，也是能找到方法离开这个牢笼。

这次不过是故技重施罢了。

舒梨想去找边寂，想看看他的妹妹。

她在超市买了很多吃的用的，到了住院部楼下，从护工那儿得知边寂半小时前刚回家。

舒梨看看手上拎着的一大袋东西，对电话那头的护工说：“你下来一趟，有些东西麻烦你带上去。”

比起来看边寂的妹妹，舒梨更想见的是边寂。

于是，她把自己买的东西交给护工，然后打车去了老城区，边寂的住处。

出租车在路口停下，舒梨下车，远远就看到小面馆关着门。

她走过去，停在紧闭的门前。

旁边早餐店的老板看到舒梨，以为她是来吃面的，就好意告诉她：“今天这面馆不开门，老板去乡下喝喜酒了。”

舒梨转头，看到蒸笼热气后面忙活的早餐店老板的脸，轻轻点了下头：“谢谢。”

她预备向他打听去哪儿能找到边寂的时候，看到道路那头清瘦的身影。

隔着一条马路，边寂也看到了她。

尘埃在盛夏早晨的阳光里飞舞，梧桐树枝头的绿叶随风轻晃，他们遥遥相望着，寂静无声。

医院离这边不远，边寂是走路回来的。

舒梨打车过来，比他快了一步。

舒梨跟着边寂绕进小巷，进去就是面馆后院，踩着蜘蛛网和灰尘满布的水泥楼梯，到了阁楼。

边寂没有问舒梨怎么会在这儿，只由着她跟着自己。

拿钥匙开门时，他停住，背对着舒梨说：“不要再跟着我了。”

舒梨往边上站，斜靠着斑驳的墙，看着边寂侧脸露出个委屈的表情：“你要把我关在门外啊？”

边寂看向她，眼底幽深，而后他什么都没说，开了门。

逼仄的阁楼，又小又挤，但是很干净很整洁。

舒梨走进来，简单看了一下，没有坐的椅子。她指着铺着蓝色被单的床问边寂：“我能坐这儿吗？”

边寂看了一眼舒梨指的地方，薄薄的嘴唇抿成一条直线，眼神复杂。

舒梨以为他不愿意，就笑了笑：“不让我坐啊，好吧，那我就站着吧。”

边寂沉默，站了半分钟后，把视线挪到舒梨挂着笑的脸上。

她笑得多灿烂，多好看。

她比窗外的阳光还要明媚。

边寂的眼神又突然沉寂下来，黑得不透一丝光。

舒梨见边寂陷入沉思，不由得撇撇嘴角，说："我没别的意思，就是想见你。如果你讨厌我不想见我，那我……"

她狡黠一笑："也不会走。"

边寂敛眸，走去床边拿出脸盆和毛巾，再拿了干净的衣服，要往门外走。

舒梨问他："你去哪儿？"

边寂停步，眉头深蹙着，答："洗澡。"

顿了顿，他又说："你想坐就坐。"

舒梨轻轻一笑，在床边坐下。

这应该是边寂的床，另一张床上放着女孩子喜欢的玩偶，样子很旧。

边寂下楼去洗澡了，舒梨就坐在床边玩手机，可惜信号不大好，网络特别差，连个图片都加载不出来。

舒梨觉得无聊，坐着干等半天。

还好，边寂很快就回来了。

在医院待了一晚上，洗过澡后的边寂，整个人显得清爽又干净，头发的发梢濡着湿意，没有完全擦干。

他偏瘦，骨架还是偏少年的单薄，松旧的白T领口有些宽，露出平直富有骨感的锁骨。

他一进来，舒梨就闻到了空气中淡淡的香皂味道，像柑橘和柠檬的混合味道，很清新。

舒梨安静地看着边寂，这个阁楼实在太小，根本容纳不下边寂这样的高个子。

边寂在沛沛的床边坐下，与舒梨面对面，对视上。

他的眸光很沉，似是在凝视着舒梨。

舒梨忽然起了捉弄他的心思。

她故意问："为什么要洗澡，难道你……是想做什么坏事吗？"

边寂神色未变，并没舒梨设想中的面红耳赤，只是喉结微滚，很是平静。

看他这样，舒梨的坏心思更甚。

她起身往前走一步，手掌心在边寂的肩膀处轻轻一推，边寂就被她轻而易举地推倒在床上。

边寂出乎意料地没有反抗也没挣扎，任由舒梨玩闹般俯身过来。

舒梨随意挽在脑后的头发从肩膀一侧垂下，发尾扫过边寂眼睫，有些发痒。

她有漂亮的肩颈线，衣裙修身，领口落下一片白腻。像只匍匐的猫，野性勾人。

舒梨是存了心地挑衅和捉弄，眼尾含着笑，脸颊的梨涡闪现。

她以为，边寂会撇开头，冷冰冰丢下一句："放开我。"

可是边寂没有这么做。

腰身忽然被掐住，掌心有道不清的热意。

舒梨错愕地睁大眼睛，下一秒她就被边寂抱起，转而困在了另一张床上。

这次换成边寂在她上面，鼻尖相抵，气息缭人。

他的眸色依旧很沉，几乎看不出任何情绪。

说话时候，嗓音也很沉很哑。

他说："这就是你想要的？"

边寂在见到舒梨的那刻，舒连漪的话就回响在他耳畔。

那时他就已经做了决定。

他给舒梨想要的东西，然后就此，保持距离。

眼前女孩肌肤白得透明，盈润嘴唇泛着晶莹的红，她没带妆，是最真实也是最漂亮的模样。

她那样明艳，是边寂这辈子，见过的最好看的人。

边寂的手掌撑在舒梨双肩两侧，几丝额发落下，眼底却是颓靡和清冷。

看她看得久了，他垂着的眼就不忍再看。

他怕自己会心软，会退败放弃。

已经做好的决定，像野蛮的种子生根发芽，他必须要这么做，他要他们就此结束。

舒梨只教过边寂怎么接吻，所以边寂从接吻开始。

被冰凉柔软的唇碰上，舒梨有些失神，纤长的眼睫忍不住轻颤，鼻尖满是柑橘柠檬的香气。

她还睁着眼，她看得很清楚，边寂在亲她。

她的理智也在告诉她，边寂在亲她。

从天窗投映下来的日光，落在边寂的脸上，眉眼之间泛着一层清冷柔和的光。

他闭着眼，没有再看她。

极致的温柔，也是极致的生涩。

舒梨陷入恍惚之中，好似这只是一场梦。

当边寂的鼻息在她脖颈之间徘徊，她骤然回神，下意识地对将要发生的未知又已知的事退缩。

她想推开边寂，可双手刚抵住他肩膀，就被他捉住，反扣在了脑袋上方。

手指虚虚实实地紧扣在一块，舒梨无法动弹，被边寂牢牢困住，眼眸起了一层薄薄的雾，呼吸不平。

心脏在发烫，意识在发烫。

属于边寂的温热又开始在耳后、脖颈间流连，舒梨心跳得厉害，心脏仿佛被狠狠掐住，透不过气。

她再次看着眼前这个男人，她想，就这样吧。

假如她注定不幸，那在这个不幸的人生里，能拥有自己喜欢的东西，也算是一种幸运。

舒梨没有喜欢过别人，可能是受了舒连漪的刺激，她甚至有些讨厌异性。

也可能是因为她性格不好，娇纵蛮横阴晴不定，身边的男生、同学没有一个愿意靠近她。

她只有周洛南这么一个男生朋友，也是唯一的朋友。

而边寂，是第一个让她第一眼看到就觉得心跳加速的男生。

青春的尾声，少女的喜欢总是来得那么没有缘由。

当时她以为边寂跟舒连漪有什么见不得人的男女关系，所以她讨厌他。

因为动了心，所以就更加讨厌。

但是现在，她不讨厌，反而生出一种心疼的情绪。

舒梨想象不到这些年边寂是怎么熬过来的，他顽强生长，没有因为自己遭受的一切而变得卑微。

舒梨甚至在想，以后，她是不是可以陪他度过这些不好的日子呢。

或者，是她想有个人陪。

房间里太热，没有空调，没开风扇，他们都出了汗，浑身黏腻。

边寂抬头，黑沉的眼眸凝视着她。

舒梨的双眼雾蒙蒙的，他们对视着，呼吸很重。

不知道为什么，舒梨觉得，边寂没有任何感情。他的眼里看不到任何东西，连唇瓣贴上，都感受不到多少的冲动。

于是，她伸手揽住边寂的脖子，翻身过来，与他位置互换。

他什么都不会，那换她来吧。

她迎上他的唇，力道比他轻，时轻时缓，好像格外“会”，但其实，她也不会。

大约是天分，大约是天赋，总之，边寂从一个主导者变成了被控者。

如同昨天第一次接吻那样，被舒梨控制着。

他好像又陷进她构造的梦里了，开始忘了自我，一直隐忍的情绪被撩拨得有了突破口，被称为情欲的东西开始侵袭他的身体和理智。

惯有的清冷和孤傲终于被吞噬，他被她拉下，在无尽的暗涌里沉沦坠落。

老房子隔音不好，在小阁楼依然能听到楼底下的喧闹声，早餐店老板在吆喝，行人在对话，经过的汽车按起喇叭。

仿佛有人在这盛夏灿烂的阳光里放了一场烟花，所有的一切都炸得稀里哗啦。

边寂没有再克制，可能是意识到舒梨真的太会了，他脑海里不适时地又有了僭越的想法。

他有一瞬间在想，是谁教舒梨的。

而他，又是她的第几个？

太多复杂情绪随着他的炽烈往下沉，像一场暴风雨毫不留情、直接肆意地沉到某一处。

随之而来的却是他刹那的滞愣。

舒梨紧闭着眼，眼睫根处的泪光碎成钻。

边寂停顿片刻，意识回笼，最后还是摒弃了理智，开始义无反顾。

热烈和温柔并存，夏天的滚烫像是烫伤了他们，在彼此皮肤上留下斑驳的红印。

舒梨因疼痛流下的泪，最后被边寂一点一点吻去。

这大概是他最后的温柔。

……

暧昧萎靡的味道在空气中飘浮，风扇"吱呀吱呀"地转，好似把一切事后的温存都给吹散了。

舒梨穿好衣服，回头看，边寂平静地坐在床边，低着眸，目光定定的。

她望着他的侧脸，不说话，他也没说话。

在很长一段时间的沉默过后，边寂终于开了口。

"欠条你应该已经看到，那笔钱，还有你帮我请护工的钱，我一定会按期还你。"

他的嗓音太哑，说话时候也显得过于冷漠，仿若与刚刚在床上的他不是同一个人。

"现在，你想要的，我已经给了你，以后……不要再来找我。"

世界像是突然噤了声，安静到可怕。

又如同是包裹着虚幻美梦的玻璃被毫不留情地打碎，碎片猝不及防地扎进血肉里。

舒梨骤然站起，有些不敢相信自己听到的。她双眸紧紧盯着边寂，嗓音微颤："你再说一遍。"

边寂这时也抬起头，与舒梨的目光对上，他没有闪躲，就那样直直地面对着她。

面无表情，浓黑深眸坚定不动。

他重复了一遍："你要的我已经给了你，以后——"

"啪！"

边寂挨了一巴掌，侧着脸，脸颊火辣辣地疼。

舒梨的手缓缓落下，眼圈泛着红。

边寂将脸转回来，重新面对舒梨，继续说完自己没说完的话："——

不要再来找我。”

舒梨攥紧手指，胸口起伏不定，连呼吸都发着颤。

而后，她松懈下来，故作轻蔑地嗤笑一声：“你以为你是谁啊，我当然不会再来找你，玩过的玩具没了新鲜感，谁还会再要。”

说这些话的时候，舒梨自己都没发觉言词之间的颤抖。

那是她不愿展示在外人面前的脆弱和自尊。

她的尖锐和棱角，不过是用来保护自己的刺。

舒梨走得干脆利落，没有回头。

外面的日光仍然那么明亮灿烂，可是好刺眼，刺得舒梨的眼睛好疼，控制不止地盈满泪水。

她努力睁着眼睛不眨，倔强地不让自己落泪。

可是她的那颗心啊，早已经被撕扯得粉碎。

她觉得自己真的好可笑。

原来她想要的，真的都不能拥有。

原来付出真心，换来的不过如此。

在老城区的路口，舒梨碰到了来找她的周洛南。

周洛南是抱着一丝可能性过来的，可真的见到舒梨，他却高兴不起来。

“全世界都在找你，你知道吗？”

舒梨低着头没有出声，没有回应，沉默地坐到周洛南的机车上，拽住他的两侧衣摆。

周洛南已经有些搞不明白，也有些气。

他偏过头，看着自己身后的舒梨：“你家那边知道你偷跑出去，打电话问我知不知道你在哪儿。我猜你不是去了医院就是来这儿，没想到你还真的来这儿了。舒梨，你对这个家教到底——”

周洛南倏地顿住，眼里闪过惊诧。

“你脖子上怎么了？”

舒梨摇着头，拽着周洛南衣摆的手指松开，转而伸手搂住他。她把脸埋在他的后背，这仿佛是她最后的避风港。

她说：“走吧。”

周洛南愣着没动，脑里浮现很多种可能，每一种可能都叫他炸裂。

舒梨脖子上的吻痕这么明显，他怎么可能看不出来。

少年冲动易怒，周洛南抓住舒梨的手，满脸气愤：“那家伙对你做了什么？！”

“我自愿的。”

舒梨语气淡淡。

周洛南却一下怔住，嫉妒和痛心一下子席卷了他：“舒梨，你真的对他动心了？！你傻不傻，你和他能有结果吗？！”

“以前不知道，现在知道了。”舒梨嘴角还漾着浅笑，头靠着周洛南宽瘦的背脊上，一滴泪从眼角滑落。

她忍着泪，声音低弱：“走吧，带我走。”

周洛南的心脏骤然紧缩。

舒梨多坚强，他认识她这么多年，从没见过她哭。

现在光是听到她言语间的哭腔，他就差点要心碎。

周洛南忍下心底的波涛，载着舒梨，离开了这片本不属于他们的老城区。

四周景物不断倒退，从树叶之间落下的斑驳光晕在风中晃动，虚虚实实，像一个梦中世界。

舒梨靠着周洛南的背，眼泪无声地滑过脸颊。

她没哭出声，可周洛南明显感受到背后的湿漉，眉头皱得很深。

过了好久之后，透过这个夏天的风，周洛南听到舒梨说：“我想离开这里。”

他回应：“我已经在带你离开了。”

“可是我想离开这座城市，离开只有我一个人的家，我想要自由。”

周洛南沉默半晌，故作轻松地笑：“好啊，那就出国吧。你妈不是想送你出国读书吗？去了国外，你就能自由了。不会再有人每天盯着你，你也不用再被关在家里。”

他说：“什么都别想，走吧，我陪你。”

舒梨缓缓抬起头，望着眼前不知何时已经有了大人雏形的少年背影。

“周洛南，你别对我这么好，我还不起。”

“我有说过要你还吗？”

周洛南唇边漾着苦涩的笑：“你爱还不还。”

舒梨再次想起边寂。她为他做那么多，并没有要他还，偏偏他却一定要还她，不愿欠一分人情。

其实，舒梨不只是想要自由，她还想要爱。想和普通人家的孩子一样，有妈妈疼，有喜欢的男孩的回应。

可是她得不到。

原来人真的不能有希望，有了希望，只会得到加倍的失望。

她抬头望天，心很疼，疼到心好像突然空了。

像这片天一样，空荡荡的，什么都没了。

舒梨回到家，舒连漪已经在等她。

舒连漪一脸的严肃，让张嫂把舒梨带回到房间里，丢下话：“从现在起你除了自己房间哪儿都不许去。”

“你准备这样关我一辈子吗？”

舒梨嘴角抿成一个小小的弧度，冷冰冰道：“既然这么不想让外界知道我的存在，怎么不把我饿死，一了百了。”

舒连漪脸颊因为气恼而微微泛红，皱着眉问：“你说的是什么话？！”

舒梨挺直背脊，抬着下巴，冷笑一声：“人话。”

回应她的，是舒连漪狠心的一巴掌。

“张嫂，把她带上去，好好看着。”

张嫂低着头应，然后去拉舒梨，小声劝：“小姐，别跟舒总闹脾气，您不见了，舒总放下公司的事情就过来了。”

舒梨不作声，眼睛红红的，白皙脸颊上是明显的掌印。

原来一巴掌这么疼。

她也打了边寂一巴掌呢，他肯定也很疼吧。

想到这儿，舒梨突然笑起来，眼泪却决了堤似的，一直往下掉。

说不清是因为这一巴掌的疼，还是因为别的。

舒连漪有几秒的动容，眼底柔光浮现片刻，而后又换上冷酷无情的表情。

“舒梨，你别觉得我对你狠。现在对你狠，是为了日后的你。”

舒梨听不懂，她用闪着泪花的眼望着舒连漪，她的妈妈离她那么近，可是却感觉那么遥远。

她心里痛，她有委屈，可是都无法跟她的妈妈说。

她想要一个安慰，却没有。

在门外等待的助理过来，递上一直在响的手机。

舒连漪看了眼，预备接电话的时候，舒梨说：“我要出国。”

舒连漪停滞了一下。

舒梨抬手背擦掉脸上的眼泪，用决然的眼神看向舒连漪：“我要离开这儿，离开你，再也不回来。”

舒连漪放下一直在响的手机，过了半晌才轻抿嘴唇：“这是你自己要求的。”

说完，她就带着助理走了。

坐到车里，手机的铃声再次响起，舒连漪疲倦捏眉心，而后接起来。

“舒总，董事会那边一直在催，问您新一轮融资的计划。如果没有新的投资，公司资金链就会有问题——”

“知道了，回公司再说。”

助理坐在前面副驾，悄悄通过后视镜瞄一眼后面的舒连漪，然后对司机说：“走吧，回公司。”

舒连漪放下手机，满目疲惫，转头看车窗外一纵即逝的风景，想起舒梨那句：“离开这儿，离开你，再也不回来。”

她笑笑。

不回来也行。

起码在国外，还能永远过她无忧无虑的日子。

被关在房里的舒梨，撕了边寂留给她的欠条，碎纸片在窗边随风飘散。

她仍记得自己第一次见边寂时，边寂向她做自我介绍。

清瘦高挑的男生，双眸如水般平静。

他说，他叫边寂。

天边的边，冷寂的寂。

望着消散在天边的碎纸条，舒梨沉静的眼眸微微湿润，垂眸低笑一声。

他的名字取得可真好。

舒梨关上窗，关上了外面盛夏的日光和蝉鸣，徒留房内一片静。

她走到浴室洗澡，衣裙脱下，能看到镜子里的自己满身红印。

她想起边寂亲吻她时清冷无波的眼，想起他为她沉沦的脸，又想起后来，他冷静而无情说的话，她的心忽然又疼了一下。

舒梨擦掉眼泪，站到花洒下面，打开热水。

热气氤氲，舒梨闭紧眼，水流冲在脸上带来的窒息感，让她意识越来越恍惚。

恍惚过后就是现实的无情和疼痛。

她想哭，最后还是忍住。

悄悄发芽刚冒出头的少女悸动，在第一时间被掐灭。随着不该有的期冀，留在了这滚烫的水流里，再被冲逝。

如同烟火一瞬，灿烂过后，再无迹可寻。

她想，她不会再为边寂流一滴泪了。

就这样吧，他们就此，两不相欠。

午后宁静，医院门口茂密的枝头，蝉鸣不止。

边寂拎着一个保温壶，前进的步伐缓缓停住。

周洛南满脸怒气，不由分说，冲上来就给了边寂狠狠一拳。

保温壶摔到水泥地上，边寂没受住力道，往后趔趄几步才勉强站稳。

站稳后，周洛南又冲过来，对着他的脸又是一拳。

边寂摔在了地上。

周洛南额上青筋凸起，过来抓住边寂的衣领，说："你竟然敢欺负舒梨，你可真有本事！"

说着他又用力给了边寂一拳头。

边寂的嘴角已经溢出血，铁锈般的味道溢满口腔。他双眼没有焦距，瞳孔漆黑黑的，没有对周洛南还手。

周洛南见他没有反应，忍着怒气揪紧他的衣领："不说话是吧，心虚了是吧。你以为你装死我就会放过你吗！"

周洛南向来桀骜不驯，他用讥嘲的语气对边寂说："你别太把自己当回事，你对舒梨来说什么都不是，她不过是贪新鲜玩玩。现在玩过了，她也不要了，你最好别再出现在她面前，否则我不会放过你。"

周洛南说完，愤愤地甩开了边寂，转身头也不回地离去。

万籁俱寂的午后，整个世界像是被按了消音键，边寂什么都再听不到。
周洛南走了很久之后，他才勉强从地上站起来，迈着虚浮趔趄的步伐，去把摔在地上的保温壶提起来。
保温壶没摔坏，或许这是唯一的庆幸了。
边寂用手指揩去嘴角的鲜血，眸光虚无，思绪不知道飘在哪儿。

回到医院，沛沛刚好午睡醒了，护工阿姨在给她削苹果。
边寂一进来就看到床边放着的购物袋，还有旁边柜子上的大果篮，他不明地问护工："阿姨，有谁来过了吗？"
"这些都是舒小姐早上让我拿上来的。"
边寂放保温壶的手忽地一顿，脸落在阴影里，半天没动。
衣摆突然被拽动，他转过头，碰上沛沛担心疑惑的目光。
沛沛在看他脸上的瘀青和沾满了灰的衣服，表情紧张。
边寂回过神，没事般地冲沛沛笑笑："出门太急，撞到墙上了。"
沛沛明显不大相信，可是她不能说话，现在只能躺在床上，连打手语都做不到，根本无法追问。
她只好放弃，从枕头底下拿出一张小卡片，递给边寂。
边寂问："这是什么？"
护工阿姨帮忙说："是从袋子里拿出来的。"
边寂怔忪一会儿，缓缓抬手，从沛沛手中接过。
卡片上没写什么，只用黑色水笔写了几个字：祝早日康复。
边寂认得，这是舒梨的字。
虽然他只教了她几天，可他认得出她的字。
其实舒梨很聪明，他教她的那些，她都会，她的英语水平，并不见得比他差。
他忽然想起她叫她老师时候的样子，心脏忽然像针扎一般，密密麻麻的痛感弥漫，却找不到伤口。他甚至都觉得，呼吸好像困难了起来。
边寂沉默拿着卡片，走出病房，一直走到走廊的尽头。
他在那儿坐了好久，一动不动。
在冗长的时间里，他依旧不明白自己的心，为何这么疼。
他以为自己可以忽略一切感受，就当舒梨这个人，从未在他的生命里出现过。
可是……他好像做不到。
他欠她的太多，就算她只是因为新鲜感玩玩，他仍要感激她。
边寂抬手遮住眼睛，不想让自己的脆弱流露出一分一毫。
舒梨只不过是他抓不住的一束光，短暂地照亮过他晦暗的生命，但他无法拥有，且不能奢望。
他感激她为他做的一切，可是他再还不了别的。
感情对他太奢侈，他不敢要，也要不起。

起码此时此刻的他，要不起。

……

这个夏天没有很长。

夏天快结束的时候，沛沛出了院，边寂和她继续过着普通的日子，好似和从前并没什么两样。

时间有条不紊地往前拨动。

舒梨离开江市，坐上了出国的飞机。

她走的那天，是这个夏天最后一天的烈阳，阳光刺眼，万里无云。

后面那几年的夏季，再没有过这样灿烂的日光。

第三章 好久不见

五年后，法国巴黎。

落日西斜，秋季梧桐金黄绚丽，秋风拂过，黄叶飞舞，落叶满地。

金发碧眼的白种人在林道上散步，享受秋季独有的浪漫。

舒梨从他们身边经过，纤瘦单薄的肩背背着一个黑色写生画夹，地面上的落叶被踩出“吱呀”的声响。

微散落在肩头的头发被风吹乱，她神情淡漠，干净白皙的脸上没什么表情。

舒梨不喜欢人多的地方，即使在这儿生活学习了五年，可她仍像个融入不进的过客，主动疏离周遭的一切。

回到公寓，舒梨在玄关放下画夹，看到玄关处多出来的一双鞋。

她没多大反应，随手找来根皮筋，将头发随意地挽在脑后。

觉得有些渴，就走去冰箱那边拿水。

公寓不大，因为舒梨性格的原因，公寓里面除了基础的家具，没太多别的东西。

走进来时，她看到今天茶几上的花瓶放了一束鲜花。

上周的鲜花已经被换掉，换了一束娇艳欲滴的百合玫瑰。

舒梨只简单看了一眼，便收回视线，打开冰箱。

这时身后传来声响，浴室门被打开。从里面出来的男人刚洗过澡，头发滴着水，顺着脖颈流到锁骨上，下身只围了条浴巾，腰身劲瘦。

他一边拿毛巾擦头发，一边望着舒梨的背影，轻扯嘴角：“你回来了。”

舒梨对周洛南出现在这儿早已见怪不怪，冰箱冷气拂到她面颊，有些微微冷意。

她没回头看他，从冰箱里面拿出一瓶矿泉水，拧开，仰起脖子喝水。

周洛南擦着头发走到客厅，慵慵懒懒地靠在沙发上，可视线还是追随着舒梨。

今天她出去写生，穿得很简单，修身的针织开衫和淡色牛仔裤之间掐出一段极好的腰线，前后曲线清晰。

在窗口橘色余晖的映衬下，她的皮肤显得更加透白。

周洛南喉结上下滚动，失神片刻，转而露出个笑：“还是你这边舒服。我那边热水器老坏。”

舒梨酣畅喝完半瓶水，眸光淡淡瞥向他：“早就叫你换新的。”

“要是换了新的，我就没理由每天来你这儿了。”

舒梨没有回应，将矿泉水瓶拧好，放置到一边。

周洛南生硬转了话题，问她：“今天写生怎么样？”

“不怎么样。跟以前一样无趣。”

舒梨在巴黎这个艺术之都待了近五年，除了学会画几幅印象派油画，别的倒是没什么成就。

反正她只是换个地方荒废度日，永远不怕饿死。

窗台外，古典与现代结合的房屋层层叠叠，被笼罩在橙红晚霞之下，一声钟响，成群的白鸽在上方挥着翅膀飞过。

舒梨靠着窗台边，神色淡然地点上一根烟。

周洛南看着她，笑她怎么有股颓废文艺女青年的味。

舒梨吐出个烟圈儿，望着天边的红，思绪放空。

过了会儿，她问周洛南：“已经毕业很久了，你怎么还不回去？”

“回哪儿？”

“回国。”

周洛南眸光定了下，反问舒梨：“你不回？”

“不回。”

舒梨答得诚实。她对于回不回国，完全没任何想法。她在决定出国的时候，就说过，永远都不回去。

可在这个异国城市，她又觉得自己格格不入。

周洛南的神色有些不同寻常，他隐藏着不让舒梨发觉，转而半开玩笑地说：“要不就在这儿定居吧，我搬来跟你住，多买张床，咱们就搭伙过日子了。”

舒梨抬眸看他，笑了笑：“你爸肯吗？”

“没什么肯不肯，他们族谱上没我名，我的存在对于他们来说，可有可无。”

周洛南模样轻松，依旧是那副纨绔样。

他们周家已经有个很优秀的长子，商界新贵，独当一面。而他，只是个私生子，藏着掖着，外界并不知情。

说起来，他和舒梨倒像是同一类人。

舒梨脸上还是带着笑，轻声道了句：“别傻了。”

不知是说周洛南的那句“可有可无”傻，还是前面周洛南提出的“定居”傻。

手机响了一声，舒梨灭了烟，打开看，是每月准时的转账通知。

这几年，舒连漪和她之间的联系少得可怜，最频繁的，不过是每个月银行的转账通知。

舒连漪会给舒梨转很多钱，多到舒梨用不完。

今天这笔转账，比以往多了十倍。

舒梨不由自主地微蹙起眉头，盯着手机看了好一会儿。

周洛南见她表情奇怪，不禁问："怎么了，什么短信？"

"没什么，银行短信。"

周洛南："你妈又给你转账了吧。"

舒梨轻应一声，收起手机，转头望向窗外陌生的天。

这时，周洛南再次提刚才的话题："要不认真考虑一下，在这儿定居。要是你不喜欢这儿，我们可以去环游世界。"

"你有点反常。"

通常来说，周洛南如果发觉舒梨不应某件事，就不会再提第二次。

所以这会儿，舒梨觉得他有些奇怪。

周洛南干笑否认，显而易见地心虚。

"哪里反常了，你想多了。"

"真的是我想多了？"

"真的。"

"行吧，当我想多。"舒梨说着，握着手机进了卧室，关门之前对周洛南说，"把你的衣服穿上。"

门关上，舒梨给通讯录里许久没有联系的那个号码拨了过去。

上面的日期显示，上一次通话是两个月前。

电话过了很久才被接起来。

舒梨先问："为什么一下子给我转这么多钱？"

舒连漪没说太多，只说："这笔钱够你在那儿生活很久。"

"你是怕我现在毕业了，会选择回去吗？"

"永远不回来，是你当初自己说的，你应该没忘。"

舒梨脸上反讽的笑意顿时僵住，手指握紧手机。

舒连漪主动结束了通话，舒梨甚至都没来得及说第三句话。她忽然感觉胸口发闷，熟悉的感觉席卷全身。

她丢下手机，拉开床头柜，从里面拿出一瓶药。

拧开瓶盖倒出几粒胶囊在手心，开门去外面拿水时，看到周洛南在接电话。

周洛南已经套上衣服，几年间他的头发留长，不再是当初那个桀骜利落的寸头。

发尾的水珠滴在衣服上，洇出一团一团阴影。

舒梨不是第一次见周洛南打电话，却是第一次看到周洛南略慌张的表情。

她没有打扰他接电话，走去拿过起先喝了一半的矿泉水，将手里的药吞了下去。

周洛南匆匆挂完电话跑过来，来不及阻止她吃药。

他抓着她已经空了的手，皱着眉问：“怎么又吃药？”

“抗抑郁的药，又不会毒死人，你慌什么。”

从决定出国到现在，舒梨偶尔会陷进抑郁的情绪走不出来，靠药物才勉强缓过去。

在那样的家庭长大，她没有病才奇怪。

周洛南每次看舒梨吃药都会担心，所幸舒梨只是偶尔吃。

他说：“是药三分毒。你突然吃药，又跟你妈闹情绪了？”

舒梨静静看着周洛南，语气平静：“你怎么知道。”

周洛南突然噤声。

舒梨几乎已经可以肯定，今天的周洛南就是反常。

他们认识很多年，从十几岁到现在，她了解他。至少，他可以回答一句“猜的”，但他没有。

他突然沉默不说话就已经不像他。

舒梨的直觉告诉她，周洛南有问题。

“周洛南，你是不是有事瞒着我？”

面对舒梨突然变得犀利的眼神，周洛南心虚地避开对视，违心应着：“没有。”

“你知道的，我最讨厌别人骗我。”

“我没骗你，真的。”

“那你刚刚在跟谁打电话，为什么看到我的时候那么慌张？”

舒梨太心细太敏感，周洛南的一举一动都逃不过她的眼。

周洛南还想撒谎，舒梨却忽然从他手中抢过手机。周洛南要抢回来，舒梨顺势抓着他的手，用他的指纹开了锁屏。

“舒梨——”

周洛南还想抢回去，但舒梨已经快他一步，看到了锁屏打开后的通讯录界面。

手机被拿回去了，周洛南还想掩饰，可舒梨已经看得很清楚。

通讯录第一行的那个号码，没有备注，但是她倒背如流。

即使她和她妈关系冷漠得像陌生人，她仍能背出她妈的号码。

“刚刚你们在打电话？她跟我说不到两句话，反而打电话给你？”

周洛南躲开舒梨的视线，一时不知该如何解释。

舒梨想不明白，追问：“你们一直有联系？”

周洛南下意识地摇头：“不是的，是这两天才——”

“为什么有联系？”舒梨的直觉从来没出过错，周洛南果然有事瞒着她。她现在情绪还算稳定平静，等着周洛南的回答。

可周洛南不想说，拿着手机走到沙发那儿，背对着舒梨，说：“舒梨，别问了。”

“那是我妈，我总有知道的权利吧？”舒梨坚持。

周洛南对她一直很坦诚，他越这样瞒着，她就觉得越有问题。

但是周洛南还是不愿说。

为了让周洛南开口，舒梨走去房间拿出一瓶药，当着周洛南的面把里面药丸全都倒在手心。

“你不说，我就全都吃下去。里面有安定的成分，你知道会有什么后果。”

周洛南呆住，意识到舒梨的意思后，他一下就慌了，连忙去抢药。

但舒梨比他快，背过身就要把药吞下去。

周洛南着急地从身后抱住她，按着她的手，手指用力抠开她嘴巴，不让她咽下去。

“舒梨你疯了吗？！不许吃！吐出来！”

舒梨不吐，两人剧烈挣扎着。

周洛南见舒梨意志很坚决，没有办法，只得松口：“我说——我说——你别拿自己生命开玩笑——”

直到听到这句话，舒梨才松了力，嘴巴里的药丸也吐了出来。

周洛南把所有的药丸和舒梨手上的药瓶丢到垃圾桶里，额上一层的汗。

其实那不是什么药，只是普通的维生素片。

他不知道舒梨在骗他，他是真的慌了。

“你能不能不要做傻事？”周洛南卸了力般，靠在了墙壁上，望向舒梨的眼眸里满是无措。

面前这个单薄瘦弱的女孩，强硬起来，真的让他毫无办法。

他叹气，说：“你妈前些天联系到我，希望我能看住你，不让你回国。”

因为刚才的挣扎，舒梨的脸颊和手腕都有了深浅不一的红痕。她不明地问周洛南：“为什么？她就这么不想见到我，想把我丢在这里一辈子？她是多怕我突然回去？”

“不是的。”

周洛南垂眸，似是有些不忍。

“你妈可能要坐牢。”

仿若晴天霹雳，舒梨一下就愣住了：“你说什么？”

周洛南：“你妈涉嫌集资诈骗，数额很大，现在舒氏很乱。”

“你开玩笑的吧？”舒梨笑了两声，明显不愿相信，“她可是舒总，从我外公手中接过的担子，怎么可能诈骗，她都是这个位置上的人了，不可能的。”

“现在事情没有定性，为避免牵扯到你，所以……你妈希望我能把你看住，短期内不要回国。”

舒梨摇着头，还是不愿相信。

不可能的，舒连漪多冷酷无情一个人，经历过多少商业场上的波云诡谲，怎么可能会做这样的事。

“舒梨，这是真的，你现在待在这儿是最安全的。如果你妈真的判了刑，极有可能没收全部财产，到时你就什么都没有了。留在这儿，至少现在你还有一笔钱——”

舒梨愣了一下，事情的突然让她一下没办法思考。

她与舒连漪不亲，可即便不亲，她也是她的妈妈。

“你觉得我能像什么事都没有一样待在这里吗？她是我妈，她出了事，我怎么可能不闻不问。”

没太多的时间考虑，舒梨的眸光变得坚定：“我现在就回去。”

眼看着舒梨要回卧室收拾东西，周洛南也急了：“别傻了，你回去能有什么用？你不是说永远都不回去吗？”

他拉住她：“你听我说，我会在这儿陪着你，你放心，也许你妈一点事都没有。”

“放开我——”

舒梨用力挣脱周洛南的手，可周洛南却将她抱住，桎梏着。

她的力气到底抵不过他，只能在他怀里挣扎。

“舒梨，先冷静点。”

周洛南尽管内心着急，语气还是尽量保持着耐心。

他怕舒梨因为舒连漪的事而受刺激，余光瞥见垃圾桶里的药瓶和药丸，就问：“还有药吗？先冷静下来好不好？”

舒梨停止挣扎。

见舒梨没那么激动了，周洛南才松开她，走去翻垃圾桶，想看药瓶里还有没有药。

可这时，在他背后的舒梨却是虚弱地轻笑一声：“那是维C。我还没傻到拿自己的生命开玩笑。”

周洛南定住，白色的药瓶拿在手上，他打开看到瓶底还有几粒小颗粒的药丸，才想起舒梨吃的抗抑郁药，一直都是胶囊。

后知后觉自己被骗，刚才和盘托出的周洛南几乎是无语，转过来面对舒梨，压抑不住心底躁郁：“你真的是够了！”

夜半时分，富有浪漫色彩的巴黎开始淅淅沥沥下起小雨。

起先的药物有安眠作用，舒梨睡了一觉，睡醒时候，已经不清楚现在是几点。

周洛南守在客厅里，一步没离开。

看到舒梨从卧室出来，他连忙从沙发上起身，问：“醒了，肚子饿不饿？”

舒梨点头，困倦地抬手顺了一下散落额前的头发，整个人显得有些无力。

周洛南见她想吃东西，心定了不少，他就怕她不吃不喝闹着要回国。

“你想吃什么，叫外卖送过来。”

“我想吃面。”

“面？”

舒梨虚弱走至厨房，停在冰箱前。

从背后看，身形瘦削，蝴蝶骨清晰明显。

她从冰箱拿出两个鸡蛋，对周洛南说：“家里有面，我想煮面。”

舒梨还有心情煮面，周洛南心里的石头就更加落地。

他满口应承：“好，我帮你。”

公寓的厨房不大，两个人站在里面，一个打鸡蛋，一个把水烧开，将面条下进锅里。

盖上锅盖的时候，舒梨说：“没有盐了。”

周洛南放下筷子和碗：“我去买。”

“快点回来。”

“好。”

周洛南马上出了门，对留在公寓里的舒梨完全放松了警惕。

而在他离开之后，舒梨脸上淡淡的笑意隐去，目光平静。

周洛南很快就回来了，舒梨也已经煮好两碗面，很简单，碗里只加了个鸡蛋。

面已经盛好，摆在餐桌上。

舒梨将周洛南买回来的盐轻轻撒在两个碗里，然后坐下，说：“吃吧，可能味道不大好。”

“不会，你做的肯定好吃。”

周洛南没想太多，在舒梨对面坐下来，拿起筷子。

在国外五年，他们是彼此最熟悉的人，但是并没更进一步。

舒梨有着很深的防线，无形中隔开了所有人。

周洛南也不敢轻易突破这层防线，他知道，舒梨随时会离开他。

而此刻，周洛南和舒梨面对面坐着，吃着简单的餐，四周的静谧让他有了种温馨的错觉。

他问舒梨：“我们现在这样，是不是也挺好？”

舒梨咬断面条抬头，眨着没多少光亮的眼睛看周洛南。

周洛南在她的凝视中笑了笑，说：“我们在这儿，就这样一起生活，挺好的。”

舒梨低头，重新用筷子夹起面条，平淡地说：“你应该找个喜欢的人一起过这样的生活，而不是跟我。”

“但我只想跟你。”

闻言，舒梨停顿一下，筷子搅弄着碗里的面条。

她不知是在想什么，安静了一会儿后，轻声对周洛南说：“吃面吧，要凉了。”

周洛南扯动一下嘴角，眼底满是落寞。

他的心思，舒梨明白，舒梨的心思，他也明白。

他们都是最了解彼此的人，但是却没有其他的可能。

吃完面后，周洛南主动洗碗。大约是夜深了的缘故，他开始犯困。

刚洗完碗没一会儿，他就困得不行，靠在了沙发上。

舒梨走过来，让他进卧室睡。

周洛南勉强睁着眼，一面与睡意斗争，一面说：“我睡了床，你睡哪儿……”

“我也睡床。”

视线模糊间，周洛南觉得眼前的舒梨像是虚幻的，连她说的话都那么虚幻。

最后他还是被舒梨扶进了卧室，踉踉跄跄几步，躺在了舒梨的床上。

舒梨帮他脱掉脱鞋，盖上被子。

周洛南还没完全睡着，他怕自己睡了之后舒梨会偷偷离开，所以他强撑着不睡，手指抓紧了舒梨的手腕。

舒梨明白周洛南在想什么，就在他身边躺下，望着天花板说：“我也困了，我和你一起睡。”

抓着她手腕的手终于有一点点松动。

周洛南缓缓靠过来，鼻尖是舒梨身上若有若无的馨香。

他念着：“你别偷偷地走……”

“睡吧。”

舒梨用另一只手关了灯，房间骤然变暗。

两个人从未这样近距离地靠在一块，彼此的呼吸都清晰入耳。

周洛南离舒梨很近，他日夜肖想的人，就在身边，他的心不受控地快速跳动，想离她近一点，再近一点。

舒梨感受得到周洛南拥住自己的手臂，还有他身体的热度，一点一点地传递到她肌肤之上。

她没有动，只静静躺着。

周洛南以为这是她允许的暗号。

他的唇落在她隔着衣服的肩膀上，灼热气息扑在她脖颈之间。

第一次颤抖靠近，第一次大胆尝试，他在神思模糊间做着下意识的动作。

而舒梨，却像块冰冷的石头，在静静等待着什么。

当周洛南的唇碰触到她脖颈皮肤，他也渐渐没了力气，脑袋埋在她的肩上，沉沉睡了过去。

又等了大约五分钟，舒梨确定周洛南睡着之后，才将他拥住自己的手臂拿开。

她重新开了灯，掀开被子下床。

取行李箱，收拾衣服和物件，一气呵成。

拉开床头柜抽屉拿出护照证件的时候，舒梨默默看向床上睡得很深的周洛南。

他吃的那碗面里，她在趁他出去买盐的时候加了几片安眠药。

分量不重，睡一晚上就会醒。

只是等他醒的时候，她已经在回国的飞机上了。

刚才的纵容，只不过是舒梨想让他放松警惕。

周洛南这个人其实很单纯，没太多心思，所以他才这么容易被她骗。

简单收拾好行李，舒梨换了衣服，将公寓的钥匙留在了枕头边。她给周洛南重新掖好被子，抱歉地说："对不起，我真的要回去。好好睡一觉，醒来不要生气。"

雨夜巴黎陷在一片沉寂的灰黑之中，舒梨推着行李箱，在路旁拦了辆出租车，直接去往戴高乐机场。

还未苏醒的城市，依然那么陌生，犹如第一次来的时候。

舒梨不知道自己还会不会回来，或者说，她对接下去的一切，全都不清楚。

当初选择出国，不过是想避开心底的伤口，不过是想要自由。

可是有了自由，她还是觉得自己整个人都是空的。

她没有心，就只是个活着的躯壳。

同时间，国内。

江市金融区高楼林立，幢幢摩天大楼宛若钢铁森林。

华伦总部二十三楼的行研会议室，圆环形会议桌坐满了加班的职员，书页纸张不断被翻动，无数台电脑显示器上的股票折线按秒变化。

背对着会议桌的男人，衬衫西装一丝不苟，高挺鼻梁上的银边眼睛泛着层冷光，漆黑双眸盯着对面大屏上的股价。

他周身的疏离感，与身后这一群忙碌的职员割裂开，不像在同一个画面里。

助理梁夏递上新的报表，说："现在舒氏股价已经跌到很低，除了我们，还有好几家大公司虎视眈眈。"

男人接过报表，修长手指翻阅过一页，手腕随着翻阅动作从衬衣袖口露出，腕骨凸起分明。

他简略看过报表，嗓音低沉道："再等等。"

梁夏显然诧异，忙不迭地说："舒氏董事会内部已经一团乱，现在是拿到控股权的最佳时期——"

"最佳时期还没到。"

"可是……假如舒氏集资诈骗的罪证不足，不成立，股价会马上涨回去。我们就错失这个机会了。”

“不会。”男人抬眸，脸部轮廓在光影下尤为深刻立体，他将报表还给梁夏，语气笃定，事不关己。

“舒氏已经崩了。”

梁夏蒙蒙的，虽然他没有很明白，可是他相信眼前这个男人的判断。

毕竟这个男人，是华伦的特邀分析师，在整个金融行业，他的分析判断数一数二。

国内像他一样只在投行待了一年就直接跳槽到华伦，三年时间坐到现在这个位置的人，少之又少。

无论何时都头脑清晰的男人，视线继续落在大屏幕上，却在看到舒氏不断往下的股票折线时，不受控地走了神，眸色是浓郁的黑。

五年可以改变什么，五年可以改变一个人，也可以改变一家企业的命运。

某些旧时画面闪现脑海，边寂沉默几秒，不动声色地交代梁夏：“继续盯盘。”

舒梨赶到机场，但是飞机因为天气原因延误了。

她在机场等了几个小时，等终于上了飞机后，又因为飞机故障，中途改飞至莫斯科，从莫斯科转机。

舒梨花了整整两天，才回到江市。

江市的初秋，已经是她所陌生的季节，这座城市日新月异，也早不是五年前她离开前那个模样。

唯一没变的，可能是道路两旁的银杏树，金黄色银杏叶一如既往随风轻拂。

从机场取出行李，舒梨将手机开机，给舒连漪打电话。

连着打了好几个，舒连漪都没接。

舒梨忽然有了很不好的预感。

她跟舒连漪关系不好是真的没错，或者说她们根本没多少母女感情，可是舒连漪从来不会不接她的电话。

联系周洛南说的那些事情，舒梨一颗心悬起，又是一阵胸闷。

她在机场外面拦了辆出租车，报地址的时候想了想，最后报了舒氏集团所在的公司大楼。

出租车司机往目的地开，一路行驶平稳，可舒梨一阵又一阵地犯恶心。

从巴黎上飞机到现在，舒梨没有胃口，几乎没吃什么东西。或许是太久没吃东西肠胃有些受不住，或许是她太担心舒连漪，又或许，是刚回来水土不服。

离开五年，可能都已经不习惯这边的空气了。

手机屏幕显示二十多个未接电话，全都来自周洛南。

还有他这两天里不断发来的微信。

看着他发的那些，舒梨都能想象到他醒了后发现她已经走了时的气急败坏。

舒梨用细白的手指轻轻托着额头，另只手拿着手机，把周洛南发的那些微信从头看了一遍。

最后几条，是三小时前发的。

“你现在在哪儿？”

“我也回来了，你在哪儿，我去找你。”

“你能不能开机接电话？我保证不跟你算账，你先告诉我你在哪儿。”

……

舒梨在输入框点了下，虚拟键盘弹出来，可她想了想，没有告诉周洛南自己在哪儿，只回了几个字：“我很好，不用担心。”

无论怎样，还是得跟他报个平安，不然他会担心得没完没了。

回复完，舒梨就重新将手机关机。

她觉得好累，单薄的身体往后靠，侧着头看向车窗外。

脑袋空空的，什么都思考不了。

一个小时后，市中心到了，舒梨也越来越接近舒氏集团。

只是还没进入主路，司机就对舒梨说：“前面人太多，车开不进去，路边下车可以吗？”

舒梨放空的思绪收回，有些恍然，再次转头往车窗外看，前方确确实实围了很多的人，停了很多的车。

人群密密麻麻，看起来都是来看热闹一样。

而停着的那些车里，有贴着电视台 logo 的面包车，也有……警车。

司机在路边停下，帮舒梨从后备箱拿下行李箱，就开车走了。

舒梨停在原地好久，舒氏公司的大门就在前方不远，可她和它之间却隔了好远。

她推着行李箱挤进人群，一个接一个地擦肩，终于挤到最前面。

人群最前方，很多台摄像机，很多记者，好似还在做直播。

舒梨有些愣滞，旁边和身后看热闹的人群不断把她往前面挤，她仿佛像脆弱的浮萍，无处可定。

忽然间，人群热闹起来，摄像师们纷纷举起机器，记者们蜂拥而上，全都冲往舒氏公司的大门。

很多穿着制度的警察站在门口，从里面也走出来一长串的人。

当警察带着舒连漪出来时，舒梨错愕震惊，一下就失了神，呆呆望着舒连漪手上冰冷的手铐。

从前那样高高在上的人，此刻仍没有低下她高傲的头颅。

可她好憔悴、好瘦，一点都不是舒梨印象中的模样。

围观群众的喧闹舒梨已经听不清，她无法这样看着自己的妈妈被警方带走。

她什么都来不及想，松开手中的行李箱就要冲上去，可是就那一瞬间，她的手腕被人狠狠拽住。

舒梨抬头，看到面色沉峻的周洛南，他不知何时出现，在人群中找到她，并紧紧拉住她的手，不让她冲动上前。

警车的鸣笛声已经响起，这说明舒连漪坐上了警车，被警方带走了。

被周洛南拉到另一条主路上的舒梨想回头去追车，可周洛南拽紧了她，不让她走。

“你放开我！”

“我不会放开你！舒梨你清醒点！”

舒梨使劲挣脱周洛南的手，但是挣脱不开，周洛南毕竟是个男人，男女的力气有别。

随着越来越远的警笛声和渐渐散场的围观群众，舒梨挣扎的力气也越来越小，最后停止住，眼圈发红。

“我就知道你会来这儿。”

周洛南皱紧眉头，手上力气始终不肯多松一分：“舒梨你是不是太狠心了，竟然骗我，给我下安眠药。要不是你航班出问题，我还不能提早一步回来。”

他说：“刚刚我没拉住你，你想干什么？冲上去？你冲上去能解决什么问题？今天你妈被正式批捕，她涉嫌集资诈骗的罪名已经成立，你冲上去，不止你妈不会被放，你还会被带走，你的银行户头都要被查。”

舒梨很安静，银杏落叶打着圈飘落在她头发上，再落到地面，枯黄干涩，仿若她此刻的心。

她定定地看着周洛南，以平静的语气说：“是，你说得对。”

周洛南表情松动：“舒梨……”

“大概全世界就我没脑子，你们全都是对的。”

舒梨趁周洛南松力的时候，甩开他的手，往前两步握住刚刚被周洛南同时带离人群的行李箱提手，侧身对着他说：“你别管我。”

“你想干什么？”

“你不用管。”

“舒梨！”

周洛南气急，过来就拉住舒梨手臂，几乎是忍住了吼她的冲动：“现在全世界也就我要管你！你到底想干什么，我告诉你，你什么都别想，我已经问过我家老头，你妈这个事已经板上钉钉，只是有期和无期的区别！舒氏董事会已经散了，舒氏马上就要改姓，你们家已经破产了你知道吗？！”

风有些冷，秋天的阳光毫无暖意。

舒梨比想象中冷静，眉眼淡淡的，完全看不出任何情绪。

她不回应，周洛南烦躁地抓头：“你到底听我说话了没有？”

“听到了。”

舒梨缓慢地转着自己的手臂，从周洛南的手指中挣脱，她浑身没什么劲，脸色泛着白，但语气很坚定。

“不管我们家有没有破产，不管董事会散了没散，这些我都不想管。我只想见我妈一面。”

她有太多的话还没来得及跟舒连漪说。

这么些年的孤寂委屈，她没来得及抱怨。

当初不想要她为什么又生下她，她没来得及细问。

甚至连亲生父亲是谁，她也毫不知情。

不管怎么样，她总得再见见这个狠心的母亲一面。

她已经五年没有跟舒连漪见面了。

周洛南低了声，叹气：“你要知道，这很难。”

可很快，他又说：“我可以帮你。”

舒梨倏地抬头看他，眼底好似终于有了抹光。

“如果我跟我家老头子开口，跟我那个大哥开口，他们应该会帮的。但是……他们不会随随便便帮一个跟周家没有关系的人。”

周洛南停顿一下，嗓音里有试探、不安和心虚。

“你跟我在一起，我们结婚。”

初秋的风，卷落下更多的落叶。

舒梨站在风里，许久没说话。

周洛南几乎不敢看她的眼睛。

他知道自己这叫什么，这叫“乘虚而入”。可他也没办法了，这当中除了他那点儿私心，其余也都是事实。

谁会愿意去帮助一个跟自己毫无关系的人，起码他们周家，生意人，利益至上，不会做赔本的买卖。

过了好一会儿，舒梨拉动行李箱，转身往前走，同周洛南擦身而过。

周洛南喊她：“舒梨——”

舒梨停步，背对着他，用平淡的语气说着：“谢谢你的好意。”

舒梨说完就走，瘦弱单薄的背影落在周洛南眼里，着实扎痛他的心。

她就这么残忍，这么狠心，这么无情。

这么些年他在她身边并无怨言，可到底就只得来一句“谢谢你的好意”，这叫他不平又叫他觉得自己仿若是在被凌迟。

“舒梨，你不要那么天真，没有人帮忙，你根本见不到你妈！现在只有我能帮你——”

舒梨没回应。

看着她越来越远的背影，周洛南大概知道，舒梨不会再回头了。

可他又笃信，舒梨会回头找他。

因为在这座城市，没人可以再帮她了。

舒氏总裁舒连漪被警方正式批捕的消息，是今日的头条新闻。

晚间全国各个新闻台都在播报这则新闻，不同的男女播音腔机械式地读着新闻稿，配着今日拍摄到的现场画面，在电视里轮番播放。

边寂端了一杯咖啡走出来，在去书房途中停下。

看电视的人不知又去忙什么了，留下个大屏液晶电视播报着晚间新闻。

客厅这边没开什么灯，边寂沉在阴影中，电视显示屏的光在他深色的双眸中闪动。

画面中的舒连漪不算陌生，这几年他们有打过交道。

其实舒氏早几年就有资金问题了，外界一直不知情而已。现在落到这一步，并不意外。

边寂不准备再看这个新闻，预备抬起脚步时，眸光忽地一滞。

刚才一闪而过的画面里，是乌压压的围观人群，可是他却好像……看到了熟悉又陌生的一张脸。

那是在他记忆中，永远明艳漂亮的脸。

在原地停顿几秒，边寂快步回到书房，用电脑重新搜索这个新闻，最后按下暂停键。

他怔怔地看着出现在电脑屏幕上的那个不算清晰的人影，五年前那些模糊影像重新在他脑海中拼凑。

她的笑，她的娇纵，她的蛮横，不受控地席卷他的大脑。

——她回来了。

这是他很确定的事。

冗长的沉思中，边寂点了一根烟，上半身靠在办公椅的靠背中，眸里的暗光透过冰冷镜片，直直落在显示屏显示的那个人影上。

许久之后，他灭了烟，拿上车钥匙出了门。

入了夜的江市，车辆仍然川流不息，霓虹闪烁。

舒梨站在路口，不知该去哪儿。

她不敢住酒店，她知道警方迟早会查到她。

这城市的夜色太陌生，舒梨拦了辆车，想去寻找自己熟悉的地方。

她回到了以前的住处。

四周静悄悄的，风吹树叶的声音格外清晰响亮，舒梨从很远，就能看到她家门口被贴上的封条。

她想起周洛南的话，舒连漪所有的财产都被查封了。

所以，她也没有家了。

舒梨不敢再上前，只能远远望着她生活了十几年的地方，看着它落在夜色中，没有一丝光亮。

也许周洛南是对的，这个世界上，除了他，再没有人可以帮她。

瞧，现在的她，就没地方可去。

舒梨自嘲地笑一声，不知是笑自己还是笑什么。她推着行李箱回头，走了几步，迎面碰上个人。

“小……小姐？”

些许年没见，张嫂的模样倒没多大变化，她辨认出舒梨的时候，眼里满是诧异。

舒梨也没想到，会在这儿见到张嫂。

张嫂警惕地查看四周，忙把舒梨拉到一边，小声说：“小姐，您怎么回来了？”

舒梨没回答，反问她：“您怎么在这儿？”

“早上家里突然被查封，好多东西没来得及拿，我就想趁天黑来看看，看看能不能进去。”

张嫂说着叹气，看舒梨的眼神有些可怜：“小姐，舒总出了事……”

“我知道。”

张嫂停顿一下，又问舒梨：“这么晚了，还没吃饭吧？”

舒梨跟着张嫂去了一家街头炒菜馆，多年的油烟让里面看起来油腻脏兮。

这么晚了，馆子里没什么人，老板正准备关门，来了客，勉强去厨房炒菜。

张嫂拿纸巾擦桌子，纸巾擦下来厚厚一层的黄色污渍，说不清是什么。

舒梨看到了，什么都没说，坐下来。

她没太多心思吃饭，但是她确实已经很久没有吃过东西了。

不管怎么样，还是得吃一点，吃饱了才能再想办法。

老板在厨房炒菜，油烟熏出来，大概是放了辣椒，舒梨被呛得咳嗽了几声。

抬头再看，张嫂不知道去了哪儿。

老板娘端了盘辣子鸡出来，拿来两份餐具，然后又进去厨房帮忙。

舒梨拆开一次性筷子的塑料袋，对着这盘满是红辣椒的辣子鸡却下不去筷子。

她不会吃辣。

她又把筷子放下。

大概没过多久，门口传来骚动，舒梨以为是张嫂回来了，可抬头看去，看到的却是穿着藏蓝警服的警察。

老板和老板娘以为出了什么事，连忙从厨房出来，可那几个警察，却把目光牢牢锁在了舒梨身上。

舒梨坐在那儿，与他们对视着，脸上平静，几乎没有表情。

而后，她轻轻笑了笑。

警车的警报声响起，“嘀嘟嘀嘟”，响彻耳膜。

舒梨很安静，坐在车里，没有反抗，也没有说话。

她甚至也不能去怪张嫂。

张嫂向警方举报，总有她的原因。也许是害怕她缠上她，也许是想跟警方谈条件，想进被查封的房子里拿东西……

总之，每个人本身都自私自利，这世上哪有那么多的善意。

边寂的车停在被贴上封条的舒家门前，似乎有警车鸣笛的声音传来，离他越来越远。

他透过半开的车窗，静静看着那扇紧闭的门，眼眸幽深着。

手机响了起来，边寂从不知名的思绪中抽离，接起电话，温柔笑着：“怎么了？”

电话那头是娇滴滴的抱怨声：“好不容易今天不加班，你怎么又出去了！”

“有点事。马上就回来。”

电话挂断，边寂重新看向那扇门，唇边的笑意点点骤减。

他是想来看什么呢，看她是不是真的回来了吗？

就算回来，也不会再来这儿吧。

他觉得自己有点好笑。

边寂转动方向盘，将车开离。

舒梨在审讯室坐了一个多小时，面对穿着冰冷制服的警察，她还算配合。

警方问什么，她都答“不知道”。

她是真的什么都不知道。

但是警方以为她故意不配合。

舒梨被重复审讯，问来问去都是那几个问题，问她对舒连漪的情况知不知情，国外有没有洗钱的账户，她又参与了多少。

昏暗的光，冷冰冰的审讯室，让人透不过气，舒梨被逼问到快崩溃。

她一直重复：“我不知道，我什么都不知道。”

警方从舒梨这问不出一个字，语气越来越强硬，可舒梨仍只回答“不知道”。

审讯室的门被敲开，负责查舒梨账户的警察走进来，跟审讯的警察低声交耳了几句，然后对舒梨说：“你可以走了。你账户的所有资金都跟舒氏有关，依照法律，现在全部冻结。”

舒梨定定看着跟她说话的警察，说：“我想见我妈。”

警察笑了声：“你现在是暂时没有嫌疑，要是查到什么，你也得蹲监狱。自身都难保了，还想见主犯？”

舒连漪肯定是不给见的，避免两人串口供。

舒梨从来不向人示弱，可这个夜里，她第一次用央求的语气，求警察让她见一见她的妈妈。

她知道舒连漪就在这儿，她已经离舒连漪很近了，却见不到。

舒梨求了好几次，最后得到的仍是无情拒绝。

夜深人静的警局门口，舒梨推着自己的行李箱一步一步走远。

夜里的风那么凉，舒梨衣着单薄，风从针织衫的缝隙穿过，一阵又一阵的凉意。

她没地方去，现在倒不是怕用身份证住宿被警察找到，而是她没钱了。

现在这样移动支付方便的社会，很少人再随身携带大量现金。

舒梨刚从国外回来，身上没有一张纸币。

银行卡全部被冻结，除了支付宝余额里的几十块，她再没有一分钱。

舒梨打开手机，看了看，44.8 元。

只有 44.8 元。

买包烟，就没了。

舒梨不记得自己沿着马路走了多久，反正看到一个二十四小时营业的便利店就停下了。

便利店门口有坐的地方，有桌子有椅子，还有遮阳伞，要是突然下起雨，也不用怕被淋湿。

舒梨被自己的想法逗乐。

她走进便利店，买了瓶矿泉水，买了个面包。

看到收银台后背摆着的烟，她犹豫了一下，又要了一包烟。

暗沉无边的夜色，不知谁与她偷换了命运，她从天堂跌落，一无所有。

但她不后悔。

如果要她拿着那些钱在国外装聋作哑地过日子，她做不到。

她的良心不允许。

坐在便利店门口的椅子上，舒梨将烟点上，不合口味的尼古丁味道让她嘴巴发苦。

她买了包便宜的烟，不是她平时抽的。

她平时抽的，现在已经买不起。

夜空有几点星光闪烁。

舒梨望着夜空，欣赏起星星。

算是苦中作乐。

从警察局出来就已经是凌晨，没几个小时，天边便出现一抹鱼肚白。

夜色褪去，天青弥漫。

沉睡中的城市慢慢苏醒过来。

舒梨坐了半夜。

天亮了，对面马路的车流渐渐多起来，她终于有了些倦意。

舒梨伸手摸到桌上的烟壳，才发现里面已经空了。她不禁嘲笑自己，好像成了老烟枪。

舒梨觉得渴，矿泉水已经喝完，想再去买一瓶。

现在她也就只买得起水，可能很快，她连水也买不起。

这么久就只吃了一个面包，加上一夜没睡，舒梨从椅子上起身的时候，有一瞬间的眩晕。

身旁恰好经过一个穿着校服的女生，适时将她扶住。

“姐姐你没事吧？”

声音很甜。

舒梨想说“谢谢”，却发现自己嗓子已经哑了。

都怪烟抽得太多。

她冲女孩微微笑了笑，礼貌地摇头。

女孩松开她，就往便利店跑，看起来是赶时间买东西。

可舒梨却站在那儿，望着女孩的背影，一阵恍惚。

她看到女孩耳朵里戴着助听器。

她忽然想起很多年前的那个小女孩。

那个小女孩现在应该也有这么大了吧，应该是读高中的年纪了。

舒梨暗暗嘲笑自己现在还有心思去关心这个，那根本是与她无关的事。

女孩已经从便利店买好东西跑出来，看起来是真的赶时间，急匆匆就往马路对面停着的黑色车跑去。

舒梨没有再看，走进了便利店。

停在马路边的黑色卡宴，车门被打开，沛沛坐到副驾驶，把自己买的面包和牛奶递给边寂。

“再忙也要记得吃早餐，这个给你，要记得吃掉。”

单手握着方向盘的边寂，好似没听到，藏在镜片后的双眸，幽深如海底的暗礁。

“哥？”

沛沛有些奇怪，喊了他一声。

边寂这才稍稍回神，淡声问：“中途下车就为了给我买早餐？”

“对呀。你工作那么忙，三餐不规律，等我去了学校没人再盯着你吃饭，你肯定又是有一顿没一顿。”

沛沛念叨着，把购物袋放在了中央扶手上，再抬头严肃提醒：“记得，一定要吃。”

“知道了。”

边寂仍是淡淡的语气，似是不经意转头一样，马路对面的那个人影已经不见了。

桌椅旁边的行李箱倒是还在。

边寂发动车子，送沛沛去隔了一条马路的江市一中，沛沛现在十七岁，读高一。

几年前戴上助听器后，她开始学习说话，渐渐地可以跟别人用语言正常交流。

大部分的时间花在了这上面，所以她上高中比同龄人晚了一年。

一中是重点高中，住宿学校，一个月放假一次。

刚放完国庆，沛沛回校有很多行李，边寂要送她进学校，但是她不让。
她在校门口碰上同班同学，几个人各自分拿一点，就相互交谈着一起入校。
初秋的日光开始倾泻，边寂看着穿着校服、与同学交谈甚欢的沛沛，轻抿嘴角。
重新坐回到车里，梁夏的电话就进了来。
梁夏的声音透过车内蓝牙传到边寂耳朵里。
“边总，舒氏控股协议已经收到，是现在传给你，还是等你回公司？”
边寂抬手轻扶金边眼镜，深不见底的眼目视前方，不知在看什么。
而后他说：“等我回公司。”
大四那年，边寂没有选择去舒氏，进了一家投行实习。
后来跳槽，进了华伦总部，跟着原来的分析师做了一年，最后接了对方的班。
当年舒连漪有一句话确实没说错——
“不用几年，国内整个金融行业都会知晓你的名字。”
事实确实如此。
但是当年的舒连漪大概想不到，等整个金融行业都知道“边寂”这个名字的时候，她却会落到锒铛入狱的地步。
“边总，听说昨晚警方找到了舒氏舒总的女儿，审讯了一夜放了。”梁夏对这方面有些八卦，“一直没听说她还有个女儿，据说一直在国外……”
一直没听到边寂出声，梁夏恍然自己好像说得太多，赶紧改口，汇报今日的会议安排，然后就断了电话。
边寂本该到时间回公司，却在车里坐了很久。
随后他将车掉头，开往起先沛沛下车买东西的便利店。

舒梨在便利店门口喝完整整一瓶矿泉水，饥饿感被抵消了一些。
可抬头望着这清晨的日光，她觉得刺眼，又有了眩晕的感觉。
舒梨缓缓神，拉起行李箱的推杆，预备离开这儿。
转身的那瞬，随着刺眼日光而来的，是背着光的虚幻而又模糊的身影。
他像是朝她而来，西服修挺熨帖，金丝边的眼镜架在高挺鼻梁上，一丝不苟，满身疏离。
距离一点一点拉近，舒梨终于看清他的脸。
旧日碎片拼凑，他的眉眼仍然冷寂，高高在上睥睨世人。
最后他从她身边经过，进了她身后的便利店，没落下一个眼神。
陌生又凛冽。
短短几秒，舒梨的心神似乎被抽走大半，已经离她很远的记忆忽然如山崩海啸般涌来。
那一年夏天的潮热、湿灼、喘息，在脑海中拼命翻涌。

这是她连做梦都不愿梦见的人。

舒梨陷入难以抽离的恍惚，眼前景象在扭曲，虚虚晃晃。

几个学生奔跑着进便利店买东西，相互还打闹着，其中一个没看路，不小心撞上了舒梨。

舒梨就这样摔在地上，手掌心和水泥地面摩擦，疼痛感袭上心头。

几日的坚强终于在这刻崩塌。

她觉得此刻的自己很落魄、很可笑。

尤其是当刚才那个男人重新出现在她眼前、朝她伸手的时候，她觉得自己得到了这世上最让她不想要的怜悯。

可那个男人仍定眸看着她，没有收回他的手，他那双清冽的眉眼，一如当年。

舒梨从未想过再见边寂会怎么样。

她不愿想。

五年，不长也不短，早就能将只有几面之缘的人忘得一干二净。

在没见到边寂之前，舒梨一直是这样认为的。

可是偏偏五年后再见，她还是能一眼就认出他，哪怕他已经一身笔挺西服，戴上眼镜，从头到脚，像换了一个人。

边寂就这样站在舒梨面前，蓝灰色的西服宽肩窄腰，同色系衬衫的纽扣一颗一颗系得规整。

此刻他就像个高高在上的人，同情又怜悯地向舒梨伸出他的手。

他神色很淡，垂着眸看摔在地上的舒梨，瞳孔里是清寂的光。

舒梨抬眼与他对视，冗长的时间过后，她抿起嘴角，勾出个意味不明的笑。

忽略掉边寂伸出的手，舒梨借着旁边行李箱，从地上起来。

浅色牛仔裤已经沾上一片灰，掌心也破了皮，硌着细小的石子，密密麻麻地疼。

此时此刻，“狼狈”两个字已经不足以形容舒梨。

她觉得老天还挺会捉弄她。

两个人相对站着，却都不说话，仿佛都极其有耐心似的，等着对方的第一句话。

边寂能清晰地看出舒梨的虚弱和憔悴，从前那张明艳漂亮的脸现在泛着层病态的白。

她太瘦，脖颈纤细，锁骨凸起。

笑的时候，脸颊的梨涡仍能晃人的眼。

“有烟吗？”

舒梨往自己行李箱上一坐，倦懒得像只猫，开口第一句，是跟边寂要烟。

边寂略微蹙眉，舒梨又顾自笑了声：“像你这样斯文打扮的人，大概是不抽烟吧。”

她说：“哎，你知道吗，我都没钱买烟了。”

刚见面就提钱，好像有那么些不合规矩。

但是说实在的，倘若不是真的到了一穷二白山穷水尽的地步，她根本不会跟边寂提这个。

再次见到边寂，舒梨就会想起五年前边寂一直坚持要还的那笔钱，不长不短，刚好五年。

当初他们并没有好聚好散，最后一面也是那样糟糕，舒梨便无所顾忌。

她懒懒地笑，看边寂：“你以前写的欠条，还作数吧？”

边寂倒是没料到舒梨会在刚见面时就提这个。

沉眸思考过后，他仿佛知晓了什么，便问：“扫码还是转账？”

这男人经过几年，成熟不少，声音还是一如既往的好听。

戴上眼镜，更有股斯文败类的禁欲感。

舒梨冲他眨眼：“现金。”

边寂轻微颔首，视线往前边路口停着的卡宴扫了眼，再回头看舒梨，说了两个字：“上车。”

上车还能做什么，肯定是去银行取钱吧。

舒梨是这么想的。

老天让她在这个时候碰上边寂，不就是给她送钱的意思吗？

面子不能抵饭吃，脸也不能。

但她现在真的需要吃饭。

怎么也得活下去。

舒梨上了边寂的车。

车内很整洁，高档皮质座椅，看得出的最高配置，加上他这一身的打扮，她确认他是混出头了。

视线被后视镜上悬挂的粉色平安符吸引，女孩子的玩意儿。舒梨的目光在上面多停留了几秒，再移开，去系安全带。

边寂坐在她旁边，在外面可能不觉得，坐到了车里，封闭的空间，她能闻到他身上若有似无的松木香。

舒梨轻笑了声。

不止学会用香水，品位还不差。

边寂捉摸不透舒梨脸上的笑意到底是怎么回事，从他们见面开始，她就一直挂着笑。

该说她没心没肺吗？遇上这样的事，还笑得出来。

边寂很清楚舒梨被警方带走会经历什么，跟舒连漪有裙带关系的，全都已经被审了一遍。

舒梨不过是漏网之鱼。

而漏网之鱼的结局，跟舒连漪是一样的，没收全部财产。

毕竟舒梨姓“舒”，银行账户肯定会被冻结。

舒梨能跟他开口要钱，就说明她真的已经走投无路。

车上有面包和牛奶，是沛沛一开始留下的。

边寂开车途中瞧了眼，从袋子里拿出面包，递给舒梨。

骨节分明的手，指甲仍同当年一样修剪得很干净。手腕处的表泛着凌厉璀璨的光，能看出价值不菲。

这还是当初那个连医药费都快付不起的穷小子吗？

舒梨没接，笑了声：“不用。”

她只想拿钱，别的施舍，全都不需要。

边寂没强求，放下面包，目视前方平静地开车。

车里太安静，连首音乐都没有。

彼此的呼吸就显得格外清晰。

他们没有交谈，好像多说一个字，都不符合他们如今的关系。

车程大约十多分钟，舒梨反应过来的时候，边寂已经把车停在了观澜花园的地下停车场。

车熄了火，四周一片的黑。

舒梨什么都没说，等着边寂自己解释。

边寂按下安全带的开关，说：“出门没有带银行卡的习惯，得回家拿。”

“是吗？我还以为你不打算还我那几万块。”

“怎么会。”

边寂解开安全带，打开车门下车。

舒梨坐着没动，预备在车里等边寂回来，可很突然地，她这边的车门被打开。

暗色且看不清脸的车库里，边寂身上的清冽松木香就在她鼻尖晃荡。

他离她很近，又很有绅士地保持安全距离，问她：“不走吗？”

舒梨怔忪几秒，用调笑般的语气说道：“走去哪儿，你想带我去你家？老师，你就这么迫不及待地想对我炫耀你如今的一切？”

只有舒梨会喊边寂“老师”，而这句“老师”，边寂已经很多年没再听过。

这样的语调，这样的称谓，恍如隔世。

边寂不动声色。

舒梨又倚着车椅背笑，眸子好似又灿烂了起来：“还是……你想跟我‘叙旧’？”

短暂几秒的沉默过后，边寂嗓音低沉，反问：“你怕？”

你来我往的问句，谁都没有准确回答。

舒梨是不能被激的性子，碰上边寂，她骨子里的挑战欲和不服输全都回了来。

她解开安全带，边寂适时往后退一步，给她足够的空间下车。

边寂住 A 幢十九楼，这套房是去年底华伦老总赠予的，额外的年底分红。

做他们这一行，如果做得好，年薪可达百万以上。

很幸运，边寂正属于这一类。

现在房产证写的是边寂的名，边寂打算等沛沛成年，过户给她。

房子的装修风格是极简主义，灰和白是主色调，进门就能看到客厅大片的落地窗。

观澜花园以视线宽阔风景秀丽为卖点，从落地窗往外眺望，能看到湖泊柳树，矮丛花林。

江市最大的湿地公园被尽收眼底。

边寂带舒梨进来，关上门，自己走去书房。

再出来的时候，手上拿着银行卡，以及一包烟。

他把烟放在茶几上，对舒梨说："你要的烟。"

舒梨还站在玄关，竟有那么一刻无语想笑。

他还真记得住，还给她拿烟。

"公司有几个会议要开，来不及取钱给你，中午午休我取了带回来。"

边寂有条不紊地说着，垂眼看了眼腕表，似是给他的时间真的已经不多。他双眸再转向舒梨，语气不咸不淡道："你可以在这儿等我。"

一时间，舒梨竟搞不懂边寂的目的。

把她带到他家，然后让她在他家等他？

"你到底想做什么？"

"我不会对你做什么。"

"我凭什么相信你？"

狭长眼尾小幅度轻扬，边寂似乎轻笑了声，瞳色漆黑。

他说："你就是会相信我。"

——宛若几年前，恣意骄横的女孩张扬而自信地对他说："你就是会相信我啊。"

只是短短几年，各自立场身份对调，舒梨竟成了被压制的那一方。

她想，这男人应该是记仇，在报复。

"冰箱里有吃的，门锁是指纹锁，你出去了就再进不来。"

边寂跟交代小孩似的，交代了一圈，转而说："抽烟记得开窗，我不习惯家里有太重的烟味。"

舒梨不想理他。

边寂不再多留，重新出了门。

门被关上，指纹锁响了几声，门彻底锁上。

偌大的房子就只剩下舒梨一个人。

也就只有在这样的时刻，舒梨才能卸下满身伪装，无力地靠向墙壁。

或许她该为边寂开心，如今的他终于不再是穷学生，有身份有地位，挺好。

同时她又恨他，让她第一次尝到从天堂坠落地狱滋味的人，就是他。

矛盾的情感交织在一起，舒梨想，她还是恨他多一点。

他记仇，她也记仇。

等拿了钱，她不会再跟他扯上任何关系。

疲惫奔波了这么多天，舒梨是真的累了。

肚子饿，可她忍着不吃。

对于她来说，边寂的任何好意，都是另一种层面的怜悯。

她宁愿饿肚子。

几天没睡过觉，舒梨走去坐到沙发上，柔软舒适的沙发，让她的睡意一下袭来。

她想，反正都要等，那就先借边寂地盘睡一觉吧。

边寂难得迟到。

在他回到华伦总部之前，一辆线条流利的热焰红超跑先停在了公司楼下。

江薏踩着高跟鞋走进公司大楼，“啪嗒啪嗒”的脚步声，惹来许多职员侧目。

高跟鞋，露背裙，配上妆感略重的哑光红唇，华伦几乎成了她的私人秀场，自信昂扬的同时还跟身旁经过的职员摆手打招呼。

进入电梯，她微笑冲旁边的人说：“二十三楼，麻烦。”

穿着职业装的男职员点头，恭敬帮她按了“23”。

电梯直达二十三楼，江薏走出来，这层楼所有的职员见到她都已经见怪不怪，有些殷勤的还会主动跟她打招呼：“江小姐早。”

江薏笑笑，询问：“边总在办公室吧？”

“边总早上还没来。”

“没来？”

江薏有些意外，这个工作机器每天最喜欢的事情就是加班，没想到会在工作日迟到。

她没再说话，径直走向边寂办公室。

整个办公室是全透明玻璃的设计，毫无隐私感。

江薏往边寂办公椅上一坐，无聊地转着椅子。

梁夏送资料进来，见到江薏，诧异了一下。

“江小姐。”

江薏正聊赖着，瞧见梁夏，便问：“你们边总去哪儿了，怎么还没过来上班？”

“边总早上有点私事要出来，现在正在来的路上。”

“他能有什么私事啊……”

江薏嘟囔着，对梁夏说：“给我倒杯咖啡，少糖多奶。”

“是。”

梁夏在办公桌上放下文件，便出了办公室。

边寂回来的时候，梁夏刚泡好江薏的咖啡要送过去。途中碰上边寂，他忙跟过来压低声音说：“边总，江小姐来了。”

边寂眼眸扫了扫梁夏手中的咖啡：“她的？”

梁夏点头，边寂问：“你很空闲？还有时间泡咖啡？”

“这……江小姐交代的，我……”

“过五分钟进办公室叫我开会。”

梁夏一愣，今天的会议在十一点，现在还早着呢。

可一联想到办公室里的江薏，他就立马懂了：“好的，边总，我明白了。”

边寂与梁夏一前一后进了办公室。

江薏一见边寂来了，忙放下玩了半天的手机，从办公椅上起来，娇声喊了句：“你可算是来了。”

边寂没有应答，神色漠然，停在办公桌前，拿起桌上堆积的文件翻阅。

梁夏放下咖啡就走了，看表计算着时间。

办公室里没外人，江薏就迈着步子走到边寂身边，涂着鲜红指甲油的手指轻轻拨弄他的西服衣领，全身无骨般倚在桌边。

“早上忙什么呢，还迟到。”

“送沛沛去学校。”边寂不为所动，视线只停留在文件上。

“这种事你可以找我嘛，反正我每天都空着没事做。哎，最近新开了家餐厅，中午一起去？”

江薏的手臂已经要攀上边寂的脖子，边寂往边上转了下，拿着文件走到办公椅那边坐下。

江薏抿抿唇，嗔道：“你倒是说话呀，去不去？”

“今天有几个会议，没时间。”

“再忙也得吃饭吧？”

边寂似是终于没了耐心，抬眸透过镜片看江薏：“公司很忙，连我在内，大家都没时间去消遣的地儿吃饭。”

他语气没有停顿：“我部门的人都有分内的工作要做，加班是常有的事，平时的工作就已经忙不过来，所以……”

边寂瞧了眼桌上的咖啡，接着说：“泡咖啡这种事，请不要麻烦我的助理。”

江薏脸色僵了僵，不明白自己让别人泡个咖啡都会惹边寂不高兴。

她为自己解释：“我又没让他做什么，只是泡个咖啡。而且泡咖啡只是几分钟的事，难道真的忙得连几分钟都挤不出来吗？他拿的我爸的工资，给我做点事怎么了？”

边寂眸色冷冷的，没应。

江薏往边寂这边过来。她站着，边寂坐着，她靠近边寂，浓郁的香水袭满边寂鼻腔。

边寂忍不住皱眉。

江薏嘟着红唇委委屈屈：“好啦，我知道了，下次我不会再让你助理帮我做事了。你别不高兴嘛，中午陪我去吃饭好不好，你看我都打扮得这么漂亮，你舍得放我鸽子吗？”

边寂神色未动，只出声提醒：“外面的人都看得到。”

江薏一愣，头往四周看，全透明的玻璃确实什么都挡不住。外面公共工作区域的人似乎都在忙，可总有那么几双好奇的眼睛瞟过来。

这时，梁夏敲门进来。

“边总，要开会了。”

边寂轻应一声，站起来：“你回去吧，我没空陪你吃饭。”

江薏愤愤地看着边寂离去的背影，快气死了。

这男人难道真的不喜欢女人吗？她都这么主动了，他竟然还跟块石头一样。

江薏又看看这办公室的玻璃，更气了。

哼，迟早要叫她爸把这些玻璃全换了。

舒梨睡得太沉，陷入梦不醒的梦里，直到门铃响。

她恍惚地睁眼，眼前的陌生让她慢慢清醒。

门铃还在响，舒梨从沙发上起来，踩着虚浮的脚步走到门口，透过猫眼看了看，是穿着黄色工作服的外卖员。

舒梨没点外卖，也没钱点外卖。

突然出现的外卖员，让她生出几分警惕。

还好门边有可视电话，外卖员问她：“你好，请问是舒小姐吗？这是一位姓‘边’的先生给你点的外卖。”

舒梨这才开门，取过外卖。

取回来之后，她没动，放在茶几上，自己躺着继续睡。

边寂这个人也挺烦的。

她决了心只跟他要钱，他偏偏一而再再而三地引诱她吃他的东西。

外卖隔着包装袋都能闻得到香味。

舒梨心里烦躁着，翻来覆去睡不着。

行李箱还在边寂车里，舒梨的手机已经没有电，现在她都不知道已经几点。

看外面的日光，估摸着已经中午，但是边寂还没回来。

舒梨又等了好久，因为肚子实在太饿，她只好妥协，拆开外卖袋里的白粥，先喝了小半碗。

温温糯糯的味道弥漫口腔，在国外待久了，舒梨已经忘了自己多久没吃过这样一碗粥。

吃完之后，睡意不免再次上头。

她把外卖的盒子收拾起来，还给边寂一个整洁干净的茶几，然后躺沙发上继续睡觉。

大约是午后了吧，阳光暖暖洒进来，笼罩在她身上，让她拥有了难得的暖意。

这一觉一直睡到天黑。

边寂回来，门锁的“嘀嘀”声没吵醒舒梨。

房内一片黑，落地窗外是隐隐的月光，很不清晰。他顺手开了灯，开灯之后才看到沙发上睡着的人。

第四章

陷落温柔

边寂顿步，接着走向舒梨。

她睡得很安静，眼睛闭着，卷翘睫毛在眼睑下方投出一小片阴影。

一天的工作，边寂也觉得有些累了，抬手摘掉眼镜放在茶几上，疲惫地捏捏眉心。

视线扫到茶几旁已经被动过的外卖袋，他稍微定了下心。

他还怕她太倔，不肯接受他的好意。

边寂脱下西服外套，在舒梨对面的沙发坐下，解开衬衣领口的扣子，目光却一直定在舒梨身上。

白而薄的皮肤，像精致易碎的琉璃，让人舍不得碰触。

这大概是边寂第一次这样用很长的时间去凝视她的脸。

时间一分一秒地过，舒梨终于醒了。

她的脑子有些晕乎，稍一睁眼就被悬在顶上的吊灯晃到眼睛。

太亮了。

舒梨捂着自己眼睛，等稍微适应过后，放下手，转头就看到了坐在那儿的人。

她瞬间错愕，身体先反应过来，从沙发上坐起。

边寂一直坐着没动，也没说话，舒梨跟他对视着，看他的眼，看他的唇，看他好似与当年一模一样的五官。

他不戴眼镜，少了分疏离，多了分不该有的熟悉。

舒梨敛着心神，看他波澜不惊的双眸，问："钱呢？"

灯光下，五官轮廓落下深浅不一阴影，边寂动了下嘴角，往沙发里靠了靠，挑眉："什么？"

再明显不过的揣着明白装糊涂。

舒梨耐着性子："你说呢？"

边寂笑一笑，嘴角半扬，说的话倒是很诚实。

"我没去银行。"

舒梨应该是要不高兴，她看得出边寂是故意这么说的，他或许是故意在要她。

她突然哼笑一声，也学着边寂的模样，后背靠到沙发上。

“你让我在这儿从天亮等到天黑，就等来你这句话？”

边寂弯了唇，嗓音沉沉：“不高兴了？”

舒梨轻吟一声：“你要我呢？”

“没有。”边寂漫不经心地抬手解开衬衣袖扣，规整的衬衣开始变得慵懒随意，他说，“中午忙着开会，来不及去银行。晚上去银行的途中，突然想起一件事。”

他笑了笑：“以前你说过，那笔钱不用还。所以现在，我应该是可以不用还的吧？”

“……”

是她说的没错。

舒梨一阵气闷，小脸绷着，眼底的暗光直直盯着眼前这个男人。

最后，她退败似的，出声：“把我的行李箱还给我。”

“准备去哪儿？”

“你管得着吗？”

“管不着，但想管。”

舒梨满心的愤愤停滞住，边寂淡声说着：“你可以住我这儿，有空房，随便挑。”

舒梨瞥他，嘲弄地笑：“怎么，你家还开旅馆了？”

“你这么认为也没问题。不过我不收住宿费。”

这是在变相帮助。

但舒梨觉得这更是种同情和施舍，让她很讨厌。

她嘴硬道：“你怎么就知道我一定会没地方去，你当我是路边无家可归的流浪猫流浪狗呢。”

边寂看着她：“如果你觉得你还有地方去，就尽管走。行李箱我会在你走的时候拿给你。”

舒梨被激得一下站起来，攥紧手指，眼眶泛红。

她确实没有地方可去，这个事实从边寂嘴巴里说出去，竟让她觉得她那样窘迫可怜。

舒梨仍赌气嘴犟：“我不需要你的施舍。”

她往玄关走，走到一半又折返，把手机放到了边寂面前的茶几上。

“今天的饭钱，卖个二手，应该够了。”

然后她转头继续走向玄关。

舒梨也是有自己的傲气的，开口跟边寂要当年的那几万块，本身就已经是打碎她的自尊心。

如今又得到边寂的冷嘲热讽，她真的觉得自己是疯了，才会走投无路到跟边寂要钱。

舒梨走到玄关站在门前，小小的身影满是倔强。她再次说：“把我的行李箱还给我。”

这是她唯一的东西了。

里面有衣服，至少被饿死的时候，还能穿得漂亮点，死得体面。

“你真的准备露宿街头吗？”突兀的一句话。

舒梨僵住。

身后男人的声音似远非近，嗓音很沉，语气很淡。

舒梨回头，边寂缓缓起身，隔着大半个房子，半阖着眼看她。

“舒氏的舒总昨天被正式批捕，你应该在现场吧。你们家什么都没了，你自己还进了一趟警局，如果不是真的没有办法，你不会跟我要那笔钱。”

边寂说着，又笑一声：“毕竟我们当年闹得不是很愉快。”

这两天发生的事情再次被边寂提起，舒梨像是又经历了一遍。

舒连漪被警察带走时她的那种无能为力和难过，在她心底盘桓。

可是到了这时候，舒梨也算是明白了，这个男人从一开始就已经在看她笑话。

“你全都知道？”

“嗯，都知道。”

舒梨恍然大悟地笑：“你本身就不准备给我那笔钱，你就是想亲眼看看以前玩弄过你的人现在有多惨。”可说到这儿，舒梨又有些不明白，“但你把我带到这儿，到底是为什么？”

她不信边寂的目的只是单纯为了让她有个落脚的地方，这没有理由。

他们是什么关系，算陌生人吧。

顶多五年前有过那么一点点小小的羁绊。

但当初的旧账随着她给边寂的一巴掌已经一笔勾销，边寂没理由帮她的，他不恨她都已经显得格外大度了。

毕竟在他眼里，当初的她只是为了新鲜感而故意玩弄他。

“你没有地方可以去。你留下，或许还有机会见到你妈。”

舒梨有瞬间的错愕和震惊：“你说什么？”

边寂缓声道：“如果你想见你妈，我可以帮你。”

舒梨当然想见，她也知道这有多难。

边寂愿意主动帮她，肯定也有他的条件，毕竟昨天，连周洛南都跟她谈了条件。

“你的条件是什么？”她问。

边寂没答，舒梨换个问题：“你为什么要帮我？”

边寂不置可否，神色淡淡走向边上的开放式厨房，说：“你说为什么就为什么。”

他问：“饿了没有，晚饭想吃什么？”

舒梨跟上来，跟在他身后，不让话题被扯远。

“你真的可以让我见到我妈吗？”

“嗯。”边寂轻应一声，去开冰箱。

“我不会平白无故接受你的好意和你的帮助。”

“嗯。”

又是一个单音节回应。

舒梨有些气，她在讲很认真的事，偏偏边寂一副漫不经心的样儿。

此刻的边寂就像是舒梨最后的一棵救命稻草，假若边寂没提舒连漪，舒梨或许真的会为自己的自尊和傲气走掉，宁愿露宿街头饿死。

但现在——

“我想见我妈，如果你能帮我，这份人情我一定会还。”

“啪嗒”一声冰箱门关上，边寂侧过身，眸底是冷冽幽深的光。他凝眸看着舒梨，问她：“你打算怎么还？”

“你要多少钱？”

“怎么，你想给我写欠条？”

边寂往冰箱上靠，身形颀长，清隽的脸在她眼前更加清晰。他压低声音说：“我不需要钱。”

几秒停顿，舒梨像是被惹笑般，调笑地对着边寂的目光：“那你，难道是想要我其他的东西？”

她又适时露出自怜的表情：“也对，现在的我就像你说的那样，什么都没了，没家、没钱、没亲人，也就剩这副躯壳了。”

她说：“你想要，就给你。”

边寂的眸光变得幽而深邃，他不是舒梨这种意思。但舒梨这副无关紧要的模样，倒是叫他一下蹿上不知名的火气。

那日盛夏他们的肌肤之亲，黏腻和热烈，现在像朵绽放的罂粟花，毒性开始在他胸腔内弥漫。

舒梨看起来似乎根本不把这个当回事，伸手解身上针织衫的前襟纽扣。

针织衫被丢到地上，黑色背心与白色肌肤形成强烈反差。

边寂绷紧下颌，上前两步，从地上捡起她的开衫不由分说地披到舒梨肩上。

舒梨解衣服的动作停住，水润的眼瞧着边寂，笑着的时候梨涡甜甜的，不仔细看真的发现不了其实她在哭。

她用笑掩饰着，望进边寂漆黑无光的眼眸里，笑吟吟地不说话。

边寂凸起的喉结滚动，眼底暗沉，用开衫将舒梨上半身紧紧围住，似是在隐忍什么。

“你不懂什么叫自爱吗？”

自爱。

舒梨嗤笑一声：“你现在问我什么叫自爱了？那年你在你那个小阁楼跟我做那些事的时候怎么不知道问问什么叫自爱？”

边寂的黑眸里藏着戾色，他在想，如果今天站在舒梨面前的人是另一个男人，如果那个人也提出帮她和舒连漪见面，那她是不是也会这样在那个男人面前脱掉衣服。

一想到这儿，就仿佛有什么东西在胸腔内滚动翻涌直至压抑不住。

针织开衫再次落到地上，舒梨被边寂突然掐着腰提抱起，她下意识揪紧他衬衣的领子。

舒梨太轻，边寂觉得只要自己用力，就能把她盈盈一握的腰肢掐断。她被他放到了沙发上，几乎来不及反应，他略带侵略的吻就落下来。

男人是最不能惹的生物，甚至舒梨都没想明白她到底哪里惹到了他，适才还冷静淡漠，这会儿却像凶猛讨伐的狼。

呼吸被肆意掠夺，舒梨根本躲不开边寂亲吻的力道，她的下巴被他手指掐着，她甚至连呼吸都困难了。

边寂如此强硬，横冲直撞，却不是没有章法。

他很会亲。

这让舒梨突然不受控地想，他是不是已经在很多个女人身上得出经验了，或者是从无数场欢爱里累积下了经验。

也是，像他这样长相优质的男人，怎么会缺女人。

五年，这五年不长也不短，已经足够让一个什么都不懂的青涩少年成长蜕变成为成熟的男人。

舒梨的心神散了又散，被边寂亲到恍惚。

特赦一般获得喘息机会的时候，她不忘跟他谈条件：

“我要见我妈。”

“如果你骗我，我一定杀了你。”

边寂脱去衬衫。

腰腹劲瘦有力，线条性感，蕴藏着想象不到的能量。

他的眉眼低垂着，眼里翻腾起情欲，是自那年之后又卷土重来的欲念。

他也跟她谈条件。

“我帮你，你想要什么，我都给你。但是你必须留在我身边。”

舒梨不懂边寂到底是为了什么，或许只是为了报复当年。

当年她也是这样跟他说：“你跟我在一起，我什么都能给你。”

舒梨知道，如果今天这个人换成别人，她不会答应。

那为什么这个人是边寂，她却能答应呢?

舒梨想不明白。

眼前所有的景象开始变得虚幻，朦胧，一切都在晃动，不住地晃动，连着她的身她的心一起，在不住地晃动……

行李箱最后还是没有来得及拿上来，舒梨在浴室冲完澡后，暂且穿上了边寂的衣服。

宽松的T恤，堪堪遮到大腿。

边寂在卧房桌上放了杯水，看到舒梨从浴室走出来，喉结微滚。

浴室里钻出来的热气氤氲着他惯用的沐浴露香，今晚倒是多了抹道不清的意味。

边寂刚才是用客房的浴室洗的澡，现在换上一身麻灰的家居服，没戴眼镜，额前头发没梳起，耷拉下来，像极了五年前的模样。

舒梨不多去看他，从他身边擦肩而过时说："我饿了。"

"外卖马上到。"

"噢。"

舒梨懒洋洋的，全身没劲："晚上我睡哪间房？"

边寂的眼神往前边乱了的床上扫一眼，意思很明显。

睡这儿。

睡他的房间。

舒梨故意笑了声："那你睡哪儿？"

"难道……"她往边寂身前走，手臂虚虚缠在他脖颈上，"你想跟我一起睡啊？"

边寂沉默拨开舒梨的手，淡定地说："其他房间没有收拾出来。"

"我不介意。"

四个卧室，边寂和沛沛各睡一间，另外两间是客房，但是从未有人住过。

舒梨挑了间离边寂卧房比较远的，面积不大，里面除了空着的衣柜和床，别的什么都没有。

边寂给舒梨送来新的床单被套，要递给舒梨时，舒梨却往边上懒懒一站："你来吧。"

她笑："被你折腾得没力气了。"

多令人联想的一句话，边寂恍若回到五年前，被她一句话就撩拨得心潮迭起。

舒梨还是那个舒梨，她的性子仍然没变。

可边寂却已经变了，他没受她指使做事，把手上东西丢到床上，自己也往边上一站，冷漠地说："你自己来。"

舒梨轻哼，不情不愿地走去床边，把被套拆开，半弯着腰的时候，似是不经意地提醒身后的边寂：

"非礼勿视，衣服太短，我里面……"

"可什么都没穿。"

边寂不耐地眯眼，知道舒梨是故意这么说。

"哎，你能先帮我去拿行李箱吗？"

舒梨俯身铺床单，还记挂着自己的行李，她怎么也得先把衣服穿上，这样只套一件T恤，怎么都感觉不舒服。

边寂不知在想什么，视线一直落在舒梨好看的背脊曲线上。

他低应一声："等外卖到了再去。"

舒梨忍不住回头，笑一声："这两者有联系吗？"

边寂不应，眸色沉沉地重新扫过舒梨身上那件T恤。

怎么没联系。

难道让她这样开门拿外卖?

边寂出了客房。

舒梨撇撇唇，奇奇怪怪。

门铃很快响起，舒梨猜是外卖到了，从房间里出来。

玄关的柜子上正放着打包好的外卖袋，边寂站在那儿，拿着车钥匙，看起来要出门。

他跟舒梨对视一眼，出门前说:“饿了可以先吃。”

舒梨也没问他去哪儿。

估计是去拿她的行李箱了。

但他随便去哪儿，她都没立场问，她也没兴趣去关心。

他们现在不过是各取所需的关系。

想到这儿，舒梨唇边的笑略带苦涩。

现在唯一的庆幸是什么呢，大概就是幸好她遇上的这个人是边寂吧。

舒梨走去玄关，把外卖袋拎到餐厅的餐桌上，想着这毕竟是边寂家，没理由不等主人就先吃。

于是她转头走向客厅，瞧了眼之前被她放在茶几上要抵餐费的手机，然后拿起了手机旁的烟。

那是早上边寂放那儿的。

舒梨还记得边寂说，不喜欢房里有太重的烟味。她拿上打火机，走去阳台，靠着栏杆倦怠地将烟点上。

夜色浓郁。

跟昨夜一样，夜空有星星，一闪一闪。

舒梨所有的怅然和凄凉，都在这根烟里。

她不愿向人示弱，也只有这种无人的时候，她才能勉强面对真实的自己。

她得用许多许多的力气去掩饰自己内心的脆弱和悲伤。

烟快燃尽的时候，边寂回来了。

看起来是去了一趟便利店，除了带回来舒梨的行李箱，他手上还拎了一个购物袋。

边寂在安静的房子里看了看，隐约闻到空气中的烟味，放下行李箱和购物袋，循着烟味走到阳台。

舒梨正姿态慵懒地倚在那儿，纤俏玲珑的身躯被拢在宽大的T恤衫里，夜风轻拂，衣袖晃动。

她听闻身后声响，抽一口烟，吐出个烟圈，再缓缓回头看，笑了声:“我可是听你的了，没在里面抽。”

还挺听话。

边寂半阖眼眸，走至她身边。

舒梨问："你也会的吧？"
不然家里怎么有烟。
边寂不作答，舒梨觉得没趣，这个人怎么又跟以前一样，像个闷葫芦，她说什么他都没反应。
她起了捉弄的心，对边寂说："你过来。"
边寂淡淡看她，她再说一遍："把头凑过来。"
边寂没理。
舒梨笑一声，心想这个人可真烦，警戒心这么重。
她难道会吃了他不成。
舒梨深深抽一口手指间的烟，然后伸出另只手，趁边寂还没反应过来的时候，箍住他的后脑勺，将他的头按下来。
然后她踮脚，迎上他的唇。
她往他的嘴巴里渡了口烟。
边寂不小心呛了声，舒梨松开他，漂亮的杏眸含着笑意："肚子饿了，吃饭。"
也不说她刚刚为什么这么做。
可能就是一时兴起的恶作剧。
舒梨掐灭烟，预备走的时候，手腕却忽然被身后的人捉住。天旋地转一般，她被抱住，边寂的手掌牢牢扣在她的腰后。
她下颌也被扣着，被迫仰起的脖颈线利落又漂亮。
边寂的吻就这么落下来了。
仍是带着侵略性，灵巧撬开唇齿。
舒梨毫无反抗能力，只觉得自己气息被攫取，柔热在唇齿间流连。
夜空的星没有眨眼，仿佛在看着夜色之中两人毫无缘由的亲密。
一波接一波，舒梨要败退，抵不住边寂的进攻。
她还记得这是在阳台。
舒梨快站不稳，感觉T恤下摆的浮动，她保持着清醒："我会走光的。"
边寂这时才轻笑一声，咬着她的耳说："现在知道没穿了？"
"……"
舒梨永远不知道男人的脑子里到底在想些什么。
她不过是来阳台抽烟，还是听了他的话，不让房里有太重的烟味。
怎么现在就成了她好像做错了什么？
男人可真烦。
舒梨偷偷在心里把边寂骂了个几十遍。

舒梨终于在深夜时分吃上了晚饭。
厨房微波炉运转的声响在夜里格外清晰，边寂在厨房热饭。
舒梨从自己的行李箱里拿出衣服换上，水蓝的长袖衬衫裙，领口解了两个扣子，露出纤细的锁骨。

她将袖子挽了挽，走出房间，往餐厅走去。

刚吹干的头发拿皮筋扎成个随意的丸子头，她经过边寂身边的时候，还是能留下浅淡的甜腻果香。

是洗发水的味道。

舒梨坐下来吃饭，边寂没动筷子，只静静端着一杯咖啡轻抿。

她抬眼看他，问："你不吃？"

"不饿。"

嗓音沉沉，神情正经。

舒梨便不再理他，吃了点东西后，就觉得饱了。

大概是觉得明天早上没时间跟舒梨具体交代事情，这会儿，边寂放下手中的咖啡杯，对舒梨说："这边地址是观澜花园A幢，如果出门找不到回来的路，可以问路，也可以打电话给我。一会儿在门锁上录一下指纹。"

舒梨不甚在意地听着，笑一声："你真让我住在你这儿？"

边寂默不作声地蹙起眉头，舒梨放下筷子，托着下巴看他："你这儿还住着别人吧，我住在这儿，方便吗？"

房子是极简的装修风格没错，但边边角角，总能看出还有另一个女孩生活的痕迹。

比如边寂隔壁紧闭的那扇门，比如沙发上与沙发风格极为不搭的粉色抱枕，还有玄关摆放着的女孩的鞋。

车里后视镜上面挂的粉色平安符样子的挂饰，也是女孩儿的玩意。

边寂这才低低笑了声，算是解释："我妹妹住校，一个月回来一次。"

他加一句："今天刚返校。"

"噢。"

舒梨应了应，没太大表情变化。

她猜到是他妹妹。

应该没有男人这么大胆，有女朋友还把女人往家里带。而且车里那个挂饰，舒梨认得，是招桃花的御守。

如果有女朋友了还挂这种东西，那可能是嫌命太长了。

提起妹妹，气氛陡然陷入奇怪，两个人好似应该就此开始叙旧。

不同于床上的那种叙旧。

舒梨有想问的，想问边寂他妹妹现在怎么样、多大了，是否还和以前一样听不到任何声音。

可她到底还是没开口问。

问这些，显得有些过界了。

五年前的那个盛夏，与边寂亲密到不可再亲密的那天，舒梨学会了一件事。

永远不要对任何事情抱有希望。

她再也承受不起任何一次的失望和绝望。

所以现在，舒梨在自己和边寂之间划了一条很清晰的界限。

如果他是想报复，就随他吧。留在他身边，也不意味着什么。

等见到舒连漪，等把现在的事情解决了，她就离开这儿。

这样一想，她好像又有了利用边寂的嫌疑。

谈话就此停止。

舒梨回房，关门，锁门，没多一句话。

餐厅那边，边寂还在清寂的灯光下坐着，手边的咖啡已经凉了。

他静静看着舒梨紧闭的房门，有很长一段时间陷入失神状态。

太累了，舒梨简单铺好床单就睡了过去，手机也忘了充电。

反正没什么人会找她，手机就只是个摆设。

第二日早上。

舒梨睡得昏沉，门锁转动，边寂拿钥匙开了她反锁的门。

她听见声响，迷迷糊糊睁眼，只瞧见穿戴整齐的男人站在门边，西服笔挺，眉目清俊。

舒梨还没睡醒，男人就朝她走来。

随即被子被掀开，她被他横抱起来。

舒梨无法理解边寂的脑子里到底在想些什么。

拿钥匙开了她的门，然后把她抱起来——

去门锁上录指纹。

舒梨还在半梦半醒间，起床气都没来得及发作，就被录完指纹又抱着送回了房间。

她无语又郁闷，抱着被子转过身继续睡，不打算理身后这个男人。

边寂整理袖口的表带，低眼看向床上的人，嘴角突然笑了一下。

道不清意味。

好似只是突然心潮所至。

他知道她是不高兴了，他还是稍微能捉摸得到她不高兴的情绪。

“如果出门，不用怕回不来。”

算是他对刚才行为的解释。

但是舒梨没理。

边寂抿起的薄唇又扯出一个微笑的弧度，没再说什么，走出房间替舒梨关上门。

他拿起茶几上的眼镜，戴上后，笑容隐去，又重新恢复成不苟言笑的冷漠模样。

舒梨又睡了一觉，在边寂走后很久才醒。

迷迷糊糊醒来，发觉秋日的光已经在房间里倾泻，微小尘埃在明亮的光线中飞舞。

她望着从窗户进来的这道光，思绪放空了很久，而后才起床去洗漱。

一直被遗忘的手机也终于被想起来，插上了充电器。

房子里很安静，客厅、厨房、餐厅，仍是昨天过来看到的一尘不染的样儿。

边寂可真是个爱干净的人。

舒梨懒洋洋地走去开放式厨房，拿起玻璃水杯从饮水机里接了一杯温水，轻轻抿着喝的时候，余光瞥见餐桌上的白色信封和纸张。

她端着水杯走过去，瞧了眼信封，手指轻轻捻着纸张一角拿起来，视线再转到纸张上。

边寂的字比以前潦草了一些，不如当年那样一笔一画规规整整。

可是还是很好看。

他写下了这里的地址，以及他的手机号码。

还有一句：如果觉得无聊，可以去附近逛逛。

舒梨慵懒笑一声，放下纸张，拿起信封，看到封口处的粉色。

倒出来，是一沓币值一百的人民币。

数了数，十张，一千块。

像是怕给多了，她就会携款跑了一样。

舒梨把钱放回到信封里，端着水杯走到落地窗前晒太阳。

也不知是不是错觉，她总觉得边寂这个人，心思特别沉。

她真是一点都猜不透他的想法。

时隔几年，再次沐浴在江市的阳光下，舒梨忽然间鼻酸。

她想妈妈了。

从有记忆开始，舒梨就没跟舒连漪住在一块。

她跟着保姆，住在现在已经被封了的舒家，那时候还有外公。

可是，外公在她很小时候就因病离世了，她就真真正正地成了一个人生活。

保姆会时时刻刻照顾她的生活起居，却没教过她怎么长大。

而她日夜思念的妈妈，在忙着继承外公留下的家业的同时，也忙着跟不同的男人交往。

舒连漪的世界里，舒梨不过只是一个意外。只要藏起来，就没人知道这个意外了。

舒梨就这样被藏了十几年。

爸爸是谁，她不知道。

或许连她爸，都可能不知道这世上还有个她。

监狱里能不能晒到太阳呢，舒梨想，要是能晒得到太阳，那舒连漪现在是不是跟她一样，在阳光底下想着过去呢。

舒梨平复心情，把水杯里的水喝完，走进自己房间，拿起充了一部分电的手机。

开机，周洛南的未接电话和微信快爆了。

就一天的时间，周洛南打了无数个电话，微信也发了无数条。

舒梨低眸想了好一会儿，最后给周洛南回了一条微信。

江市的秋，落叶纷飞，放眼望去，满目的黄。

秋风卷着落叶，一片又一片地落到地上，有那么几片落在了舒梨肩头。

周洛南在出租车上，老远就看到了站在银杏树下的舒梨。

她模样安静，穿了件法式方领连衣裙，很显白的淡黄色，仿佛与这一片银杏叶融为一体。

周洛南一见到她，就疯了，等不及司机停好车，他就打开车门跑下来。

“你到底去哪儿了，你知道我有多担心吗！”

周洛南双手紧扣住舒梨的两侧肩膀，满眼的着急：“为什么手机关机？我怎么打你电话都打不通。”

他又叹气：“舒梨，我真的担心死了你知道吗？”

舒梨挺平静的，等周洛南说完，才缓慢开口：“你看到了，我没事。”

“还说没事！我都知道了，你也进了警局，账户被冻结，刚回国身上肯定没现金，你家也被封了——”

周洛南还挺气挺无奈：“你为什么不找我呢？”

舒梨微微笑着，手指轻轻勾起被风吹乱的头发。

她这样不说话，周洛南就更担心。

“你住哪儿了？酒店吗？”

舒梨摇摇头，看了看周洛南紧箍住自己肩膀的手，说：“你弄疼我了。”

周洛南后知后觉地松手。

舒梨这才说：“住朋友那儿。”

“朋友？什么朋友？你还有别的朋友吗？”

舒梨不置可否，神色自若：“就一个朋友。”

周洛南明显不相信。

他知道舒梨没有什么别的朋友，这一点他还是很清楚的。

可舒梨不愿多说，他也就不再追问，只说：“我给你找个住的地方吧。”

舒梨看了他一会儿，随后低头笑了笑，拒绝。

“不用了。”

周洛南停滞了几分，眉头拧紧：“舒梨……”

舒梨再次抬头看他，眼底是清浅笑意：“你不用帮我找地方，我现在挺好。”

挺好？

哪里好？

都无家可归了还“挺好”？

周洛南挺生气，尤其是看到舒梨这副什么事都没有的样儿，还有她这么明确的拒绝。

他心里很不好受。

“你在生我的气吗？”

周洛南露出抱歉的表情，跟舒梨道歉：“那天是我不对，我不该在这种时候跟你谈条件。但是你放心，我现在给你找地方住，不是想从你这得到什么回馈。”

舒梨静静看着周洛南，听着他说的话。

“我昨天听说你进了警局，我就好着急，给你打电话，你关机，给你发消息，你没回——”

“我担心得要死，我怕你没地方去，我怕你饿肚子，我怕你没钱——”

“可我就是找不到你！”

周洛南很自责，眼圈都红了：“舒梨，我不强迫你答应我什么，我只想帮你。你别拒绝我，好不好？”

太晚了。

舒梨垂眸，脑海里只有这几个字。

如果在她最走投无路的时候，碰上的人是周洛南……

舒梨也不知道如果是那样，她会做什么样的选择。

但现在，她唯一清楚的是，她已经答应了边寂。

“你放心吧，我现在有地方住，也饿不着。你不用费心再帮我做什么。”舒梨换上轻松的表情，笑笑，“约你见面，是想让你看到我真的没事。”

周洛南眉头紧锁，问她：“那你，不再回巴黎了吗？”

“不去了。我妈的事情还没解决，而且……”

她也没钱在国外生活。

说到这儿，舒梨想起什么，对周洛南说：“那边的房子我会退掉，房子里的东西很多我都没带回来，房东会打包寄给我。但是有一部分租金还需要退还给我。我的银行账户都不能用，能不能退到你账上，你再给我？”

周洛南点着头：“当然可以。”

舒梨一笑：“谢谢。”

周洛南却觉得苦涩。

这么客气疏离，让他心里真的很不是滋味。

他尝试着说：“舒梨，我不要求你跟我在一起，也不需要回应我的感情，我们一起去国外生活好不好？如果你担心你妈，我们也可以留下来，我们——”

“周洛南，”舒梨很少这样语气柔和地说话，但语气柔和，说出的话却格外伤周洛南的心。

她说：“你值得更好的。”

值得更好的吗？

周洛南已经不知道这个世界上哪里还有比舒梨更好的人。

他们高中相识，相似的家庭背景，相似的孤独和需要爱，他懂她的尖锐和脆弱，他懂她的一切，可是他们之间却始终像隔着一条银河。

明明他们才是这个世上最合适的人，偏偏她总不愿在心里留一个角落给他。

舒梨走了。

周洛南看了很久她的背影，直到眼眶干涩。

今天又是一天的会议。

边寂从早上一直忙到天黑。

还有许多工作没做完，需要加班，但他看了看腕表的时间，最后决定把工作带回家。

这几年，他在公司加班是常有的事，经常凌晨回家，没睡一会儿，洗个澡就又回公司了，饭也不按点吃。

所幸年轻，身体底子好，没累出什么病来。

开车回到观澜花园，已经晚上七点。

天已经黑透。

边寂锁了车，乘电梯上楼。西服外套被折叠着挂着左手胳膊上，衬衫的扣子也开了一个。

整个人带着肉眼可见的疲惫。

但他心情还算好。

电梯“叮咚”一声，到达十九楼。

边寂从电梯里出来，用指纹开了家门，令他意外的是，门口黑黢黢的。

他的脚步迟滞几秒，而后进来，开了玄关墙壁上的灯。

房子里的黑暗一下被明亮取代，但空旷的房子安安静静，没有一点声响。

更别提什么人。

边寂绷着下颌走进来，视线睃了一圈后，确认舒梨不在家。

在餐桌上留下的纸张看起来被动过，舒梨应该看了。

信封也空了，舒梨应该把钱拿走了。

可是，她人呢？

边寂只留下一千块，怕的就是舒梨拿了钱就跑路。

但是好像事实证明，光是这一千块，她也能拿了跑路。

边寂定定地看着空了的信封，眼底泛起冷冽的光。

长时间的安静过后，手机铃声突兀地响起。

边寂蹙着眉，神色冷峻，拿起手机。

陌生的号码，归属地是江市。

他并不想接，但铃声一直响。

最后他接起来，语调偏冷：“哪位？”

边寂在观澜花园C幢附近的喷泉那儿找到舒梨。

舒梨迷路了，走了大半天也找不到回边寂那儿的路。

打电话给边寂的时候，她极不情愿地说："哎，我迷路了。"

舒梨的方向感一直不大好，有时候就算有导航，她也不一定找得到正确的方向。

这大概是她唯一的弱点。

所以她不常去自己不熟悉的地方，平时认定一条路，就会一直走那一条，不轻易改方向。

这一点，连周洛南都不知道。

喷泉中心是硕大的人马雕像，喷泉"哗啦"响，四周霓虹灯亮，隐秘而浪漫。

边寂找到舒梨的时候，舒梨就坐在喷泉对面的石凳上，咬着吸管喝酸奶，像只等待主人领回家的猫。

夜色下，她一袭黄裙，让边寂想起曾经，他也见过她穿黄色的裙。

她很适合黄色，轻快，明亮，有活力。

衬得她皮肤很白很透。

边寂急快的步子稍一停顿，随后换上不紧不慢的步伐，朝她走近。

听见脚步声，舒梨循声抬头，瞧见渐渐朝自己走来的边寂。

白皙清秀的脸在凉风中露出个轻笑，但也只是笑，坐着没动。

边寂走至她跟前，瞧了眼她裙摆下的膝盖和线条流畅的小腿，再看她领口大片的肌肤，眸色暗了暗。

"穿这么少，不冷？"

舒梨笑一声，对上他的眼："冷啊。"

——话题终结者。

边寂没说话，舒梨又坐着吸酸奶，喝完了，才问："你刚刚接电话怎么那么凶？"

边寂冷着眸，依然没说话。

舒梨就恍然大悟一般，扯起唇笑："你不会是回到家，发现我不在，以为我走了吧？"

边寂眸内微光闪动，舒梨又撇撇嘴巴说："我身无分文，跑不了。你就给了一千块，我能跑到哪儿去。"

"走了。"边寂终于出声，但没有正面接舒梨的话。

舒梨这才站起来。

拿人手短，她跟边寂汇报自己拿他的钱去干什么了。

"我打车去了趟外面，吃了午饭和晚饭，还剩几百块。要看小票吗？"

"你不用跟我汇报，你爱怎么花就怎么花。"

"那不行，我不爱欠人。"舒梨笑一笑，"你以前也总说不想欠我呢。"

她就站在他面前，说着五年前的事时，裙摆随着夜晚的凉风微微摆动，笑的时候露出她好看的梨涡。

却惹得边寂心头不快。
他一把揽住她的腰，距离拉近。
身体隔着布料贴在一块，气息交错，心脏跃动。
过了一会儿，舒梨用手指轻轻揪住边寂衬衣的领子，像只慵懒勾人的野猫，踮脚在他耳边轻声说：“你看，我把你以前说过的话、做过的事，全都记得清清楚楚呢。”
边寂发觉舒梨真的是欠收拾，故意说些惹他不快的话，然后还刻意撩拨他。
舒梨也发觉，边寂真是跟以前不一样，她的挑衅好像将他激怒，他不如以前那样忍耐，而是直接将她拽回了家。
边寂衬衫上有很自然的香，又是很心机的味道，惹得舒梨有些沉醉。
但她还是想念当初那个柑橘柠檬的淡淡香味。
那是纯粹的，单单属于那个年纪，最干净的味道。

在玄关就被剥夺呼吸，连衣裙没有拉链，边寂显得有些暴力。
舒梨心疼自己的裙子，或许是心不在焉，反正她有些抗拒。
边寂停了。
他眉眼在她眼前，衬衣领口微敞，喉结充满欲望地上下滚动着。
他们抵着鼻尖呼吸喘气。
“今天去了哪儿？”边寂问。
舒梨头往后仰，跟身体一样，靠在身后冰冷的墙壁上。她笑了笑，眼尾微微上扬。
“想知道啊？”
边寂扣在她腰间的手指明显用力，他已经猜到下一句。
如他所想，她下一句就是：“凭什么告诉你。”
说完她还在那儿笑。
真是永远都不知道现在的自己到底有多危险。
边寂将舒梨松开，往后退半步，颀长身躯斜着靠在玄关柜子上，暗黄灯光从头顶洒下，笼罩着他，有些看不清表情。
过了会儿，他唇边漾起一抹似有若无的笑，说：“你高兴就好。”
舒梨反而被噎住，半天没反应过来。
嘿，这个男人，搞什么。
欢爱开了个头好似就要潦草结束，边寂斜靠着柜子，身上的衬衣仍一丝不苟，宽肩窄腰，剪裁得恰到好处的西裤没有一丝褶皱。
好像刚刚把舒梨摁在墙上的人不是他本人一样。
反观舒梨，裙摆乱了，头发丝散落在颈间，小巧的下巴尖俏，嘴唇饱满嫣红，透白肌肤泛着层暧昧的粉。
看起来，刚才抗拒的人是她，但是更动情的，也是她。
“还记得你答应我的吗？”

边寂说话，嗓音低哑温润，却暗藏着明显的暗示。

舒梨平复气息，笑看他一眼，像是真的听不明白：“什么？”

边寂重复昨晚说过的话：“留在我身边。”

“噢，这个啊。”舒梨上前一步，全身的重量都倚在了边寂这儿，衣裙抵着衬衣，刚刚被他亲得嫣红的唇一张一合，“你真怕我走啊？为什么呢？难道你……”

“喜欢我啊？”

舒梨仰着脸，眼睛瞧着边寂。

边寂觉得舒梨的这张嘴巴，一说话就让他堵心。

他反手扣住她的腰，她受力往前靠了靠，顺势将脸轻倚在他的肩。

“你不高兴了？”

舒梨说着，反而还不高兴了一样，皱起秀气的眉：“真是小气，不喜欢就不喜欢呗，生什么气呢。”

边寂嗓音沉了沉，想开口说话，可发现不知如何开口。

他小气吗，不是。

不喜欢吗，也不是。

那一年盛夏，在那个逼仄的小阁楼，外面马路的喧嚣一浪一浪传入耳。

就是在那一天，他用最绝情的方式，推开了他喜欢的女孩。

这些年，他身边没有过别人。

他的欲望、沉沦、堕落，他的一切，似乎都是为她而准备的。

仅仅只是为她。

边寂觉得舒梨真的吵，她的问题他不愿答，低头去寻她的唇，却被她轻巧躲开。

她带着笑意的眼睛从眼前一闪而过，然后离开他，回了房。

浴室热气氤氲，舒梨洗了个热水澡，穿衣服时候瞥见镜子里的自己，恍惚间，她觉得那不是她。

五年，为什么隔了漫长的五年，她还是会碰上边寂呢？

为什么，还是会心甘情愿地跟他扯上关系？

舒梨和边寂在不同的卫生间洗澡，舒梨用的是客房边的客用卫生间，边寂在他自己主卧里面的浴室。

舒梨洗澡完出来，看见书房那边亮着灯，估计边寂已经洗澡完，现在去工作了。

她不打扰他，直接回了自己房间。

回房时候，舒梨习惯性锁门，可想起早上边寂拿着钥匙开门进来——

还是算了。

反正锁了，他想进还是能进。

舒梨不做无用功，甚至只是轻轻关上房门，没那么严实。

她拿起手机，坐在床上跟法国的房东沟通了一会儿，睡意上来，也就裹着被子睡了。

半夜时候迷迷糊糊感觉好像有人进来了一趟，但舒梨也不确定，她困倦着，没睁眼，不知自己是在做梦还是什么。

总之第二天醒来，什么都没变。

舒梨睡到自然醒，睁眼时候，又是满窗的阳光。

她不习惯拉窗帘睡觉，从小到大的习惯，她怕黑，拉上窗帘就显得整个世界只剩她一个人。

虽然即使不拉窗帘，她也一直都是一个人睡。

舒梨起床出房间，到紧邻着的卫生间洗漱，简单收拾了下自己后，才稍微清醒一点。

也是这时候，才闻到门外飘来的浓郁咖啡香，还有面包吐司和鸡蛋煎烤的香味。

舒梨愣了愣。

家里还有人？

边寂没去工作吗？

舒梨走出去，看到餐桌上摆放整齐的两份早餐，在厨房煮咖啡的男人衣着简单，白与灰搭配得恰到好处，干净内敛。

他的侧脸在阳光映衬下，棱角分明。

舒梨小步走过去，停在餐椅边上，小臂交叠着搭着椅背，目视着边寂的方向，问他："今天怎么没去工作？"

边寂的视线停留在手中的咖啡壶和咖啡杯上，只轻轻应一声："今天周日。"

噢，周日。

舒梨点着下巴，眼睛看向餐桌上的两份早餐，又问边寂："这是给我做的吗？"

边寂这时已经倒好咖啡，端着走出来。

舒梨再次看向他，感叹，这是天生的衣架子吗？这个宽肩，这个窄腰……

唔，还是不穿好看点。

有那么好看的胸腹肌，为什么要欲盖弥彰地穿衣服掩饰掉呢，露出来造福大众多好。

这想法也就只在舒梨脑海里转了那么一圈。

边寂却已经捕捉到她眼底玩味狡黠的那一抹光亮，蹙眉问："你在看什么？"

"没什么。"

"吃早餐吧。"

"真的是给我做的啊？"

“不然？”

舒梨避开边寂深蹙着的眉，拉开椅子坐下。

搞不懂，这一大早的，天气这么好，为什么脾气这么差。

她拿起瓷盘里的土司片，温热在指腹弥漫，正准备吃的时候，却听到边寂说：“洗手没有？”

舒梨抬眼瞧他，一脸无奈：“洗了。刚洗完脸。”

边寂这才在她手边放下煮好的咖啡，走至对面坐下。

舒梨嘟嘟囔囔道：“这么讲卫生，你亲我的时候怎么不见你问我刷牙没有。”

说完后，她就发觉边寂的脸色已经很不好看。

他双眸沉郁，紧盯着舒梨。

“你再说一遍。”

舒梨干脆把手上的吐司片丢回到盘子里，抬着下巴露出不高兴的表情：“你这么凶干什么，我说的难道不是实话吗？”

边寂不紧不慢地端起咖啡喝了一小口。

还跟他耍小脾气了。

但他还挺享受她的骄横。

他拉开椅子坐下，沉稳且不甘示弱地开口：“还是乖点可爱。”

舒梨滞几秒，转而身子往后靠，倚着椅背漫不经心地笑：“原来你喜欢乖的啊。”

边寂沉默吃早餐，不理她了。

舒梨扯扯唇，这男人，该说他是成熟心思沉，还是其实就是闷棍呢。

没意思，不跟他说话了。

舒梨也开始吃早餐。

很简单的煎蛋、吐司、咖啡，但她竟然觉得还挺好吃。

两人都不搭话，各自吃着各自的。

边寂显然有些忙，吃早饭的时候，还不忘拿起之前放在餐桌上的平板电脑，盯着股票市场。

舒梨吃完时候，问他：“你做什么工作的？”

边寂的目光停顿一下，从平板电脑上移开，落到舒梨脸上。

舒梨无所谓一笑：“我就是好奇问问，你不想说也没事。”

“没什么不想说的。我在华伦做分析师，管整个行研部门。”

“噢，这个啊，我听不懂。”

舒梨对这方面不了解，她的世界其实挺狭隘的，算起来也是舒连漪把她保护得太好。

她不清楚边寂到底是做什么的，但肯定是跟金融有关吧。

当初不是说是金融系高才生嘛。

“我还以为你是炒股的。”

边寂想一想，不置可否地扯唇：“你这么想，也没错。”

“反正年薪很高对吧？”

不然怎么住得起这么好的房子、开得起好车，每套衬衣西服都像是定制款。

舒梨也就随口那么一问，边寂反倒缓缓放下了手中平板电脑，眼神直直对着舒梨：“想知道？”

——多么熟悉的语气和问题。

舒梨几乎都能猜到边寂肯定是要学她的语气说“凭什么告诉你”。

果然，边寂嘴角轻扬：“不告诉你。”

舒梨轻笑一声，跟她猜得差不多。

这男人，可小气可记仇了。

想起自己很快就要麻烦到边寂的事，舒梨想了想，问他：“我能跟你说个事吗？”

“什么？”

“我把国外的房子退了，有些东西要从国外寄回来，能寄来你这儿吗？大约一周后到，我不会占你太大的空间。”

“你随意。”

舒梨扬眉，笑道：“你放心，我不会白住在你这儿。房租我会给你的。”

人一旦有了钱，底气就足了。

舒梨一直在打着她的小算盘，等房租退回来，她就有钱了。

“昨天你的一千块，我已经记在账上，我也会还给你。”

本来早上边寂的心情还算不错。

昨夜熬夜工作，特意空出今天的时间休息，想着或许能陪舒梨做点什么。

但舒梨吧，总是不惹他就不高兴。

边寂凝视舒梨的眸光深了几度，没戴眼镜，却依然泛着层冷意。

“你确定要跟我记得这么清楚？”

舒梨不以为意地交叠起腿，手指轻轻勾绕肩颈的头发丝，回答：“这不是跟你学的嘛。”

以前要算得很清楚还给她写欠条的人不就是他吗？

她不过是从他这学到了“不欠人人情”这一个小小的优点而已。

边寂眯起眼睛：“我有这么教过你？”

“教过啊，你是我老师啊，你教我的，可不止这一点呢。”

“噢？那老师还教过你什么？”

舒梨缠绕头发玩的手指一停，故意靠近餐桌，单手托着下巴，另只手伸出来，细白的手指挠了挠边寂线条清晰的下颌。

她又开始变得像只勾人的猫，眼里闪过狡黠的光。

“你……还教会我什么是男人。”

边寂不为所动，敛着表情，凝视舒梨的眼眸深幽不见底。

他淡声问：“只有我教过你？”

“这个啊……我就不告诉你了。”舒梨笑一声，收回自己的手指，拉开椅子站起来，看起来格外倦怠似的。

“老师拜拜，学生先回房补觉。”

舒梨慢悠悠地回到房间，想着没什么事做，还是继续睡觉吧。

哪知前脚刚进来，后脚边寂就跟进来了。

门被锁上。

舒梨回头看他，玩味一笑：“你想干什么？”

边寂被舒梨惹得跟吞了个柠檬似的，特别酸。

他承认，他就是吃醋。

一想到有别的男人跟舒梨交往过，他就忍不住躁郁。

窗帘被毫不留情地拉上，严丝合缝。

边寂不管舒梨的本意是怎么样，不管舒梨是否愿意，也不管自己这样是否算是强迫，反正他只想得到她。

暂且得不到她的心，那就先留下她的人。

他要她在他身边。

窗帘再次被拉开的时候，是舒梨想抽烟。

窗户开了大半，她靠在床头，身上横盖着一条小毯子。

额前凌乱的发丝还浸着汗，小脸泛着层潮红。

她低头瞥一眼，手臂上又是红透的掐痕。

她跟拿烟进来的边寂抱怨：“下次能轻点吗？上辈子是牛啊这么用力。”

边寂只套了条宽松的家居裤，野性暗暗藏掖。

他把烟递给舒梨，嘴角带着笑：“那你上辈子是什么，我的背上都是你的抓痕。”

“……”

舒梨决心不理他，先绝交几分钟。

烟是昨天舒梨去外面买的，苏烟，适合女士，味道偏淡。

她熟练地咬住，点燃，被烟雾笼着的脸，又纯又欲。

边寂望着她，再看向她身上的红印，眸色暗几分。

他俯身过来，仔细查看着她胳膊的掐痕。

是刚才太用力了。

“待会儿和我出趟门。”

舒梨吐出烟圈，转头看他：“去干吗？”

“买点药膏。”

“不用了，一会儿就消了。”

“那跟我出去吃顿饭？”

舒梨顿一顿，弯眼笑了：“干吗，想补偿我，带我吃顿好的？”

边寂在她身边坐下，同她一样靠着床头，侧脸看她。

“随你怎么想。”

然后他从她手中抢过烟，自己咬住了。

味道确实淡，不及以前她喜欢的薄荷爆珠。

舒梨像个被抢走玩具的小孩，不高兴地瞪着他：“干吗抢我的？”

“怎么不抽以前那一款了？”

答非所问，边寂更像是随口一说。

舒梨听不大明白。

“什么以前那一款？”

“没什么。”

边寂又不肯继续说了。

舒梨懒得再追问，从边寂那儿抢回烟，往边上侧身。

“我现在可穷了，你抽我的烟，我是要按根收费的。”

“那你还想着给我房租？”

“这不一样。”

“有什么不一样？”

舒梨不耐烦了，踢他的小腿：“你问题怎么这么多，跟以前一样问个没完。”

以前。

好像是这样，以前他好像是总爱问她为什么。

她也恼过，觉得他烦。

可真神奇啊，明明两个人只认识那么几天，可是为什么共同的回忆却有那么多呢。

连那些细枝末节都记得那么清楚。

好像是认识了很久很久一样。

舒梨享受着自己这根事后烟，边寂的手臂却从她腰间揽过，手指扶住她的脸，让她侧过来，然后他的唇就这么吻了过来。

这大概是他们之间最单纯的一个吻，仅仅只是吻。

那些晦涩的，不敢言说的，留恋的，都在这个吻里。

缱绻而温柔。

舒梨一时间忘记了周遭的一切，被他突然的温柔所折服，从而陷落。

边寂预备带舒梨出门，周末，天气又好。

或许他们能出去走走。

舒梨却没什么兴致，她不爱去人多的地方。但是耐不住从腰椎一直延伸到脖颈处的撩热气息，她勉强答应。

舒梨把边寂推开，赶他走：“让我休息会儿，你先出去。”

边寂瞧着又躺下拿被子将自己盖严实的舒梨，轻抿了一下嘴角。

跟只懒猫似的，这么爱睡。

“十一点出门。”他说。

舒梨不想搭理，拿被子蒙住头。

边寂薄唇微张，但没说什么，下床离开了舒梨的房间。

留下的舒梨很快就因疲惫而重新睡着。

倒不是她有多爱睡觉，而是实在太累了，只能靠睡觉来恢复体力。

舒梨就这样睡到了下午。

睡醒时候，恍然想起边寂说的“十一点出门”，摸过手机一看，下午三点。

这一觉可真长。

舒梨恍惚着起来，捡起之前被丢到地板上的衣服套上，走出房间，没看到边寂的人影。

她也没去找他，径直走向厨房，想找点吃的。

今天就吃了个早饭，早就消化完了，现在肚子有点饿。

但冰箱里没什么能直接吃的东西，看来看去，只有鸡蛋和火腿片，还有几瓶原味酸奶。

舒梨拿出一瓶酸奶，指尖一阵冰凉，想着找吸管的时候，身后传来声音：“醒了？”

舒梨拿上吸管，关上冰箱回头，迎上边寂的目光。

边寂朝舒梨走近，擦肩的时候，舒梨闻到他身上淡淡的烟味，混着衣服洗衣凝珠的清香，有了丝专属于秋的凛冽。

他问她：“肚子饿了？”

舒梨晃晃手上的酸奶，说：“喝你一瓶酸奶。”

边寂似乎不大喜欢她这种故意的客气，可也没说什么，只问她：“要不要吃点别的？”

“你吃了吗？”舒梨想起他们本来打算中午出门吃饭。

“没有。”

“干吗，难道是故意等我？”

边寂抬眼看她，意思挺明显。

舒梨了然，走到边上靠着厨房流理台，把吸管戳进酸奶里面，笑了声：“谁让你不叫醒我。”

好像是边寂的错似的，他饿肚子不关她的事。是他不叫醒她。

被倒打一耙。

边寂没不高兴。

反正舒梨睡着后，他也去工作了，一直忙到刚才。

“改成晚饭吧。”他说。

舒梨吸着酸奶，抽空应了声：“噢，我随便。”

边寂瞧她手中冷冰冰的酸奶，习惯性提了句：“喝冰的对胃不好。”

“那你还买来放冰箱？”

“沛沛买的。”

他也总提醒沛沛别吃冰的。

舒梨停了下，看看手上喝了一半的酸奶，露出抱歉的表情："我待会儿买一瓶还她，不能吃小朋友的东西。"

边寂终于不高兴了，眉头蹙起来："你还真是分得清楚。"

"那当然。"舒梨想说自己这是在效仿他，可想了想，还是把话给咽了回去。

她知道自己是在踩线，总那么轻易地就踩到边寂不高兴的地方。

她故意给他丢去一个眼神，笑意盈盈，意思分明。

她知道边寂懂她的意思。

边寂当然懂，但不搭理她。

他面无表情地走向厨房，说："才三点，吃点别的垫垫肚子。"

"吃什么？"

"你想吃什么？"

"我都行。但是……你家好像没什么吃的了。"

边寂打开灶台上方的橱柜，侧眸看舒梨："有米，有面。"

舒梨一笑："正好，我就会煮面。"

她走过来，停在边寂边上，潋滟的眸子对着他："你饿了吧，要吃我煮的面吗？"

边寂敏锐地察觉到不简单。

他没应，神色淡淡。

舒梨还是冲着他笑，说："别跟我客气。"

边寂往边上退一步，把灶台让给舒梨，眉眼之间仍是警惕。

果然，舒梨佯装若无其事地跟他搭话："我别的不会，就会煮点面条。哎，你知道上一个吃我煮的面的人怎么了吗？"

边寂凝起眸，舒梨侧头对着他笑："我给他下了安眠药，他睡了十几个小时呢。"

"……"

舒梨被边寂赶出了厨房。

她还挺开心的，逗边寂就是好玩。

看他黑脸也好玩。

晚餐地点在江市地段最好的商业中心，一家新开不久的法国餐厅。

临江露台的设计，天上的星在闪烁，露台灯光暧昧浪漫，配上乐队的琴弦演奏，气氛恰好。

只是有点冷。

江边的风带着凉意，扫过露台。

舒梨端起红酒杯，浅酌一口猩红甜香的酒，算是借酒精取暖。

今天她没怎么打扮，也没什么心情，只穿了条低调的雾霭蓝连衣裙，一字肩，胸口和脖颈处的皮肤露了大半。

妆很淡，但是天生底子好，雾霭蓝衬得她整个人发光发白，不哗众取宠，仍能惹人注目。

将红酒杯放下，舒梨悠悠看向对面的男人，切着牛小排，斯文优雅。

戴上金丝边的眼镜后，多了份不熟悉的疏离。

她心想，他还真会挑，挑了一家法国餐厅。

不知道是故意，还是无意。

虽然这几年在法国，法国餐吃得很多，舒梨觉得法国菜吃来吃去也就那样，但这家餐厅的味道还不错。

红酒味道很醇，这个男人慢条斯理用刀叉的模样也挺赏心悦目。

舒梨的手搭着下颌，凝视着对面的边寂，眸里点着碎碎的笑意，似是微醺了。

边寂一早就注视到她的视线，他故意不理她。

舒梨太跳脱，她的想法、她说的话做的事，都经常不在边寂的可控范围内。

所以他干脆视而不见，先把这顿饭吃完。

见眼前的男人不理会自己，舒梨觉得无趣，手指细细摩挲着红酒杯的杯壁，随后抬起来，喝完。

边寂终于抬眼看她，提醒："会醉。"

舒梨勾起唇，笑着："已经醉了。"

边寂似是叹气。

红酒不是他点的，他不准备喝酒，他要开车。

但舒梨想喝。

小腿好像被什么碰到，不是无意的那种。边寂停滞着拿刀叉的手，定定地看着舒梨。

舒梨用脚尖在边寂的西裤那勾勒着什么，双眸带着微醺的迷蒙，不说话，就只是笑。

她笑得很好看，简单用蝴蝶结束在脖子后面的头发丝儿随风飘着，整个人好似懒懒的。

可餐桌底下，在看不见的地方，却不含糊。

边寂皱着眉清嗓，问她："真的醉了？"

舒梨点点头。

边寂把餐桌下的腿往边上移了一下，给她个自己没有上当的眼神。

"我看你很清醒。"

舒梨粲然一笑："真聪明。"

她就是装的。

但是不好玩，他都没相信。

舒梨收回脚，正经坐好，拿起刀叉切自己那块牛排，动作慢慢的。

边寂以为她没胃口："不合口味？"

"不是。"

舒梨回了声，顺带夸一下："餐厅还不错，比法国当地还纯正。"

这几天，边寂没有问过舒梨这几年的情况。
找不到时机，也没立场。
即使问了，他也相信舒梨不会说。
现在舒梨主动提起，边寂猜测这五年她是去的法国。
于是他顺着往下问：“这几年都在法国留学？”
“留学算不上，就是随便学个专业，混日子而已。”
“学的什么？”
“油画。”
边寂黯着双眸，舒梨就此打住，不愿再多说，冲他笑了笑：“谢谢你带我吃饭。”
舒梨动起刀叉，认真切起牛排。
边寂反倒沉默了。
他想起很多。
那一年，她扇了他一巴掌，带给他锥心的痛。
不是因为被她打得疼，而是心脏莫名地疼。
只要一想起她，他就疼。
边寂从照顾沛沛的护工那里知道，舒梨要出国。
可是具体要去哪儿，护工也不知情。
边寂没有再问再打听。
但是舒梨出国那一天，他有偷偷去看过。
那是那个夏天最后的烈阳，边寂站在郁郁葱葱的灌木丛后面，看着舒梨家里的司机把她的行李箱放到车子后备箱。
舒梨穿了条白裙子，表情很淡，没有人送，一个人沉默地坐到车里。
她好像做什么都是一个人，连离开，都只是她一个人。
边寂至今记得，那天的阳光热烈又刺眼，灼得他心脏痛。
后来，他回学校上课，投简历实习，所有的时间都用在了工作上。
他知道他必须要让自己变得有能力，必须要让自己更优秀，必须要改变自己的现状和人生。
他身上有很重的责任，他的家庭、他年迈的父亲和幼小的妹妹，都需要他。
感情那么奢侈，他只能深藏于心。
只要不去触碰，就好似不存在一样。
时间就是这样一眨眼过去。
五年间，边寂的生活经历着翻天覆地的变化。
然而就是这样的时隔五年，当年娇纵、古怪、捉摸不透的女孩再次坐在他面前，他又觉得这就是命运。
如果说当年的舒梨是他晦暗生命里短暂的一束光，那现在，他想将这束光永远抓住。
无论用什么方法。

晚餐进行到尾声，舒梨和边寂预备要走。
江边的夜风吹得人发冷，边寂将自己的西服外套披在舒梨肩上。
舒梨笑他还挺绅士。
可很快，舒梨的手腕被突然冲出来的人狠狠抓住，肩上的西服外套从她肩上落了下去，落到了地面上。
周洛南充满怒火的眼睛直直盯着舒梨，看向她边上的边寂时，眼底满是压抑不住的燥和怒。
跟在周洛南后面出来的江薏看到眼前这一幕，妆感很强的小脸上满是错愕。
她呆呆地望着冷着眉眼与周洛南对视的边寂，红唇微张："边寂……"

一小时前。
周洛南跟江薏第一次见面。
因为这次不情愿的见面，周洛南故意把头发剪回了寸头，还把左边眉毛的尾部中间故意剃了一刀，成了断眉。
五官深邃，寸头和断眉显得整个人又酷又拽。
坐在江薏对面时，江薏几乎是第一眼就被吓到。
在国外出生长大的难道都是这副嚣张冷酷的样子？
其实江薏也是被家里人强迫过来的，她本身也不愿意。跟周洛南见上面，两个人都没什么想说的，各自坐着大眼瞪小眼。
过了好一会儿，江薏清清发干的嗓子，先打破僵局："听说，你一直在国外？"
周洛南抬着下巴看人，犀利的眼眸半阖着，轻应一声，算作回答。
他家老头子为了给他找老婆，特意给他编造了个身世——周家的小儿子，在国外出生，一直生活在国外。
反正老头的原配已经死了，名正言顺的大儿子已经继承了家业，根本无所谓自己的妈会不会因为多出这么一个亲生的小儿子而含恨九泉。
而周洛南的妈，周家老头的情人，更是无所谓。自己的儿子终于能把名字写到族谱上，她高兴都来不及，才不在乎儿子名义上的母亲是谁。
江薏问完自己的第一句话，见周洛南没什么意愿跟她聊天，她也就不想说什么了。
可周洛南那副目中无人的样，让她很不喜欢。
于是她直接说："我一点都不想过来跟你见面，咱们就把这顿饭吃完，以后各走各的。"
周洛南这才抬眼瞧她，她长得其实挺漂亮，有股自信的张扬。这种张扬，跟舒梨有那么一分相似。
可是比舒梨差远了。
周洛南嘴角勾了抹笑，对江薏说："求之不得。"

江薏："……"

两个人就这样大眼瞪小眼，干坐了一小时。

饭也吃得不顺心。

快结束的时候，周洛南向服务员招手结账，等服务员取小票时，无意瞥见了露台那边熟悉的人影。

四个人就这样很凑巧地，撞上了。

"他就是你说的朋友？"

周洛南几乎要爆炸，他怎么都没想到，自己会有朝一日看到舒梨和边寂在一起。

和这个一早就该消失在他们生活中的人在一起。

舒梨的手腕被周洛南拽得生疼，她微蹙起眉，转动手腕，说："你先放开我。"

"我不放！你现在就告诉我，这些天你是不是都跟他在一起？！你宁愿跟这种人在一起都不愿跟我？！"

完全不在状况内的江薏听到周洛南这么说，满脸不悦："哎，你先给我说清楚，什么叫'这种人'——"

"关你屁事！"

被周洛南一凶，江薏立即泪眼汪汪，表情委屈，走到边寂边上，想从边寂那儿得到什么安慰，可边寂一眼都没看她。

冷风之中，边寂神情寡漠，眼睛紧盯着周洛南，眼底深处凝着不易察觉的敌意。

他瞧一眼舒梨被周洛南紧抓住的手腕，话语里压着丝强迫的冷冽意味："放开她。"

周洛南用手拽得更紧，根本顾不上舒梨的感受。

他冷冷盯着边寂，而后拽着舒梨就要走。

边寂要伸手去拦，舒梨却先出声阻止他："我跟他有话要说。你等我几分钟。"

舒梨被周洛南拉出餐厅，拽到了电梯旁边的安全通道里。

声控灯照亮，周洛南借着灯光看着舒梨的脸，又气又痛心。他终于松开她的手，问她："这就是你所谓的'朋友'？！"

"是。"舒梨回答得很干脆，纤细的手腕已经泛上一层红。

"舒梨你到底在想些什么？！你为什么要跟他在一起？！他以前那么对你，你还信他？！"

"我信他。"

舒梨语气强硬。

周洛南在她眼里看到了坚定。

他发疯般箍住她肩膀，几乎没了理智："你信他什么？！你清醒点好不好！你到底为什么要信他——"

“因为他能让我见到我妈。”

周洛南一滞，眼睛发红：“我也能——”

“你不能。”舒梨纤弱的肩膀被周洛南的手指紧紧箍着，很疼，但她面上却平静，“就算你愿意为了我去求你的爸爸、你的大哥，他们也不见得会帮你。”

周洛南有些愣神，他知道舒梨说的是事实。

原来舒梨比他还清楚他在他们家的地位。

一个私生子，哪有那么大的话语权。

可是——

“那他呢？他为什么要帮你？他凭什么帮你？你又凭什么信他？！”

舒梨紧抿着唇，不答。

周洛南忍不住去摇晃她的身体，逼迫着她回答：“你说啊，他为什么要帮你——”

舒梨仍是不答。

一字肩的连衣裙领口不小心被扯下，露出完整的白皙圆润的肩。

同时间映入周洛南眼帘的，是肩下一小块胳膊那儿还未来得及消退的掐痕，还有半胸处若隐若现的吻痕。

周洛南僵滞着，脑海浮现出那一年，舒梨从边寂家里出来的场景。

他眼里瞬间浮上痛惜、憎恶和悲痛，复杂的情感交织，让他一时间没了理智。

“他就是这样帮你的？”

“他是不是让你跟他睡他才帮你？”

“舒梨你这样做，跟外面那些出卖自己获取利益的女人有什么区别？”

舒梨冷着眸，平静得出奇，除了眼眶微微的湿润，几乎看不出她任何的表情变化。

她伸手，轻轻推开周洛南，拉起被他扯下的衣领，整理好衣裙。

“你说得对，我跟那些女人一样，不知廉耻。”

她依然很平静，甚至还笑了笑：“可是周洛南，这跟你当时提出的条件，又有什么区别呢？”

夜色如墨。

黑色卡宴在马路上缓慢行驶，道路尽头是夜空零散的星。

车内，气氛沉闷寂静。

从离开法国餐厅，到坐上车，舒梨都没说话。

边寂沉默开车，眼底凝着暗光，偶尔偏头扫一眼安静的舒梨。

车窗开了一半，舒梨在吹夜里的冷风。

这么一吹，好像那些坏情绪，都被吹跑了。

她也终于察觉到边寂略带关心的眼神。

红灯时候，舒梨转头，毫不避讳地对上边寂视线，低笑了一声：“干吗总偷偷看我？”

边寂喉结滚动，也没避开，冷黑的眸紧紧看着她，询问：“没事？”

“什么没事，我能有什么事？”

舒梨露出疑惑的神情，真的像个没事人似的。

前方红灯跳绿灯，边寂先收回眼神，松开刹车踩下油门。

车继续往前开。

舒梨抬手扯下束着头发的缎面蝴蝶结，微微打着卷儿的头发就这样被风吹散。

头发丝儿凌乱缠在她的侧脸，她简单勾至耳后，很快又被风给吹乱。

“对了，刚刚忘了问你，刚才那是你前女友吗？”

很随口的语气，仿佛就是随便那么一问。

边寂轻轻皱起眉，他知道舒梨说的是江薏。他撇清关系：“不是。”

“噢？”舒梨张张嘴，似是意外，然后又想想，继续猜测，“那就是……你的暧昧对象？”

边寂的眉头皱得更深了，语气也沉了下来：“不是。我和她没有任何关系。”

舒梨扬着唇笑：“一点暧昧都没有吗？”

边寂：“没有。”

舒梨又“啧啧”两声，说着：“可是她好像挺喜欢你的呢。”

喜欢一个人的眼神怎么藏得住。

就那么几分钟都不到的时间，舒梨就能看出江薏对边寂有意思，眼睛一直直勾勾地盯着边寂，尤其是听到周洛南说边寂“这种人”的时候还那么忙不迭地替边寂说话。

“你们不是过去式，也不是现在式吧？”

边寂脸色倏然冷下，沉着声说：“以前没关系，现在没关系，以后也不会有任何关系。她对我有意思，但我一早就明确拒绝过。”

舒梨笑了笑，垂眸玩着手中的缎面蝴蝶结，语气带着点故意的庆幸：“那就好，我还怕我做了第三者呢。”

可说完，她的鼻尖微微泛着酸，心里也满是苦涩。

周洛南晚上说的话回荡在耳边，她努力扬起唇，继续笑着，抬头看车窗外一闪而过的夜景。

边寂感知到舒梨的情绪，她明明什么都没表现出来，可他越看她笑，眉头就蹙得越深。

“你不是什么第三者。”

他顿一顿，似是解释：“我单身，没有交过女朋友。”

舒梨只轻轻笑了声，没有回答，也没侧过脸看他。

此时此刻，她好像也不大关心边寂有没有交过女朋友这样的事。

她累了。

车在地下车库停好，舒梨和边寂一前一后地走进电梯。

上升的电梯陡然带来一种眩晕感，四周的金属镜面密不透风，像是一个牢笼，有一瞬间叫舒梨呼吸困难。

边寂的西服外套披在她身上，他一直低眸看着她，一直看着。

电梯到达十九楼，指纹锁“嘀嘀”两声，门打开。

边寂跟在舒梨身后进来，关上门，抬手碰墙壁，开了房子里的灯。

舒梨把身上的西服脱下还给边寂，边寂接过，上前想询问她是不是不舒服的时候，她却瑟缩地往后退了一步。

“……我有点累。”

意思是，今晚不想再做什么。

边寂听得出来舒梨的意思。

其实他并没有这种想法。

两人在玄关昏黄的灯光下对视着，边寂竟在舒梨眸中看到了微微闪动着的破碎的光，她好似要哭。

或者是，已经在哭。

边寂想触碰她，却再次被她躲开，伸出的手悬空停滞了一会儿。

舒梨往自己房间的方向走。

边寂缓慢收回手，望着舒梨的背影，说：“跟你妈见面的事，已经在安排了。最快这周末。”

舒梨倏地停步。

他说：“没有告诉你是因为还没有完全确定。”

见舒连漪的事，边寂确实已经在安排。

他突然说这件事是因为，他觉得舒梨此刻最想听到的就是这个。也道不清为什么，他的直觉就是这样。

他永远猜不透舒梨到底是喜是怒，猜不透她的真实情绪，但也就是这么一刻，他好似猜到了。

虽然他也不确定自己有没有猜错。

边寂猜得没错，舒梨此刻，确实最想听到这个。

但这也是让她最难过的。

那些坏败的破碎的自尊又像被人狠狠往地上摔碎一样，提醒着她为了这一件事，到底做了什么令人不齿的事。

她转过身，重新走到边寂身前，然后捧住他的脸踮脚去亲他的唇。

气息卷入唇齿，边寂一时间没有反应过来，下意识躬身适应舒梨的身高，掌心虚虚按在她的腰上。

呼吸交缠，没有翻涌的情欲，什么都没有。

边寂的手掌抚着舒梨的脖颈，借她支撑的力道。他有种错觉，她好像轻轻一碰就会碎。

他没敢多用力，就成了只是舒梨在吻他。

而后，舒梨停下，头微微往后，抬眼望着边寂，说了声：“谢谢。”

之后她离开，回了房间。

边寂敛低眉眼，对着被关上的房门静静看了半晌，眸色比外面的夜还要深。

没有开灯的房间，一片漆黑。

只有一抹虚薄月光在床边隐隐发着光。

舒梨想试着入睡，但一闭上眼睛，脑海里就是周洛南那一句如刀子般锥心的话。

这个世界，所有人都可以给她一刀，连她多年的朋友，也会这样给她狠狠的一刀。

脆弱和伤心无处可躲。

周洛南的话一直萦绕在耳边，一声接一声地回响，快要穿破她的耳膜。

舒梨睡不着，甚至都无法平静情绪。

她伸手拉开床头抽屉，里面有一个白色药瓶。

舒梨想拿起来打开，但是理智还是拉回了她。她晚上喝了酒，不能吃药，两者一起会有副作用。

还没见到舒连漪，太多事情还没有得到答案，她得活着，好好活着。

可是不吃药，她的耳边就会一直“嗡嗡”响，神经持续衰弱，会不由自主地陷入平复不了的情绪中。

舒梨是轻微抑郁，症状表现为偶尔陷进抑郁痛苦的情绪里出不来，脑子里会不断回放让她感觉痛苦的事。

直到她筋疲力尽。

还好她只是偶尔受到刺激会这样，不算太严重，暂时没有轻生倾向。

法国的医生一直建议她长期持续性地服药，但她没有。

可能在潜意识里，她不愿把自己当成个病人。

今晚周洛南真的把她刺激到，她甚至都看不起自己，觉得自己下贱。

思绪在不断拉扯，舒梨觉得自己好累。

真的好累，像身心都被掏空了一样。

就这样，她一夜没睡。

第五章

你瞒我瞒

清晨的时候，舒梨听见门外有声响，像是脚步声，在门口停顿后，一张小纸条从门缝里塞进来。

舒梨目光呆滞地看着，没有动。

不知过了多久，房子里安静无声。

窗外的阳光越发灿烂。

又是新的一天。

舒梨巴掌大的瘦白小脸毫无血色，眼睑下方一片青黑，模样很是憔悴。

她缓缓从床上坐起来，转头望一眼窗外的秋光，再缓缓回头，下床，走到门边拿起被塞进来的小纸条。

是边寂写的：

冰箱里有三明治和牛奶，下午四点有家政阿姨上门打扫卫生。有事打我电话。

舒梨忽然笑了一声，很难得的，发自内心的一声笑。

她想起那一年，边寂给她留下欠条，还在背后写了一句“抽烟有害健康”，真是单纯又可爱。

不过时隔这么多年，他自己不还是学会了抽烟。

舒梨收起纸条，迈着虚浮的步子走出房间，房子里空落落的，边寂应该已经去工作了。

但是冰箱里多了很多吃的，有面包三明治、牛奶、酸奶、果汁，还有一些零食。

昨晚上冰箱还是空的。

舒梨不由得怀疑边寂是不是大半夜不睡觉去了趟超市。

她从冰箱里拿出一个三明治，放到微波炉里加热，然后接了一杯温水，端着回房间。

昨晚没吃的药，现在被打开。

舒梨吃完药，再重新出来，把三明治吃了。

药里有安定成分，她今天应该可以睡很长的一觉。临睡前去一趟卫生间，看到了内裤上暗红的血迹。

例假来了。

周一早上有例会，边寂在会议室和部门职员分析上一周的股市变化报表。

放在办公室的手机一直在响。

梁夏在处理别的文件，经过的时候听见，便走进去拿起手机，看到是一个没有备注的号码打过来的。

他远远看一眼会议室，明亮灯光和玻璃折射，只能看到男人的半张侧脸。

神色严谨认真，在和职员做着分析。

梁夏跟了边寂很久，还是第一次见边寂的手机持续响这么久。

他开始以为是什么陌生电话骚扰电话之类的，但一直持续不断地响，他就擅作主张，帮忙接起来。

“喂，您好——”

梁夏刚说半句，就被电话那头的女声截了话：“哎，家里有没有卫生巾，我来例假了。”

“……”

梁夏一直犹豫要不要进会议室叫边寂，脑子里想象出来的是一个弱小无助的小姑娘坐在马桶上等着卫生巾——

他最后还是决定先去跟边寂说一声。

工作中的边寂心无旁骛，这个例会很冗长，要分析的点很多，他一个一个提出来，根本没注意到进来的梁夏。

梁夏在他边上停了停，小声打断他：“边总，有个电话找您，有急事。”

边总神色不变，视线还在投影屏的数据上，淡漠问了声：“什么电话？”

“就……”

边寂看向梁夏，略抬眉骨：“说。”

梁夏为难了，小声道：“边总，您最好还是亲自去回个电话……”

“到底什么电话？”

“您的女朋友打电话来，说她来例假了。”

全场突然死一般的寂静。

梁夏悄声补充一句：“她问您家里有没有卫生巾。”

边寂：“……”

舒梨没想到自己给边寂打电话，是边寂助理接的。

尴尬的是，她没意识到是别人接的电话，就先把事给说了。也是脑子蒙了，干吗要给边寂打电话，先在房子里找一找多好。

肯定是受了他那句“有事打我电话”的蛊惑。

例假来得突然又汹涌，舒梨在马桶上坐了一会儿，边寂的电话打了进来。

她接起来。

“喂。”

“你要的东西，沛沛房间里的卫生间应该会有，你去她房里找一下。”

“知道了。”

舒梨语气懒懒的，在边寂停顿没说话的时候，随口问他：“你助理不是说你在开会吗，怎么还有空回电话？”

边寂没答，他不想说，现在全部门都知道他家里有个来例假的女朋友。

“厨房橱柜里有姜糖，沛沛以前买过，你要是不舒服可以煮一点喝。”

“知道了，你还挺啰唆。”

边寂又是一顿，听舒梨这样的语气，试探着问：“今天心情好点没有？”

这下换舒梨稍稍停滞。

须臾之后，她对着电话笑起来：“你可真烦。”

整个会议室的人都还在等边寂继续回去开会，边寂简略跟舒梨讲了这几句，便挂断了电话。

回到会议室，面对大家试探又好奇的目光，他一脸沉静，平静地开口：“继续。”

舒梨在沛沛房间的卫生间里找到需要的东西，她洗了个热水澡，换上之后，因为先前的药效，没多久就开始犯困。

这一觉睡了很久。

傍晚时分，舒梨在半梦半醒间，似乎听到门铃在响。

她恍惚想起边寂在纸条上写过，四点钟有家政上门打扫卫生。

看窗外这天色，估计已经是下午四点了吧。

舒梨昏昏沉沉地起床，走出去开门。

门打开，出现在眼前的，不是预期中的家政阿姨，而是昨晚短暂碰过一眼的——

江薏。

半小时前，江薏收到公司里熟人的线报，边寂有了女朋友，还住在他家。

她一下就想起昨晚上见过的那个身姿窈窕、漂亮白净的女人。

昨晚，在那个女人被周洛南拉走后，任江薏怎么问，边寂都不搭理她。

她从没见过边寂那么严肃的脸。

严肃到让她都不敢再在他身边造次。

郁闷了一晚上，现在得知那个女人就是边寂的女朋友，江薏真是气疯了，直接就上门来找人。

舒梨在开门见到江薏第一眼，就知道来者不善。

——姣好的脸，无瑕疵的妆，身上的小洋裙一看就是某国际品牌的定制款，看得出是个娇气的大小姐。

也没等舒梨让没让人进，江薏就直接推开门，踩着她当季限量款的小高跟走进来。

舒梨淡淡瞧她如此高姿态的背影，没说什么，关上了门，一回头，就见江薏正双臂环胸，眯着眼打量自己。

因为刚睡醒，舒梨本来有些倦态，细白的小脸没化妆，头发也随意披在肩上，身上穿的是单薄的藕荷色丝绸睡衣。

跟进来的江薏是极限的反差。

被江薏不友善的目光这么一打量，舒梨瞬间就没了倦意，直直对上她的眼睛。

两人没说话，单单一个眼神对视，已经暗藏锋芒。

还是江薏先问："你就是边寂的'女朋友'？"

舒梨往边上懒懒一靠，唇边漾着点笑意，反问江薏："你哪位？"

江薏："……"

舒梨继而又淡淡笑着，提醒着："没经过同意就这样闯进来，你说我现在应该是叫保安还是该报警？"

江薏的小脸僵了僵。

"我——这房子都是我爸送的，我进来怎么了！"

"噢？你爸送的房子和你闯进来，有什么关系吗？这又不是你家。"

"……"

舒梨说着还冲江薏莞尔一笑："不过来者都是客，进来坐吧，喝茶还是喝咖啡？"

一口气没停，她补上一句："差点忘了，这位小姐怎么称呼？"

江薏被舒梨这一个字一个字堵着几乎说不出话，愤愤地撇嘴，气场瞬间弱了一半。

"我姓'江'。"

"好，江小姐，请进。"

舒梨请江薏进来客厅坐，竟然还真的去给江薏倒水了。

边寂这儿没有速溶咖啡，这男人喜欢现煮，显然舒梨现在没这个时间。

茶嘛，他这儿大概也没有吧。

舒梨不想找，干脆就倒了两杯果汁，端着回到客厅。

"不好意思江小姐，家里只有果汁了，不介意吧？"

放在茶几上的透明杯壁里的橙色果汁颜色鲜艳，江薏再抬头，看到舒梨笑意盈盈的脸，轻轻"嘁"了一声："还真把自己当女主人了。"

舒梨听到了，但不动声色，在旁边沙发坐下。

"我今天还是第一次听到边寂有女朋友，我过来就是来告诉你，你们不会长久的。"

"噢？"舒梨神色淡淡地靠着沙发，眼睛瞧着像是正宫娘娘一样的江薏，不由得觉得好玩。

她故意问："怎么不会长久啊？"

江薏一噎，转而重新摆出高姿态，目中无人地笑了声："你不知道吗？边寂的工作是我爸给的，这房子是我爸送的，他现在的吃的穿的都是靠我爸。"

"江小姐，这不还是刚刚我说的那句话，这跟你又有什么关系？"舒梨笑一笑，缓缓悠悠地端起果汁浅酌。

江薏清清嗓子，略蛮横地说："就是有关。他不跟我在一起，以后他会失去这一切。"

"啊，我懂了。原来江小姐今天就是来逼我和边寂分手的。"

"对，你们在一起没什么好结果。就算你现在是他女朋友，以后他也会跟你分手，你现在识相点主动分手，以后还不至于那么痛苦。"

舒梨差点憋不住笑，这人怎么会这么有意思。

她问："感谢江小姐为我着想，话都说到了这份上，是不是还缺点什么？"

江薏：？

"按照这种发展，你现在不是应该甩张巨额支票给我吗？"

江薏："……"

舒梨笑起来，放下果汁，重新再看向江薏，眸子里凝着点冷意。

"江小姐，如果你刚刚那一番话让边寂听到，他会怎么想？——工作是你爸给的，房子是你爸送的，这么说起来，他都不是靠自己能力获得的。你可把他看得真低。"

江薏心中一凛，动动唇，却说不出话来。

舒梨继续说："且不管我是不是边寂女朋友，你这样擅自跑到人家家里来说这么一大堆难听的话，合适吗？"

她又问："而且，你又有什么立场来劝分？"

她轻笑一声："边寂爱跟谁交往就跟谁交往，他要是对你有意思，早就跟你在一起了，不是吗？"

江薏脸色越来越不好，被舒梨说得哑口无言。

"江小姐，假如边寂最后因为钱而抛弃女朋友跟你在一起，那感情都这么廉价了，你用钱换来的人，不是更廉价？说句难听的，等你没钱了、身无分文了，你用钱换来的人还会在你身边吗？"

舒梨最后再漫不经心提一句："你追不到男人，反而在男人背后搞小动作，真的又丑陋又没品。"

江薏倏地站起来，气得小脸一阵红一阵白，手指指着舒梨："你——"

舒梨微微一笑："嗯？"

江薏简直气炸。

她说不过舒梨，万万没想到舒梨外表柔弱，竟然这么牙尖嘴利。

气死了，气死了！

"你才丑陋！你全家都丑陋！"

舒梨只当没听到，随江薏怎么说。

门铃再次响起，这次总该是家政阿姨了。

舒梨款款起身，最后再冲江薏微笑一声："江小姐，你该走了。"

舒梨走去开门，家政阿姨见到舒梨第一面，客气喊了一声："太太好。"

从后面过来的江薏听到这一句，更气了。

舒梨当着江薏的面，故意没否认，只开了门让家政阿姨进来。

然后她将门开着，等着江薏走："江小姐，请。"

进来的家政阿姨看到气得满脸通红的江薏，愣了愣。

江薏在家政阿姨的注视下，觉得很没面子，狠狠瞪了一眼旁边的舒梨，然后就气鼓鼓地踩着高跟鞋走了。

舒梨看她那个气急败坏的背影，笑一声，把门给关上。

两句话就能气成这样，还以为有多厉害呢。

"太太，我从哪边开始打扫？"

家政阿姨问舒梨。

舒梨回头，纠正她："我不是太太。我姓'舒'，你可以叫我舒小姐。"

家政阿姨尴尬一笑："不好意思舒小姐，我以为你是边先生的太太……"

"没事。你随便吧，从哪儿开始打扫都可以。"

"好的，那我就先把客厅收拾一下。"

边寂家里很干净，家政只用一周来两次。

家政阿姨准备去收茶几上的玻璃杯，舒梨看到了，想了想，交代："茶几不要动，上面的杯子就那么摆着吧。"

家政阿姨以为那两杯果汁还要留着，便应下来："好的，舒小姐。"

舒梨却有自己的小算盘。

也不知道为什么，被江薏这么一闹，舒梨心情竟然好了起来。在家政阿姨打扫的时候，她甚至都坐着看起了电视，顺便吃着边寂买来的零食。

时间也就这么过去了。

一个多小时后，家政阿姨打扫完，礼貌地跟舒梨告别，舒梨送她到门口。

也就是这么恰巧，边寂回来了。

电梯就在门口一米多的位置。

家政阿姨在电梯门前跟边寂打了声招呼，两人大概说了些什么，舒梨倚在门框那儿，听不清，也没打算听清。

她饶有兴致地看着刚工作完回来的男人，灰蓝色西装笔挺，眉目之间没有多少疲惫倦意，同家政阿姨说话时候温和一笑，而后侧头，看向她，目光稍定。

舒梨对上边寂的目光，嘴角微微扬起个弧度，别开身就进了房子里，门也没关。

载着家政阿姨的电梯已经往下，边寂走向自己家门，进去，再把门关上。

他随手解开西服的一个纽扣，走出玄关就看到舒梨在沙发那儿看电视。她斜倚在沙发上，姿态从容，T恤下摆遮不住的腿白得晃眼。

电视在播年代苦情戏，一群人大的小的老的少的抱在一块哭，声音很嘈杂，舒梨倒是看得津津有味。

瞧她这样，似乎心情不错。

边寂薄唇微微扬起，目光瞥见在茶几山放置的两杯果汁，一杯动过，一杯似乎完全没动过。

他眸里的笑意淡了点，问舒梨："有人来过了？"

舒梨低垂着眼帘看着电视，懒懒回着："刚刚你不是碰到了。"

"除了家政，还有别人吧？"

舒梨倏地一笑，抬头过来看边寂，轻轻晃着腿："这都被你发现了？你放心，我可没带什么男人回来。"

边寂眉心轻拢，舒梨忽然露出个委屈的表情："哎，你的爱慕者上门来找我麻烦，你管不管？"

边寂猜到舒梨口中的"爱慕者"大概就是江薏。

他问她："她欺负你了？"

"可不是。"舒梨在沙发扶手上支着下巴，表情可怜，"她不知从哪儿听到的流言，误会我是你女朋友，一过来就叫我跟你分手。"

"还有呢？"

"还有啊，她说我丑。"

边寂敛着眉眼在沙发上坐下，低笑一声："真的是她欺负你了？她应该没在你这儿占到任何便宜吧。"

他视线扫一眼茶几上的果汁："这两杯果汁不是故意摆在这儿，让我知道有人来过吗？"

舒梨表情变了变，不高兴地嘀咕一声："可真聪明。"

边寂知道前面舒梨是故意的，但他也关心江薏到底对舒梨说了些什么。

虽然他知道，按舒梨的性子，江薏根本欺负不了她。

"她过来到底跟你说什么了？"

"就说了我刚刚说的这些。"

"就这些？"

"对啊，你以为我骗你啊？"

边寂轻摇一下头，说不清是信，还是不信。

舒梨不高兴自己刚才的小心思被边寂发觉，也不高兴边寂言语之外的意思，好似是替江薏说话一样，说江薏没在她这儿占到任何便宜。

她眼眸低转，目光落在了边寂的坐姿上。

他就坐在离她很近的地方，虽然是两张沙发，但她的脚尖，依然能够着他。
白润纤细的小脚缓缓顺着西裤裤管上移，有一下没一下地、一点一点地惹着火。
边寂像在纵容舒梨的小动作，幽深的眼眸瞥向她。
舒梨恍然露出个笑，故意挑衅着，问：“有感觉吗？”
不能低估男人。
这是舒梨在被边寂直接拎到他卧房后脑子里的想法。
纤薄的后背碰到柔软的床，她有一瞬间还在想，边寂换了新的被套，可惜又是灰蓝这种无趣寡淡的冷淡色。
倒是跟他身上这套西服比较配。
西服一丢，白衬衣的纽扣解开几个，平直锁骨在衣领处若隐若现。
他站着看她，眼底簇拥着暗火，绷紧的下颌似是在格外忍耐。
舒梨敏锐嗅到危险临近，可她一点都不慌，甚至还笑。
她这一笑，边寂的眸色便更深几度。
“心情挺好？”
“一直挺好呀。”舒梨扬起笑靥，坐起来，欲盖弥彰地整理自己腿边的T恤衣摆。
纤瘦的身子就套了件T恤，也没穿裤子，这让边寂蓦地想起那个晚上，她也这样穿了件他的衣服，靠在阳台上抽烟。
有些画面入了脑，就像燃烧起来的火焰，灼灼不歇。
边寂倾身靠前，清冽的松木香气就这样入了舒梨的鼻，好闻，容易上头。
趁着这样的距离，舒梨伸手轻轻搭住他的肩，柔软的唇贴在他唇边几毫米处，似碰非碰的。
“不行噢。”
她一笑：“我来例假了。”
后背忽然感受到一个力道，舒梨蓦地往前，唇碰上。
但边寂没继续，只稍稍留出点距离，手还是牢牢桎梏着她的背脊，似是在隐忍。
“知道来例假了，还故意惹我？”
舒梨双眼一眨，又是个委屈的表情：“我有吗？”
边寂对她真是毫无招架的能力。
真想狠狠吻下去，狠狠蹂躏一番，狠狠——
可是不行。
他还不至于成为个被欲望主宰的禽兽。
“看你还有玩的兴致，心情应该好多了。”
边寂突然放缓嗓音，说了这么一句话。
舒梨眼眸微闪，大概明白他原来一直在牵挂她昨晚的情绪。
这已经是今天不知道第几次他问她的心情。

心脏某处忽然塌陷，像山洪像石流，莫名的感触快要将它淹没。

是感动，还是什么，舒梨不清楚。

她也不愿去清楚。

感动能当饭吃吗？不能。

感动能拿来干什么呢，什么也不能干。

曾经舒梨也因为一点儿细节而被边寂感动，她的少女心思，像初生的嫩芽才露出点尖尖角儿，就被一场暴风雨洗礼。

什么都没留下。

不，还留下了些什么。

留下了从此不信任何感情的冷硬的心——

舒梨刻意隐藏起心底真实情绪，忽然亲了边寂一下，然后漂亮的眼仁直直对着他，眸子里含着细碎的狡黠的笑意。

边寂从错愕中回神，眉头一皱："你还玩？"

"你真可爱，我好喜欢。"

没头没脑的一句话，仿佛是在久旱荒原放了一把烈火。

舒梨永远都这么大胆，说的话也永远都这样半真半假。

但说完这句话，她就猝不及防地看到边寂泛红地眼尾，感受到他沉默过后忍耐克制的呼吸，沉重，又压抑。

他指尖发力，将她单薄的身子箍得紧。

无论舒梨刚刚那句"我好喜欢"是真话还是假话，就算是玩笑话，边寂都已经因此溃败，败得一塌涂地。

他要去吻舒梨的唇，却被舒梨躲开，然后怀中一空。

舒梨及时抽回思绪，故意不让边寂得逞。

她走了几步，纤巧的手指轻搭着前边的转椅椅背，再坐下。面对着被自己折腾的男人，下巴轻扬，微微看着他笑。

可是舒梨怎么都没料到，自己就贪图玩一玩，没想到真把边寂给惹火了。

当她被按在转椅上不能动弹的时候，她就知道玩过了。

男人啊，哪那么好挑衅。

尤其这个男人，早就不是以前那块任她怎样挑逗都没丝毫反应的石头。

边寂低头吻她。

舒梨挣脱不开，渐渐地，意识开始虚无。这世界摇摇晃晃，她找不到支撑的点，手指只得紧紧抓着边寂的衬衣。

一条条折痕，勾勒着他的上半身，蜿蜒而扭曲。

许久之后，一直到舒梨失了力气，呼吸不过来。

大脑像是缺氧，有一瞬间都是空白的。

边寂终于肯放开舒梨。他轻抬手指，刚要碰到舒梨的唇，就被缓过来的舒梨瞪着眼一手拍掉。

愤愤的眼神，像是在耍脾气。

边寂转而揉揉舒梨的头顶，温声低哑，像突然换了一个人：“饿了没有？”

舒梨的唇瓣早已泛着疼，说不出话。

她不喜欢被边寂压制的感觉，这让她不高兴。

于是，她推开边寂，狠狠瞪了他一眼，转头就走。

舒梨回客房待了一会儿，再出来时，边寂已经在张罗他们的晚饭。

他在厨房烧菜。

开放式厨房，远远就能看见他高大挺拔的背影。

舒梨顿住脚步，对着边寂的背影看了好一会儿。

感觉到身后一道盯了很久的目光，边寂回头，一副斯文沉静的模样。

他淡声说：“一会儿吃饭。”

舒梨扫视一遍灯光下他好看的轮廓，高挺的鼻梁和下颌线，想起刚才在房间里他的霸道，便耍小脾气似的，朝他哼一声。

斯文败类。

披着羊皮的狼。

边寂却笑了。

怎么还在发脾气。

“生气了？”他问。

舒梨收敛起自己那些小情绪，故意露出个并不在意的笑：“怎么会。”

边寂倒是无奈，不过他格外欣赏耍着小脾气的她。

还挺可爱。

过了半小时，开饭了。

舒梨一天没吃什么东西，肚子很饿，边寂做的饭太香，顺着房门缝隙都能闻到电饭锅里的米香。

晚餐是很简单的两个素菜，还有一小锅的汤。

味道还不错。

舒梨尝了味道后，夸边寂：“转行当厨师应该不会饿死。”

边寂给她递过来一碗米饭，眸里带着不甚明显的笑意，没有说话。

很安静的一顿饭，末了，边寂给舒梨端了碗姜汤，里面窝了一个溏心蛋。

舒梨怔了几秒。

边寂率先解释：“沛沛来例假的时候，都会喝这么一碗。”

“拿我当你妹妹呢，我又不是小姑娘。”

“有什么区别吗？”

边寂回的是后半句。

在他眼里，舒梨也算个小姑娘。

她比他小几岁，按年龄，确确实实是个小姑娘。

舒梨在细微怔滞过后便笑开，接过冒着热气的姜汤，故意甜着嗓子喊了声："谢谢哥哥。"

边寂："……"

姜汤放置到餐桌上，舒梨起身，纤细的手臂再次惹火般地搭在边寂的脖颈处，仰着脸看她，笑吟吟道："哥哥，以后我就这么喊你好不好？"

边寂凝眸，冷着声问："你确定？"

舒梨心里一颤，好似被不知名的什么东西给威胁到，立即就把手给撒开了。

舒梨重新坐下来喝姜汤，鼻尖满是生姜的辛辣和红糖的甜，只喝一口，就感觉到从口腔和胃弥漫至全身的暖意。

但是心却很不经意地，疼了一下。

她想起她十二岁第一次来例假。

没有人告诉她这是什么，十二岁的女孩清晨醒来看到裤子上的血迹，怕得小脸惨白。

照顾她的保姆给她买来卫生巾，教她怎么用，但是别的也没有再说了。

保姆对她的关心并没有多少，所有的一切都只停留在金钱上。

舒梨那时还没上生理课，她自己去看很多很多的书，自己学习例假到底是什么。

她比一般的女孩幸运，她不痛经，不会感觉不舒服。所以也就从来没有人在她来例假的时候，给她送上一碗热乎的姜汤。

或许她的身体不需要，可是她的心需要。

舒梨想，边寂这个人可真是烦啊，为什么总能这么轻而易举地让她感动。

她不想要这些感动。

她是会走的，在见完舒连漪后，她马上就会走的。

到那时候，她真的会毫不留情地离开。

所以，现在做这么多干什么呢，他们之间没有任何感情，不是吗？

几天后。

法国房东的转账到了。

周洛南约舒梨见面。

不过是几天时间，秋又深了。

再无落叶随风飘落，路旁枝头秃了大半。

舒梨在马路边见到周洛南，他们没约咖啡厅餐厅这一类的地方，只在一个很普通的路口见面。

周洛南把一张卡交给舒梨，说："密码是你的生日。"

舒梨接过来，放进卡其风衣的口袋里，道了声："谢谢。"

自那晚之后，他们这是第一次见面。

很陌生。

这么些年，第一次这样陌生。

周洛南眼底暗藏自责和后悔，想跟舒梨道歉，却又怕惹起她对那晚的回忆。

最后，他只能表达自己的关心：“这几天还好吗？”

“好啊，挺好。”

舒梨平淡地回答，斜倚到边上梧桐树干上，从风衣口袋里摸出一盒烟。

咬在唇边，再点燃，光点猩红，她那张透白无妆的脸，随着烟雾模糊。

周洛南微微点头，似是自喃：“那就好。”

两人又好像没话可说了。

彼此沉默。

在舒梨的烟快抽完的时候，周洛南终于还是抱歉地对她说：“对不起，那天我不该那样说你。”

舒梨停顿须臾，吐出个烟圈，笑了笑：“你说得又没错。”

“我知道你不是那样的——”

“我就是那样。”

舒梨缓慢垂下夹着烟的手，视线跟着落下，停在面颊上的眼睫晃了晃，问：“周洛南，我们认识多久了？”

记忆拉扯到很久之前，周洛南自己都不确定地轻笑了声：“很久了。”

“我们第一次见面，是在高中吧。”

舒梨似乎是真的在回忆过去，微微笑着。

“我没有什么朋友，只有你是我的朋友。”

这个世界上，他们最相似，最同病相怜。

可是他们却不能相互取暖。

太相似的人，不适合在一起。

“这几年，我知道你为什么在我身边，可是很抱歉，我给不了你想要的。你该有自己的生活了，找一个干净的女人，恋爱，结婚。”

周洛南被“干净的女人”这几个字深深刺痛，他知道，舒梨还在介意他那晚说的那些话。

他很懊悔，上前捉住舒梨的手，诚恳请求道：“对不起，我知道错了，你别这样说。你不是不干净——你别这样——”

舒梨轻轻从他手中转动收回自己的手腕，目光也很抱歉：“早在五年前你跟到法国的时候，我就该跟你说这些话。对不起，浪费了你的五年。”

舒梨说完，转身要走。

周洛南喊住她，眼底一抹哀色，他问她：“以后我们还是朋友吗？”

舒梨顺手将燃灭的烟头丢到旁边垃圾桶，背对着周洛南，没回头，只笑了笑：“你知道我的，从出生开始就一直是一个人。”

她没说得很明白，可又好像已经说得很明白。

“周洛南，说句老套的话，我是为了你好。你的世界不该只有我。”

周洛南沉默着，他知道舒梨是被自己那句话伤到了，她坚强也脆弱，更加敏感。

她说他是她唯一的朋友，但他这个朋友，却那样说她——

他不为自己辩驳，知道自己做错了，也知道再弥补不回来。

可他仍担心她。

“舒梨，你和他……不会有结果的。你不要再一次陷进去。”

舒梨笑起来：“我啊，从来都没想过跟他能有什么结果。”

深秋的长街冷寂，偶尔一两辆车呼啸而过。

阳光稀薄，风有点冷，舒梨孤身走在路上，拢紧身上的风衣衣襟。

也许她对周洛南有点残忍。

可是她知道，如果不这样彻底断掉，周洛南还会在她身上浪费时间。

周洛南是她唯一的朋友，她希望，他能有一个很好的人生。

光明的，敞亮的，光鲜亮丽的。

有爱他的妻子，美满的家庭。

这些是她给不了的。

前面路口有家银行，舒梨走进去，在ATM机上插入银行卡，输入自己的生日。

余额有四位数，她算了算，足够她用了。

等见完舒连漪，还一部分给边寂，剩余的，大概能让她找一处便宜的地方住。或许找到工作后，还能撑到发第一个月的工资。

舒梨取出一部分现金，放到随身的包里，取走银行卡离开。

秋日光影仍然虚薄，在眼前一晃一晃，舒梨重重舒一口气，打起精神。

等着她做的事情太多了。

现在有了钱，她就要开始一件一件地去做。

现在第一件事，就是找工作。

隔了几日，舒梨收到了从法国寄来的国际包裹。

她在那个房子里生活了五年，零碎东西多多少少有一些。

很多她都不要了，只让房东把一些衣服首饰寄回来，还有她比较喜欢的几幅画。

房东是个法国当地的中年妇女，人特别好，舒梨一些贵重的首饰全部都一件件打包周全，一件没少。

她还让舒梨常联系，以后常回法国玩。

这个世界上，原来还是有一些真善美存在。

收到包裹，舒梨挑出一些几乎全新的衣服，准备上二手网站卖掉。

很多衣服她买回来几乎没穿过，她不爱逛街，但女孩子都爱美，她在商店橱窗看到第一眼中意的，就会进去买下来。

在回国之前，她花钱从来没有节制。

那时候，她也根本不需要节制。

甚至连她亲妈都相信，只要给足够的钱，她就能过得很好。

舒梨花了一整天的时间，把衣服拍照放上二手网站，一些钻链耳环之类的，准备改天拿去二手金店。

等整理完，天已经黑了。

边寂回来的时候，看到客厅还没完全收拾掉的纸箱，舒梨坐在小羊毛毯上，在拆着画框。

“国外的包裹到了？”他问。

客厅明白色的吊灯灯光，映衬着舒梨的脸，轮廓比素时柔和不少。

柔软微微打着小卷儿的发被发圈松松束在肩胛处，她侧着头，手上拿着剪刀，漫不经心地应了一声：“嗯，到了。”

忽然间，她灵光一闪，不知是想到什么，眼帘抬起，看着边寂说：“你过来。”

边寂挺谨慎，每次舒梨叫他过去，一般都是在打什么坏主意。

他站着没动，静静解着西服纽扣。

舒梨瞧他这样，不禁失笑：“我没想干什么，就是想让你过来看看我的画。”

边寂微蹙着眉，半信半疑地朝舒梨走近。

走到舒梨边上，边寂看到她从包裹里拆出来的油画。

颜色破碎，却新鲜生动，光影浪漫。

他对这方面没有多少研究，凭一个外行的眼光来看，还挺好看的。

“你觉得怎么样？”

“挺好看。”

“就‘挺好看’？”

边寂反问：“不然？”

舒梨把这幅画拿起来，端端正正摆在边寂眼前，说：“学了这么几年，我也就这几幅画拿得出手。尤其是这幅。”

她问：“你说，我要是把它卖掉，能值多少钱？”

边寂走到沙发边坐下，好整以暇地观察舒梨，直接告诉他，她绝对不是单纯地让他来鉴赏画作的。

“你觉得能值多少？”

一步不进，一步不退，不掉落舒梨的陷阱。

舒梨却非要边寂说出个价格：“你随便说。”

“五千。”

“行，就五千。”

舒梨拿着画从小羊毛毯上起来，视线寻着四周，嘴里念叨着：“你看挂哪儿合适？”

边寂：？

舒梨嘴角上扬："你家太单调，需要幅画装饰。给你打个友情折扣，两千五吧。"

边寂终是无奈抿唇，眼底泛着他自己都没发觉的宠溺："你这是强买强卖。"

"没啊，价格是你自己说的，我还打了半折。"

舒梨理直又气壮，甚至还选好了挂这幅画的地方，就在客厅沙发的后面。

一大片没有装饰物的墙面，确实显得有些空。

"就这儿吧。另外两幅，可以挂你书房，还有卧室。"

"强买强卖三幅？"

"这三幅都是我最喜欢的，我只让房东把这三幅打包寄回来。这不是强买强卖，是忍痛割爱。"

"……"

歪理。

像是怕边寂"反悔"，舒梨趁热打铁，真的就强买强卖上了。

她转身就要去寻工具来挂画。

等画挂上，舒梨就拿出手机，用计算机"啪啪"按几下，转而对边寂一笑："一共七千五，再打个折，给我五千就好了。"

她服务态度很好地说："请问这位先生，您是现金还是支票呢？本店小本经营，不支持银行转账。"

"……"

边寂抬眸看着她，无奈地低笑一声："你要是做生意，肯定亏。"

三幅画卖出一幅画的价钱。

舒梨才不管这些，靠近边寂，手指轻轻抚着他的脸颊，略一挑眉："宝贝，不论是盈是亏，你都得给钱。没机会反悔了噢。"

边寂眸光一顿，差点折在她那句"宝贝"上。

她总能找到挑拨他的点。

"安分了几天，又开始了？"

例假这几天，舒梨谨小慎微不敢惹火，边寂这个男人不能轻易去惹。

现在……

她倒是胆大妄为地用指尖挠挠边寂的线条流利的下颌，跟小猫爪子挠人一样。

边寂似有正事要说，没由着舒梨继续挑火。他捉住她的手指，轻轻拿下，神色认真道：

"准备一下。"

"明天带你去见你妈。"

舒连漪的案子还没有正式上法庭，现在处于拘留阶段，不允许见家属。

想让舒梨见她一面，很困难，这当中得走很多关系。

舒连漪虽然人被拘留，但是她签署转让合同还是具有法律效力。

最后拿下舒氏集团控股权的是华伦，华伦有一些文件需要舒连漪的签字，所以，边寂一开始能那样笃定自己能让舒梨见到舒连漪。

现在，舒梨也信了，边寂确实没有骗她。

早上九点，这城市的早高峰刚刚过去，黑色卡宴在马路上疾驰穿梭，转眼上了高架。

深秋的日光恰好迎面而来，有些晃眼。

舒梨放下挡光板，整个人陷在副驾车座里，手肘撑在车窗边托着下巴，姿态慵懒。

“紧张吗？”

在开车的边寂问。

舒梨微抬眼看过来，笑了笑：“第一天当你的助理，当然紧张了。”

今天她的身份是边寂的助理。

她头发整齐梳成马尾，露出光洁白皙的额头，深灰色小西装，到膝盖的短裙和小羊皮鞋，看着确实像个在办公楼里朝九晚五的OL。

长这么大，还从没穿得这么规规矩矩过。

边寂的视线淡淡掠过舒梨，声音沉缓，意有所指：“有我在，不用紧张。”

舒梨回了他一个微笑，嘴角微微抿着，继续转头看车窗外，却心不在焉。

边寂看出来了，没有再说话，安静地开着车。

舒梨调整坐姿坐好，整理着身上这套小西装。这是昨晚临时被边寂拉出去买的，算不上不合身，但是紧绷绷的感觉总是让她有点喘不过气。

或许是因为即将到来的事情让她有些喘不过气。

这不是一次普通的见面，除了边寂和舒梨，同行的还有华伦和舒氏集团双方的律师。

舒梨今天以边寂助理的身份跟进去。

在见面室等待的时候，两位律师和边寂坐在长桌一侧，舒梨在边寂边上站着，抱着一会儿需要签字的文件。

这四方压抑的空间，警察冷静犀利的眼神，都让她觉得呼吸困难。

突如其来的紧张感，让她的手心都好像出了汗。

等待的时间并不长，房间另一侧的门被打开，有了些声响。

大概是舒连漪被带过来了。

舒梨看到她的第一眼，瞳孔微颤，蓦地放大，心脏也像被狠狠掐紧。

在舒梨的印象里，她的妈妈，永远倨傲自信，甚至冷酷无情。

现在出现在她眼前的这个女人，头发不知道多久没有打理，穿着拘留所难看的衣服，人也瘦得没有人样。

可能唯一庆幸的，是她仍然高傲，没有因为变得自卑畏缩。

舒连漪的目光淡淡扫过眼前众人，在看到舒梨的时候，有明显的错愕震惊，脚步滞在了原地。

舒梨和她对视着，那一瞬间，竟然很想哭。

文件签字不需要多久时间，几分钟后，舒连漪放下笔，抬起眼，看着坐在对面的边寂。

她的模样看起来憔悴很多，没有以前那般高傲轩昂，可那双眼睛仍凝着令人无法看透的精光。

有很多话要说，也有很多话想问，但舒连漪知道她没有时间。

“回来做什么，为什么这么傻。”

舒连漪是看着边寂说的，但是边寂和舒梨都知道，她这句话到底是在对谁说。

舒梨的眼睫不受控地颤动，气息不稳，几乎下一秒就会绷不住。

边寂故意开口：“我的事就不劳舒总关心了。”

舒连漪身后站着的女警准备带舒连漪离去，被拉着起来时，舒连漪说：“好好活着。”

女警要带她走了，她回头，最后说了一句：“不要相信任何人，尤其是男人——”

警察把舒连漪带走了，没有再给她多说一句话的机会。

小门被关上，留给舒连漪的又是没有一点光线的阴冷走廊。她没有挣扎，似乎已经是接受了命运。

舒连漪无力地迈着步子，跟在女警后面走，低头看戴着手铐的双手时，眼泪就这样下来了。

她已经不知道现在外面是什么天气，是不是阳光灿烂。

现在是秋天，很快又会是春天，是梨花满枝头的春天。

她想她这辈子都看不到梨花再开了。

可是她的女儿，一定要好好活下去。

一定要，好好活下去……

边寂和律师还有一点事情要谈，等谈好后回到停车场，远远就看到靠着车窗出神的舒梨。

全开的车窗露着她略显苍白的侧脸，她的目光放远，眼神没有聚焦，不知道在看什么。

边寂在半途停顿脚步，眼底划过一丝心疼。

回到车上，边寂坐好，系好安全带，舒梨却跟灵魂出窍了一样，一动没动，一直保持着原来那个姿势。

边寂没有急着发车，而是看了她好一会儿。

过了很久之后，他问她：“还好吗？”

舒梨这个时候才有一点动静，但她还是没动，她似乎是在看外面的天和前边光秃的树枝。

她答非所问。

“你知道吗？我的名字都是我妈不想取，随便找了个字凑的。我外公说，我出生那天，是那个春天梨花开得最好的时候。”

边寂眉头深深皱起，见舒梨巴掌大的小脸上露出的笑，心却反而疼了起来。

“我没有爸爸，我妈从来不跟我说爸爸，甚至连我外公都不知道我爸爸到底是谁，是生是死。”

“我妈生了我，就这样一直把我藏着，从小陪我最多的就是保姆。”

“你觉得我叛逆吗？我以前还挺叛逆的，还在学校跟人打过架。他们说我无父无母，这么神秘，女孩嫉妒我有钱，男孩记恨我看不上他们……”

说到这儿，舒梨笑了起来，问边寂：“你打过架吗？你知不知道，打人的时候，其实自己也很痛。”

边寂似乎不愿舒梨再说下去，伸手想去触碰她。可舒梨却躲开了他的手，带着点儿道不清的倔。

她有些语无伦次，情绪好像也在崩溃边缘。

“她让我好好活下去，可是她怎么不想想，这么些年，我有好好活过吗？”

“现在她坐牢，我能好好活下去吗？”

“为什么不想要我，还一定要生下我让我去承受那么多痛苦呢。我也是人，我那么小的时候就只想要妈妈的爱，亲人的陪伴，但我什么都没得到——”

舒梨终于忍不住，眼泪不受控制地从脸颊滑落，可她仍努力望着天睁着眼，不想哭，不想让自己在边寂面前那么狼狈。

其实她已经够狼狈了，她最狼狈的时候都是在他面前。

回国，进警局，一无所有的时候，出现在她面前的是边寂。

或许这就是命运吧。

但也是到底为止了。

这一切该结束了——

舒梨吻住了边寂的唇，边寂陷入猝不及防地怔住。

看守所附近庄严宁静，行人车辆少之又少，似乎连风从枝头掠过的声音都清晰入耳。

这里是一片的静。

而车内，是热和烈。

边寂的安全带早被舒梨解开，甚至连衬衣的纽扣被跟着被解掉。

舒梨像是一团燃烧的火焰，燃烧成火球，呼啸着，滚烫的，不让边寂有一丝在火焰下苟活的机会。

她像是决心要将彼此燃烧殆尽，最好化成灰，风一吹就飞向天边。

边寂的最后一丝理智让他抓住舒梨的手，不允许她继续。

嘴角是她添上的漫开来的口红，那是她失去理智的狂烈的杰作。

边寂用指腹轻轻揩了下嘴角，连指腹都蹭上一点儿红。

他眼底暗藏波涛，无法探测，在凝视着坐在身上的人时，有那么一点儿光点，在眸中闪过。

适才的蛮横，让舒梨失了不少力气，她的双臂虚虚搭着边寂的双肩，胸脯因呼吸用力而起伏着。

她笑了笑，问："怎么了？"

边寂捡过舒梨刚刚丢在副驾上的西装外套，展开披到她身上，沉默着，不说话。

舒梨由着他的动作，却不知为何，觉得他是在可怜自己。

"你是不是觉得我很可怜？"

边寂倏地停顿，抬起眼帘凝视着舒梨。

舒梨的眸光涣散，没有焦距，无力地笑着："你看，连你都觉得我可怜了。"

"我没有。"边寂沉声，蹙着眉否认。

然后他绷着下颌，将舒梨的手臂套进外套的衣袖里，再低眸将她的纽扣一个一个地规整扣好。

"我知道你心情不好。"他说。

舒梨滞了几秒后，低低笑开："是吗？"

"我送你回家。"

舒梨却蓦地红了眼，也不是一定要得到什么答案，但此刻就是要得到一个什么答案。

无论是什么答案都好。

她问他："你为什么要留我在你身边？"

边寂缄默不语，而后他觉察出舒梨情绪的不对，她好像有些激动。

"当年在你住的那个小阁楼——"

舒梨看着边寂的眼神仿佛多了什么，像质问，像迟到很多年的质问。

"你那个时候，不就是想着摆脱我，跟我了断吗？既然如此，为什么现在又要我留在你身边呢？"

那年的事再被提起，边寂恍若重新回到那个窒闷压抑的夏天，他的决然和取舍，他的无能和纠结，那些就像是一道道沉痛的枷锁，再次将他禁锢住。

那是他最无能为力的年纪，那是他最不愿去回忆的一个夏天。

因为在那个夏天，他真真实实地痛过。

当年的舒梨如长满软刺的玫瑰，对当时的边寂，有着致命的吸引力。

她的骄横，她的无礼，她明目张胆的撩拨，她满身是刺内心却柔软善良，她所有的一切，都是边寂无法拒绝的。

舒梨就像他的潘多拉魔盒，打开之后，是欲念是诱惑是贪婪，也是痛苦。

在舒梨离开后的很久之后，边寂才在日复一日的虚幻梦境中明白，原来他曾动了心。

可是当初的那个人，却只能在梦中再见。

边寂沉默犹豫，还未找到合适的措辞去描述内心，舒梨就先放弃了。

可能她也不敢亲耳听到边寂的回答。

他还能是为什么呢？

不是幼稚的报复，那难不成是他……喜欢她吗？

他会吗？

她不敢去想，怕自己又重蹈覆辙，希望过后又是无边无际的失望。

“我累了，带我回去吧。”舒梨垂着头，疲惫地说。

今天边寂的工作安排，本来是早上把文件带给舒连漪，签完之后就回公司。

可是他临时请了半天假。

在这半天假里，边寂送舒梨回去，舒梨最后跟他分享了一根烟。

她跟他分别靠在阳台两侧，中间隔着一段距离。

细长的女士香烟点燃，舒梨在抽了几口后，递给边寂。

边寂看她一眼，收回目光，将烟接过来。

但他没抽。

舒梨半是笑着，问：“嫌弃啊？”

边寂的嘴角抿出个弧度，像是第一次跟舒梨说关于自己的事。

“我没有烟瘾，只在工作压力大的时候抽。”

舒梨“嘁”了声，把分享给边寂的那根烟拿回来：“不要就不要，啰唆。”

但边寂却不肯还了。

他抬起手，不让舒梨够到，笑了笑说：“给了我就是我的，要不回去了。”

舒梨够不到，不服气地冲他挑眉，吐槽他：“恶趣味。”

边寂没应什么，一边将舒梨摁在自己怀中，一边放下手，将快燃灭的烟咬在唇边，优雅而恣意。

舒梨半抬着头看他，本来想着挣扎，可随后想想，还是算了。

让他抱会儿吧。

耳朵正好贴在锁骨的位置，能听到他心脏的跃动。

又近，又遥远。

过了一会儿，舒梨回房睡觉。

边寂跟进来，像照顾小孩一样，拉过被子，将背对着自己的舒梨盖住。

许久没听闻声响，他问：“睡着了？”

舒梨轻应一声，似乎是真的要睡着了：“困了。”

“那我陪你睡一会儿。”

“你不用回公司吗？”

“等你睡着再走。”

边寂躺下来，搂着舒梨，调整姿势，手臂将她圈在怀里。

舒梨好像是真的困了，眼睛微微闭着。

只一会儿，她就在他怀里睡着了。

在她睡着什么都听不到的时候，他想起她在车上说的那句话，才轻声开口：“舒梨，你想要的爱和陪伴……我都能给你。”

可是舒梨听不到。

边寂也无法在她清醒的时候说这句话。

他胆怯表达内心。

边寂无法知晓舒梨到底是怎样看待他们之间的关系，他怕真实表达自己的感情后，会得到她无情的嘲笑。

她就是这样一个人啊，捉摸不透，亦真亦假。

边寂安置好舒梨，起来冲了个澡，重新换了套衣服，拿上车钥匙出门。

临走之前，他亲吻了一下舒梨的额头。

似是有不舍的情绪，也似乎有种道不清意不明的错觉。

舒梨在边寂走后两小时才醒过来。

她真的睡了一觉，醒来发觉自己还在边寂的卧房。

窗外天色恰是正好，似是秋日明媚的午后。

舒梨起床，走到自己房间换上衣服，把行李收拾起来。

然后她把这个房间和边寂的卧房整理打扫了一遍，乍看之下，似乎从来没有她存在过的痕迹。

她找到被丢在玄关的手机，打开叫车软件，叫了一辆车。

从法国寄来的包裹现在成了她的行李，多多少少有些累赘。好在那几幅画都已经卖给了边寂，不用带走。

舒梨站在客厅里，望着墙壁上那幅海边日出，想起自己当时为了画这幅画，特意跑去海边，一夜没睡，只为等待日出那一刻。

也许在他人眼里，这就是一幅烂大街的风景画，没什么特别的，但对舒梨来说，那是她仅有的爱了。

那是她在还爱着绘画时候的作品。

爱是什么呢，爱很快就会散的，很快就会消失不见。

爱什么都不长久，爱自己才最重要。

在等司机过来的时候，舒梨将一早就准备好的现金放到餐桌上，写了一张纸条，和现金放在一起。

这些天住这里的房费，餐费，边寂一开始给的一千块，还有买小西装的钱……零零碎碎的，她都全部做了账，一分不少地还给他。

网约车司机的电话打过来了，舒梨带上自己的行李离开，没有回头再多看一眼。

只是门“砰”的一声关上的一瞬，她的脚步在门口停滞。
但很快，她推着行李箱，走向电梯。

橘红色的晚霞布满天边，这个陌生又熟悉的城市，再次沦为舒梨眼中一道不熟悉的红。
车窗外的风在喧嚣着，舒梨靠在后座的靠背上，面无表情地看着这城市所有的一切。
司机觉得风太大太吵，想叫舒梨把车窗关上，却见她头发被风吹得很乱，略略苍白的小脸掩在胡乱飞舞的头发中，脸上没有表情。
小姑娘也许心情不好。
司机这么想，也就这样算了。

边寂在加班过后回到观澜花园。
夜已经有些深了，他还特意绕路去了一家甜品店，买了一盒店里最出名的马卡龙。
他不会哄女孩子，只是记得沛沛说过，女孩子不开心的时候会喜欢吃甜食。
虽然他觉得舒梨不是一般的女孩，她可能也不爱吃甜食，但他还是特意去买了。
他知道，今天见过舒连漪之后，舒梨的心情一直不好。
回到家，门打开，迎接边寂的是一室沉默的黑。
边寂将灯打开，房子里安安静静。
静得似乎除了他之外，再没有另一个人的存在。
他想，或许舒梨已经睡了。
可是那种从心底翻涌上来的不好的预感，缓慢将他席卷，最后在目光落在餐桌上红艳艳的现金和写了字的纸条上时，彻底将他吞噬——
属于舒梨所有的东西，都不见了。
客房干净又整洁，没留下任何有人生活过的痕迹。
稍稍透着一条缝的窗户，一阵冷凉夜风钻进来，窗帘随风晃动。
整个房间里，除了这风声，再无其他的动静。
边寂重新走向餐厅，狭长凛冽的眸扫过那一沓红色纸币，手指捻住写着字的纸条，拿起来看：
房租、餐费，还有其他的费用，都在这里。谢谢这段时间的照顾。
连句“再见”都吝啬得没有说。
边寂蓦地哑笑一声，手指一松，那张轻薄的纸条就从他手边落下，缓缓飘回餐桌上。
笑意不曾深达他冷冽的眸底。
他已经很确定，舒梨这不是临时起意。
这是早有预谋。

舒梨早就准备好了离开这儿，这些现金，她一早就准备好了。

怪不得她把每一笔账都算得那么清楚。

他给舒梨的手机打电话，不出所料，电话已经无法接通。

她这样走得干脆利落，不可能还会把这个号码留着。

她真是每一步都想到了。

冷冷的灯光笼罩着边寂，思绪一点一点沉淀，眸色也一点一点加深。

他不恼，甚至很冷静。

心跟生生被人挖空了一块似的。

末了，他在想，舒梨到底是多久之前开始有了这样的打算，是第一次将她带回来，她跟他谈条件的时候，就已经这样打算了对吗。

她可真聪明啊。

可真会利用他。

原来他对她来说，真的就什么都不是，一旦达成目的，就再没利用价值。

他不禁冷冷牵起唇，笑了声。

第二日。

梁夏一整天都提心吊胆的，当边寂的助理大概也有两年，但他从没见过边寂这么严肃。

几乎从早上过来开始，脸上一直就没有过表情。

“五点跟研发部有一场会要开，研发部最近有两样新产品，即将投产面世，需要我们跟随市场定价。”

靠着办公椅的男人，西服笔挺，金丝边的眼镜遮住凛冽双眸里的光，似乎在出神，没有在听梁夏说什么。

梁夏小心喊了一声：“边总？”

边寂稍稍垂眸，算是反应，沉着嗓道：“知道了。”

梁夏：“那没什么事，我先出去工作了。”

边寂轻点一下头，没说什么。

梁夏走后，他略显疲惫地摘下眼镜，一双黑眸锁在桌面一直没有动静的手机上。

似乎是在等什么电话。

江薏在这时候闯进来，梁夏在门口拦也拦不住。

“今晚在维多利亚酒店的晚宴，你要让谁当你的女伴？”

江薏走进来，把自己镶满钻的手包往边寂办公桌对面的椅子上一丢，扬着下巴趾高气扬地问。

边寂冷冷睨她一眼，转头招呼梁夏过来：“送江小姐出去。”

梁夏赶紧进来，小眼神在两人之间纠结了一下，似乎是不敢不听边寂的，但也不敢招惹江薏。

江薏不满意边寂下逐客令，叉着腰说：“你不能赶我走，这是我爸的公司。”

“这是我办公室。”

边寂声音冷然，神情没有丝毫变动，也毫无温度。

察觉到边寂的冷厉，江薏抿抿红唇，语气弱了大半：“我就是想问问你，有没有想好找谁当女伴。”

“晚上我也去。”

很明显的暗示了。

江薏等待着边寂的回应。

但边寂只是给一旁的梁夏冷漠递去个眼神，意思表达得也足够明显。

梁夏收到，为难着对江薏说：“江小姐，边总现在在工作，有些忙，这些私事是不是可以——”

“你是不是要带你家里那个女人去！”

江薏一下子又变得气呼呼的，提起舒梨她气得牙痒痒：“怎么会有这么坏的坏女人，说我没品位，拐着弯地骂我——你为什么会跟那样的女人在一起！”

边寂倏地抬眸，直直盯着江薏，目光和语气一样寒凉：“跟你有关吗？”

忍了江薏许久，这次，边寂不再顾虑这里是否是公共场合，直接不耐烦地下逐客令：“出去。”

江薏心头一颤，察觉到边寂是真的动了脾气。

以往，她在他面前再怎么肆无忌惮蛮横不讲理，他最多就是不理她，却从没像这次这样直接赶她走。

还是在梁夏面前，还是在——

一回头，透明办公室外在公共办公区域工作的员工，几乎都在看着她这边，几乎都在明着暗着地看热闹。

江薏瞬间觉得没面子，一张小脸气红了，抓起自己的镶钻手包就走。

快走到门口时，高跟鞋还绊了一跤，差点摔倒。

梁夏赶忙过来扶，江薏气得把他推开，咬咬唇，愤愤然走了。

江薏走后，梁夏也跟着出了去，办公室门关上，四周似乎又安静下来。

边寂心口滋生出无法舒缓的不快，抬手摘下眼镜就丢在了桌上，手臂支撑在桌面，低着头疲倦捏着眉心。

等了许久的电话终于来了，手机铃声突兀地响起。

边寂接起来，对方却没给他任何好消息。

“暂时还不知道去向，没有身份证号，查不到出入境的情况，现在不确定是不是还在江市……”

边寂的太阳穴突突地疼，心口的不快和躁郁积压着、堵着，几乎喘不过气。

他微微闭眼，而后眼镜睁开，眸里凝着一道冷光，面无表情地说：“继续找。”

除非舒梨从这个世界上消失，否则，他一定会找到她。

他就不信他找不到。

他也不信舒梨能躲到哪儿去。

今天的晚霞，同昨天一样，红得刺眼。

风从画室生了铁锈的窗沿外吹进来，叠放在桌上的画纸不禁被吹起，发出“哗哗”声响。

舒梨怕画纸被吹得乱跑，走去窗边关上了窗。

这是一套年份有些久的老房子，盎然的爬山虎还在墙外依附着。从窗户往外看，只看得到叠叠层层低矮的民房，有人在屋顶种花，有人在屋顶种菜，也有灰黑瓦片堆砌的屋顶，屋檐那儿长着不知名的植物。

比起市中心的喧闹，夕阳之下，这儿一片安谧。

门外传来声响，是画室的老板张老师拿着颜料回来了。

他是一名美术老师，学校里有学生参加艺考，每天晚自习的时候会来他这儿学习。

周末时候，也会有一群小学兴趣班的小学生过来学画画。

舒梨在招聘网上看到这儿招一名美术生，平时帮忙指点学生，做一点杂活。

工资还可以，按月发，不用先压一个月。

最重要的，是这儿提供住宿。

画室隔壁就是一间可以住人的小房间，面积不大，只有一张床一个衣柜，还有张小桌子。

虽然简陋，但是勉强能住人。

起码，房租可以省下了。

张老师叫张建合，四十多岁，戴着副小圆眼镜，模样有些敦厚，看着就像个斯文老师。

他拿着许多颜料，是为周末来这儿学习的小学生准备的。

“来，小舒，帮忙拿一下。”

“好。”舒梨关好窗就走向张建合，帮忙从他手中分走一部分颜料盒，“这些放哪里？”

张建合随便指了个方向：“放那儿吧。”

舒梨就捧着颜料盒过去了。

低马尾，简单的白裙子，外面套了件杏色针织衫，背影看着有几分温婉可人。

张建合圆溜溜的眼睛停留在她裙摆以下的白皙小腿上，皮肤可真好，细皮嫩肉的。

“张老师，放在这儿就好了吗？”

舒梨忽然出声，张建合立马回了个神，扯出一个看似正经的笑：“放那儿就好。还没吃晚饭吧，先去吃点，一会儿学生吃了饭也就过来了。”

“好。”舒梨应一声。

“小舒，你在江市真的没什么亲人了？”

前几天来面试时候，张建合就已经问过一次。这次再问，舒梨跟上次的回答一样：“没有了。”

张建合露出个可怜的表情：“小姑娘年纪轻轻……去吃饭吧，吃完了再来忙。”

舒梨再次应了一声“好”，走出这栋爬满了爬山虎的老楼。

楼前秋风萧瑟，没掉完的落叶一片接一片的，与四周这上了年头的建筑物一起，显得寂寥荒凉。

她没去吃晚饭，没什么胃口，想找个没人的地方抽烟。

前边有块空地，五颜六色的健身器材大多数都已经掉了漆，看起来已经很多年了。

小孩最爱抢的秋千，上面都落了满满一层灰，估计很久都没人坐过。

舒梨拿了张纸巾，把秋千擦了一下，才坐上去。

双脚轻轻一推，秋千就发出难听的“咯吱咯吱”的声儿，她却在这微微摇晃的过程中笑了，连烟也不想抽了。

上一次玩秋千是什么时候，舒梨已经忘了。

童年时期她总被小朋友孤立，他们成群结队地去玩秋千，总是不允许她挤进来。

一来二去，舒梨就不屑再跟他们一块玩。

别人不喜欢她，她也不需要他们的喜欢。

这会儿舒梨返老还童似的，一个人玩得挺开心。

开心之余，她忽然想起边寂。

不知道昨晚发现她不告而别，他会是什么表情。

真的好巧啊。

当初偶然踏足的地方，她以为这辈子都与自己无缘，没想到最后，还是她回到了这里。

与这隔了一条小巷，就是边寂当初住的房子。

这里，就是老城区。

秋千玩得久了，天色渐暗。

舒梨看到陆陆续续的学生背着书包和画板过来，便从秋千上起来，回了画室。

张建合端着一个大茶杯喝水，瞧见舒梨回来，就说：“你这裙子怎么脏了？”

舒梨被提醒才往自己白色的裙摆上看，确实脏了，沾上了黑黑一层灰。

可能是刚刚坐秋千，在那儿上面蹭到的。

“一会儿学生就都到了，你今天第一次带他们，怎么都算是个老师，还是得注意形象。赶紧去换件衣服吧。”

舒梨觉得张建合说得对。

她这白裙摆，这黑色一大块污渍，确实挺显眼挺难看的。

“我现在去换。”

舒梨说着，走向画室旁边的小房间。

门锁上，她打开行李箱拿衣服。

昨晚上过来因为太累了，就直接睡了，衣服还没换，行李箱里的东西也还没收拾出来。

床的对面是一块长方形的梳妆镜，舒梨拿出衣服，对着镜子脱下身上的杏色针织衫。

而镜子后面，阴暗不见光的地方，一张椅子摆在那儿。

坐在上面的人，已经迫不及待地解开中老年款的皮带，刚才端着喝水的大茶杯正放置在椅子旁。

他的眼睛直直盯着镜子后面脱针织衫的女孩，迫不及待的脸上写满了猥琐。

舒梨忽然觉得有些奇怪，她对着面前这面镜子看了许久。

其实昨天她就已经有些奇怪了，为什么有这么一面大镜子直直对着床。

而且这房间所有的东西都显得老旧，只有这面镜子，崭新崭新的。

张建合说这里已经很久没住人，这就更加奇怪了。

没住人，为什么会有面新镜子？

舒梨留了个心眼，将脱下的针织衫外套放到床上，从行李箱里重新拿出一件长款风衣，恰恰好能遮到裙摆的位置。

穿好后，她就走出了房间。

刚巧过道里走过来几个穿着校服的女学生，其中一个模样看着有些内向，眼睛暗淡无光，却盯着从房间出来的舒梨看了好久，然后才垂下头，走往画室。

舒梨被她的眼神看得很疑惑，不知她是什么意思。

回到画室，张建合不在，但是过来的学生差不多已经都在画板前坐下了，有的在放画纸，有的在削铅笔。

张建合是后来才来的，不知去了哪儿，脸色很不好，见到舒梨后还没好气地问：“不是让你去换衣服，怎么没换？”

不知是不是因为留了心眼儿，舒梨现在觉得张建合有些古怪，为什么一定要她去把身上衣服换了？

晚上七点半，上课时间到。

张建合先把今晚要临摹的速写石膏摆在画室中间，然后讲了几句，学生们就开始动笔。

他时不时地在学生身边指点。

舒梨跟着看了几个学生画画后，不由自主地看张建合，发觉他指点的都是女学生。

尤其是起先那个用奇怪眼神看她的女学生。

张建合在那女学生身边最久，甚至还在她背后，握着她的手，在画板上画。

最后的半节课，他都在这样教那女学生。

女学生显然表情有些抗拒，在他怀里瑟缩着，可是没有拒绝。

身旁那些学生对此也见怪不怪，似是习以为常。

学了几年画画，舒梨非常知道这是什么意思。

哪有老师用这样的方法教学生。

这不是教课，这是占便宜。

舒梨忽然想起房间里那面镜子。

她趁张建合不注意的时候，走出画室，走到房间门口。

房间隔壁也是一间房，一直锁着，按张建合的话说，这是杂物间，堆了很多乱七八糟的东西。

舒梨看了看那间房，再回到自己住的房间，走到那面镜子前。

几乎没有任何犹豫，她伸出手指，指尖抵在镜面上——

没有缝隙。

手指与镜面里的手指是无缝连接。

也就是说，这不是普通的镜子，而是双面镜。

她这边是正常镜子，但是在这镜子另一侧看，这就是块透明玻璃，什么都看得到。

一阵恶寒从舒梨心底升起，鸡皮疙瘩起了一身。

怪不得叫她换衣服，怪不得免费提供住宿——

舒梨马上拉出自己行李箱，把自己的东西丢进去，恰好这时候，画室那边传来一阵阵脚步声。

下课了。

舒梨潦草地整理好自己的东西，拉着行李箱就要走，张建合偏偏出现在房间门口。

原来看着敦厚老实的脸，现在看着无比恶心。

他本来脸上还带着笑，在看到舒梨提着行李箱的时候，马上变了脸，眼睛眯成一条缝："小舒，你这是干什么？"

舒梨冷着脸看他，说："这份工作我不要了。"

"怎么突然不要工作了，这工作多好，工资这么高，还这么轻松，而且还包住……"张建合笑眯眯起来，"小舒，你再考虑考虑。"

舒梨的眼睛充满敌意和警备，手指抓紧两个行李箱的推杆，不愿再多说，直接走向门口。

"麻烦让一下。"

画室的学生已经走得差不多了，破旧的楼里一下又归于安静。

这种安静，静谧到诡异。

舒梨要走，张建合却不准备让开。他舌尖抵着后槽牙，模样也变得凶狠起来："说走就走，你问过我了吗？"

"我有人身自由，我为什么要问你——"

舒梨还没说完，就被张建合用力一推，推进了房里。

她一时没受住力，摔在了地上。

"我告诉你，你来了我这儿，就别想走。"

张建合开始解皮带："不要走啊，你这么漂亮，我太喜欢你了。你留下，我给你工资翻倍，我还有房子，以后可以考虑过户给你。"

舒梨并没表现出多少害怕，她从地上爬起来，戏谑地轻笑一声："你是不是在我换衣服的时候，就在这镜子后面看我呢？"

张建合一僵，难怪舒梨忽然要收东西走人。

"你还挺聪明，这么快就发现了。"

舒梨缓缓走到边上，视线扫过旁边的小矮凳，慢悠悠地说："你真的是一名老师吗？你教女学生，怎么还占人家便宜？"

张建合脸色发青，像是不能见光的肮脏秘密被人发现，他懒得跟舒梨再废话，皮带一解，就往舒梨这边冲。

在这栋楼外面，穿着校服的女生抬着头，望着画室和舒梨房间的方向。

一声猝不及防的玻璃碎裂声，吓得女生缩了缩脖子。

紧接着，她看到一条小矮凳砸碎了窗户，从二楼就这样摔了下来。

女生的脸吓得苍白，她转头就要走，可是又忍不住停下脚步。

再抬头看那个窗户，挣扎和犹豫写满充满稚气的脸。

最后，她用发着颤的手，从校服口袋里掏出一个小灵通样式的手机，拨打了110。

夜幕黑沉，月色如水。

维多利亚酒店的私人宴会厅，酒会正进行到高潮。

今晚这场晚宴，来的大多是江市各家投行、证券、银行还有几家大公司内部的行研分析师以及董事。

觥筹交错，每个人的脸上都带着疏离的客套。

边寂在公司开完了会才过来，华伦董事长江青松将他招揽到身边，跟他人寒暄之时，会特意提一句他的名。

业内人士早已听闻边寂的名字，也知道华伦的江董事长很器重他，甚至有人私下在猜，江董事长就一个独生女，是不是预备让边寂做江家的女婿。

但又有人提出不一样的意见，说最近听闻江董事长和硕达走得比较近，像是要和硕达周家联姻。

这都是在场人私底下的八卦了，面上，大家都客客气气敬上一杯酒。

寒暄完，江青松看一眼时间，念叨着："江薏这是怎么回事，怎么现在还没到？"

江青松虽然人过中年，但依然英气挺拔，能看出年轻时候的俊朗。

江薏和他长得不大像，也许江薏更像妈妈。

边寂接过服务员送到手边的酒，沉默端起酒杯，脸上看不到其他一丝一毫的情绪。

他兴致缺缺，但没表露出来，今晚本身也不想赴宴，无奈江青松点名要他到场。

"听说她今天，又去公司闹你了？"

江青松笑笑，让边寂多担待："这孩子打小就被宠坏了，你别放心上。就把她当个不懂事的妹妹。"

边寂礼貌颔首，对江青松说："江小姐是小孩子脾气，我没放在心上。"

这时，西服口袋里的手机振动。

边寂的眸色定了几分，跟江青松说了一声后，走到露台那儿接电话。

江市的灯火璀璨，车水马龙，尽收眼底。

电话那头的人说了几个字，映衬在边寂眼底的江市夜色里的霓虹，顿时一点点凝固住。

那个人说："人找到了。"

第六章

光的背面

夜半的医院急诊，消毒水味道格外浓烈。

舒梨被医生包扎好右手，手心缠了好几层纱布。

“尽量不要碰水，伤口挺深，要好好养。”

戴着蓝色口罩的医生一边在洗手池前用消毒水洗手，一边对舒梨交代着。

舒梨半举着不方便的右手，对医生说了声：“谢谢。”

走出急诊大厅，警察们正站在那儿等。

但是他们不是等舒梨的。

舒梨走过来，一位年纪稍长的警察冲她笑了笑，关心地问：“没什么事吧？”

舒梨摇摇头：“没事，谢谢。”

“小姑娘还挺勇敢，玻璃扎这么深都不吭一声，哪像那个家伙，撞破点头就跟猪叫似的。”

老警察说到这儿，露出点鄙夷神色，转而又冲舒梨笑：“行了，小姑娘，天很晚了，赶紧找个地方住。以后找工作多留个心眼，别傻乎乎什么都信。”

舒梨礼貌地感谢老警察，此刻她比较关心的是自己的行李。

她啊，什么都没有，也就那一点小行李，里面还有周洛南的银行卡。没有它，她真的哪里都不用去了，直接露宿街头。

“您好，我想问一下，我可以回去取行李吗？”

老警察看小姑娘这么柔弱，看起来挺可怜，忙不迭地应：“可以可以，那边有同事在，我跟他们说一声，你可以回去拿。”

“谢谢警官。”

“不客气，这个案子后面有什么需要帮忙的，可能还会再联系你。”

“好的。”

舒梨告别警察，走出急诊大厅。

外面夜色正凉，她顺着冷冰冰的夜风，重重吐出一口浊气。

怪不得舒连漪说，不要相信任何人，尤其是男人。

这个世界上，果然谁都不可信。

不过还好，舒梨什么事都没有，就手掌心握玻璃碎片的时候握得太紧，碎片扎进了肉里。

要是警察再迟一点到，她手中那块碎片，可能就扎到那个老色鬼的脖子上了。

两个小时前，在老色鬼要朝舒梨冲过来的时候，舒梨抄起旁边的矮凳砸了他的头。

然后她又拿矮凳砸碎了那块双面镜，拿起地上一块很长很尖的碎片，紧握在手里。

当时危险吗？确实很危险。

舒梨就在想，要么就一起死，有什么好怕的。

不过就是对不起她妈妈的那句“好好活下去”。

警察怎么来的，舒梨不清楚，不知道是谁报了警。

也许是周围邻居听到声响报警，也许是别人。

总之，警察来得很及时。

在去医院的路上，舒梨已经跟警方做了笔录，那个老色鬼暂时被拘留。

身上这条纯白的连衣裙已经满是污秽，脏得不行。

有地上的灰，也有鲜红的血。

风衣上也沾满了血迹，说不上是自己的，还是那个老色鬼的。

舒梨有些嫌弃，走到急诊大厅前的过道上，将风衣脱下来，丢进了垃圾桶。

里面这条裙子，暂时只能等换了衣服再丢。

夜风吹得正舒服，舒梨这时候想抽根烟。也是这时候，她才想起，手机和钱包都没带。

全在画室那边。

看来现在打车回去，也是个问题了。

舒梨还算气定神闲，笑了笑，怎么就这么惨，什么事都被她给遇上了。

她往马路那边走几步，想看看能不能打到车。

要是现在再遇上一个黑心司机，那她可真的倒霉到头了。

空荡荡的马路尽头，夜幕被橙黄的路灯照亮。

马路不断延伸，一辆黑色的车，划破夜幕，朝舒梨驶来。

通体漆黑的车直直向舒梨这边驶来，灯光刺眼，亮得舒梨不禁驻足，稍微抬手遮挡眼睛，躲闪灯光。

车停下了，稳稳停在舒梨边上。

不算陌生的车型，舒梨前天才刚坐过。

车牌号也对得上。

隔着车窗玻璃，似乎能隐约看见男人模糊的轮廓。

舒梨眨了下眼，心想着不会这么巧吧。

结果还真是就这么巧。

车窗缓缓摇下，边寂冷漠薄凉的脸出现在她眼前，藏在冰冷镜片后的漆黑眼眸定定注视着她。

像夜色之中的一步步寻找自己猎物的野兽，寻到之后，紧盯着，眼神冷然又复杂。

舒梨与他对视着，扬唇一笑："好巧，好久不见。"

男人的眸光深了几度，轻应一声："是好久不见了。"

不知是不是舒梨的错觉，她怎么觉得边寂好似在咬牙切齿似的。

她不过就是不告而别而已。

"上车。"

边寂似是没有多少耐心，嗓音像覆了一层冰霜，修长手指屈着握着方向盘，在极力忍耐着什么。

舒梨犹豫了一下，站着没动。

边寂轻轻皱眉："不上来？"

"为什么不上，我正愁打不到车。"舒梨没搞懂边寂怎么这么凶，反正现在打不到车，不坐白不坐。

她绕过车头，用左手拉开车门。

车门"砰"一声关上，她又用左手去拉安全带，扣上后，她对边寂说："春苑路 188 号，谢谢。"

边寂的目光一直停留在舒梨半举着的包着纱布的右手上，眉头皱得很深。

舒梨察觉到，就冲他晃晃自己的右手，笑着："看什么，没见过熊掌？"

边寂真是服了她，这种时候还有心情开玩笑。

"你知不知道你有多危险？"

舒梨不以为意地一笑："什么危险，你又不是黑心司机。"

边寂侧着头看她，眸色瞬间冷下几分，语气也多了丝不悦："我在说你晚上的事。"

舒梨倏地一愣，倒是有些搞不明白了。

"我晚上的事？你又知道我晚上发生什么事了？"

"不然你以为我会这么凑巧地在这儿跟你偶遇？"

"……"

"舒梨，你真是够可以的，以为把钱给我，我们就扯平了？"

舒梨已经意识到边寂言辞之间深深的躁怒，他在压制着，周身气压极低。

"如果晚上你没进医院，说不定我现在还找不到你。"

舒梨被他盯得竟莫名心慌，避开他视线，问："你找我做什么，我们不是已经两清了？"

“你真的觉得我们两清了？”

“难道不是吗？我已经见了我妈，在这期间，你要的我也给了你。而且我走的时候，也还了你足够的钱，我还欠你什么？我还有欠你的吗？”

“当时你怎么答应我的？”边寂冷冷出声，强迫舒梨回忆起他们交换条件时候说的话。

“我带你见你妈，但是你必须留在我身边。怎么，忘了？”

舒梨侧头，怔怔地对上边寂的视线。

而后她按下安全带的按扣，再转身想开车门的时候，停了许久的车突然发动。

边寂根本没给舒梨下车的机会。

黑色卡宴在马路上穿梭疾驰，泛着黄光的夜景一纵即逝。

舒梨没有系上安全带，仍是准备下车的动作，左手手指放在车门开门的位置。

“停车。”

边寂置若罔闻，目视前方，紧绷着下颌，只沉着声提醒：“安全带。”

“我叫你停车！”舒梨急了，恨恨地瞪着他，“你再不停，信不信我现在就跳车？”

边寂嘴角勾起抹若有若无的笑：“你不会。”

“……”

“你不会拿自己生命开玩笑，毕竟你妈叫你好好活下去。”

舒梨僵滞几秒后，偏头轻笑：“我那么恨我妈，你怎么就知道我会听她的话？”

“你真的恨吗？”边寂轻笑着反问一句。

舒梨定住，双眸闪过错愕。

他竟然了解她。

连认识很多年的周洛南都不知道她不会拿生命开玩笑，上一次还信了她吞药被她威胁。

她忽然有种被看穿的窒息感，无法知道为什么边寂能看透她。

前方红灯，车缓缓停下。

舒梨还想着下车，但还没有所动作，下颌被边寂忽然扣住。

他眼帘低垂着，眸色暗得不见任何光，盯着她的脸，轻道一声：“听话。”

似乎是在说安全带的事。

因为他帮她把安全带系上了。

可又好像是在说别的事。

红灯跳绿灯，边寂重新握住方向盘开车，舒梨却怔滞着，脸色微微泛着白。

她觉得眼前的男人，不似之前所认识的那个男人。

他戴着金丝边的眼镜，身上的哑灰色西服一丝不苟，明明模样斯文，可为什么，却给她一种阴鸷感。

这种感觉甚至还像藤蔓一样在她身体里攀爬，让她觉得无处可躲，觉得可怕。

很快，春苑路到了。

夜色之下，巷道被昏黄路灯笼罩着，一片沉寂。

画室所在的大楼，前边已经拉上了警戒线，楼里亮着灯，几个警察还在搜查所有跟张建合有关的一切。

因为他们在舒梨的事后，接到线报，这位张建合跟几年前的一起女学生侵害案有关。

巷道不够宽，但车正好能开进来。

边寂把车停在大楼前，摇下车窗，目光沉沉地打量着这栋楼。

随后他和舒梨一起下车，走到大楼门口。

舒梨跟守在门口的警察说了几句，医院那个年纪稍长的警察已经跟他们打过招呼，但现在只允许舒梨一个人进去，毕竟里面还在办案，不相干的人不许踏足。

边寂只好在外面等。

舒梨一个人上了二楼，原来被锁上的“杂物间”已经被警察开了锁，里面开了灯，几个警察在翻找着罪证。

舒梨停在门口，看到被搜出来的几个空了的避孕套盒子，地面满是乌黄的纸巾团，墙的一面就是被打破的镜子，镜子后面就是她的房间。

她觉得恶心。

真的令她恶心。

不再多停留，舒梨去隔壁拿上自己行李，找到一开始争执时候掉到床底下的手机，然后跟警察说了一声就走了。

她只想赶紧离开这个地方，彻底的，永远的。

身后一个年轻警察跟过来，冲她笑了笑：“小姑娘，你的手不方便，我帮你把行李箱提下去。”

舒梨看看自己包得厚实的右手，确实提不了行李箱下楼梯，她谢过年轻警察，跟在他身后。

也就两层阶梯，警察把她送到一楼就又赶上去继续工作了。

舒梨的右手还能推行李箱，就一手拉一个，一手推一个。

走了两步，她停下了。

她看到大楼外面模糊的身影，他正靠着车，似乎等得很有耐心。

舒梨忽然觉得自己不能就这样出去。

不能相信任何人，尤其是男人。

所以外面这个男人，也不能信。

舒梨知道这栋楼有后门，于是，在没人发现的时候，她推着她的两个行李箱，悄无声息地走向后门。

深夜酒吧。

舞池中央形形色色的人随着音乐摇曳身姿，灯光迷离闪动。

周洛南在吧台角落，接过调酒师送上的调制好的鸡尾酒，端着浅酌。

心情不好，来酒吧买醉倒不失为一个好方法。

周遭时时有穿着性感的女人走过，带着不知名的浓郁香水味，轻浮又廉价。

她们想跟他喝一杯，但都被他的眼神吓退。

没有人喜欢热脸贴冷屁股，更没人喜欢自找苦吃。

难得安静之后，周洛南又兀自喝了两杯，这杯鸡尾酒是最后一杯，喝完也就打算走了。

圆形吧台另一端，男男女女坐一块，酒杯碰撞在一块，不时发出刺耳的嚎笑。

其中一个女孩显然有些醉了，笑得格外失控，身上的小皮裙随着她的肢体动作不断上升，几乎就要走光。

周洛南的目光被他们的一阵笑吸引过去，堪堪瞧了眼那女孩，便又收回眼神。

他不是很想理。

虽然那个女孩他认识，见过一面，是那次不欢而散的江薏。

这杯鸡尾酒也快喝完了，周洛南预备走，不经意把目光一抬，就瞧见跟他们一块儿的一个男人正轻浮地搂着江薏，江薏看起来已经醉得昏呼呼，全身软趴趴的。

周洛南放下酒杯，从高脚椅上下来，转身欲走。

可是，又停滞住脚步。

他回头，走向吧台另一端。

友人们都喝多了，在起哄，江薏只觉得耳边乱糟糟的。

这些人，认识的，不认识的，她都听不清到底谁在说话，嘴巴嘟囔着："回家……我要回家……"

"回家多无趣啊，一起去酒店玩玩？"搂着她的男人语气格外轻佻蛊惑，不安分的手也开始在她腰际放肆。

江薏要推开他，但是推不开，直到手臂被人拽住，她直接就被人从高脚椅上拽了下来。

棱角分明的脸，狭长冷漠的眼，还有利落的寸头——

江薏僵硬好久都没反应过来，酒差点都醒了大半。

她直接被周洛南拽走，临走时还没忘了拿上自己的镶钻包包。

"喂，你干吗——你放开我——"

周洛南一直把江薏拽到酒吧门外，凛冽的冷风里，他松开自己的手，江薏却因他突然松了力道而一下站不稳，踩着高跟摇摇晃晃的，差点要摔倒。

周洛南也没去扶。

江薏头晕得厉害，勉强站好后，还有力气瞪周洛南："你干吗！"

"没想干吗。看不下去一个女孩子喝得烂醉被人占便宜。"

"……"

周洛南环顾四周，马路边上停满了接客的出租车，语气淡漠地说："家住哪里，我送你回去。"

"我不用你——"

话没说完，江薏就忍不住捂着胸口："呕——"

周洛南眼疾手快往边上一躲，眉头皱得很深："你要吐别往我身上吐——"

江薏没吐出来，就是干呕了一声，她重新站好，但全身无力。

即使没力气，她还是倔着瞪周洛南："谁要往你身上吐，你嫌弃我，我还嫌弃你呢！你跟你那个前女友一样，都让人讨厌！讨厌！"

前女友？

周洛南蹙着眉想了想，猜到江薏可能是指舒梨。

他懒得搭理她，把她拉出来只是好心而已，无论怎样都算认识，他还不至于那么没良心看着她被占便宜。

"赶紧回去吧你，在这儿撒什么酒疯。"周洛南说完扭头就走，不想再管她。

被突然训了一句，江薏嘟起红唇，眼睛一下就眼泪汪汪起来。

"你以为我想撒酒疯，你以为我想来这儿喝酒吗？都是那个坏女人，勾引走了边寂……都怪她！"

江薏哭着号叫，引来许多出租车师傅的目光。

酒吧外头来来往往的人也驻足下来看她。

周洛南背对着江薏，听到她那句话，不耐地回头。

他几步走到她面前，恶狠狠地说："你再说她一句坏话试试。"

江薏充其量就是只纸老虎，被周洛南一凶，眼泪就簌簌往下掉，整张脸的妆都花了。

"我说她坏话怎么了，我连句话都不能说了嘛……你凶我，边寂凶我，所有人都在凶我……"

周洛南被江薏的哭声弄得头疼，真的不想再搭理。哪知江薏哭着哭着要拿她镶满钻的手包打他。

"你凭什么凶我，你凭什么——你走开，我不要你管——"

周洛南一时没反应过来，侧脸霎时被手包上的钻刮了一排整齐的口子，直接破了皮，渗出点点鲜红。

"嘶——"

他疼得扣住江薏乱挥的手，忍耐到极限："你是不是有毛病！"

"是，我是，我就是有毛病——呕——"

一阵控制不住的呕吐，周洛南还抓着江薏的手，根本来不及避开。

江薏就这样全吐在他身上。

“江薏——”

方圆十里都能听到周洛南暴躁的怒吼。

舒梨在老城区绕了点路，两个行李箱着实不方便，好不容易找到家小旅馆，但是都满客了。

走了好久的路，她已经走累了，在小旅馆前边的花坛边上坐下休息。

这里的路拐来拐去，舒梨本身就方向感不好，走了大半段路就跟走迷宫一样。

她拿出手机，想找找附近哪里还有小旅馆。

手机地图上显示，离这一千米还有一家佳兴宾馆，但是这个路线图……特别绕。

这么晚了，这儿连个人影都没有，更别说经过的出租车。

舒梨实在累了，想着要不在这儿凑合半夜算了，等天亮了再去找住的地方。

她怕自己在这些小巷子里走来走去最后不知道走去了哪儿。

她太容易迷路了。

夜里一阵冷风吹来，舒梨忍不住打了个冷战。

她忘了多加件衣服，身上就穿了一条单薄的连衣裙，纯白的衣裙上还沾着血迹。

头顶的梧桐叶被风吹得“哗哗”作响，格外地吵。

舒梨就地打开行李箱，从里面拿出白天穿过的那件针织衫披到身上，一摸口袋，还有半包烟。

傍晚那会儿她抽完，就顺手放在口袋里了。

舒梨把行李箱重新关上，坐在花坛边抖出根烟，咬在唇边。

风太大，不好点火。

她用包扎着厚实纱布的手虚拢着火，预备点烟时，听见身后一阵不紧不慢的脚步声。

夜风很喧嚣，脚步声很清晰。

一步，一步，在朝着她走近。

舒梨不禁回头。

夜色之中的男人，仍是那套哑灰色的西服，熨帖得没有一丝褶皱，眸子黑沉沉的，不带一丝温度。

舒梨的目光同他一样平静。她看着他走近，直到他停在她面前。

无边夜色之中，男人半合着眸，极其冷静地与舒梨对视着，而后，主动拿过舒梨手中的打火机。

“啪嗒”一声。

他替她点了火。

摇曳的火光之下，男人分明的脸部轮廓近在眼前。

他没流露出一丝恼怒的情绪，平静到舒梨觉得他是暴风雨前的宁静。
舒梨希望自己是错觉。
她暂时无法改变对边寂的固有印象，他是个斯文淡漠的男人。
他应该是那样的人。
烟头接触到火光，升腾起一缕白烟，舒梨却将烟拿了下来，在花坛的石砖上按灭。
一阵风吹过，梧桐树叶簌簌作响。
舒梨微微稳了心神，轻抬起下巴看着边寂清晰流畅的下颌线，倦怠地笑一声。
“挺巧啊，又见面了。”
边寂收回拿着打火机的手，目光定在舒梨白皙的脸上，状似不经意地说：“不巧。我是来找你的。”
舒梨眨着眼，还露出点疑惑：“找我？找我做什么？”
边寂先是笑一声，然后反问：“你说呢？”
“我怎么知道你找我做什么，噢，是因为刚刚送我过来吗？不好意思啊，忘了给车费了。”
舒梨说着就往自己针织衫的口袋里摸，她记得这里塞了点零钱。
可钱还没掏出来，脸颊就被边寂的手指扣住。
她本身就瘦，被扣住脸，用力的指尖硌得她很疼。
舒梨长睫忽闪，被迫仰起下巴，细白的后颈落下个流畅的弧度。
“别挑战我的耐心。”
边寂已经忍到极致。要是舒梨再挑战他，他会做出什么，自己都不知道。
他冷下神色，身子往前倾，弯身凑到舒梨耳边，薄唇轻启：“你想走没关系。但是在这里，你觉得你能走到哪儿去？你觉得是你熟悉这里，还是我？”
舒梨偏头要躲闪掉边寂的控制，却被他拦腰一抱，整个人就被提起桎梏在了他怀里。
“你——你放开我——”
“放开你你就能听话？”
“边寂！我们的交易已经结束了！”
“有吗？”
边寂侧眼看着舒梨，鼻息扫过她脸颊，嘴角轻勾：“你自己答应的事，我当时没有逼过你。”
舒梨咬住唇，目光定定瞪着他。
确实，当时他没逼她。
是她自愿的。
但是她根本没想到边寂会这么认真。
舒梨伸手用力将边寂推开，边寂适时松手。她站稳后，扬起笑靥：“像你这样的人，要找什么样的女人找不到。你何必呢？更何况，一起久了就没新鲜感了，我这还是为了你好。你早点找下家吧，我也能——”

“你也能怎么样？”

舒梨停顿一声，微微一笑：“跟你有关吗？”

边寂的脸冷得如残冬里的湖面冰块，眸光深幽地盯着舒梨。

而舒梨，还在不知危险地挑衅。

“我们好聚好散，从此互不相干。”

像听了个什么笑话，边寂忍不住失笑：“你觉得可能吗？”

最后的耐心也在此刻用完。

他冷沉沉的眼眸划过笑意：“利用完我，就想全身而退，这世上没有这么好的事。”

“……”

舒梨稍怔，就见边寂拉走自己的行李箱。

她马上追过去，想从他手中把两个行李箱抢回来，无奈一只手受伤，另一只手不是惯用手，根本没什么力气。

“边寂——边寂你到底要干什么——”

边寂全然不顾追上来的舒梨的阻止，大步走了几步，就到了停在路旁的车前。

两个行李箱被他毫不留情地丢进后备箱。

舒梨根本来不及反应，后车门一开，她就被边寂给推了进去。

她扭头想挣扎，但是后车门马上就被关上。

“嘀”的一声，锁了。

舒梨狂拉车门内侧把手，但是根本没有任何用。

转而，边寂坐进驾驶座。

“边寂，你——”

舒梨话都没说出来，边寂就发动了车子，踩下油门。

速度太快，她人根本就没坐稳，整个人直直往前面栽，额头撞上前座的后靠背。

所幸座椅都是皮质的，撞上不会太疼。

舒梨愤愤地支撑自己，坐好，气得整张脸都红了。

而开车的边寂，此刻也根本没有怜香惜玉的意思，油门一脚踩到底，好几个转弯，舒梨都受不住惯性往车门或者前座撞。

人都快被撞晕乎了。

终于到了大马路，半夜时分冷冷清清，偶尔闪过几辆车。

总算开得平稳的时候，舒梨捂着撞疼的额头，恨死了边寂。

她拿着手上的手机威胁：“你到底要带我去哪儿？你信不信我现在就报警——”

突然一个急刹车，舒梨又重重往前栽。

人还没反应过来，手中的手机就被边寂拿走了。

“边寂！”

舒梨终于忍不住，上前就要抢，但是边寂一回头坐好就又马上踩了油门。

根本不给她任何机会。

舒梨又撞了一下，真的快撞晕了。

“你是不是有病，你当开碰碰车呢，你就不能稍微慢一点？！”

边寂目视前方，不紧不慢地回：“不能。”

“……”

舒梨气到不行，简直快被气炸。

“你可以继续闹。”边寂很冷静，“舒梨，你想死吗？”

“……”

“你要是想，那我就陪你。”

“……”

“想吗？嗯？”

“……”

舒梨不想理他了。

神经病啊。

谁要死，谁要跟他一起死。

她气呼呼地在后座坐好，怕自己再被撞来撞去，干脆系上了安全带，然后恨恨瞪一眼开车的男人：边寂你给我等着。

车很快就开到了观澜花园。

在停车场停下，舒梨没有第二个选择，只能跟边寂回去。

她被边寂拉到了他的卧室，她气得坐在床边上，咬牙切齿的。

“想骂我？”边寂站在床前，轻笑一声，“尽管骂，不用憋着。”

“……”

边寂心情似乎还挺好，走去边上开了灯，房间一下亮堂起来。

他从衣柜里拿出一件干净的T恤，丢到舒梨身上，说：“洗澡，换衣服睡觉。”

舒梨故意跟边寂对着干，把边寂丢来的衣服抓起来就丢到地上。

边寂不恼，只说：“你想穿着身上这件这么脏的衣服睡觉，我不介意。”

他接着说：“门我会锁，你要在这里面洗澡还是睡觉，都可以。只要你自己不嫌脏，你可以直接躺着睡觉。”

舒梨瞪着他，说：“你还想着把我锁在这儿，你信不信我直接从窗户跳下去。”

“你不会的，这是十九楼。”

边寂俯身过来，手掌抚住舒梨的侧脸，眼看就要在她唇上落下一个吻，但舒梨躲开了。

边寂停滞着，然后对着她的眼睛笑了笑：“没别的意思，只是想跟你说声‘晚安’。”

舒梨用力推开边寂，似是多亲近一刻都让她厌恶。

边寂由着舒梨推开自己，淡淡地说：“你不用这么生气，我没想对你做什么。你刚回国，什么都没有，一个人在外面不安全。今天的事情你应该庆幸，还好警察及时赶到，你只是受了一点轻伤。”

舒梨冷着脸与边寂对峙着，过了会儿，她敛着情绪说：“以后我会走，不会永远留在你这儿。”

“那就以后再说。现在你听话就好。”

边寂丢下这一句，转身要出房间。

舒梨的倔脾气上来，硬要跟边寂对着干：“我要是不听话呢？”

边寂再忍耐不了，回头，漆黑的眸子定定盯着舒梨。

“我劝你现在最好乖乖睡觉。”

“我凭什么听你的？”

“舒梨，我再给你最后一次机会，马上洗澡睡觉。”

“我偏不。”

两人再一次陷入对峙，彼此都不肯退一步。

过了好一会儿，边寂点着头，抬手解开西服的纽扣：“好，你不想睡觉是吧。”

西服被他丢到地板上。

他开始解着衬衣的扣子。

“那我们就做点别的事。”

看边寂解衬衣，舒梨就察觉到危险，威胁他：“你不能勉强我，我现在还是个伤患。”

边寂没因舒梨这句话而发怵。

他将衬衣脱下，丢到床上，宽肩窄腰展露在舒梨眼前，肌肉线条格外分明流畅。

他也学她威胁，笑一笑：“那你是想现在就乖乖睡觉，还是被我勉强？”

其实，边寂就只是想吓唬吓唬舒梨。

他没真的想做什么。

要是想做什么，就未免显得有些太过分。

晚上舒梨经历了太多事，被他委托去找舒梨的人已经把大致事情都告诉了他。

这个世界本身就有许多肮脏恶臭的角落，遇上什么样的人什么样的事都不奇怪。

边寂只是心疼舒梨，从小在象牙塔里长大，没接触过世间险恶，才一走出象牙塔，就遇上这些事。

可心疼归心疼，边寂不会表露。
因为按照舒梨的性子，一旦他示了弱，便会被她拿捏得死死的，如以往一样由她控制。
两个人硬碰硬，倒是势均力敌。
边寂饶有兴致地等着舒梨的选择，是乖乖睡觉，还是——
舒梨瞪着他的眼睛里满是愤懑，随手抓起床上的枕头就冲他丢过去："出去！出去！出去！！！"
被枕头扔到的边寂并不觉得疼，枕头软绵绵的，舒梨也没多少力气。他微微一笑，抬手揉揉舒梨的头顶，头发儿细软穿过手指。
"好好睡觉，晚安。"
舒梨心气更甚，瞪着边寂出门的背影，身形高大颀长，肩宽腰窄，肩膀那处隐约还有几道没消的抓痕——
是昨天，严格来说已经算是前天了，是前天她抓的。
竟然就只是前天的事。
她也就离开这里一天，就被他给揪了回来。
舒梨越想越郁闷，抱着双臂坐在床上，气得像只河豚。
门"啪"一声关上。
舒梨转头抓起床上剩下的一个枕头狠狠丢向被关上的门，就算这样也无法疏解她的躁郁。
她又把被子丢到地板上，余光瞥见边寂刚才脱下的西服外套和衬衣，她跳下床，过去狠狠踩了几脚，算是发泄。
天边已经开始隐隐发着一道白光，整座城市像是要从黑夜的沉睡之中苏醒过来。
边寂随便找了件衣服穿上，靠在阳台上，整个人沉浸在半明半寐的夜色之中。
他轻垂着眼，神色似有几分倦乏。
夜风吹过，他微微牵起嘴角，目光眺望远方。
不管舒梨多恨他，他都要把她留在自己身边。
恨他也好，这样也算在她心里，占了个位置。
总好过什么都没有，一转眼就忘。

舒梨几乎一夜都没睡。
她闭上眼睛，脑子里就浮现出那个老色鬼冲自己扑过来的样子，猥琐、丑陋、恶心。
还有那面镜子，简直让她觉得后怕，以后都有些不敢再照镜子。
如果不是因为多留了个心眼儿，她可能就会傻乎乎上当。
世道险恶，人心也险恶。
在画室发生的事翻来覆去地在舒梨脑海里浮现，她无论睁着眼，还是闭着眼，这些画面都挥之不去。

她知道自己又开始陷进不好的情绪里，思想已经不由自己控制。

翻身想找药，但是药在行李箱里，行李箱还在边寂车上。

舒梨又恨不得把边寂骂上一千遍一万遍。

就这样，天亮了。

门锁发出声响，有人拿钥匙开门了。

舒梨侧着身躺在床上，背对着门，听见开门进来的声音，把被子一拉，盖住了自己的头。

边寂瞧见她的这个小动作，嘴角虚勾着，走近她。

“起来吃饭。”

躲在被子里的舒梨闭上眼，不给边寂任何反应。

边寂倒是很有耐心，在她边上坐下，伸手轻拍她身上的被子：“今天天气好，出去晒晒太阳。”

舒梨把被子一掀，转过来冷冷看边寂一眼：“出去晒太阳？你还敢带我去外面啊。你就不怕我跑了？”

“我没有要带你去外面的意思，客厅采光好，我是让你坐那儿晒太阳。”

“……”

舒梨差点翻白眼，心气不顺，要重新拿被子遮住自己脸时，被子被边寂抓住。

“别耍脾气，起来吃点东西。”边寂眸里透着几分严肃，适才将笑不笑的笑意也消失无踪。

舒梨用力扯回被子，可是根本抵不过边寂的力气，她再次与他对峙住。

眼睛瞪得累了，舒梨就把手一松，听着像是妥协：“好，吃饭就吃饭。”

吃饱了才有力气反抗。

舒梨掀开被子坐起来，边寂看到她还穿着昨天的那条裙子，轻蹙着眉头问：“怎么没换衣服？”

“嫌脏啊？”

舒梨想起来边寂是个任何时候都干干净净的人，就算五年前窘迫到一定境界，他仍是干干净净的少年样，身上洗得发白的T恤都有一股子干净皂香。

她故意把腿一伸，露出裙摆上的污渍和血迹，慢悠悠地说：“我就喜欢这样，你要是嫌脏，可以别让我睡你的床啊。”

十足的挑衅。

边寂轻拢着眉心，倒不是不悦，就是生出几分无奈来。

他忽然伸手握住舒梨的脚踝。

她的脚生得小小的，精致白皙。他低眸看着，像是在欣赏一件艺术品。

舒梨迟愣片刻，有一瞬间在想：这恐怕不是个变态吧？

脚有什么好看的？

“你看什么，你变态吗？”舒梨说着就要缩回自己的脚，可边寂握得紧，她几乎都能感受到他指尖的燥意。

“受伤了。”

边寂抬眸，对上舒梨的目光，淡声道：“给你拿个创可贴。”

“……”

舒梨低头去看自己的脚，确实，在脚背那儿有一道小口子，血已经凝住了。

她一直没感觉到疼，也没发现。

可能是打破镜子的时候，碎片不小心划伤了。

不过这跟她手上的伤比起来，根本算不上什么，没注意到也正常。

“不用你好心。”舒梨佯装要踹边寂，边寂适时松手，她就收回了自己的脚，从边寂身旁掠过，下了床。

边寂看着她裙摆那略显触目惊心的血迹，眉头皱得深。

昨晚他怕过。

从晚宴上接到电话，他几乎什么都顾不得，连招呼都忘记打，直接离了场。

对方说舒梨进了医院，在得知缘由后，他更是一阵后怕。

所幸她只是挣扎时受了点伤，没有再受到其他的伤害。

见到她时，她娇小纤瘦的背影在这城市夜色中显得尤为渺小。

渺小到，谁都能忽视，也谁都能欺负。

现在真的仔仔细细看到了裙摆上的血，红与白如此强烈的反差，叫边寂不由得庆幸。

还好，还算幸运。

舒梨全然不知身后的男人在想什么，只觉得他在盯着自己的裙子看。

她以为他是洁癖犯了，见不得一丝脏。

虽然她也很想脱下这条裙子，但是边寂越在意，她就越不遂他的心，甚至连洗漱也不洗了，故意直接走出房间。

果然，边寂跟在舒梨身后出来，蹙着眉说：“先去洗脸刷牙。”

舒梨才不理他，回头冲他嚣张一笑：“我偏不。”

边寂扬扬眉，不说什么，暂时随她去。

早餐简单，但是营养够了。

牛奶、煎蛋、面包，还有外卖的清粥和包子。

舒梨拉开椅子坐下，目光在这几样食物之间睃了一圈，最后端过清粥。

她没什么胃口，一夜没睡，现在什么都吃不下，勉强能吃点粥。

用勺子搅拌碗里的粥的时候，舒梨似不经意地问：“什么时候把手机和行李箱还我？”

边寂正巧在拉椅子，声响稍一停顿，转而继续，然后他坐下来。

“你行李箱里有什么能让你这么念念不忘？”

记得上次，她也跟他要行李箱。

舒梨轻嘲一声："你管得着吗？"

"你换了手机号。"

边寂双腿在餐桌底下交叠着，后背靠着椅子，眸光定定地落在舒梨的脸上，似乎是准备正式谈一谈舒梨跑路的事。

舒梨微不可察地僵了一下，抬眸露出个笑："这你也要管？"

"你一早就准备好了对吧？现金，新的号码，还有你那份工作，你早就在打算了。"

边寂此刻似乎格外有耐心，淡淡睨着舒梨，却若有若无地透着股秋后算账的味道。

被说中，舒梨冷着脸把勺子丢回碗里，勺子与瓷碗碰撞出个响亮的声。

"我是一早就在打算了，这有什么问题，人不为己，天诛地灭。"

边寂低笑了声，带着几分漫不经心："那我就这样告诉你，无论你去到哪儿，我都能找到你。昨晚你已经试过了，你想多试几次，我无所谓。"

早晨的光影重叠明亮，落了一半在他脸上，表情淡然，眉眼一如既往的清冷深邃。

舒梨已经知道这个男人是动真格了。

或许从昨晚他找到她那一刻就已经是酝酿着风暴，他的不悦和隐怒那样不显山不露水。

舒梨觉得他有些超乎她的想象，有些摸不透的陌生。

不对，不对。

应该说，她根本就不知道真实的他到底是什么样的。

之前的认知或许就是假象。

剥去外面这层皮，内里的他，她一无所知。

舒梨不愿意依靠男人生活，更何况她和边寂的关系至今没有个定论。这样不清不楚地在同一屋檐底下生活，不是长久之计。等时机成熟，她肯定还是会走的。

但在时机成熟之前的现在，她没其他更好的选择。

"哎，你知不知道，你威胁我没用。"

舒梨笑着，没什么血色的唇勾起，习惯性地将手肘撑在桌面上，虚虚托着下巴。

"但是呢，仔细想想，有人供我吃供我住，我为什么还要跑呢。"

舒梨的眼神在边寂的脸上飘，惹得边寂下意识地皱起眉头，眼底浮现出戒备。

通常来说，舒梨只要突然改变态度变了脸，那就表示——

她又在打什么坏主意。

"你放心好了，我不会再走了。"

边寂蹙着眉："我能相信你？"

"不管你信不信，我都不会走了呀。"

舒梨的脚尖在餐桌底下悄悄碰上边寂的小腿，似是无意，又更似故意。

挠痒痒似的，一下又一下，恼人极了。
边寂眼睛微眯，盯着舒梨不动声色的脸，眸色加深几分。
“但是，我不要睡你的房间。我要睡我原来那个房间。还有，我的行李你得还给我，有些衣服我放二手网站上卖了，问价的人特别多，我得给他们发货。”
边寂低声笑了，无奈地摇头。
为什么她总能不适时地讲一些话题之外的事，还格外认真。
“舒梨，你这次要是再骗我，下次再让我找到你，你就不会再像现在这样轻松了。”
“……”
舒梨叹了声气：“都说了不走了，没骗你，你真啰唆。”

早饭还算和谐地吃完了。
边寂下楼去拿舒梨留在车里的手机和行李箱，舒梨坐在客厅大片的落地窗前晒太阳。
虽然没有出门，但这儿景色真的很不错，躺在家里就能看风景，真是有钱人的乐趣。
直视着阳光，稍微还是有点刺眼。
舒梨忍不住眯眯眼，换了个方向，转头去看自己留在客厅墙壁上的那幅画。
她想起了在国外的生活。
在法国那几年，还算自由。
舒连漪只管给她钱，她没人管，没人看着，想做什么就可以做什么。
但她这个人其实也有点无趣，没什么特别多的爱好，平时除了学习和写生，还真的没做什么事。
现在舒梨开始想，自由到底是什么呢，一个人就是自由了吗？
这真的是个哲学问题。
在舒梨思考“自由”这个哲学问题的时候，边寂回来了，带着她已经没电自动关机的手机，还有两个行李箱。
在太阳底下坐了太久，舒梨全身被烘烤得暖烘烘的，从边寂身边擦肩而过时，带给他一阵燥意。
白裙袅袅，天鹅颈细白修长。
她侧着头拿她的手机，长睫卷翘，不加粉饰的脸却也能惹人意动。
边寂静静看着，舒梨没注意到他凝视的目光，确认手机真的是没电后，就把手机往玄关柜子上一放。
“行李箱给我吧。”她向边寂伸手。
边寂稍微回神，视线从她裹着纱布的手上扫过，直接提拉起两个行李箱。
他没说话，往她原来住过的客房走。

舒梨挑挑眉，行吧，免费的劳动力，不用白不用。

她又拿回玄关柜子上的手机，跟在边寂后面走。

行李简单整理一下就好了，没什么特别的东西。

但舒梨就是有点奇怪，为什么边寂一直靠在门框上看着她整理。

“你今天不用去工作？这么有空，还在这儿看我收拾行李？”

“请假了。”

“……”

噢，请假了。

舒梨不再问，从行李箱里拿出件换洗的衣服，准备洗澡。

算起来，她从边寂这儿离开后就没洗过澡了，第一个晚上是太困太累，第二个晚上是没机会，毕竟发生了那么多的事。

而且还被边寂锁在房间里，她根本没心情。

倚在门口很久的男人终于主动开口：“要洗澡？”

舒梨好笑地抬眸看向他。

“我洗澡你也要管？开始不还是你嫌弃我脏吗？”

边寂不紧不慢地摇头，眸光定在舒梨右手上：“你受伤了，不方便。”

舒梨看看自己右手：“我知道啊，但我总不能一直不洗吧。”

说着，她一顿，挑着眼重新看向边寂。

舒梨忽然又动了捉弄的心思，故意朝边寂走过来。

边寂气定神闲，任舒梨将手臂攀在自己肩颈处。

他也没躲，她的温度和气息就这样缠着他。

像绕不开的，躲不开的，盛夏疯狂生长的藤蔓，勾缠在四肢躯干，勾缠着跳动的心脏，深缠在血液里。

但她也就只是这样轻轻攀着他。

她只是为了故意问他一声：“我不方便，那你……难道是想帮我吗？”

他低头，恰好能瞥见她睫影忽闪，白润的脸因为窗外阳光的映衬，透着层莹亮的光。

惹得他心头一动，想就这样攫住她的脸吻下去。

可她忽然就又退开了，好似就只是来给他挠了下痒痒。

跟在餐桌底下时那样，不轻不重地挠了下痒痒。

舒梨只小走了半步，手腕就被边寂抓住，转而她就落到了他的怀里。

她抬头，看到他克制隐忍的黑眸，燃烧簇火。

久旱荒原落下一点火星，燎原火焰便再不可挡。

舒梨后知后觉，自己又惹火上身了。

之前吃过的亏挨过的教训一点没叫她长记性。

边寂这个男人，最是不能惹。

舒梨被边寂抱到了隔壁浴室。

花洒的水温度节节攀升，热气不断氤氲，镜子蒙上一层水雾。

边寂帮舒梨洗了澡，没碰到她受伤的右手。

从头发，到脸，到脖子，到手脚躯干。

像给新生的小婴儿洗澡一样，每一处都仔仔细细地洗干净。

舒梨这时候已经是生无可恋了。

毫无隐私可言。

她又不是小婴儿。

反正也累了，她就躺在浴缸里，由着边寂伺候自己。

边寂开心就好。

托边寂的福，洗完澡后舒梨小小地睡了一会儿。

没有丑陋恶心的脸再出现在她眼前，也没出现在她梦里。

很安稳地、无梦地，睡着了。

舒梨睡醒，已经是晚霞满天之际。

红日跌落山峦，霞光弥漫，她被这一片红光唤醒。

眼前是漫无边际的红，从天边弥漫至她的窗口，再弥漫至她的床边。

舒梨被笼罩在这一片红光里，思绪放空，也不知在想些什么。

过了一会儿，晚霞退去，红光也跟着消散，天边一道冷冷的灰青色。

风也跟着起了。

被窗外的冷风一吹，舒梨骤然回神，打了个冷战。

她就穿了件单薄的T恤——

还是边寂的，洗完澡后，边寂给她穿上的。

明明她房间有她自己的衣服。

不过舒梨当时也累了，懒得再跟边寂计较这些小事。

他爱拿自己衣服给她当睡衣，她无所谓。

继续在床上出了会儿神，直到天正式黑下来，舒梨才懒乏地起床。

她饿了。

已经透过门缝闻到外面的饭菜香了。

舒梨找了件稍微厚实一点的毛衣披在自己身上，两条腿还是空落落地从膝盖上方的T恤下摆那儿延伸出来。

走到餐厅那儿，她把手臂交叠着撑在椅背上，饶有兴致地看着一桌子的菜。

还挺丰富。

“你还挺会做啊。”

在厨房的边寂背对着舒梨，在焖炖锅里炖了一下午的鸡汤。

舒梨看不到他表情，但却听到他似笑非笑地回了一声：“哪方面？”

舒梨猝不及防顿了顿，随后哼笑一声：“当然是做饭。”

接着她拉开椅子坐下，随手抚了下耳边的头发，懒懒看着端着鸡汤走过来的边寂。

没想到他当起居家好男人，还挺有模有样的。

将鸡汤放置到餐桌上，边寂微微偏头，迎上舒梨的目光，但很快，视线就从她上身暖融融的毛衣移到了她光溜溜的腿上。

“穿条裤子。”他说。

舒梨一听就笑了，支着脑袋哼一声：“要你管。”

边寂抿起的薄唇扯出个微小的弧度，在光影之中，意味不明。他只说：“最好还是穿上，我怕你待会儿会后悔。”

舒梨才不搭理。

边寂也没继续勉强她，继续去忙自己的事。

他今天心情好像格外好，能花大把的时间在做饭上。

电饭锅打开，米饭的香味就溢了出来，像是久违的家的味道。

“明天开始会有保姆过来。”边寂一面从碗柜里拿碗，一面对舒梨说。

“保姆？你是想找个人每天盯着我吧。”

舒梨最不喜欢保姆，但也最习惯保姆。

她从小就是保姆带大的。

后来家里还有各种各样的用人，全是舒连漪请过来照顾她生活，也时时刻刻盯着她的一举一动。

边寂没有回应舒梨的话，只说：“早上七点到晚上七点，三餐会按时给你做。”

停顿一下，他继续盛饭，说：“你该好好吃饭了，瘦成这样。”

“怎么，嫌我瘦啊？”

舒梨扒开毛衣开衫的衣襟，低头瞧瞧，吊儿郎当地笑：“我觉得我还是挺有肉的啊。”

“……”

饭盛好，边寂端出来，有三碗。

舒梨看到，疑惑了一下：“除了我们还有别人吗？”

边寂刚想开口，玄关那边的门锁发出“嘀嘀”两声，门开了。

舒梨和他同时往门口看。

穿着校服的女孩梳着马尾辫，背着书包进门，清秀的小脸带着满满的笑意：“哥，我回来了！”

——让舒梨觉得尴尬的事情，倒不是突然见到边寂的妹妹。

而是……

她没穿裤子。

边寂的T恤也就遮到大腿一点，这也就算了，她穿的还是沛沛一眼就能看出的边寂的衣服。

所以沛沛在愣神很久后，确认舒梨的身份，冲她喊了一声：“嫂子好！！！”

舒梨：“……”

沛沛是临时请假回来的。

她左耳的人工耳蜗出了点问题，明天要去医院一趟。

因为很临时，边寂也是在下午接到的沛沛的电话。

那时候舒梨在睡觉。

边寂本来要去接，但是沛沛想自己坐公交车回来，不想让边寂跑一趟。

在舒梨去房间换衣服后，餐厅只剩下兄妹俩。

沛沛笑嘻嘻地往边寂身边凑，悄悄问他："哥，你什么时候的事啊？我也就去了学校几星期，怎么嫂子都搬到家里来了？"

边寂在拿筷子，神情没有丝毫变化。沛沛就跟着他从厨房又走到了餐厅，拉着他一定要问出个答案："哥，你跟我说说呀，什么时候谈的恋爱啊？嫂子真的好漂亮——"

边寂脚步倏地一滞，偏头，冷悠悠地说："洗手，吃饭。"

沛沛张嘴"噢"了声，还想再八卦一下，可被边寂冷冰冰的脸吓退。

这个哥哥，不说就不说嘛，这么凶干什么。

他不说，总有人会说，哼。

沛沛跑去洗手，恰好舒梨也换好衣服出来了，把能遮的地方都遮得严实。

舒梨长这么大，还是第一次感觉到尴尬。

带着这份尴尬，她回到了餐厅。

沛沛不在，她愤愤地瞪一眼边寂，意思很明显。

边寂欣然接受，没太多反应。他眸光淡淡的，手指从舒梨耳垂下方的皮肤轻轻划过，笑了笑："现在知道要听我的话了吧？"

舒梨秀眉微蹙，把他的手指拍掉。

"你为什么不早告诉我你妹妹要回来？"

"我已经提醒过你了，是你自己不要我管。"

"……"

舒梨心气不顺，觉得这男人就是想看自己笑话。

"嫂子！"

沛沛洗完手，突然出现，过来就甜甜喊了舒梨一声。

边寂默不作声地给舒梨拉开椅子，自己在旁边的座位坐下。

他似乎在默认什么，没有特意去纠正。

但舒梨实在不适应"嫂子"这个称呼，先跟沛沛纠正："妹妹，你误会了，我跟你哥不是那种关系。我们就是普通朋友。"

沛沛眨眨眼。

普通朋友？

她尝试向边寂投去疑惑探究的目光，但边寂神色冷静，平淡无波，看不出任何情绪。

"姐姐，你真的……不是我哥的女朋友吗？"

舒梨微微一笑，冲沛沛摇头："不是。"

好吧。

沛沛显然有些失望，可转念一想，或许只是现阶段不是呢？

“姐姐你坐，我们吃饭吧。”

沛沛又热情起来，拉着舒梨坐下，端起桌上的碗给舒梨舀了碗鸡汤。

“姐姐你喝汤，我哥炖的汤可好喝了。我小的时候住院，都喝的他炖的汤。”

她将汤碗放下，笑眯眯地托着下巴看着舒梨：“姐姐你尝一尝。”

其实舒梨以前想过，边寂的妹妹会是什么样子。

五年前她想去医院探望，但那天发生了太多事。

那天也是她和边寂最后一次见面。

没想到，五年后的今天，会和边寂的妹妹见到。

边寂性格冷冷淡淡的，但他妹妹恰好相反，很热情、很阳光。

有着这个年纪的女孩子该有的朝气。

舒梨还挺羡慕，也很喜欢。

她对沛沛说了声“谢谢”，端起汤碗。她刚抿一口，就听到沛沛问：“姐姐，你现在有男朋友吗？”

舒梨蓦地顿住。

沛沛忙不迭地说：“姐姐，你是我哥第一个带回家的女孩子欸。你不知道我哥以前就只知道读书，工作了就只知道工作，经常忙得忘记吃饭，更别说抽出时间交女朋友了。”

“你别看我哥这个人外表这么冷冰冰的，他其实很重感情的。以前他暗恋别人，很长一段时间忘不了她，经常半夜偷偷躲着哭。”

舒梨忽然像得知到什么惊天八卦，不由得把视线瞥向边上的边寂，眸里露着好笑的探寻的光。

边寂察觉到舒梨的眼神，皱着眉头冲沛沛轻轻咳了一声，但沛沛完全把他屏蔽了，只顾着自己说。

“但是姐姐你放心，这几年他早就从失恋中走出来了，一定已经忘了那个女孩子。姐姐你可以多考虑考虑我哥，人品好，模样正，工作稳定有积蓄，还有我这么可爱的妹妹，‘入股不亏’！”

“沛沛——”边寂终是忍不住，板着脸看沛沛，“入股不亏，你当是在卖股票呢？”

舒梨也终于憋不住了，“扑哧”一声笑出来。

边寂忽然觉得头疼。

他第一次发现，自己妹妹竟然话这么多。

“你们两个，吃饭。”

舒梨憋着笑，用左手拿起筷子，可余光总打量着边寂。

沛沛倒是委委屈屈地嘟着嘴，嘀咕着：“为你着想你还凶我，待会儿我就跟爸爸告状。”

边寂不为所动，像什么都没听到。

饭吃完，沛沛回房间洗澡。

舒梨终于找到机会，靠在厨房的流理台前，问正在弯腰洗碗的男人：“你妹妹说的都是真的啊？”

厨房的灯没有开得很亮，边寂垂着眸，眼睫在眼睑下方投出小片阴影。

他沉默着，没应。

舒梨仔仔细细盯着他棱角分明的侧脸，靠近了，鼻息擦过他耳畔。

痒痒的。

她笑着说：“原来你以前还喜欢过女孩子啊，我还以为你是块木头呢。”

虽然沛沛说的什么失恋半夜偷偷哭多半有夸张的成分，但舒梨还是信了她的话。

这块木头原来也曾对人动过心。

想起那一年自己的心动，和不被认真对待过的真心，舒梨心头划过万般滋味，到底却只是轻轻一笑：

“哎，她有我漂亮吗？为什么当时你喜欢她，而不喜欢我呢？”

彼此沉默半晌后，舒梨觉得自己有点好笑。

为什么会问边寂这个问题呢，他喜欢什么样的女孩子，跟她有什么关系。

当年，她对他纠缠，逼他用那么决然的方式推开她。

水龙头的水流声不停歇地“哗哗”响着，边寂不知何时已经停下洗碗的动作，眉眼敛着，看不透情绪。

舒梨与他靠得近，她看他与当年相比成熟了几分的侧脸，看他依然高挺的鼻。

当年清秀，如今沉稳。

他好像变了很多，但又好像没变。

舒梨说不上来，反正，她也不了解他。

身子缓缓往后倾，重新靠到流理台上，舒梨瞧着边寂浸在洗碗池中的手，勾起眼角笑了笑。

她想起以前，她也曾看过他洗碗。

过去的记忆和现实反复横跳，那些被遗忘的，刻意忘却的，或者是消失已久的情绪涌上心头，像在舒梨心里点了一把火。

让她燃烧。

“哎，你为什么不说话？”

“跟我说说嘛，她是你同学吗，告白过吗？”

“是告白失败了所以才半夜偷偷掉眼泪？”

边寂喉结微滚，长臂一伸，就将舒梨揽到了怀里。

只那么一瞬，舒梨就被他掐着腰轻轻一提，坐在了身后的流理台上。

水龙头的水还在“哗哗”地流。

两人的鼻尖靠得很近，呼吸交错交缠。

“就这么想知道她的一切？”

边寂嗓音喑哑，像这夜色里随风拂起的沙砾。

他眼神盯着舒梨，平静之下暗涛汹涌。

舒梨直直地对着他的目光，眼眸潋滟，手指轻轻揪在他衣领之上，唇瓣轻启：“不想知道。”

她笑一笑：“跟我有什么关系呢。”

“那你还问？”

“好奇喽。”

她双腿绕着他的腰，再往前一点，鼻尖与他的碰上，然后头偏一下，鼻尖擦过，稍纵即逝般的痒。

她在他耳边笑，没心没肺的。

边寂双手一按，与舒梨更加靠近。

他蹙着眉，问她：“好奇什么？”

唇瓣碰住她毛衣高领与耳垂交界的地方，他说：“你想知道什么，你尽管问。”

舒梨往后退了点，手指轻轻压在边寂的唇上。

她看着他，轻轻笑起来：“没兴趣。”

边寂忽地抬手，关上了“哗哗”流水的水龙头。

水声骤停，整个房子陷入一种难以言喻的静谧。

然后他托住她的后脑，吻就这样落了下来。

舒梨被迫仰着脖子承受，想偏头躲，却被报复似的，咬了唇瓣。

她一疼，眼眸泛上一层水光，愤愤地瞪着边寂。

边寂在这种事上从来都不会温柔。

可声音却温柔到舒梨差点忘了生气。

“专心点。”

……

舒梨的那些问题，边寂不是不想答。

他没有喜欢过另一个人。

在他不算长的这二十几年生命里，只猝不及防闯入过一个女孩。

她恣意张扬，单枪匹马，将他沉静如水的心搅得天翻地覆。

而如今她还在问，当初他为什么不喜欢她。

边寂在刚才那一瞬间，真的想问问她，为什么当初要让他喜欢上她。

这长达五年的晦涩的爱慕与思念，曾经也像个无止境的梦，让他不断地在梦中去见她。

当年的他没资本，感情对他来说太奢侈，他根本要不起，也无法承担。

但是现在……

他想要赢。

谁先动心谁就输了，他已经先输了。

可是他想要赢。

赢得舒梨的心。

呼吸暧昧之时，舒梨陡然清醒。

她定住，随后推了一下想更进一步的边寂。

“你妹妹。”

边寂忽地停滞。

他顺着舒梨愣定的目光往后看，他的妹妹，就站在离他们不远的地方，眼光呆滞、目瞪口呆。

……

开放式厨房就是这样不好，无死角，什么都看得到。

舒梨和边寂一时都忘了家里还有个沛沛。

她很尴尬，尴尬到只想遁地。

边寂适时地挡在舒梨身前，整个人将她遮住。

等再回头，沛沛已经不见了。

他拍拍舒梨的头，哑声笑了：“她走了。继续吗？”

舒梨猛地把他一推，从流理台上跳下来，丢下句：“洗你的碗。”

夜深人静。

沛沛在房间里写作业，房门被敲响，然后边寂开门进来，手上端着杯热牛奶。

兄妹俩相互对视一眼，沛沛先把头给低了下去，轻咳一声，说：“哥。”

“嗯。”边寂应着，走进来，关上门。

高一的作业并不多，知识点没有太难，沛沛已经快写完了，在解作业本的最后一道数学大题。

边寂在她身边拉过椅子坐下，牛奶放在桌上，视线从那道题上面扫过。

“难吗？”

沛沛摇头：“不难。”

短暂的沉默。

兄妹俩第一次这样。

气氛尴尬。

“那个……哥，你是不是有事要跟我说？”

边寂嘴角微动，点了下头。

“嗯。”

然后他清一下嗓子，问沛沛：“晚上……你都看到了什么？”

“……”

沛沛脸一红，眨巴着眼：“就……差不多……全都……”

她也不是故意的，谁让她一出来，厨房就在她的视线范围之内。

刚开始她是真的傻了。

“哥，你和姐姐不是‘普通朋友’的关系吗？为什么你们会……”

边寂不自然地偏了一下头，似乎在自己妹妹这儿，终于有了那么一点羞赧的情绪。

“我们不是普通朋友。”

“啊？”

沛沛吃惊地眨眨眼，头脑风暴一番，豁然开朗：“所以她真的是我嫂子吗？！”

边寂不置可否的，没应，没否定。

可沛沛马上又露出疑惑的表情，说：“可是为什么嫂子说你们是普通朋友？”

“她在跟我闹脾气。”

简短一个解释，几乎没再有其他的补充和说明。

但是沛沛已经懂了。

大约就是，是男女朋友，但是嫂子闹小脾气了，故意说是普通朋友。

“怪不得你们会抱在一块儿……”

边寂咳一声：“沛沛，你还小，晚上看到的就忘掉，知道吗？”

“知道了，哥，你快去陪嫂子睡觉吧，我要写作业了。”

边寂被沛沛推着，勉强起身。但他没走，很认真地对沛沛说：“下次不要再在她面前说那些事。”

“啊？什么事？”

“就那些失恋半夜哭的事，太夸张了。”

“哪有啊，我没有夸张，你明明就是半夜哭了。”

“……”

确实。

边寂是在半夜哭过。

那是最后跟舒梨见面的那天。

半夜时候，他在医院看护。

沛沛睡着了，可是他却睡不着，心脏一直被拉扯着，很难受，情绪却没有一个出口。

舒梨写的卡片还在口袋里。

他拿出来，反反复复地看，反反复复地痛。

一开始，他想用这样的方式彻底摆脱舒梨，他不能陪她玩。

可是原来，陷进去的那个人是他。

这是他在舒梨给了他一巴掌后他才骤然明白的事。

他已经记不清当时哭了没有。

如果承认哭了，那倒是挺丢脸的事。

舒梨已经准备睡觉。

没有开灯的房间，窗帘依然开着，是她保持了很多年的习惯。

她侧着身躺在床上，望着窗外月光，却发觉自己满脑子想的都是边寂。

好奇怪。

为什么总在想他喜欢过的那个女孩到底是谁。

她甚至还想去比较，自己当初差在了哪儿。

翻来覆去睡不着，舒梨累了。

她觉得自己陷入挣扎的漩涡，是她不该去想的。

边寂喜欢谁，跟她无关啊，为什么要在意，为什么要这样在意。

舒梨掀开被子起来，从行李箱里拿出一瓶药。

倒出一粒胶囊在手心，她去床头柜那端起半杯水，吞了下去。

很快，睡意就上来了。

舒梨好像做了一个很长很乱的梦，梦里乱糟糟的，惊恐的情绪一直缠绕着她。

她吓得惊醒，不小心打翻了床头的水杯。

舒梨脑子很晕，察觉到只是一场梦，才用手背贴了贴自己满是冷汗的额头，侧过身抱着被子继续睡。

这时候，房门被轻轻敲响。

“舒梨？”边寂听见了她房内的动静，不放心过来敲门。

但是舒梨正睡着，没有回应。

边寂不免担心，开了门，进来看舒梨的情况。

半梦半醒间，舒梨觉得身旁多了一个人。

那个人像是确认她没事之后，便小心翼翼地伸手拂过她脸上沾着冷汗的发丝，温柔又安静。

舒梨感受到他的呼吸，但她很困，没多少力气去做反应。

而边寂也是少有的，耐心而温柔地看着她。

“舒梨。”

意识一点点消散，舒梨也没等到身后男人的下一句话。

直到呼吸逐渐平稳。

边寂像失而复得般地握住她的手，是他很多年前就沉溺的温度。

“很想你。”

他说。

第七章

贪恋月光

早上六点半。

沛沛开门出房间，恰好看到边寂在关舒梨的房门。

看起来是刚从里面出来。

她马上心领神会，朝边寂投去个小眼神。

边寂神情正经，冲沛沛做了个“嘘”的动作，然后往自己房间走，中途经过她时，抬手揉揉她的头。

“她还在睡，别吵到她。”

沛沛故作不懂：“谁在睡啊，‘她’是谁啊？”

边寂无奈一笑，催促沛沛：“去吃早饭，待会儿去医院。”

“哥，你和嫂子和好了啊，昨晚一起睡的吗？”

“小孩子别管这么多。”

“我这是关心你。而且，我不是小孩子了，都马上就十八岁了。”

边寂微微笑着，不理沛沛在自己身后的碎碎念。

他去换衣服，沛沛去冰箱里找出吐司片，做了三个三明治。

做完的时候，边寂已经换上衬衣西服，戴上眼镜，一副准备好出门的样儿。

沛沛向来知道边寂的时间很紧，她的动作也很迅速，将两个三明治装进保鲜袋里在车上吃，剩下的那个，做了精心的小摆盘，留下给舒梨。

她背上书包，跟着边寂出门，恰好家政阿姨在这个时间点准时到达。

兄妹俩走后很久，舒梨才恍恍惚惚地醒来。

可能是药效的原因，这一觉她睡得格外沉。

回头看看，床上已经空了。

昨晚边寂来过吗？

好像是来过，但舒梨却觉得这很像一个梦。

因为她怎么感觉迷迷糊糊的时候，好像听到他说什么“很想你”呢。

大概就是做梦吧。

如果不是梦，那就是边寂在说梦话。

舒梨起床，边寂请来的家政阿姨已经在打扫卫生。

是上次那个阿姨。

因为见过一次，所以这次，阿姨没有再喊错舒梨。

“舒小姐,你醒了啊。边先生临走前还交代我声音小一点,别吵醒你。”

阿姨很热情，大早上买了很多菜过来，她一面擦落地窗的玻璃，一面对舒梨说：“舒小姐你喜欢吃什么菜，都可以跟我说，有什么忌口的，也跟我说。”

舒梨冲她淡淡笑一笑，走向厨房，说着：“除了不怎么吃辣，我没什么特别忌口的。”

“好的。那中午炖个蘑菇小鸡汤，再炒个糖醋排骨、木耳山药？”

“好。”

跟阿姨说话间，舒梨看到了餐桌上摆着的三明治、一杯牛奶。

她看着，笑了起来。

这绝对是沛沛做的。

因为三明治上面，用番茄酱画了个笑脸。

边寂是不会有这种情趣。

这个阿姨也不会。

只有沛沛。

边寂应该把沛沛保护得很好，她那么热情明亮，甚至童心未泯。

这个年纪的女孩就该是这样的。

舒梨能猜到沛沛小时候应该过得很不好，可是她现在能有这么好的性格，得归功于她有一个好哥哥。

好像有点羡慕了。

舒梨兀自笑笑，她是真的羡慕。

她小时候好似拥有全世界，却日日夜夜独自生活，面对一切。

而沛沛呢，好似什么都没有，却有个哥哥替她承担了所有，悉心地呵护她长大。

“舒小姐，这个三明治凉了，要加热一下才能吃。现在天气凉，吃冰的东西容易闹肚子。”

擦玻璃的阿姨适时出声，打断了舒梨逐渐飘远的思绪。

她回神，笑自己怎么还想要个边寂这样的哥哥了。

他再怎么样，都成为不了她哥哥。

将三明治放进微波炉，三十秒，“嘀”一声。

今天天气好，舒梨吃完三明治，坐在客厅晒太阳。

电视打开，房子里似乎热闹了一些，没有那么冷冷清清。

这个阿姨办事很利索，但是很爱说话，东南西北地都能扯一点。

舒梨没觉得烦，倒是觉得挺有趣。

她过惯了安静的一个人的生活，突然有个人在旁边絮絮叨叨，好像也挺有意思的。

本地电视台放完一集古装剧，打了个广告，开始回放昨晚的新闻。

舒梨本来想换台，却在新闻提要里看到了熟悉的场景。

那个画室。

还有打码了但依然能辨认得出的张建合的脸。

阿姨拖地时看到了，“啧啧”两声：“真是禽兽，借着老师的身份对学生下手，这种人就该千刀万剐下地狱。”

“阿姨，你也知道他吗？”

“知道啊，这几天我们市里早就传开了。”阿姨一边拖地一边八卦，“这个人模样看着老老实实，背地里专干坏事。几年前就害了一个艺考的学生，害得那个小孩儿没参加高考，直接去外地打工再也没回来。那孩子惨，家里本来就穷，爸妈没本事，收了钱，就这样不了了之。要不是现在被曝光，大家都不知道这件事。”

“听说有很多学生被他明里暗里欺负过，这种人真该下地狱。”

阿姨越说越气愤，拖地的动作也越来越使劲。

“他不仅对学生下手，还把漂亮女孩子骗来工作，趁机干坏事。这次不就是因为那女孩聪明及时发现，才让这家伙被抓。”

阿姨不知道她说的及时发现张建合真面目的人就是眼前的舒梨，说完又叹气：“女孩子啊，找工作还是得小心，以后我女儿要是工作了，我可得帮她看紧点。”

一直没说话的舒梨这时才出声：“阿姨你也有女儿吗？”

“有啊，都上初中了。”

提起自己的女儿，阿姨脸上多了一抹充满母爱的笑。

舒梨忽然想起在拘留所的舒连漪。

她跟别人提起女儿，会笑吗？

不，她不会。

因为她根本就不会向别人提起她的女儿。

有了这个阿姨在家，听她东南西北地说一通，一天的时间过得倒是很快。

天黑的时候，阿姨做好了晚饭，交代着碗留着明早给她洗，就收拾东西走了。

家政阿姨刚走不久，边寂就回来了。

舒梨早就饿了，坐在餐桌前等着吃饭。

见边寂回来，她催促着：“快点，就等你了。”

房子里亮着明亮的灯，恍如白昼。

餐厅有饭菜的香，还有等着的人。

像极了一个家。

边寂随手将西服脱下，放置到沙发靠背上，然后朝舒梨这边走过来。

他眸子黑沉沉的，带了些工作结束的疲惫。

舒梨本来想问沛沛回学校了没有，可是红唇刚启，就被边寂捧住脸。

突如其来的一个吻，舒梨都愣到了。

他的衬衣上有干净凛冽的味道，金丝边的眼镜碰到她的脸，有些冰有些硌。

可这并不妨碍他柔软扫过她唇齿，带走她的呼吸和神思。

舒梨愣滞着眨眼，望着缓缓退开的边寂，问：“你干吗呢？”

边寂嘴角微扬，轻笑一声：“你说呢？”

说着他还要再凑过来吻，但是被舒梨躲开了。

“快点，吃饭。”

再不吃饭亲个没完，那估计这顿饭就要从晚饭变成夜宵。

舒梨已经饿了，在阿姨做饭的时候她就眼巴巴地等着了。

她才不能自己饿死，边寂“吃饱”。

“好，吃饭。”边寂妥协地应，薄薄的唇半扬着，走至舒梨对面，拉开椅子坐下。

“今天都在家？”他拿起桌上空碗舀汤，问。

舒梨轻哼一声：“不然呢，您还允许我出门吗？”

边寂转眸看她，笑了笑。

“我没有不允许。”

“那好，我明天要出去。”

“去哪儿？”

舒梨拿起筷子说：“我想去找个人。”

“什么人？”

“那晚报警的人。”

两人目光无意识碰上。

稍微停顿一会儿后，边寂说：“是个女学生。”

舒梨有点意外，一是因为边寂知道，二是因为自己没猜错。

“她也在画室学画画吧。”

应该是那个在门口用古怪的眼神盯了舒梨很久的女孩。

舒梨的直觉就是她。

在边寂没说之前，她就已经在猜了。

边寂视线沉沉，问舒梨：“是。但是你找她做什么？”

舒梨犹豫一下：“我也不知道，反正就想找她。”

也许是今天听了阿姨说的，在那个画室学画画的女孩子家庭条件都不是很好，因为这样，才会被张建合一而再再而三地占便宜。

她们是要艺考的，没了这个学费低廉的老师，可能很难再去找一个这样的地方学习。要鼓起勇气报警，亲手摧毁这个学习的机会，需要很大的勇气。

舒梨很想见见她。

思考须臾过后，边寂问：“你知道怎么找她吗？”

舒梨摇头。

边寂笑了声：“周末我陪你去，我能帮你找到。但是，你得先答应我一件事。”

舒梨在心底“嘁”一声，这男人怎么就这么喜欢谈条件。

“说。”

边寂静静看着眼前的人，嘴角落下个深几度的弧度：“晚上一起睡觉。”

怕舒梨没理解对，他还特意加一句：“只是睡觉。”

只是睡觉?

舒梨才不信边寂真能做到，直接拒绝：“换个要求，这个不行。”

“怎么不行？”

舒梨皱起眉头。

这男人怎么回事，怎么就这么多问题。

边寂倒是很有求知欲一般，目光定定地落在舒梨脸上，似笑非笑，好似一定要一个答案。

“你在我身边我睡不着，我从来都是一个人睡的。”

边寂微微抿唇：“可是你昨晚不是睡得很沉？”

昨晚……

舒梨现在才确认，昨晚不是她在做梦。

“昨晚不一样。”

“哪里不一样？”

——因为昨晚吃了药。

舒梨话到了嘴边，可是最后还是没有说出口。

她不愿说。

在边寂面前承认自己是个病人，其实对于现在的她来说还是做不到。

她给她和边寂之间划的那条界线，还存在。

而且，她也没有完完全全地打开自己的心，她和边寂的关系还没近到可以相互交心的程度。

舒梨不甚明显地转了话题：“你为什么总想和我一起睡觉？”

“天冷了，两个人一起睡比较暖和。”

边寂好似没在开玩笑，神情正经认真。

舒梨在短暂的无语过后，用很真诚的眼神看着他：“开空调吧，电费我出。”

边寂：“……”

没有沛沛在家，边寂有些肆无忌惮。

才吃过晚饭，他就已经带着自己的枕头睡在了舒梨的床上。

舒梨洗完澡回来才发现。

边寂的睡衣都是很舒适的棉类，灰蓝色开襟，纽扣一个一个地系好。

他好像格外喜欢灰蓝这一类的颜色，舒梨见他穿过的衣服，都是差不多的相近色。

他靠在舒梨床头看平板，肩膀宽阔，衣领翻折处形成一个V形弧度，恰恰好露出他平直的锁骨。

灯光之下，他的脸部轮廓尤为立体。

舒梨停在门口，看着他，差一点就要被他这斯文败类的模样给欺骗了。

“出去。”她直接赶人。

边寂不为所动，只轻轻抬眸看一眼刚洗完澡的她。

视线从她身上那件吊带真丝睡衣上扫过，纤细的手臂和腿就这样露在外面。

往上看，头发丝儿还挂着水珠。

他掀开被子一角，对着她说：“穿太少了，进来睡吧。”

舒梨一眨不眨地看着边寂，停顿须臾，转头走人：“你睡这儿吧，我换个地方睡。”

这么大的房子，她就不信她还没地方睡。

可是舒梨也就才往外走了那么几小步，就突然双脚一悬空——被身后跟过来的男人给抱着腰，直接提了起来。

“你，你干吗？边寂，你放开我——”

边寂肯定不回答舒梨，把人放到床上后，就直接关了灯，然后自己也掀开被子躺了进去，再是手臂一伸，将舒梨牢牢桎梏在自己怀里。

舒梨挣扎了几下，没用，她的力气完全挣脱不开边寂的怀抱。

“我说了，你在我旁边我睡不着。”

边寂不知何时已经摘下眼镜，此刻正垂着眸，静静看着舒梨。他勾唇一笑：“睡久了总会习惯。”

“不想习惯，习惯最难改。”

又不是睡一辈子。

舒梨嘀咕一声，最后还是放弃抵抗。

反正抵抗也没用。

不知道是不是所有男人的身体都这么暖，舒梨被边寂这么一抱，觉得他像冬日里的暖炉，把她也给温暖了。

“现在天冷，以后别再穿这么少。”边寂沉稳磁性的嗓音就落在舒梨头顶。

舒梨僵着没动，只哼哼一声：“不用你管。”

边寂好似是笑了。

舒梨看不到，但是能恍惚听到他低哑的笑声。

“睡吧。”他说。

舒梨还有点儿生他的气，不想搭理他。

两人以这样的姿势僵持好久，很奇怪的是，他们都渐渐放松下来。

彼此的呼吸很近，几乎在交错。

他们第一次这么平静地躺在一块，缓缓进入梦乡。

黑夜之中，悄然靠近的是他们彼此。

缓慢地，一点一点地，朝着对方靠近。

几天后，周末。

舒梨终于等到边寂兑现承诺，带她去见那个报警的女孩。

边寂说，那女孩是三中高三的学生，是艺考生。她家里条件不是很好：爸爸早年做工发生意外，瘫痪在床；妈妈身体不好，干不了活；哥哥几年前就辍学，打工赚钱养家。

边寂还说，女孩的名字叫虞茵。

边寂总有很多方法知道很多事，舒梨没有细问他到底是怎么知道的。

在去老城区的路上，舒梨看着车窗外越来越旧的建筑物，突发奇想地问："你什么时候离开这儿的？"

开车的边寂听明白她的问题，眸子稍微暗了暗，而后淡声说："四年前。"

"那也很久了。"

"不久。"

比五年短。

"找到正式工作后，我就带沛沛搬了家。"边寂语调平静地说着，眼眸沉沉的，似乎是回忆起了过去的一些事。

"你的亲戚，还住在那儿吗？"

"生意不景气，很早就搬了。"

"去了哪儿？"

边寂倏地转眸看舒梨，似是在疑惑她今天怎么会想到问这些。

"很关心吗？"他问。

舒梨也忽然发觉自己好像问得太多。她故意"嘁"一声，回："不关心，随便问问。"

然后她想到什么，又笑了笑说："哎，你不知道吧，当年我见过你那位表婶。我还帮你还了你欠她的几百块钱呢。"

握方向盘的手指稍微僵硬，边寂眉心微拢，似乎从来不知道有这件事。

舒梨见过表婶，他知道的。表婶后来有碎碎念，提起过舒梨。

但是还钱的事，他根本不知道。

"你帮我还了钱？"

面对边寂突然认真的表情，舒梨反而悠闲地晃了晃裙下的腿，笑着看他："看来你不知道呀。"

"你要是知道，会不会觉得欠我，要再还我？"

没等边寂回答，她又说："不过那时你也没机会了，我都出国了。"语气之中暗暗藏着她自己都未发觉的可惜和怅然。

五年前短暂相逢，却成了心口的一道疤。

早以为不痛不痒没有感觉，但其实，还是会隐隐作痛。

舒梨继而转头看车窗外，那些不熟悉的风景一一掠过眼前，她安静着，没有再跟边寂说话。

边寂也在沉默。

他们的沉默是不一样的，可又好像都是一样的。

都是在为那些过去的、无迹可寻的，又因命运的安排而逐渐清晰的事而陷入沉默。

没多久，车在老城区的巷道前停下。

虞茵的家在巷子最深处，车开不进去。

舒梨跟着边寂下车，往巷子里面走。

有些年岁的砖墙已经划出一道道蜿蜒裂痕，不知名的杂草在墙底边缘丛生。

一间一间砖房，灰尘和蜘蛛网都能瞧得见踪迹。

舒梨跟在边寂身后，发觉他的步伐很有方向性，似乎不用找，就知道要去的目的地在哪儿。

"你知道她家怎么走？"舒梨跟上一步，走在边寂身侧，好奇地问。

边寂似乎还陷在适才的情绪里，显得有些心不在焉。他只轻轻应一声，算作回答。

舒梨不知道他在想什么，觉得他奇奇怪怪。

几步之后，边寂停住脚步。

前方尽头，一间二层水泥民房，简陋，但新。

看起来才刚盖不久。

房前有个小院子，天气好，院子里在晒红薯片。橙黄橙黄的红薯片，似乎是这个灰沉沉的院子里唯一的色彩。

"她就住这儿。"边寂半阖着眸看舒梨，终于对她有了一丝微笑，"今天学校没上课，她应该在家。"

"你怎么都知道？"

舒梨终究是按捺不住问边寂，她真的疑惑，为什么边寂什么都知道。

边寂眸色深幽，没有回答，只说："走吧，去敲门。"

而这时候，大约是房子里的人听见外面有声响，好奇过来开门。

十八岁的女孩有些瘦，放假在家，身上还是穿着校服。

这一次再见面，她眼里有满满的错愕和怔愣。

而舒梨，也没再见到她那古怪打量的眼神。

两人相视很久。

最后还是女孩怯生生地从房子里走出来，走到他们面前。

然后她陌生又熟悉地冲边寂小声喊了一句："边寂哥哥。"

边寂和虞茵认识，舒梨完全不知道。

边寂和虞茵的哥哥是朋友。

以前在同一个地方打工，他是假期兼职，虞茵哥哥是长工。

后来虞茵哥哥去了外地，他也搬离了这边，几乎没有再回来过。

这是虞茵邀请他们进门然后去倒水的时候，边寂跟舒梨说的。

新盖的水泥坯房没有任何装修，也没刷上白漆，比起院子里暖烘烘的秋日阳光，房子里显得阴凉许多。

家里还算整洁干净，摆了张小矮木桌，旁边有几张木椅。

舒梨和边寂在木椅上坐下，皱了皱秀气的眉，问边寂："你为什么不早跟我说？"

边寂薄唇微扬，淡声道："现在不是说了吗？"

这能一样吗？

舒梨觉得自己好像上当了。

怪不得他说他能帮她找到人，原来他本来就认识。

更过分的是，他还不告诉她，以此威胁她跟他一起睡觉。

狗男人，心机真深。

似乎是看出舒梨在想什么，边寂凝眸看着她，缓缓抿起唇。

等虞茵端着两杯刚泡好的茶过来时，他收回视线，敛去眼底的淡淡笑意。

他问虞茵："叔叔阿姨不在家吗？"

"我妈推我爸出去晒太阳，可能是去哪个邻居家遛弯了。"虞茵的声音始终带着点怯，悄悄看一眼边寂身边的舒梨，似乎是想起一些不好的事，她低下头，没有正对他们的目光。

"这个姐姐要见你。"边寂冲虞茵微微笑了笑，转而看向舒梨，静候下文似的。

他也好奇舒梨想见虞茵的原因。

虞茵没有抬头看舒梨。

那些不好的记忆一直在她脑海里，她先主动说："我……我不知道你们认识。"

如果知道，或许在见到舒梨的时候，她就会告诉舒梨，赶紧走，不要留在那儿。

"那天是你报的警？"舒梨问。

虞茵的小身板僵了一下，随后点头。

舒梨冲她真诚一笑："谢谢你。"

虞茵恍惚般地抬头，眼眸闪烁几下，说："不用谢我，我不是帮你。"

"也对，你帮的其实是你自己。"舒梨笑笑，"但是无论如何，我还是得谢谢你。"

虞茵没再说话。

气氛稍微停滞了那么一小会儿后，舒梨问虞茵："其实我很好奇，为什么那个老师教你画画的时候一直占你便宜，你都不反抗？”

虞茵低垂着眸，不知在看地上的什么。

她觉得难堪，觉得无力：“我怎么反抗呢。”

“他不收我学费，让我免费学，如果我反抗了，我会失去这个机会。”

说到这儿，虞茵突然笑了一下，抬眸看向舒梨。

“姐姐，其实我一点都不希望你对我说谢谢，我也没有在帮自己。因为画室没了，老师坐牢了，我也不能再继续学习参加艺考了。”

“你可以去别的地方找别的老师。”

虞茵无奈地笑：“如果其他地方的学费能像张老师那里那么便宜，那就不会有今天发生的事了。”

像虞茵这样的家庭，这样的出身，要学美术走艺考，真的很难。

因为这是一条需要砸很多钱的路。

张建合给了她们一个机会，她们会抓住，所以甘愿被骚扰。

可是虞茵最后选择报警，还是因为心底那一点善良和良知。

她知道那晚的舒梨会经受什么。

她不忍心，也无法坐视不管。

长久的沉默过后，舒梨说：“如果你愿意，我可以教你。”

这就是她今天来见虞茵的目的。

在回去的路上，边寂时不时地把目光扫向舒梨。

她坐在副驾座上，低头刷着手机，异常安静。

舒梨不是个爱玩手机的人。

所以边寂觉得，她其实是在想事情。

在等红灯的时候，他偏头看她，问：“真的打算每天晚上过来教虞茵吗？”

舒梨的目光微不可察地一顿，然后抬头冲边寂笑：“说话当然算数，怎么都不能骗小孩，对吧？”

“你考虑清楚了？”边寂神色认真，轻拢着眉，“这不是一时兴起的事。”

“你觉得我是在觉得好玩吗？”

舒梨也忽然变得认真。

她收起手机，换了个姿势坐好，直直对上边寂的眼眸：“我知道轻重，也知道对于一个想考艺考的学生来说这有多重要。你是担心我会中途放弃而耽误她吗？还是你觉得我会给她一个希望又让她失望？”

好似要吵起来了。

边寂能嗅到舒梨语气里的火气。他摇摇头，说：“我没这样想。”

“我觉得你就是这样想。”也不知是戳到哪一处，舒梨忽然变得有些激动，情绪化起来。

“在你眼里，我就是这样一个人。”

就像以前。

以前她想对他好，想方设法，却总被他误解，被推更远。

确实，她不懂得如何去对一个人好，更不懂如何去爱人。

反正她的付出，没人能看到，没人能理解。

觉察到舒梨的异样，边寂不由得抬起放在方向盘上的手，想去触碰她。

可手指稍一碰上她的脸，就被她转头躲掉。

看起来是真的不高兴了。

后面传来一阵急促的喇叭声，抬头看，已经是绿灯。

边寂只好坐好，先将车开走。等开到路旁，他停下，侧头看着舒梨。

两人就这样坐着，边寂没说话，舒梨也没说话。

在突然到来的沉默中，舒梨意识到自己刚刚没控制好情绪。

可是她也不知道自己刚才是怎么回事。

顺顺心神，舒梨伸手，向边寂摊开掌心："烟。"似是不情愿地加一句，"我忘带了。"

边寂没给她拿烟，而是将自己的手，放在了她掌心，然后十指收拢，将她小小的手包裹在自己手心里。

舒梨倏地一愣，下意识地想抽回自己的手，却已太迟。

边寂已经牢牢握住。

这是边寂第一次握她的手。

舒梨不解地抬眸，与边寂对视着。

边寂却是在冗长的沉默过后，低着声说了句："你很善良。"

舒梨忽然半愣住神，好似这几个字，在最不经意的时候戳到了她最为致命的地方。

从来没人这么说过她。

别人对她的形容是什么呢，大多是些古怪、娇纵、蛮横、无理这样的不好的词汇。

她在外人眼里就是这样子的。

从小到大，她也一直这样保护着自己。

她就像只刺猬，浑身长满刺。

譬如此刻，她也习惯性地竖起全身的刺，盯着边寂的脸，捉摸不透情绪。她笑一声："哪里看出我善良，我一点都不善良。"

边寂没有立即回答，只敛着眸看她被自己握住的手，小小的手掌，五指纤细。

好久，他才松开，嗓音暗哑："一直都很善良。"

无论是五年前，还是五年后。

在片刻的滞愣后，舒梨收回自己的手，防备性地往靠近车门的那一端坐。

她有些害怕，害怕被边寂看穿。

更让她感到害怕的是，其实边寂早已将她看穿。

一两分钟后，边寂收敛好情绪，又恢复平时惯有的清冷表情，对舒梨说：“以后你过来，晚上我接你回去。”

刚才的那个话题好似就这么过去了。

舒梨也转换情绪，应着：“你爱来就来，我又拦不住。”

“如果我加班来晚了，你多等我一会儿，不要自己坐车走。去虞茵家的时候，直接打车去，会比较方便。还有……”

边寂似是已经思考过，他问舒梨：“你想不想自己开个画室？”

安静片刻，舒梨忽而笑出声，小小的梨涡藏在笑靥里。

“我要是想，那你是准备给我开个画室吗？”

舒梨明显是在开玩笑，但边寂是认真的。

他微微颔首，定眸看着舒梨：“只要你想要的，我都可以给你。”

舒梨脸上的笑意僵了僵，收起笑容，她说：“不用了。如果我想开画室，我会自己开，不需要你帮我。”

“我想靠自己，不想靠任何人。”

边寂看她许久，没再说什么。

他看得出来，她不想欠他。

其实，舒梨也倔。

她的脾气里，有一股小小的倔，不恼人，叫他心甘情愿妥协。

车子重新发动，边寂带舒梨去附近商场的文化用品店，准备买一些画具。

虽然在国外的几年只是学画画混日子，但舒梨还是专业的美术生，挑画具的时候很认真。

边寂很少见她这么认真的时候。

他觉得自己对她的了解真的很少。

可是没关系，对于她，他所不知道的那部分，可以用后面的漫长时光来慢慢了解。

手机响了，边寂看一眼手机屏幕，没有打扰在挑画具的舒梨，自己走到外面去接。

是江清松的电话。

几分钟之后，边寂回来，舒梨已经结好了账。

他帮她提走手上的袋子，询问：“怎么不等我？”

舒梨不以为意，嘴角勾起个俏丽的弧度：“我还没穷到这点东西都买不起。”

然后她又问：“刚刚什么电话，你要去忙工作吗？”

舒梨的本意是，如果边寂要去忙工作，或许她可以自己回去，在回去前，也能自己去外面走一走。

但边寂明显误会了她的意思。

“没有工作要忙，不用担心。”

舒梨：“……”

担心个鬼。

边寂微微一笑，似乎刚才是故意那么说。

他空出只手，撩过黏在舒梨脖颈处的发丝，问她："晚上有个晚宴，跟我一起去吗？"

晚宴？

那肯定不去。

舒梨对这种活动并无兴趣，而且她右手还包着纱布，去那种光鲜亮丽的场合不合适。

所以她拒绝得很干脆："我要回家睡觉，你自己去吧。"

边寂并没强迫的意思，就着刚才碰她脖颈发丝的姿势，近距离看着她。

白皙的脸和卷翘的睫毛，近在咫尺。

他忽然也不想去了。

"晚上是业内人士的一个晚宴，董事长要求我陪同，推不掉。"边寂主动说，似是在解释，也好似有些过意不去，"晚上你要一个人吃饭了，我先送你回家。"

"不用送我，你自己忙你的。"舒梨又是很干脆地拒绝，好像巴不得边寂赶紧走一样。

边寂轻蹙眉头，最后什么都没说，坚持先送舒梨回家。

舒梨拗不过他。

回去的路上，天边的晚霞又红灿灿地往整片天空蔓延，大地都被覆盖上了一层红。

车里很安静。

边寂开车好像都不喜欢听歌听广播，他开车就专心开车，不会分神去做别的事。

但是舒梨觉得很无聊，毕竟需要二十多分钟的车程。

于是她随口跟边寂聊了几句。

"你董事长很看重你吗，还点名要你陪他去应酬？"

边寂注意着前方路况，现在是周末提早到来的晚高峰，马路上的车辆特别多，人行道两侧等待绿灯过马路的行人也很多。

听到舒梨的问题，他大概想了一下，说："还好。"

舒梨的手指拨弄着右手纱布上多出来的小线条，笑了笑："不是'还好'吧，应该是特别器重，不然怎么还给你送房子呢。"

边寂开车途中侧眸看一下她，眸里闪过疑惑。

没等边寂开口问，舒梨就先给了解释："是爱慕你的江小姐来你家的时候说的。"

"房子算是去年的奖金。观澜花园是华伦名下的产业之一，分一套房子并不奇怪。"边寂说。

"我又没说你奇怪，这是你该拿的。不过你老板看重你也是真的。"

舒梨说着，眼眸一转，似是又想到什么。
她笑吟吟地看边寂认真开车的侧脸，问:“你说，江小姐对你有意思，她是你老板的女儿，你老板又看中你……你的老板会不会要你当他女婿啊？”
边寂的眉头骤然深皱。
他的视线移到舒梨脸上，舒梨眨着眼看他，她唇边漫不经心的笑叫他心口闷了几分。
她看着就真的是毫不在意，甚至只是拿这件事打趣一样。
“舒梨。”边寂沉着嗓开口，下颌微微绷着，“以后不要再开这样的玩笑。”
看着他突然严肃的样子，舒梨撇撇嘴，嘟囔一声：“不说就不说。”
她都不知道她戳到他哪个点了。
说变脸就变脸。

话题就此打断，舒梨也不想跟边寂说话了，把车内的电台打开，听听电台播报最新的路况打发时间。
男女主播相互聊着最近的新闻，偶尔读读热心听众的短信，告诉大家现在哪条路最堵。
安静的车内有了他们的声音，好像一下子不安静了。
边寂看了舒梨好多次，最后自己先打破僵局：“什么时候去医院换药？”
舒梨下意识看看自己的右手，回答道：“过些天吧。”
“我陪你去。”
“不用了，你要工作。”
“下周沛沛放假，可以让她陪你。”
“知道了。”
舒梨应着，故意提一句：“你妹妹比你可爱多了。”
边寂：“？”
舒梨又不想搭理他了，拿出手机。
本来为了不让边寂找到自己，她特意换了新的手机卡。被找到后，新的手机卡也没必要了，她就又换回了原来的那张卡。
其实舒梨的世界很小，高中群大学群都没有，一毕业就退群了。
微信界面是少数几个联系人，与她联系最频繁的是周洛南。
不过周洛南也很久没给她发过消息了。
舒梨觉得这样挺好，这说明周洛南有了自己的生活，她不会再耽误他。
朋友圈也没多少人，稍微刷一刷，就到了头。
不过恰好，刷完朋友圈的时候，便到观澜花园了。
车在停车场停下，舒梨准备收起手机下车，手机却忽然被边寂拿走。
“你干吗？”

边寂没应，按了几下后，把手机还给舒梨。

舒梨拿过来一看，没什么变化。

但是当边寂拿出自己的手机后，她的微信界面就突然多出一栏。

——我通过了你的朋友验证请求，现在我们可以开始聊天了。

舒梨：“……”

“以后也可以微信联系我。”边寂若无其事地说。

“不想联系你，现在就把你删了。”

“你刚加了我，就删了我，未免也太快了。”

舒梨哼唧一声：“明明是你拿我手机加的。”

边寂被她惹笑。

不过舒梨拿回手机也没继续做别的，直接黑屏待机收起来，没有真的要去删掉边寂。

女人嘛，也可以口是心非。

晚宴在晚上八点开始。

时间还早。

边寂送舒梨回到家，先给她煮了一点吃的，然后才去换衣服。

舒梨坐在餐桌前吃着边寂给她煮的面，勉为其难在心里夸赞他一句，面条煮得还不错，不软不硬，恰恰好。

抬头，恰好看到换好衣服的边寂。

嗯，模样也不错。

边寂皮相生得好，身材挺拔，很适合穿西服。

他西装革履地往这儿一站，肩宽腰窄，双腿修长，还挺惹人注目。

怪不得会被江小姐爱慕。

舒梨默默吃着面，看着边寂整理袖口，在心里夸赞完他，又默默吐槽一句：斯文败类。

边寂不知道舒梨在骂他。

简单整理好衣服，他走到餐桌前，对舒梨说：“我走了。”

舒梨连“知道了”几个字都不想说，只摆摆手，让他赶紧走。

边寂倒是顿步好一会儿，才从容不迫地轻扯嘴角：“好好在家，等我回来。”

“等你回来我就不在了。”

舒梨故意跟边寂对着干。

流露出来的小俏皮，叫边寂微微笑了：“我相信你不会。”

嘁，哪来的自信。

舒梨不搭理他了。

等边寂出门，舒梨吃完面，简单用水冲了一下碗，就去浴室放洗澡水。

她的右手不能碰水，不能淋浴，但是在浴缸里泡澡还是可以。

边寂不在，舒梨舒舒服服泡完澡，换了衣服，享受一个人的夜晚。

本想着自己终于可以一个人睡了，可是不知道为什么，她却突然睡不着了。

好像……少了个暖被窝的人。

习惯果然是可怕的东西，就这么几天，舒梨已经开始习惯身旁多一个人睡觉。

而且她还能睡得很好，不需要吃药就能睡得深。

现在的边寂在干什么呢，也许在陪着他未来老丈人喝酒应酬吧。

说不定那位江小姐也在，一家三口其乐融融。

想到这儿，舒梨忽然觉得心口有些不顺，需要抽根烟将这些奇怪的情绪排解掉。

等靠在阳台抽完一根烟后，密码锁发出“嘀嘀”两声。

边寂回来了。

比预料的早很多。

玄关的灯被打开，亮色之下，男人扯下锁骨处的领带微微松散，使他看上去多了一抹随意的疲态。

他抬头，目光停顿，似乎也是有点意外。

舒梨没睡，正站在前方。她头发披散在纤薄的肩上，吊带睡衣外面披了一件单薄的针织开衫。

夜色微凉，两人就这样隔着一段距离对视着，在相近的意外情绪消散后，他先走向她。

手掌覆在她腰窝的位置，他低着头，唇瓣贴近她额头，气息里有香甜的红酒香。

边寂喝酒了。

舒梨这时才有所发觉。

本来被他这样搂抱着还有些抗拒，但想想也就算了。

“怎么回来这么早，我以为你要半夜才回来。”

边寂半阖着眼眸，视线只在怀里人的脸上，呼气吐气间，尽是撩人又性感的醉意。

他微微勾唇，低着嗓说：“听到一个消息，想回来跟你说。”

“什么？”

舒梨被勾起好奇心，可等了半晌，边寂都没说下文。

她怀疑他就是醉了，在说胡话。

“你这是喝了多少？”

舒梨似是无奈，想推开他，去给他倒杯水，但还没推开，就被他搂得更紧。

彼此呼吸交缠，舒梨似乎也觉得自己要醉了。

尤其是当边寂用手指轻勾她下巴，极具技巧地将她唇吻住的时候，这好像比自己喝酒还要醉人。

黑夜之中情潮翻涌，一波接一波，浪潮不歇。

舒梨忘了去问边寂，他到底听到一个什么好消息，以至于今天这么早回来。

她也没心思去顾这些无关紧要的事了。

因为边寂早就剥夺走了她所有的心神。

这个世界忽然变得暧昧浪漫，朦胧不清。酒精的发酵，让边寂整个人都温柔了起来。

连带着舒梨，意识恍惚地陷落进这不真切的温柔里。

舒梨总以为边寂是醉了，可是最后在浪潮停下的时候，他却意识清醒地咬她耳朵，对她说："江薏要结婚了，不是跟我。"

像小孩子在幼稚地炫耀。

已经被折腾得只能张着嘴巴喘气的舒梨却花了好久才听明白边寂说的这句话。

她忽然想笑他傻，完全无法理解江薏结婚，他高兴些什么。

想到今天在车上的对话，舒梨忽然又好像懂了他为什么这么说。

或许……

他只是想给她一个答案。

这个答案就是，他不会跟别人结婚。

舒梨相信自己肯定是醉了，不然怎么会这么牵强地将这两者联系在一起。

她忽然不愿相信自己的直觉，因为她已经开始在想她和边寂的以后。

他们会有以后吗？

舒梨一遍又一遍地告诉自己，她不会一辈子依靠边寂，她会有离开这里、独立生活的那一天，所以千万不要留恋此刻的边寂。

可是怎么办，此时此刻，她已经开始留恋起他，哪怕他就在自己身边。

舒梨最近在算一笔账。

假如真的要开一家画室，得花多少钱。

房租、画具，还有招生广告，都是需要花钱的地方。

她算了算自己剩下的钱，加上卖掉首饰和衣服的收入，金额也就小几万。

这是她全部的财产，但是全部拿出来，可能还是不够。

学美术很费钱的。

以前的舒梨并没这个意识，舒连漪给她找最好的老师，大把大把地往里砸钱，她完全没任何感觉。

或许是，以前的她，对花钱几乎没多少概念。

开画室还需要正规资质，要办很多手续。

碍于这两方面，开画室这个计划暂时搁置了。

还是先找份工作吧，先赚钱，后面的事以后再说。

但是右手的伤，现在成了舒梨的大问题。

好在，这周末就要去医院复查。

周五晚上，沛沛放假。

一个月放一次假，这次能休息两天，而且作业还不多。

沛沛心情特别好，在边寂来接她的时候，她特意让边寂绕道去了家拼图店，买了一盒大拼图。

天色渐暗，车流不息。

红灯亮起，黑色卡宴随着车流缓缓停下等待。

边寂抽空从后视镜瞥了眼后座上摆着的大拼图，盒子就有沛沛半个人高了。

他仍是不解，问沛沛："怎么突然想买拼图了？"

"放假在家也无聊嘛。"

"不用做作业？"

"这周老师特别好，没留多少作业，我一会儿就能写完。"

边寂看着沛沛，蓦地勾唇笑笑，目光柔和。

红灯转成绿灯，边寂开车，跟着前方车流不紧不慢地前进着。

快到家了，沛沛按捺了一路的八卦之魂终于还是熊熊燃烧，她问边寂："哥，嫂子还在家吗？"

边寂打着方向盘，反问："怎么？"

"嘿嘿，我就是在想，嫂子在家，那我这几天放假，会不会打扰到你们。"

边寂眉头一皱，侧眼看沛沛："小小年纪都在想些什么？"

沛沛嘟嘟嘴巴，嘀咕着："我这不是怕再遇上上回厨房的事嘛……"

边寂不经意轻轻咳一声。

沛沛马上笑开："哥，你放心，我绝对不打扰你们的二人世界！"

沛沛说不打扰边寂和舒梨的二人世界，但是等回到家之后，边寂反而成了个多余的。

因为沛沛带回来的拼图，舒梨很感兴趣。

吃过晚饭，舒梨就和沛沛一起在客厅把拼图拆了，然后开始合作，一起拼。

专心致志到三小时过去了，都不觉得累。

边寂在书房忙完工作，走出来，在她们身边经过好几次，她们都毫无反应——

噢，不，有反应的。

在边寂给她们端来果汁的时候，坐在客厅毛毯上的舒梨忽然抓住他的脚踝。

"别动，你要踩到我拼图了。"

边寂："……"

指针缓慢指向十二点。

坐沙发看了她们半天的边寂终于忍不住，要赶沛沛回去睡觉。

"沛沛，你还在长身体，不要熬夜。"

拼图已经完成了大半，沛沛毫无睡意，在一堆碎拼图中找寻自己想要的那块，随口回着边寂："哥，你年纪大了不要熬夜，你困了就去睡吧，我还不困。"

"十二点了。"

"没关系啊，明天不用早起，我可以睡懒觉。"

"……"

边寂惆怅地捏捏眉心，转而对舒梨说："你明早要去医院。"

舒梨不以为意，找到一块拼图递给沛沛，两人合作无间。

"可以迟一点，只是复查而已。"

边寂："……"

而这时，沛沛忽然一个激灵，眨眨眼。

啊，十二点了。

她忙从舒梨手里把拼图拿走，小心地摸摸她右手手背的纱布，笑嘻嘻道："姐姐，你要去医院，还是跟我哥早点去睡觉吧。"说完，直接把舒梨扶起来，推到边寂身边，然后冲边寂送去一个小眼神，贼兮兮的。

边寂适时伸手扶住被推过来的舒梨，本来只是轻轻一扶，但很快，他就使了巧劲，桎梏住了她的腰，随后慢条斯理地站起来，温热的呼吸随着弯腰的动作洒在她耳侧。

"睡觉。"

舒梨皱皱眉头，她是真的不困，但想到现在确实晚了，沛沛还小，得早点睡。

于是她妥协，对沛沛说："你早点去睡觉。"

沛沛如捣蒜般点头："嗯嗯嗯，我一会儿就睡了，你们先去。"

边寂不是很相信沛沛，再叮嘱一声："早点睡。"

"知道啦。"沛沛冲他们摆手，蹲下来收拾拼图。

看起来是真的准备去睡了。

但是等舒梨和边寂一转头，她就马上摘下了两只耳朵里的助听器。

世界忽然变得无比安静，任何声响都听不到。

短暂的不适应之后，她又开始继续拼拼图。

她想，这样她就不会打扰到哥哥嫂子了。

反正她什么都听不到。

碍于沛沛在家，边寂还是收敛了一点，跟舒梨分开睡。

舒梨和沛沛都是日上三竿的时候醒的。

这时候，边寂早就已经去了华伦。

吃过保姆做的早午饭，沛沛陪舒梨去医院复查，换了手上的纱布。

伤势恢复得不错，简单的抓握都已经可以做。

本来就只是外伤没伤到筋骨，皮肉愈合就差不多已经算是恢复。

医生给舒梨重新包扎了手，很薄的一层纱布，没特别的注意事项，只交代注意别碰水防止感染。

从医院出来等公交车的时候，沛沛亲昵地挽着舒梨的手臂，商量着要去哪儿吃午饭。

“姐姐，你喜欢吃什么呀，我们一起吃完饭，然后去看电影好不好？”

舒梨从来没有跟女孩子这样相处过，除了周洛南，她没有其他的朋友。

原来女孩是这样软软的、甜甜的。

在一起的时候，好像一下子就不孤单了。

看沛沛在笑，舒梨也跟着笑，点着头：“好啊，先吃饭，再去看电影。”

电影买的是下午三点的票，沛沛想看的漫威大片只有那个场次有座。

时间还早，舒梨和沛沛吃完饭，就在商场闲逛。

边寂的电话在这时候打过来。

他打给沛沛，问：“吃过饭了？”

“刚吃过，我们还打算去看电影呢。”

看电影。

在办公室的边寂轻扯一下衬衣领口，意味不明地抿了下唇。

他都还没跟舒梨看过电影。

“哥，你打电话做什么？快点说啦，我们还忙着呢。”

边寂无奈笑笑，说：“有份文件忘在家，本来想叫助理回去取，让你帮忙开下门。”

“什么文件啊，我和姐姐都在外面，要不你跟我说，我们去取了送给你。”

“你们不是准备看电影？”

“距离电影开始还有两个小时，早着呢。”

正好她们也没事做，送个文件跑个腿还是可以的，这里离家也不远。

边寂想想也行。

“你们路上小心点，到楼下了我让助理下去拿。”

沛沛满口应下。

在挂完电话后，边寂重新翻开手边的文件，顺手按了一下桌上的座机，叫梁夏进来。

“大约半小时后，我妹妹会送文件过来，是下午开会要用的资料。你帮忙下去拿一下。”

梁夏点着头："好的。"

停顿一会儿，他说："边总，三十七楼好像在开临时董事会。"

董事会是常有的事，三十七楼是华伦的顶层，董事长办公的地方。

边寂对此并无太多关心，但梁夏特意提，他就觉得梁夏有话要说。

他抬起眼眸，淡淡看向梁夏，问："怎么？"

"我听说，跟舒氏集团的收购案有关。"梁夏压低声音，"国外的江总回来了。"

边寂的眸色略一沉顿。

华伦在国外有分部，与国内的业务并无相关来往，所以边寂与那边没多少接触。

但是梁夏口中的"江总"，边寂还是略知一二的。

他是江清松的兄长，一直在国外。

国内华伦总部的股权，他比江清松多 5%，但是从来不管国内的事。

这次突然回来，还是因为舒氏集团的事……

边寂敏锐地觉得不简单，甚至隐隐约约有了不好的预感。

舒梨和沛沛回了观澜花园一趟，取了边寂要用的文件，打车到了华伦总部所在的大厦。

如庞然大物拔地而起的建筑物直立于眼前，通体玻璃反射太阳光线，刺眼又模糊。

梁夏已经在外面等。

沛沛认得他，跑过去给他送文件。

舒梨没有她这么有活力，只能慢半拍地跟在她后面。

大厦门口有保安在两侧站立，这时候自动感应的玻璃门缓缓打开，一个年轻男人推着轮椅走出来。

坐轮椅的男人，身着深灰色大衣，背脊挺拔，薄薄的毯子铺在腿上。

他面庞冷漠，脸色略白，似乎带着些常年的病态。

他冷色调的眸子里没有多少情绪，却在舒梨和沛沛从他身边经过后，瞳孔倏地停顿。

车已经在前面等，但他突然抬手，示意推自己的人停下。

轮椅被缓缓掉转方向，男人鬓角微微泛着白，视线紧紧盯着从眼前一晃而过的舒梨，看清后，眸色震荡。

眼前的女孩，年轻，漂亮，一袭长裙，头发简单绾着。

像极了当年，总跟在他身后喊他"哥哥"的另一个人。

那时候的她，就是这样年轻。

晚霞消散，天地一片银灰。

边寂从公司回家，本以为舒梨和沛沛已经在家里，却没想到家里空荡荡的，一个人影都没有。

打电话给沛沛，沛沛说她们去逛夜市了，让他自己解决晚饭。

“哥，我不跟你说了，我要去排队买烤鱿鱼了！”

电话就这样挂断，没给边寂说一句话的机会。

边寂轻扯嘴角，露出个无奈的笑。

下午看电影，晚上去逛夜市，玩得倒还挺开心。

他倒像是留守儿童，被留下了。

电话再打给舒梨。

舒梨慢吞吞地接起来，边寂说：“跟沛沛别在外面玩到太晚。”

舒梨那边有些吵，像是身在人群之中，四周的喧闹声让她没听清边寂说的话，问了声：“什么？”

“没什么，早点回来。”

“噢，拜拜。”

电话再次被无情挂断。

边寂不禁失笑。

这两人……

能玩到一块也挺好，相互有个伴。

边寂点开微信界面，给舒梨的微信发了条消息：“晚点我去接你们。”

他以为舒梨和沛沛在逛夜市没空回消息，但没过一分钟，舒梨就回复了两个字：“不用。”

然后他又收到一张照片，应该是刚刚抓拍的，沛沛一只手拿着一大把烤鱿鱼，另只手端着杯奶茶，笑得眼睛都看不见了。

舒梨：“你妹妹比你可爱。”

边寂蓦地笑了，动动手指，回：“你也可爱。”

喧哗的夜市街头，天色还没完全暗下来，但是人潮涌动，各个小摊面前挤满了人，好不热闹。

舒梨站在人群中，看着手机上边寂发来的那几个字，轻笑了一声。

他是不是哪根筋搭错了，竟然还学会夸人了。

“姐姐，你在跟谁聊天啊，我哥吗？”

沛沛嘬着奶茶，一脸的小八卦。

舒梨收好手机，点点头：“他说迟一点来接我们。”

“让他别来，来了又得说这不能吃，那不卫生，可烦了。我们可以打车回去。”

看沛沛如此嫌弃边寂，舒梨不由得笑：“你也觉得你哥啰唆啊？”

“对呀。从小我爸爸不在身边，我都是我哥带大的，他有时候较真起来，真的很啰唆。”

舒梨想想，还真是这样。

边寂确实爱较真，还总爱问“为什么”。

以前就总问个没完。

“姐姐，虽然我哥看起来好像很啰唆，其实他一点都不擅长表达自己。他好多事情都放在心里，不爱用嘴巴说。”

沛沛说着，又忽然好奇起来，眨巴着眼睛问舒梨：“姐姐，我哥跟你说过甜言蜜语吗？”

“……”舒梨一怔。

看舒梨的表情，沛沛就知道边寂肯定没说过了。

她在心底叹气，怪不得能让舒梨闹脾气，她哥真是不会谈恋爱。

等待舒梨和沛沛回家的时间里，边寂坐在客厅，把沛沛买回来的拼图打开。

想起沛沛说的买拼图是因为放假在家无聊，现在看来，她早就把拼图给忘得一干二净了。

时间一分一秒过去，落地窗外天色全暗。

边寂抬眸看了眼外面黑透的夜色，拿起茶几上的手机，准备给舒梨和沛沛打个电话，他去接她们回家。

在预备拨号的时候，一个陌生号码先打了进来。

路易区，江公馆。

夜色深沉，树影摇晃。

一早等候在公馆外头的年轻男人，西装革履，恭敬地替边寂引路。

在来这之前，边寂就已经知道是谁要见自己。

进入公馆，一路跟着引路的男人往前走，直到在内室书房见到要见自己的人，边寂都神色平静。

坐在轮椅上的男人已上了年岁，许是身体不好，房内所有的窗户都关上，他的下半身也盖了一条厚毯。

他与边寂视线交汇几秒，开口道：“边先生，请坐。”嗓音沉稳，听着又不像是个久病之人。

“这么晚了，还劳烦你过来一趟，实在是不好意思。”

边寂并未在会客沙发上坐下，他直言道：“江总这么晚见我，肯定不是因为公事。”

“确实。”江竟廷露出赞赏的目光，“国内的业务我从来不插手，我找你，确实不是因为公事。”

江竟廷说着，冲旁边的年轻男人使了个眼色。

替边寂引路的年轻男人是江竟廷的助理，他领会江竟廷的意思，拿起书桌上的信封，打开，取出一张照片，放置在书桌上。

边寂在看到的瞬间，眸色沉下，眉心微拢，不是很明白江竟廷的意思。

照片只是一张监控视频的截图。

从背景看，能看出是华伦总公司的大门口。

上面的人，是梁夏、沛沛和舒梨。

“这个男人是你的助理，这个小一点的女孩是你妹妹，今晚我见你的目的，就是想知道，另外那个女孩是谁。”

江竟廷的语调慢悠悠的，眼神却犀利，直直望着面前的边寂。

边寂沉眸片刻，并未作答。

江竟廷倒是先替他回答了：“舒氏集团的舒总有个女儿，就是她吧？”

边寂沉默，对上江竟廷的目光，却见他垂眸，细细看着照片。

“她们长得很像。”

似是低喃一句。

而后江竟廷又收起表情，问边寂：“她叫什么名字？”

“江总为什么要问这个？”

边寂的防备心很重，突然来个人，拿着监控视频的截图照片问他舒梨是谁，无论这个人是谁，他都满心戒备。

江竟廷轻笑一声，道：“我这次回来，就是为了舒氏集团的事。前阵子我在养病，并不知道国内发生了这么多的事。我已经给舒总找了国内最好的律师，这个案子还没上庭，律师有很多需要做的工作。听说舒总有个女儿，律师可能会联系她。”

江竟廷说得在情在理，但是又不合情理。

边寂不明白，他为什么要帮舒连漪打官司。

权衡之下，他说：“如果律师需要联系她，联系我就好。”

江竟廷抬眸，冷色的眸子暗色沉沉，不知是在想什么。

然后他问：“你们关系匪浅？”

“是。”

边寂答得迅速，没太多思考。

“江总，舒氏集团的案子，如果有转圜的可能固然好。有需要舒总女儿帮忙的地方，麻烦请律师联系我。其他的事，请恕我不能多说。”

江竟廷看出边寂的戒备，敛了眸色，说道：“你不用这么警戒，舒总是我一个旧识，她的女儿按理该喊我一声叔叔，我不会对她怎么样。”

说到这儿，他倒是神色定定地看着边寂：“按理说，你也该喊我一声叔叔。”

边寂倏地僵滞，满眼错愕。

江竟廷不紧不慢道：“看来你的董事长没告诉你，我们和你母亲都是朋友，只是后来长大了，大家选择了不同的道路，没再联系。”

“二十多年没回来，没想到你已经这么大。你母亲要是看到你现在这个模样，估计也会含笑九泉。”

往事一件件，仿若在眼前回放，江竟廷笑了笑，倒是比刚见面前多了分温和。

“你父亲身体还好吧？”

边寂仍处在愣怔之中，眉头深皱着，问：“您也认识我父亲？”

“不算认识，见过几次。你母亲执意嫁给你父亲后，就慢慢和我们断了联系。”

“您和我母亲是什么关系？”

“一起长大的朋友。不只是我，还有你现在的董事长，还有现在在拘留所的舒总。”

这完全超出边寂的认知，他从没想过，他早逝的母亲和这些人统统有关。

“你也不用想太多，清松没告诉你，可能就是怕你有负担。你走到现在这一步，完全是靠你自己。我今天告诉你，也没别的意思，大家都是旧识，按往日情分，也算是半个亲戚。”

边寂尽量稳定心神，神色保持平静，对江竞廷说道：“感谢江总今晚告知我这些。我母亲已经去世很多年了，她的过去我并不知情，她不说，应该就是不愿再提。我爸现在年纪大了，在家乡养老，日子很清静。我们一家都过得很好。”

言外之意就是，他不需要多余的“亲戚”。

他希望他的家人，能一直生活平静，没有波澜。

江竞廷听得懂边寂的言外之意，低声笑了笑：“你跟你母亲还真像。”

跟母亲像吗？

边寂不知道自己到底跟他母亲哪里像。

不过他爸说过，他的性格完完全全是随了妈妈。

离开江公馆，边寂驱车行驶至无人路边，忽然停下车。

他不知道自己那些没缘由的不好的预感究竟是为什么，他总觉得，江竞廷的到来，像平静湖面砸下的一颗石子，必定会泛起涟漪无数。

江竞廷要找舒梨，他为什么要找舒梨？

竟然通过一个小小的监控，就能猜出舒梨是舒连漪的女儿——

他到底是谁？

这些猜不到答案的人和事，仿佛一环扣一环，神秘莫测。

边寂深思过后，疲惫地轻捏眉心，拿起手机给沛沛打电话。

本想去接她和舒梨，但是沛沛说她们已经在回家路上了。

通话结束，边寂掉头，把车往观澜花园的方向开。

等回到家，家里却只有沛沛一个人。

“舒梨呢？”

“嫂子啊，”沛沛坐在客厅的地毯上摆弄拼图，“刚才有个朋友找嫂子，嫂子出去了。”

她抬头，冲边寂歪头一笑：“哥，那个朋友是个很帅的帅哥噢。他们就在对面那家咖啡厅，你现在去还来得及。”

夜半咖啡厅。

咖啡的醇香在空气中飘浮，客人寥寥，不知名的曲子在安静播放。

舒梨坐在靠窗的位置，拿起金属小勺，在咖啡杯里轻轻搅拌。

周洛南就坐在她对面，似是欲言又止。

舒梨放下金属小勺，端起咖啡，抬眸看向周洛南，笑了笑："酝酿了大半天，你就说吧，想跟我说什么？"

"我——"周洛南皱着眉头，终于把话说出来，"我要结婚了。"

端咖啡的手稍稍一顿，舒梨有半刻的诧异，随后就笑开："真的啊，恭喜啊。"

"没什么好恭喜的，老头子为了公司利益，要联姻。我不过是被利用而已。"

周洛南自嘲地轻笑一声，眉眼之间满是无力："假如名正言顺的那位大哥没有成家立业，这种事可能还轮不到我。从我回国之后，他们就开始盘算着联姻的事。"

对于周洛南家里的情况，舒梨多多少少算了解一点，偶尔会听周洛南提起。

周洛南的妈妈是他爸在外面的情人，他是个私生子。

他爸家里的妻子前几年因病去世，他的妈妈这才有机会住到周家，但是依然没有什么名分。

他们家里已经有个儿子，哪哪儿都优秀，几年前就接手了家业。

与这位大哥相比，周洛南真的算不上什么。

在他们家，也默认大哥赚钱，周洛南花钱。只要不插手公司事务，不争夺家产，他爸和他大哥就会一直供着他。

只是现在有了变化。

为了利益，他们又把藏了多年的周洛南推出来，说是一直生活在国外的小儿子。

说来说去，周洛南不过都是他们利益当头的棋子。

舒梨能理解周洛南的心情，她放下咖啡杯，对他说："就算被利用，你也已经接受了，不是吗？"

"接受了吗？"周洛南勾唇，"并没有。"

舒梨的眼眸流露出不明，周洛南却收敛起表情，正色道："我今天过来，是见你最后一面。"

"什么意思？"

"意思就是，我要走了。"

舒梨有些错愕："你要走？"

"对。我不可能接受家里的安排，用一个假的身份去跟一个不喜欢的女人结婚。"

"你真的想清楚了？这不是开玩笑的事。你妈妈知道了会被气死，你这一走，你爸你大哥肯定满世界找你。"

"我不过是棋子，丢了一颗棋子又不会怎么样。他们还能找到下一颗。我妈每天忙着美容购物，根本没心情管我。我走了，她也不用再替我操心。”

周洛南已经想得很清楚，今晚就打算走，只是在临走之前，想再见舒梨一面。

如果说在这里他还有什么放心不下的，那可能就是无依无靠的舒梨了。

“舒梨，你现在过得好吗？”

他停顿一下，知道舒梨不会跟他走，但还是抱有期待地看着她，问：“你要不要跟我一起离开这儿？”

舒梨沉默，眼睫微微垂下，盯着桌上咖啡。

周洛南已经从她这知道了答案，从一开始就知道的答案。

他没太多难过的情绪，笑了一声：“我知道你不会跟我走。你妈还在拘留所，案子还没开庭，而且你——”

身边还有个边寂。

“舒梨，你说我是你唯一的朋友，对我来说，你也是我的朋友。作为朋友，我只希望你能过得好，过得开心。我不知道边寂这个人到底怎么样，说实话，这么些年，我也只见你对他上过心。”

“那年夏天，你让我去帮你买男装，买小女生的裙子，后来你妈找不到你，找到我这儿……那天我见你那样狼狈地从他家出来，我的心很痛。”

“我以为你出国，我陪你，我总能感动你。可是我错了，你的心被他伤了之后就死了，上了层层的锁，谁都打不开。”

“在法国这五年，我给了你陪伴，但是终究没能成为可以陪伴你一辈子的那个人。虽然我不知道我到底比他差在哪儿，可是我认了。只要你过得好，你身边那个人是不是我，我都没关系。”

“你说的是对的，我的世界不该只有你，我也放下了，以后我会去过我自己的生活。你也要好好的，知道吗？”

周洛南说了一长段，每个字都戳在舒梨的心上。

舒梨的脆弱，一时间无法掩藏，眼睫打湿，眼眸泛起水光。

“周洛南，谢谢你陪我五年。我真的很感激你，可是也真的对不起。”

她爱不了他。

真的，她只能把他当好朋友，始终无法产生男女之情。

周洛南冲她笑：“对不起什么，感情这种事，不需要抱歉。做不成恋人，起码我们还是多年的朋友，不是吗？”

舒梨点着头，鼻尖发酸。

她抬头，面对周洛南的笑脸，也忍不住笑了一下，眼泪就这么掉下来了。

“能看到你因为我哭，我还挺开心的。”周洛南抽了张纸巾递过去，“但是以后不要再哭了。谁都不值得你掉眼泪。”

舒梨接过纸巾，轻轻擦掉眼角的湿润。

她问他："你真的想好了吗？现在要走，你要去哪儿，带够钱了吗？"

"这你就不用担心了，没点准备，我怎么会逃婚呢。"

时间已经不早，周洛南不能再耽搁。

他看着舒梨，眼底有不舍，最后还是狠下心，拉开椅子站起来。

"好了，我走了。你保重。"

舒梨也跟着站起来："你要去哪里？"

"不能告诉你。"周洛南面上还是带着笑，"哪有逃跑的人还告诉别人逃跑路线的。"

"逃婚是不道德的事，我没有支持你，但是你决定要走，作为朋友，还是希望你能逃得掉。"

周洛南抬手，隔着桌子的距离，轻拍一下舒梨的头："逃不掉，就被抓回来呗。到时可能就要请你来喝喜酒了。"

逗趣的话语，两人相视而笑。

最后，舒梨送周洛南出咖啡厅。

前方正好缓缓驶过一辆出租车，周洛南伸手拦下，打开后车门的时候，停滞片刻。

他回头，望着站在自己身后的舒梨，一时之间很想拥抱她。

可他还是忍住了。

他也有句话一直想问。

假如刚回国那天，她答应他跟他在一起，他们结婚，那现在所有的一切，是不是就会不一样。

可惜啊，这世上从来没如果。

月老没在他们之间系上姻缘的红线，他们的命运，彼此不相通。

"舒梨，我走了。"

舒梨忍着心头的酸涩，冲他笑笑："走吧，一路平安。"

他点头。

最后一眼，似乎一眼万年。

周洛南坐进出租车，车门"砰"一声关上。

出租车在夜色之中奔驰，留恋的，难舍的，都被丢在了身后。

周洛南此刻要奔赴的，是未知。

他心里挂念不下的人，希望她能好好地留下，拥有她该有的幸福。

他也知道，这些幸福，是他给不了的。

夜色无尽。

舒梨站在咖啡厅门口，看着载着周洛南的出租车消失在马路尽头，一阵风吹过，竟让她的心忽然萧瑟。

近十年的感情，或许很多时候，他们已经超越了男女之情。

舒梨不知道这个朋友会去哪儿，留下的烂摊子要怎么解决，她替他担心。

可她又相信，他要走，必然是胸有成竹。

她微微叹气，回头，脚步却倏地一滞。

不知何时过来的男人，正站在前方，夜色笼罩着修挺的身躯，五官轮廓既模糊，又清晰。

第八章

拥抱刺猬

电梯无声运作，带着轻微的失重感。

舒梨和边寂分别站在电梯两侧，金属镜面倒映着彼此的身影。

随着数字有规律地跳动，舒梨觉得电梯里的空气也越来越逼仄，有些叫她喘不过气。

这个从一见面就沉着脸的男人眼眸漆黑，像是蕴藏着风暴，一不小心就要将她席卷。

“你们聊了很久？”

舒梨目视前方，说道：“还好。没有太久。”

随之，她反问他：“你什么时候来的？”

边寂投下视线看她，眼帘半遮着眼底的浓郁的黑，他没回答，只说：“他要结婚了。”

舒梨下意识地转头，和他对上视线。

须臾过后，她想明白了。

“原来跟他结婚的是那位江小姐啊。”

上次就见周洛南和江薏在一块，估摸着，就是他们俩要结婚吧。

想到这儿，舒梨又有点替江薏可怜。

未婚夫跑了，她知道后，不知道是什么反应。

周洛南这个人吧，这一点真的做得不道德，江薏估计得恨死他。

电梯到达十九楼。

电梯门打开，舒梨率先出来。

在准备开门的时候，她听到身后的男人沉着嗓问：“你们什么关系？”

“朋友。”

这是舒梨下意识的回答。

边寂却绷着脸，意有所指地说：“朋友会摸头吗？”

舒梨怔了怔，想了一下，估计边寂说的是周洛南拍她头那一下。

这都看到了，他是在外面等了多久。

她忽地一笑，回头笑盈盈地直视边寂黑黢的眸：“碰碰头而已，又不是别的地方。”

“你这么介意，难道……你是吃醋啊？”

边寂的眸色一黑再黑，下颌紧绷。

舒梨冲他眨眨眼，故意说：“他就碰下我的头而已，我和你以前连朋友都不是，都还做过更亲密的事呢。”

屡教不改的始终是舒梨。

之前吃过那么多口头上的亏，她还是没学乖。

一不留神又在惹火。

直到肩胛骨被大理石墙面硌得生疼，她才后悔自己逞一时口舌之快。

男人咬她的唇，咬她的耳，像忍耐许久的野兽，终是按捺不住。

“你是我的。”

他滚烫隐忍的呼吸洒在她耳畔。

“我吃醋，有问题吗？”

舒梨只是随口开了个玩笑，偏偏边寂很认真。

甚至当他问“吃醋有问题吗”的时候，她都有些恍惚。

有问题吗？

当然有。

“边寂，我们什么关系啊？”

舒梨微微笑了笑，露出脸颊的小梨涡，视线垂着，落在身前男人的衬衫衣襟上。

她的手指轻轻抚上那纽扣，似有似无地触碰着，仿佛还能感受到这个男人胸腔内心脏的跳动。

她还在问：“就凭我们这样的关系，你吃醋，合适吗？”

边寂没作答，覆在舒梨腰后的手暗暗用力，一双黑沉的眸直视着她。

距离极近，呼吸交缠。

他给了舒梨很强的压迫感，但舒梨却盈盈一笑，难得温柔地抬手抚着他的肩。她眼帘稍抬，说：“你的占有欲还挺强的。”

“不过，占有欲和吃醋，不是一个概念。你总不可能是真的对我产生了感情吧？”

这是迂回的试探。

已经是第二次了。

舒梨承认，自己又有那么一瞬间，想听边寂的答案。

如同上次那样，她想听，又怕听到。

其实归根究底，她就是个胆小的人。曾经被伤过，所以就不敢再重蹈覆辙。

她很怕边寂说，他只是占有欲在作祟，无关感情。

所以在边寂开口前，舒梨又看似潇洒地笑笑，说：“有感情也正常，养只猫猫狗狗，时间久了也会有感情。”

刺猬会在关键时刻把全身的刺竖起来当作保护自己的武器，舒梨此刻也是如此。

尖锐是外表，脆弱是内心。

舒梨轻轻用手心抚住边寂的棱角分明的侧脸，稍一踮脚，在他唇上碰了碰。

沉寂几秒，边寂似是忍耐够了舒梨的挑衅，眯着眼，暗藏眸里一道精光。

“确实。”他沉着嗓，“时间久了总会有感情。”

“……”

他略微扬唇，黑眸紧锁着舒梨：“那我们就多花时间培养培养。”

边寂话音刚落，舒梨就被他拦腰打横抱起。

她一时心脏骤停，忘了做出反应。

随后反应过来，她慌张地用手指抓紧他的衬衫衣领。

“你——你干吗——”

舒梨在边寂怀里踢着腿挣扎，但是边寂不仅能抱牢她，甚至还能用指纹开锁。

“嘀嘀”两声，门锁开了。

沛沛就在客厅里玩拼图，听见声响转头，看到边寂抱着一直在挣扎的舒梨进来，然后直接大步往卧房的方向走。

“边寂——边寂你放我下来——”

舒梨对边寂的胸膛又打又捶，可是一点用都没有。

这男人疯了，他妹妹都还在家呢，他竟然就敢这样把她抱进来——

边寂直接把舒梨丢到了卧房自己的床上，随后走到门口，对沛沛说了声：“我们睡了。”

紧接着门“砰”一声被关上。

沛沛被这关门声吓得抖了抖。

被无情丢到床上的舒梨满心躁郁，从床上坐起来，瞪着关门回来的边寂。

“你疯了？！”

边寂慢条斯理地解纽扣，领口微微敞开，他勾勾嘴角：“和你培养感情算是我疯了的话，那你就当我疯了。”

舒梨脑子有些蒙。

眼看着男人的纽扣已经解完，分明的肌肉线条若隐若现，舒梨不自觉地往后挪，说：“你妹妹还在外面，你——你注意点——”

“只要你不出声，就没人知道我们在做什么。”

衬衫被丢到地上，边寂俯身而来。

舒梨下意识要推开他，可是手腕就被他拽住。

“边寂，你妹妹在家，不可以——”

舒梨忽然被抱起来，没说完的话也忽然没了声。

唇瓣厮磨，他只很轻很轻地吻她，几步之后，就抱着她进了浴室。

“你以为我要对你做什么？”

他轻笑着，半阖着眸看怀里的人：“我只是想让你洗澡，睡觉。”

舒梨有种被捉弄的愤然：“你耍我！”

边寂的唇落在她拢着的眉心，再循着眉心至鼻尖，兀自笑了声：“但是要跟你培养感情是真的。”

舒梨滞愣一瞬，来不及去辨别边寂到底是什么意思。

花洒下的热水瞬间将浴室氤氲，舒梨像个扯线木偶，由着边寂替她洗澡。

他没做进一步过分的动作。

她的思绪，却一直停留在他最后那句话。

培养感情是真的。

舒梨的心脏忽然被烫了一下，有了种炽热的错觉。

仿佛一下回到很多年前，她在她家侧厅见到他的第一面，他站在她面前，清冽而淡漠。

他说：“你好，我叫边寂。”

那个瞬间，她的少女心如仙女棒第一次被点燃，噼里啪啦滋生出灿烂的火花。

舒梨闭上眼，想抗拒，想拒绝，但那些失而复得的情绪再次在她心间萦绕，浪潮般侵袭而来。

一次又一次地将她淹没。

抗拒没用，拒绝也没用。

眼前的男人专心致志的眉眼，就如同当初他教她英语一样。他做什么都很认真，做什么都让她觉得喜欢。

舒梨忽然攀住边寂的肩，唇贴上他的，他反而怔滞了几秒。

轻柔滚烫的吻，似乎没有任何缘由，又叫人无法抗拒。

花洒的热水忘了关，一直“哗哗”响个不停。

后来她被他抱了出去，深陷进柔软的床铺里，深陷进这柔软的夜里。

边寂将舒梨揽在怀里，眼底深暗。

舒梨不知是在想什么，突然挣脱开他的拥抱，背过身，在一侧躺下。

“我曾经，恨死了你。”

舒梨忽然说。

她的脸侧着，一滴眼泪顺着鼻骨落下，缓缓流至另一只眼睛里。闭眼，很早之前就想忘记的往事开始在她脑海里反复重演。

她问：“当初我打你那一巴掌，疼吗？”

记忆突然被拉扯至那个夏天，边寂心口一顿，倏地缄默。

“我挺疼的。”

舒梨扯了扯嘴角，似是在笑。

她缓慢地，将最不愿意揭开的伤口，一点一点揭开给身后的人看。

“那天我回到家，也被我妈打了一巴掌。原来一巴掌这么疼。”

"可是很可笑，我那时竟然还在想，我打你的那一下，你是不是也觉得疼。"

舒梨的眼泪落下来，她忍着颤音，说："边寂，我真的恨过你。"

她真的恨过。

她那么吝啬感情，却愿意将一颗真心送至他面前，不懂爱人，但愿意学着去爱。

谁知一颗真心最后会被无情丢弃。

这要她怎么不恨呢。

恨到心都死了。

可是恨过了，也就下意识地将这个人封存在记忆中，再也不愿记起。

刚去法国的那一年，她会日日夜夜地想起边寂。

她的病，一半是因为舒连漪，另一半是因为边寂。

后来看了医生，拿了药。

一开始的时候，她吃药吃得多，贪求一夜无梦。毕竟边寂是她连做梦都不愿梦见的人。

当初出国就打算永远不回来，哪曾想有一天还会回来。

舒梨也真的没有想过还会再遇见边寂，还是在她刚回国，那样窘迫那样走投无路的情况下。

这仿佛就是命运跟她开了个玩笑，他们的身份对调，他的出现，像是一种报复。

身后覆过来温热，舒梨被边寂拥住，他无声地替她擦着眼泪。

舒梨的心受到触动，一时没忍住，在他怀里很难过地哭了。

为过去受到的伤害，为不愿承认的心动，也为此时此刻他给自己的安慰。

边寂将舒梨抱紧，他的心随着她的抽泣而疼痛。

"舒梨，"他话音轻颤，带着深重的后悔，"对不起。"

当年他明明可以选择其他的方式来摆脱她的纠缠，但他却选择了最残忍的一种。

这么多年，他不是没有后悔过。

舒梨说她当年恨他，他又何尝不是恨透了自己。

他误会她是个贪求新鲜感、随便的女孩，他为自己的误会感到可耻。

现在，她在他怀里哭。

第一次，他觉得她好脆弱。

让他好心疼。

"对不起。"

他再次说。

舒梨从边寂怀里转过身，满脸泪痕地面对着他，然后扬手，再次扇了他一巴掌。

力道不重，边寂默默承受着，眼眸幽深地望着舒梨，表情平静，没有错愕，没有震惊，与刚才没有任何变化。

像是愿意接受她这一巴掌。

跟当年一样。

舒梨与他对视着，眼底有太多的情绪，她的恨，她的爱，还有她所有不愿意承认的复杂感情——

她捧住他的脸，重新吻了上来。

舒梨想，如果这真的是命运的安排，让她遇上边寂，那她愿意接受这样的命运。

现在，她也愿意和过去的自己和解。

第二日早上。

舒梨是被边寂叫醒的。

她眼皮耷拉着，实在难睁开，困倦得没一点力气。

边寂叫了她好几次，后来双手托着她胳肢窝将她从床上拉起来，她才肯给他一点反应。

“干什么呀……”

舒梨皱着眉头，带着浓重的起床气。

昨晚那么累，闹到大半夜才睡，本来还想着能睡个懒觉，结果这人硬是要叫醒她。

“起床了，今天和沛沛出去玩。”

边寂倒是很有耐心，手指轻轻勾去舒梨脸上沾着的凌乱发丝。

把边寂的话在脑子里过了一圈，舒梨稍微清醒了点，由边寂扶着自己勉强坐好，全身软绵绵的。

“几点了？”她问。

边寂：“大概六点半。”

“……”神经病啊，这么早。

舒梨眼睛一闭，就往身后倒，似乎是打算继续睡觉。

边寂连忙拉住她，说：“先起来吧，车上再睡。”

舒梨不想听，她真的好困。

六点半啊，现在才六点半，外面的天都还没亮透好不好。

边寂只好安抚她，在她唇上亲了下，然后微微笑着：“乖。”

舒梨伸手就把边寂的脑袋推开，然后重新躺下来，抓过被子把自己盖住。

“没刷牙，别亲我。”

她翻身，闭上眼睛继续睡。

边寂瞧她这困倦的样，无奈笑笑，不再叫她，由着她睡。

从卧房出来，边寂看到沛沛已经在厨房做好了三明治。

高中生的沛沛生物钟向来早，五点多就醒了。她回头，瞧见只有边寂一个人，便问：“嫂子呢？”

“起不来。”边寂低眸，抬手看看手腕处的表，估算一下时间，说，“我们迟一个小时出发应该还来得及。”

今天他们打算去游乐园，半小时前沛沛提议的，边寂今天正好休息，就答应了。

“没关系啊，迟一点没事。”

沛沛拿着块三明治，咬一口，腮帮子鼓鼓的。

恰好这时，卧房的门再次被打开，舒梨穿着边寂的T恤出来了。

她的衣服都在她自己那个房间，本想着回房间换衣服，没想到刚走出来，就跟厨房的两兄妹对上视线。

舒梨一下站定，困倦迷蒙的眼眨了眨，脑子瞬间清醒。

尴尬。

舒梨想起昨晚上边寂直接当着沛沛的面把她抱进来，她就觉得脸皮薄，一阵烫。

现在这个始作俑者还站在那儿，跟个没事人一样。

舒梨瞪边寂一眼，臊着脸扭头回了自己房间。

看门关上，沛沛冲边寂笑：“哥，看来你还是没哄好嫂子啊。”

边寂转眸，细细瞧着沛沛，眉头蹙着。

“我合理怀疑你平时都没把心思花在学习上。”

“……”

“你懂得好像还挺多？”

“……”

“明天你回校，手机给我。”

沛沛马上露出可怜委屈的表情：“哥，为什么啊？不要啊，手机是当代年轻人的命啊……”

“你现在的任务是学习，不是每天用手机上网。”

“我上网也是一种学习！”

边寂不紧不慢地朝沛沛伸手：“现在就给我。”

沛沛往后退一步，一副宁死不屈的样，噘着嘴说：“不给！你就是嫉妒我懂得比你多！”

在边寂二次皱眉前，沛沛赶紧跑路。

臭哥哥，活该追不到女孩子！

边寂是拿这个妹妹没一点办法。

还是小时候太宠了。

虽然以前条件不好，但是边寂真的挺宠沛沛的。

沛沛听不见，但是从小就懂事，所以边寂很疼她，什么活都不让她做，有什么好吃的好玩的都第一个留给她。

现在长大了，他倒是拿她没什么办法了。

去游乐园的路上。

边寂开着车，仍不忘跟沛沛提手机的事。

“刚才出门前我和你班主任通过电话，她说你上次小考考得不好，全班倒数。”

沛沛坐在车后座，把头扭着看车窗外，气鼓鼓地嘟囔：“不听不听，和尚念经。”

“边沛沛。”

边寂似乎是动真格了，语气都严肃了几分。

“如果你一直这样玩手机，不拿学习当回事，怎么对得起爸？”

沛沛眼圈一红，说着气话：“那你现在就掉头回家好了，我不去玩了，我回去看书行不行！”

眼看兄妹俩要吵起来，同样坐在后座的舒梨拍拍沛沛的手，安慰她，转而对边寂说：“一次考试考不好又不代表什么，下次考好不就行了。”

边寂一时语塞，从后视镜看一眼打圆场的舒梨，再看看生着气的沛沛，终是没再说什么。

半小时的车程，车内一直安静。

到达游乐园外面的停车场，沛沛赌气先下了车，自己跑去售票窗口买票。

边寂和舒梨跟上去，舒梨说：“你不要拿你的标准去要求你妹妹，不是每个人都像你一样学习好的。”

“她才刚上高一，不盯紧点，以后就很难再跟上了。”

舒梨笑一笑，似是想到什么：“学习好有学习好的好处，学习差又不会怎么样。我以前要是用功学习，可能都还不认识你呢。”

边寂倏地停步，看了舒梨半晌，最后无奈一笑，伸手要去牵舒梨的手。

舒梨却故意把手往身上大衣口袋里一藏，眉眼挑着抹笑，瞧他一眼，转头去找沛沛。

悬在半空的手落了个空，边寂默默收回来，视线紧随着舒梨的背影。

他唇边扬起个微小的弧度，转而跟上去。

江市拘留所。

以舒连漪这个案子现在的进度，她暂时只能见她的律师。

而自她被拘留后，她的助理为她找的律师只来过一次，大家都心知肚明这个案子没有转圜的余地了，律师也只不过是走个过场。

现在，新的律师来了。

舒连漪被警察带过来，坐在会面室里，整个人瘦削虚弱许多。

看着对面的男人，她眼里充满了疑惑和警惕。

男人先对她自我介绍：“舒总您好，我姓李。江总已经将您的这个案子委托给我，今天过来，是有一些问题想问您。”

“江总？”

舒连漪眉心稍皱，不是很明白：“什么江总？”

“噢，是华伦企业的江竟廷江总，昨天他刚回国，回国前就已经联系了我。”

江竟廷。

听到这个名字，舒连漪整个人愣怔了一下。

铐着冰冷手铐的手不由自主地握紧，在这冰冷的会面室里感觉到一阵一阵的寒意，冷得她心颤动。

过了好久，她忽然笑了声，眼尾渐渐泛红。

“我以为他这辈子都不会再回来了。”

李律师并不知道舒连漪和江竟廷之间的关系，作为律师，他不过问委托人的私事，而在这种时候，他也不方便过问。

于是，他把事先准备好的一些不大清楚的问题一一询问舒连漪。

舒连漪的情绪似乎起了一些波动，整个人并不在状况内。

一些往事在脑海里翻涌，她刻意遗忘的过去，像梦魇一样将她侵蚀。

她闭上眼，耳边什么都听不到，只记得那一年自己的恨和失望。

“舒总？”李律师见舒连漪的情况不大对，试着喊了她一声。

舒连漪从过去的痛苦记忆中抽身，睁眼看着李律师，说：“李律师，谢谢你，你不用费心了。我自己做的事，我很清楚。从一开始，我就没想脱罪。”

她垂着眼，笑一笑：“我当初接手舒氏的时候，舒氏内部就已经千疮百孔。我只能靠一轮又一轮的融资，渡过一个个危机。我已经尽了我最大的努力，最后舒氏还是倒了。”

“现在打不打官司，根本没多大意义，不过就是刑期的差别而已。”

李律师正色道：“您不能这么想，如果情况好，或许只判十来年，情况糟糕的话——”

“终身监禁，对吧？”舒连漪想得很开，也一早就知道了结果，“十来年和终身监禁，那有什么差别，不都是一辈子。”

她最后的人生，不都是要在四面铜墙中度过。

“李律师，你见过我女儿了吗？”

李律师摇头：“暂时还没有，这几天会联系您女儿。”

“她跟我的事没有任何关系，如果你见到她，帮我告诉她，不要操心我，过好她自己的人生。”

舒连漪是个不成功的女强人，为了父亲留下的事业，还有当初受过的伤，一直努力让自己变得冷血无情。

甚至对女儿，她也没有过多的感情付出。

但不付出，并不代表她没有感情。

入狱前，她就已经想方设法不让舒梨回来。

入狱后，她就担心舒梨会跑回来。

结果，舒梨真的被她猜中，自己从国外跑了回来。

现在的她，并不担心自己要坐多久的牢，唯一担心的，就是舒梨。

“舒总，江总有句话让我带给您。他说他会替您好好照顾您女儿，如果有需要，他可以帮您联系您女儿的父亲。”

舒连漪停顿住，定定地看着对面的李律师，最后笑起来，笑的时候眼里泛着水光。

“帮我联系我女儿的父亲？”

她似乎是听到了什么好听的笑话。

“我女儿今年二十五岁。你帮我问问他，我女儿的父亲会是谁。”

夜幕下的游乐园星光点点，光影浪漫。

晚上七点，游乐园的烟花准点在夜空绽放。

流星般的火花曼妙璀璨，如雨般纷纷坠落，璀璨整个天际。

沛沛说到底就是小孩子脾气，也就才十几岁，边寂给她买个冰激凌，买些玩偶棉花糖，她马上就不闹情绪了。

今天一天，一直拉着舒梨在游乐园里玩。

晚上的烟花，也是她特意要求他们留下一起看的。

烟花绽放，舒梨和边寂驻足观赏，沛沛拿着手机跑到他们前面不远处，对着他们一阵猛拍。

拍完了，她又被前边穿着卡通玩偶服的工作人员手里的气球吸引，匆匆跟边寂和舒梨说了一声，就跑了。

“哥，你们在这儿等我，我马上回来！”

边寂闻声，想喊她，可一眨眼，她就消失在了人群里。

“我们要不要过去找她？”舒梨担心沛沛一个人跑走会出事，担心地问。

“不知道她去干什么，我们先在这儿等一会儿。免得她回来找不到我们。”

舒梨轻点着头，转而继续抬头，望着夜空流光溢彩的烟花。

她的脸随着烟花的光影忽明忽暗，清澈的眼眸似乎都有烟花在绽放。

边寂侧头凝视她好久。

舒梨早就察觉到边寂一瞬不瞬的目光，轻轻别开眼瞧他，脸颊的梨涡浅浅露着：“看什么，再看收费了。”说完，又不动声色地收回目光，继续看头顶的烟花。

今天一整天，她似乎都是故意的，双手一直揣在大衣的口袋里。

明明天也没有那么冷。

或许晚上冷了一点，起风了。

边寂嘴角半扬，微微朝舒梨倾身，右手钻进她左侧大衣的口袋。

放在口袋里的手忽然被握住，舒梨立马回头看边寂，佯怒着：“拿出去。”

“有点冷。”边寂一本正经地说，没把手拿出去，反而还得寸进尺地跟她十指紧扣。

舒梨定了两三秒，用手指甲狠狠抠了抠边寂的手指关节处，似乎是一定要边寂松开。

边寂确实是松开了，却不是因为疼而妥协。

手从舒梨的大衣口袋中拿出来，下一秒，他就将舒梨下巴轻轻用手指挑起，偏头就是轻轻一吻。

唇瓣如被羽毛轻巧摩挲过，舒梨怔愣住。

霎时间，烟花在耳边一阵一阵地响，震耳欲聋。

她的心也跟着震颤。

“要跟我在这儿接吻，还是跟我牵手？”

“我两者都不要呢？”

“那我就默认你选择第一种。”

“……”

眼看着边寂又要重新亲过来，舒梨忍不住脖子往后仰，睨他一眼。

随后她将左手从大衣口袋里拿出来：“算了，我选择给你暖手。”

边寂垂眸看着她，伸手将她的手紧握住，面向夜空灿烂的烟火，弯了弯唇。

“烟花好看吗？”他问。

舒梨感受着手心来自另一个人的温度，眼眸望着那夜空流光，说：“好看有什么用，燃烧过后什么都没留下。”

边寂重新侧头看向舒梨：“为什么这么悲观？”

舒梨也回眸看他，反问：“我这叫悲观吗？这明明是事实。”

“不是。并不是什么都没留下，起码看过的人，会有记忆留下。”

“记忆是会被替代的，时间久了，就会被忘掉。”

边寂倏地一笑，似是败给了舒梨：“你还挺会杠。”

舒梨浅浅弯着唇，说着：“谁要跟你杠，我在说事实。”

她早就没有小女生那些虚无的浪漫主义，这个世界上，没有什么能留得长久。

但是吧，很奇怪。

明明她想得很清楚很明白很透彻，可偏偏这刻，她倒是希望手心的温度永远不要散，身旁的这个男人，永远都会在。

另一侧，沛沛买回来一个雪莉玫造型的卡通气球。

氢气球在半空缓缓悠悠地随风飘拂，细细的一根线缠绕在沛沛手指上。

到了晚上，游乐园依然人潮拥挤，沛沛想回去找边寂和舒梨，在人潮之中绕来绕去找不到合适的路。

在游乐园玩的小孩子一个比一个兴奋，相互牵着手往前跑。沛沛为了躲开他们，往边上退了一下，哪知绕在手指上的线恰好这时候松开，氢气球向着天空缓缓飞去。

沛沛一下着急了，想伸手去拿。

在还没够着的时候，一只骨节分明的手出现在她面前，气球的线被他的手指固在掌心。

沛沛几乎都没反应过来。

男生把气球还给她，就和同伴一块走了。

沛沛看着他的又高又瘦的背影，忘不掉的是刚刚他冲她微微一笑的脸。

可他留给她的，也只是那样匆匆的一眼，而后就消失在了人海之中。

回家路上，沛沛一直恹恹的，情绪有些低落。

边寂和舒梨以为她是玩累了。

车快开到观澜花园的时候，边寂的手机响起来。

车内的显示屏上显示着来电人的号码，一长串数字，没有备注。

边寂在视线瞄到的那刻，眉头微不可察地蹙了下，没有接电话。

铃声一直在响，在副驾有些打盹儿的舒梨转头看了眼，困倦地问边寂："怎么不接电话？"

"推销电话，没事。你睡会儿吧，马上到了。"

舒梨半信半疑，但也没去多想。

或许这是边寂工作上的事。

电话响了几声过后就断了。

几分钟后，边寂把车停在停车场，让舒梨和沛沛先上楼，自己出去买点东西，顺便还不忘交代沛沛："明早送你回学校，回家之后就洗洗睡，知道吗？"

"知道了，啰唆。"沛沛嘟囔一声，下了车，挽着舒梨的手走向前面不远的电梯。

边寂坐在车里，透过半开的车窗看着她俩的背影，最后眼眸深深地看了舒梨很久。

直到她们的背影消失，他才收回视线，拿起手机。

刚才打电话的，是江竟廷的助理。

这个号码他还记得住。

电话回过去，意外地，不是江竟廷助理接的电话，而是江竟廷本人。

江竟廷要见舒梨。

夜深的地下车库，偶有几辆车进出。

边寂左手手肘搭在车窗处，另只手拿着手机，沉默许久。

最后他说："我需要征求她的意见。"

算不上答应，也算不上拒绝。

边寂也说不上为什么，总觉得隐隐不安，所以他对江竟廷一直保持着警惕和戒备。

电话那头的江竟廷倒是笑了声："我是私人原因想见她。如果你不帮忙安排，我也有其他的办法能见到她。"

"江总，在不确定你这个'私人原因'会对她造成什么伤害之前，我确实不能帮忙。"

"我知道你们关系密切，但是父亲要见女儿，这总不用你来过问吧？"

边寂眼眸瞬间颤动，似乎是无法相信自己听到的。

父亲要见女儿——

所以——

"你放心，我不想对她做什么，只是想见一面，这么多年，我还没见过她。"

边寂回到家，沛沛已经睡了。

明早要早起回校，她还是比较听话，回来洗个澡就回房睡觉了。

舒梨还没睡，肚子有点饿，在冰箱里找东西吃。

听见开门关门的声，她抬头过去看，发现回来的边寂两手空空。

"不是说去买东西，怎么什么都没买？"

边寂眸色深沉，似是情绪不佳，有心事。

听见舒梨的声音，他才骤然回神，低眸看了看自己空荡的手，掩饰地笑了声："忘在车上了。"

舒梨从冰箱拿了瓶果汁，关上冰箱门，眼神打量着他。

奇奇怪怪。

"你该不会是根本没去买吧？"

说着，她勾起嘴角笑："是不是外面的女人找你，你偷偷出去见面了？难怪车上的电话不接。"

果汁盒的塑料盖被拧开，橙红冰凉的果汁被倒进玻璃杯里，声音在晦暗的空间里格外清晰。

边寂走上前，将玻璃杯和果汁拿走，说了声："太凉了，给你热个牛奶。"

"不用，我就喜欢凉的。"舒梨作势要抢回来，但边寂先发制人，在她唇上啄了下。

舒梨一顿，眉心蹙着哼了声："别亲我，亲外面那个女人去。"

边寂无奈笑了。

"哪有什么外面的女人。"

舒梨抬手撩一下肩侧的头发，眼眸扫过来："谁知道呢。"

边寂把果汁放到一旁，从冰箱拿了鲜奶，倒出来，放进微波炉加热。

几秒过后，"叮"一声，鲜奶被端出来。

他把温热的牛奶递给舒梨："喝吧。"

舒梨看着像是不情愿地接过来，仿佛还在记挂着"外面的女人"。

她说："晚上我自己睡，别偷偷过来。"

“好。”边寂很痛快地答应了，随后说，“那我正大光明地过去。”

“……”

舒梨不想理他了。

两个人在厨房安静地靠着流理台站着，很久都没说话。

直到一小杯牛奶被喝完，肚子好像也被填饱了几分。

舒梨在洗碗槽中放下玻璃杯，打开水龙头冲洗，水声嘈杂间，她听到边寂问：“你想见你爸爸吗？”

玻璃杯没被拿稳，不小心摔到洗碗槽上。

还好没碎。

舒梨重新拿起来，漫不经心地问边寂：“怎么突然问这个？”

“没什么，就是突然想到。”

舒梨关上水龙头，玻璃杯已经被冲刷干净，晶莹剔透地摆在一边。

她翘翘嘴角，眉眼笑着说：“我没有爸爸。就算有，我也不想见。”

“如果他想见你呢？”

“他想见我？他凭什么要见我？我二十几年的人生里，从来没有这个人的存在。他没资格当人父亲。”

关于爸爸的这个话题，戛然而止。

边寂没有再问，舒梨也不愿再答。

二十多年的人生里，舒梨从没奢望过有一天爸爸会来找她。

或许在很小的时候，她曾想过如果她有爸爸会怎么样，但是从她记事开始，她的生命中就没有这个人的存在。

舒连漪对这个人只字不提，连外公都不知道他是谁。

舒梨只知道，她妈妈生她的时候，才十八岁。

那个男人无论是谁，最后都是抛弃了她妈妈的。

舒梨一点都不愿见他，更不想知道他是谁。

不是谁都有资格为人父母，她也早就过了需要父爱的年纪，父亲对她来说，一点都不重要。

第二天早上，舒梨很早起来，和边寂一起送沛沛回校。

之后边寂送舒梨回家。

舒梨总觉得边寂有心事。

他总是一副欲言又止的样。

在观澜花园门口，舒梨准备下车，边寂要回公司。

下车之前，舒梨琢磨地看了边寂许久，说：“你很奇怪。”

边寂微微一笑：“哪里奇怪？”

“说不上来，反正你就是很奇怪。”

“别多想。回去吧，一会儿阿姨就会过来。”

舒梨撇撇嘴，解开安全带，预备下车之际，忽然被边寂拽住手腕。

“你会离开我吗？”

突如其来的一句话，叫舒梨愣了好一会儿。

她回眸，迎上边寂深沉的目光，竟一时答不出来。

须臾后，边寂轻轻笑了笑，松开手，对舒梨说："回去吧。"

似乎也不想要一个答案了。

深秋的早晨，阳光稀薄，洒在身上，也不觉得暖。

舒梨站在观澜花园门口，望着边寂开车逐渐远去，心一点一点沉下。

她会离开他吗？

会的。

她不可能靠边寂一辈子，她需要有自己的生活。

这个问题的答案一直很明确，可是刚刚，她却偏偏说不出口。

她迟疑了，她犹豫了。

舒梨知道，自己大概是已经舍不得了。

回到边寂的家，没多久，负责来打扫卫生和做饭的阿姨就来了。

阿姨买了几只当季肥美的大闸蟹，还买了块牛腩，准备中午给舒梨炖牛腩。

阿姨很健谈，做事利索，厨艺也好。

舒梨还是蛮喜欢她的。

在阿姨做午饭的时候，舒梨坐在客厅的落地窗前晒太阳，整理画具。

今天晚上要去给虞茵上课，她得提前做一些准备。

她本来想把画板搭起来，画画打发时间，但右手还伤着，拿起画笔时候手感不大对，于是就放弃了。

门铃响起来，阿姨本来要去开门，但舒梨离门口比较近，先去了。

来的人是江薏。

二次上门，江薏这次过来，跟上一次来的目的完全不同。

正红色的圣诞风大衣，微卷的头发绑了个蝴蝶结，看着漂亮有活力，但是她那张小脸，气呼呼的，两侧腮帮子鼓着。

舒梨站在门边上，看着她，扬眉问："江小姐，有何贵干？"

"你前男友跑了，你肯定知道他在哪儿。"

前男友跑了？

舒梨顿悟，估计这位江小姐是来找她问周洛南的消息的。

"江小姐，我没有前男友这种生物。"

"你有！就算他不是你前男友，也是你认识的人！"

"谁啊？"

"周洛南！"

江薏几乎是咬牙切齿地从嘴巴里蹦出周洛南这个名字，看起来是真的气极了恨极了。

"噢，他啊。"舒梨故意做出一副恍然大悟的样，随后又装疑惑，"江小姐为什么问我他在哪儿，你可以自己打电话给他啊。"

“他跑了！逃婚！！电话号码都注销了！！！”

“啊？逃婚？”

江薏本身就被周洛南逃婚给气昏了，现在遇上舒梨，她这似笑非笑的表情，叫她更气，差点就气哭。

她眼睛泛着泪光，小嘴噘着，瞪着舒梨：“你不用跟我装糊涂，你肯定知道他在哪儿。”

“我不知道，骗人是小狗。”

江薏一噎，眼瞅着眼泪就要掉下来了。

舒梨觉得她有点可怜。

周洛南这一跑，被留下的江薏确实惨。

估计所有人都已经知道她的未婚夫逃婚，可能她都没脸出门见人了。

舒梨摇摇头，叹气道：“江小姐，你这么漂亮，为男人掉眼泪多不值得。”

“我才没有。”江薏倔强不承认自己在眼眶打转的是眼泪，她不死心地再问舒梨一遍，“你真的不知道他在哪儿？”

“真的不知道。”

江薏放弃。

“周洛南这个浑蛋，要逃婚也是我逃，谁想跟他结婚了，这个挨千刀的，要是被我找到了，我一定把他千刀万剐！！！”

舒梨忍不住笑：“江小姐，吃过午饭没有？要不要进来一起？”

江薏蹙着秀眉：“谁要跟你一起吃。”然后扭头就踩着精致的小高跟“啪嗒啪嗒”走人了。

舒梨还是倚在门口，看着江薏进了电梯，才笑着把门关上。

虽然这位江小姐脾气骄纵了点，但还是挺可爱的。

尤其是气得像河豚的时候。

不过……周洛南到底去了哪儿呢？

想到他，舒梨还是有些放心不下。

这个世界说大不大，说小不小，如果他家里人铁了心要找他，肯定还是会找到的。

也不知道他现在到底在哪里，在做什么。

希望一切平安吧。

晚上七点。

学校晚自习开始的时间。

虞茵从学校回家，在家里画画。

舒梨给她摆了一个果盘，今天是静物素描。

四面水泥墙的房子，到了晚上格外冷。

一盏钨丝灯在天花板亮着黄光，房间里昏昏黄黄的，不够明亮。

但是虞茵画得很认真。

舒梨看得出来，她是真的喜欢画画，而且也有天分。

不过房子里真的太冷了，舒梨只穿了件薄呢大衣，里面是单薄的雪纺长裙，小腿裸着。

舒梨陪虞茵坐了会儿，指点她阴影位置不对的时候，舒梨的手指不小心碰到她的手背，她下意识地缩了下手。

“老师，你的手好冰。”

虞茵放下画笔，忽然起了身，跑出房间。

随后，她就搬来一个取暖用的“小太阳”，插上电。

“老师，这样会好一点。”虞茵将小太阳正对着舒梨，略略低头说，“水泥坯房是要冷一些的，也没有空调和暖气。”

舒梨看着虞茵，笑了笑：“是我穿得太少了，明天我多穿点。”

停顿一下，她又说：“虞茵，谢谢你。”

虞茵却垂着头，轻轻咬住了唇。

她心里其实是自卑的。

因为她不够优越的家庭条件，她一直都很自卑。

“我家里条件太差了。”

舒梨不大会说话，想了想，跟虞茵说：“条件差没有关系。家庭条件和金钱确实很重要，但是你自己，才是最重要的。”

“有的人，一贫如洗，可是他却从没掩饰自己的贫穷，也从不为这样的自身条件而感到窘迫和羞赧。一个人的优秀，跟出身没有关系。”

虞茵仍低着头。

舒梨站起来，拍拍她的肩。

“你要靠自己改变你的人生，你要相信自己，你不比任何人差。”

其实舒梨知道自己说的都是些冠冕堂皇的大道理，每个人都有自己的自尊心，都会被或多或少的因素影响，自卑也很正常。

不是每一个人都能成为边寂。

这个世界上，边寂只有一个。

晚上十点左右，舒梨从虞茵家里出来，抬头，就看到站立在夜色中的男人。

他穿着硬朗修挺的黑色西服，仿佛与这夜色融为一体。

舒梨忽然在想，当年的他，是花了多大的努力，才走出这个地方。

她再次想起那一年，他说了很多遍的家教的工作对他很重要。

虽然当初，她能理解，可是此时此刻，她才是真的理解。

那时候的边寂和她，完全不是一个世界的人。

她是他人生中的一个意外，他想要拒绝这个意外，很正常。

舒梨想着想着就笑了。

她好像真的不大记恨过去的事了。

她理解了他当初为什么将她推开。

边寂被舒梨看了大半天，不明白为什么她一直盯着自己看，最后还笑了。

“今天顺利吗？”他问。

舒梨点点头。

本想说话来着，但冷风一吹，她就瑟缩了一下脖子，话也说不出来了。

边寂的视线从舒梨光秃的小腿上扫过，眉头蹙着，脱下身上的西服披到她肩上。

“穿这么少？”

他似是不悦地念一声，转而拉起舒梨的手：“手还这么冰。”

舒梨不说话，身上的西服外套给了她一种无法言说的温暖，若有若无的松木清冽香，是边寂的味道。

她喜欢。

边寂牵着她的手，跟她一起往前走。

车就停在外边的路口。

夜色冗长，一盏昏黄路灯在冷夜中微弱发着光。

四周安静，前路漫漫。仿佛这个世界上，只剩下在这条路上携手前进的两人。

在回去的车上，舒梨在副驾睡着了。

边寂不忍心吵醒她，到地下车库后，小心翼翼地将她从车里抱出来，抱上楼。

睡着的舒梨格外安静乖巧，在边寂的怀里，轻轻靠在他胸口。

边寂将她放在自己卧房的床上，捏捏她的脸：“洗个澡再睡，好不好？”

舒梨睡得沉，感觉到有人捏自己的脸，皱着张小脸不大高兴地在床上翻了个身，抱着被子继续睡。

边寂微微笑了，坐床边看了她好久，最后还是决定给她换件衣服，帮她擦洗一下。

舒梨的换洗衣物都在客房，边寂想给她拿一套贴身的衣物换。

走到客房，衣柜里空空荡荡，衣服都还在行李箱。

舒梨似乎不习惯把自己东西放在衣柜里。

行李箱开着，没有上锁。

边寂打开，拿了一件睡衣。

睡衣拿出来的时候，一个白色的药瓶不小心被带着掉了出来。

药瓶在地上滚了一圈，边寂弯腰捡起，却在看到英文标签的那一刹那，眼眸顿滞。

深夜书房，白色药瓶静静放置在书桌上。

边上的电脑显示屏亮着，满屏的英文。

边寂坐在电脑前，视线静静从显示屏移至白色药瓶上，容色晦暗不明。

他似乎不愿意相信。

在国外学医的朋友打来电话，证实了他的猜想。

“这是一种法国产的抗抑郁药，处方药，合成剂，里面含有大量的安定成分。对轻微抑郁症有很好的治疗效果。”

烟落在唇上，打火机清脆“啪嗒”一声，猩红的光点亮起。

清淡的烟味缓缓飘逸着，隔着徐徐烟雾，边寂半阖着眸，伸手取过药瓶。

其实在看到药瓶的那一刻，根据标签上的英文标识，他就已经猜到了这是什么药。

但他情愿自己是猜错了。

于是上网查，问学医的朋友。

结果，一一证明他的猜想是对的。

舒梨有抑郁症。

现在这个社会，有抑郁症不是一件罕见的事，这是一种情绪病，却是最难治的病。

一想到舒梨会经常自我折磨，边寂的心就痛起来，痛得不得了，像一把把刀子在他心脏上生剜。

平时的舒梨，真的看不出来她在生病。

她遇到那么多的事，那么多次走投无路，都没有过放弃生的想法——

她多坚强。

她真的好坚强。

边寂忍不住合上眼，薄唇抿成一条平直的线，眉头蹙着，心口一点一点地淌着血。

他到底对她做了些什么？

为了让她留下，他那么强迫她，根本不在乎她本人的意愿。

此时此刻，边寂感到深深的后悔，他后悔自己在无形之中给舒梨造成压力，让她身心难受。

一根烟，没有抽上一口，就这样在手指间燃到了尽头。

烟气中携带的薄荷味，像极了那一年，舒梨抽惯了的 Marlboro。

舒梨夜里睡得迷迷糊糊的，感觉有人从身后抱着自己，感觉他的下巴深深埋在她的脖颈之间。

甚至连他的呼吸，都那么清晰。

他好像在说什么话，可是她听不清。

只觉得，在朦胧的梦里，似乎有人在一声一声喊着她的名字。

醒来的时候，床上空空荡荡。

舒梨懒倦地抓抓头发，掀开被子下床。

看到自己身上已经换了睡衣，她愣了愣神。

昨晚……

好像是在边寂车上睡着了。

估计是边寂把她抱回来的，这衣服……大概也是他给换的。

怎么会睡得这么死，连衣服换了都没感觉到，竟然一点都没醒。

不过这是个好兆头。

说明睡眠越来越好了。

没有吃药，也能长长地睡上这么一觉。

舒梨走出卧房，房子一片安静，边寂应该去工作了。

她走回自己的房间，只随意瞥了一眼床头柜，脚步却忽地停滞住。

舒梨看着床头柜上那个白色药瓶，目光一瞬不瞬，心弦骤然绷紧。

如果没有记错，她一直把药放在行李箱里。

即使不是在行李箱，也不会被放在这么显眼的地方。

它出现在这儿，只说明了一件事。

有人动过了。

舒梨已经知晓那个人是谁。

舒梨忽然感觉胸口一阵闷，说不上来的感觉，差一点就叫她喘不过气。

像是所有的秘密无所遁形，她被看了个透。

她最脆弱的那部分，她拼命隐藏的最脆弱的那部分，都已经见了光。

今天的天气并不好。

早上一直阴沉沉的天，在下午时候飘飘洒洒下起了小雨。

这好像是今年秋天的第一场秋雨。

气温陡降好几度，舒梨出门时候，穿上了自己唯一一件较厚的外套。

一把黄伞在昏沉雨幕中缓缓移动，格外显眼。

舒梨撑着伞走到距离观澜花园大门口几百米处的公交站，在那儿可以坐到去往老城区的公交车。

下着雨的城市很安静，马路上偶尔几辆车经过，行人寥寥。

公交站台那儿站了几个避雨的行人，一辆公交车过来，站台又空了，只剩下一个坐着轮椅的中年男人。

舒梨缓慢走过来，在边上收了伞，从随身的包里拿出手机看时间，时间还早。

距离晚高峰还有一个小时，现在坐公交车不会太挤，路上也不会堵。

一阵风吹过，雨丝顺着风飘进来，水珠沾在额前的刘海上。

舒梨往边上退一步，后脚跟不小心碰上旁边男人的轮椅。

“不好意思。”

舒梨对男人抱歉道。

男人两鬓微白，身形羸弱，眉目却精神。

他微笑着说没事，一双眼睛直直望着舒梨，似乎是在仔细辨认她。

舒梨察觉到男人奇怪的注视，保持警惕，不动声色地跟他隔了一小段距离。

公交车到了，舒梨上了车，没有再去看这个男人一眼。

而这个男人，却遥遥望着公交车离去的方向，一直没有收回目光。

助理过来，对他恭敬道："江总，现在回去吗？"

江竟廷半晌才收回眼神，眸光暗淡下来，轻轻颔首。

这是他第一次见舒梨，见他的女儿。

二十多年，他甚至都不知道她的存在。

若不是那天李律师把舒连漪的话带回来，或许他可能永远都不知道自己还有个女儿。

这二十多年，江竟廷一直在国外，偶尔也会听说舒连漪的事。

听说她父亲离世，听说她接手了舒氏，也听说她的私生活，听说她交往过几个男人，但一直没有谈及婚嫁。

曾经的舒连漪就是他的一个小妹妹，他们不小心有了荒唐的一夜，至此断了联系。

江竟廷承诺过等处理好国外的事就回国给舒连漪一个交代，哪曾想，在国外发生意外，失去双腿。

命运的安排，永远那么出乎意料。

江竟廷不想拖累任何人，所以再没回来过。

要给舒连漪的交代，也就成了他负她的谎言。

可是谁能知道，舒连漪会生下他们的孩子，甚至二十多年一直隐瞒这个孩子的存在。

江竟廷知道这个孩子的时候，以为是舒连漪和某一任交往对象的孩子。

现在，他想弥补这个孩子，却不知该用什么样的方法去接近她，让她接受自己。

这场雨到了晚上，下得越来越大。

舒梨给虞茵上完课，出门就看到同昨晚一样等在外边的男人。

他撑着把伞，身形挺拔，不知等了多久，他的衣袖和肩膀，都有了雨水的痕迹。

雨夜，细线般的雨丝在车灯前飞舞，雨刷有频率地扫过车窗。

车内很安静，两个人坐着，很长一段时间没说话。

边寂没有第一时间发动车子，舒梨也没催他。

他们都有各自的心事，缠绕在心头。

过了不知多久，舒梨眼眸低垂着，看着自己放在双腿上的手。

她笑着，先出声说："你都知道了。"

身旁这个男人沉默几秒，低哑的嗓音回荡在这个密闭的车厢里。

"嗯。"

他知道她指什么。

舒梨唇边的笑意却一点一点消散，头发顺着她侧脸落下，遮掩着她的脸，一时之间看不清她的表情。

车外的雨似乎有瓢泼的趋势，雨水开始重重冲刷着玻璃。

响彻在舒梨耳畔的，是嘈闹的雨声。她笑了一声：“我没什么病，轻度抑郁，不会死人。你看我现在，不是很正常吗？”

顿了顿，她低了声说：“我是个正常人，别把我当作病人。”

“我知道，我没有。”

“不，你有。”

舒梨抬眸，直直对上边寂黑黢的瞳孔：“如果不是把我当作一个病人，你就不会像现在这样小心翼翼。”

边寂缄默，凝视舒梨的眸光深了好几度。

舒梨说得没错，他确实潜意识地在把她当成一个病人，让他心疼，让他小心翼翼。

他真的怕她再受到一丁点的伤害。

“什么时候开始的？”边寂问。

舒梨迟疑一下，说了实话：“五年前。”

五年前……

边寂心里有了猜测，却又突然胆怯，害怕这个答案。

过了一会儿，他喉结微滚，问道：“是因为我吗？”

舒梨沉默片刻，这是她最脆弱的部分，她从来都不敢跟任何人提起。

“是。五年前，我是真的喜欢你。虽然很短暂，但是很痛。”她笑一笑，眼泪凝在眼眶里，让纤弱的她看上去那样脆弱不堪，“出国之后，我每天都过得很痛苦。我会想到你，会想到我妈，我不明白我到底做错了什么，为什么你要用那样的方式推开我，为什么我妈不要我……后来我的睡眠越来越少，精神状况越来越糟糕，直到去医院看了医生，才确诊了病情。”

舒梨说得缓慢，可是她说的每个字，都在一个接一个地用力砸着边寂的耳膜，更像千万把刀子凌迟着他的心。

他对舒梨造成这样大的伤害，他仿佛就是刽子手，差一点就将她推到万丈深渊。

他心痛，他后悔，深凝的目光看了舒梨许久，然后忍着心底的苦痛，安慰舒梨：“舒梨，一切都会好的。”

一切都会好的。

舒梨忽然就泪湿了双眸，睫毛微颤着，盈着一层莹润水珠。

“我真的会好吗？”她问他。

边寂点着头，俯身过来拥抱她。

他的手轻轻抚着她颤抖的背脊，很确定地告诉她：“会好的，一切都会好。”

被边寂拥在怀里的舒梨闭上眼，眼泪顺着脸颊滑下。

他的身上有能让她觉得安稳的味道，清冽又温厚。这忽然就让她相信了，以后的她，真的会好。

起码现在，她已经不用吃药，就能睡得好。

舒梨缓缓离开边寂的拥抱，晦暗光影下，她的眼角还闪着湿润。她看着他近在咫尺的脸，熟悉的五官轮廓像是已经镌刻在她的骨血里，这辈子都不会忘记。

她望着他，微微一笑：

“边寂，我们结束这样的关系吧。”

极其安静的雨夜，耳畔尽是雨声。

不大明亮的车灯在雨夜中暗暗发着光，给车内男人的脸蒙上一层淡淡的晦暗。

沉默在持续发酵。

很久之后，他薄唇轻启，说了一个字：

“好。”

舒梨的嘴角微微动了动，后背靠向副驾的座椅，转头看车窗外一直不停歇的雨。

得到应允，她说：“这几天我找到住的地方，就从你那儿搬走。”

遮挡在冰冷镜片后的眼眸已经看不清情绪，边寂抬头望着车前玻璃那一动一动的雨刷，下颌绷着。

他早就知道她有一天会这么做。

哪怕已经做好所有的心理准备，但这一刻真的来了，他还是觉得心痛。

长久的沉默过后，边寂说：“我帮你找住的地方。”

“不用，我已经在网上看过，有合适的地方。等明天去看一下房子，就可以入住。”

一切都早有安排。

边寂知道，舒梨就是这样一个人，无论什么事，都会提早安排。

像上次不告而别，像这次跟他说结束。

其实两者都没差，她不过就是不愿跟他在一起。

“舒梨，跟我在一起，很痛苦吗？”

浓稠化不开的黑暗像一张无形的网，舒梨被困在其中，头发挡着脸，表情隐藏在黑暗里。

只有车前灯那微弱的光，映衬在她双眸里，星星点点。

她一笑，反问边寂：“你跟我在一起，快乐吗？”

没等边寂回答，她说：“边寂，我不想依附男人生活，你也不能养我一辈子。”

“我能。”

边寂嗓音沉沉，不假思索，回了一句。

舒梨愣滞片刻，心脏似有东西在隐隐地翻涌，不受控地转头，看他："你确定要养一个没名没分的女人一辈子？"

边寂也看向舒梨，眼里有光，像火星在窸窣跳动。

"不是没名没分。如果你愿意，你可以是我的女朋友，或者是……我的妻子。"

舒梨怔怔望着边寂，他清隽的脸一如当年，眉眼清冷，深沉的眸色沉如黑水。

她仿佛能在他的眼睛中找到自己的身影。

他那么认真地凝视着她。

雨水砸在车窗玻璃上，蜿蜒滑下一道道水痕。

舒梨的心似乎也下了一场雨，心脏被淹没，呼吸窒息了片刻。

眼眶似乎有泪，她别过头，掩饰地笑了声："别开玩笑了。"

边寂仍是认真模样，声音低得像穿流她耳膜的电流："我没开玩笑。"

"你是在同情我吗？"

"没有。"

"那你爱我吗？"

这是第一次，舒梨跟边寂提到"爱"这个字。

在此之前，他们纵然再亲密，都不曾谈过感情，不曾碰过"爱"这个字眼。

不善表达的人是边寂，不愿多做表述的人也是边寂。

他不愿把自己的爱挂在嘴边，很多事情他都深藏在心里。

但此时此刻，他几乎要把答案说出口。

可舒梨却在他开口前，说：

"边寂，你不了解我，我也不了解你。"

"我们，从头来过吧。"

爱情是什么，舒梨不知道。

怎样去爱一个人，舒梨也不知道。

从五年前到现在，舒梨一个人经历了太多。

她从边寂这得到了少女的悸动，彻骨的心痛，还有偶尔的温暖。

这种感觉太复杂了，她无法确定，她现在对边寂到底是怎样一种感情。

边寂对她呢？他是真的清楚他对她的感情了吗？他也需要时间去想清楚吧。

所以，不如从头来过。

从最原始的关系开始，她是舒梨，他是边寂。

他们从独立的个体开始，重新正视自己的感情，重新开始。

未来如何，就看命运怎样抉择。

第九章

冬日微醺

这场雨大概下了两天。

天终于放晴的时候，舒梨和新的房东签好了租房合同。

房子离市中心不远，附近是繁荣的商圈，办公大楼林立。

地理位置很好，很适合在附近找工作。

本来边寂要陪舒梨过来看房签合同，但是舒梨不想麻烦他，瞒着他先过来签了。

她心底在怕什么，她也不知道。

或许是怕某一瞬间，会因为舍不得，而改变搬走的想法。

跟房东把手续办好，付了前三个月的租金，舒梨去了一趟生鲜超市。

家政阿姨一早就在那儿等她，教她怎样买新鲜的蔬菜和海鲜。

“舒小姐，你真的要从边先生这搬走啦？”

家政阿姨推着购物车，谈及这个，满满的不舍。

舒梨微微点一下头，笑了笑：“是啊，大概明天。”

“唉，舒小姐，我知道我这个人平时话多，你可能嫌烦，但是有几句话，我真的想说。边先生其实对你很好的，每天我给你做完饭，他都会问我你吃得怎么样，喜欢吃什么菜，一直吩咐我多买些有营养的东西做给你吃。”

家政阿姨叹叹气：“他还跟我说，要是发现你一个人待着太无聊了，就让我跟你多说说话。”

“这么好的男人实在世间少有，我家那老头子要是有边先生对你一半的细心，那我可就笑开花了。”

舒梨停在蔬菜摊前，从绿色围栏里拿起一棵大白菜，垂着眼沉默看着。

家政阿姨也跟着停下，继续说：“你们还年轻，年轻人一有点什么事就想着分手，不像我们那一辈，有点问题都是修修补补然后继续过日子。舒小姐，边先生确实是个好男人，你千万不要错过。”

“阿姨，我们不是你想的那样。之前我因为一些原因暂住在他家，现在只是搬出去而已。”

“噢？那就是你们没分手，只是不同居？”

“……”

舒梨忽然有些无奈想笑，她好像说的不是这个意思。

不过她也不想解释了，阿姨愿意怎么想，就怎么想吧。

家政阿姨一听舒梨和边寂没分手，心情都不知道好了多少，更加热情地教舒梨怎样买菜挑菜。

在生鲜超市买完菜，舒梨和家政阿姨一块回了观澜花园。

边寂是晚上七点左右回来的。

他回来的时候，阿姨已经走了，舒梨一人坐在餐桌前，正等他吃晚饭。

“今天怎么没去虞茵那边？”

边寂脱下薄呢大衣，烟灰色的西服纽扣被解开，脱下同大衣一起悬挂在衣帽架上。

他本来打算迟一些去接舒梨，但是收到舒梨的微信，说今天不去了。

“有点事，就不过去了，但是已经给她布置了作业，我明天过去看她画的图就可以。”

舒梨说话间，边寂听到椅子与地面轻碰的声音，回头，看到舒梨已经走到自己身前。

她伸出骨节纤细的手，手指轻轻覆在他衬衣领口的领带上，领带的结被扯开。

边寂低眸看着近在咫尺的人，她卷翘的睫毛轻颤着，稍掀眼帘，就与他的视线对上。

她露出个笑来：“虽然我不会系领带，但解领带还是可以的。”

边寂静静看她，眸色晦暗，已经觉察出什么。

可他没表露，微扯嘴角，回了她一个笑：“幸好，不用怕被你勒死。”

“……”

舒梨“嘁”一声，松开领带，重新回到餐桌前。

“吃饭吧。”她说。

边寂顺着舒梨刚刚松开的领带，手指灵巧地将领带解下，一同挂到衣帽架上，衬衣领口的纽扣也被解了一颗。

领口微敞，多了抹慵懒的性感。

他在舒梨对面坐下，四菜一汤，看着色香味俱全。

舒梨开了瓶红酒。

猩红的液体在透明高脚杯里回荡，酒香四溢。

她给他递了一杯，然后举起自己的那杯酒，跟他轻轻碰杯。

清脆的玻璃撞击声，像是某种预兆，在耳膜内回响。

边寂举着舒梨递来的高脚杯，没有动，黑黢的眸一直凝视着她。

舒梨在边寂的注视下，抿了一口红酒，甜醇的酒味瞬间席卷味蕾。放下酒杯，她说：“我明天搬走。”

边寂不动声色，看着她问："所以，这是最后的晚餐？"

"是啊，最后的晚餐。"

舒梨笑笑，冲边寂晃晃自己还包着纱布的右手，说："看我的手，这样了还给你做这一顿。"

舒梨除了煮面，不会做别的。

这一顿，这几道菜，是阿姨手把手教她的。

"合同已经签了吗？"边寂问。

舒梨点头："嗯。"

"为什么不等我？"

"不想麻烦你。"

停顿片刻，边寂说："明天什么时候，我送你过去。"

"不用。"

话音落下后，两人忽然陷入一种难以言喻的沉默。

他们彼此看着对方，似乎很多话不用说，他们就已经明白。

舒梨率先收回眼神，端起红酒杯，安静地小酌。

边寂拿起筷子，默默地品尝舒梨做的菜。

冗长的静默里，他夸她一声："很好吃。"

舒梨蓦地笑开，懒懒靠在餐桌前，手背托着下巴看他："真的好吃啊，你可别骗我。"

"没骗你。"

"噢。"

舒梨应一声，继续抿着红酒，透白脸颊很快浮上一层粉红薄晕。

"边寂，明天我走了后，还会有别的女人住进来吗？"

她似是微醺了，盯着他的眼，问着不着边际的问题。

边寂猜她醉了，空腹喝酒，很容易上头。

他把她手中的酒杯拿过来，放置在自己手边，沉着眸说："有没有别的女人再住进来，你不走，不就知道了。"

舒梨勾着绯红的唇，笑着看他："那不行，我在新房东那儿交了三个月房租和押金呢。而且，我留在这儿，你肯定不会带别的女人回来。"

边寂低笑一声："你不留在这儿，我也不会带别的女人。"

"你最好别被我发现。"

她的眼神颇为挑衅。

边寂薄唇微扬，不紧不慢地拉开椅子起身，走到舒梨边上。

"不会喝酒就不要喝，半杯就醉了。"

他想扶起舒梨，但舒梨身子往后倾，手臂挡在身前。

"我没醉。"

"你醉了。"

"我没有。"

"你有。"

舒梨的力气哪里抵得过边寂，没倔几下，就已经被边寂搂着腰抱着站起来。

“回房去睡吧，我去外面买点解酒药。”

他低醇的声音仿若就交颈缠在她耳旁，清冽的松木香在鼻尖弥漫，说话时候，喉结性感滚动。

她的指尖不自觉抚上他的喉结，轻轻碰触着，可当她碰到，它又不动了。

她似是不服气，踮起脚。

那一刹那，边寂僵硬住半边身子，似是没有料到舒梨会来这么一下。

柔软的唇碰到他的喉结。

暗夜里隐藏的火瞬间被点燃。

瓷盘碰撞，声音清脆入耳。

舒梨被边寂抱着，坐在了餐桌上，一时顾不得桌上还有菜有酒。

高脚杯倒了，红酒顺着桌面缓缓流下，染红她的衣裙。

舒梨被勾入边寂怀中，四肢无力，像藤蔓缠绕在他身上。

唇靠近，呼吸被彼此打乱。

她帮他解衬衫的纽扣时，他托着她的后脑不急不缓地吻她。

夜是深沉的夜，一点火星燎原，熊熊燃烧。被酒精浸泡过的欲望格外膨胀，什么都想要，也什么都不想放。

水晶吊灯晶莹璀璨的光由上而下，映衬在她莹白的背脊之上，弧线漂亮到极致。

他们也缠绵到极致。

这才是他们“最后的晚餐”。

关系结束前，最后的晚餐。

不，不全然是。

舒梨想，是不是“最后”，谁知道呢。

她醉了吗？其实也没有。

或许借着点酒劲，她才能藏匿起自己的尖锐棱角，在边寂面前展露最原本的自己。

脆弱，柔软。

和因他微微颤动的心。

人类的情欲往往一时兴起，放纵和迷失，也是本能。

热浪像湮没世间一切的浪潮，舒梨在迷失之中还在想，她或许也是幸运的。

她就只有过边寂这么一个男人，恰恰好，是她心动的男人。

这样一段无法跟他人合理解释的关系终于要画上终止符，她也终于不再是他圈养的鸟儿。

她忽然想哭。

他们从头来过，还会有以后吗？

边寂发觉了舒梨的眼泪，他捧着她的脸，一点点吻去她的泪水。

温柔到，像五年前那一次。

他也是这样吻着她的眼泪。

后来，舒梨在边寂怀里哭了很久，连她都不知道自己到底为什么会哭。

像是在宣泄某种情绪，也像是在迎接某种新的关系。

……

翌日清晨。

舒梨醒来，全身是熟悉的酥软和疲乏。

昨晚哭了很久，现在眼睛有些睁不开，她猜自己眼睛可能是水肿了。

稍微转头，看到身侧的男人还在睡。

窗帘拉着，房里暗色无边。

男人的五官轮廓在她眼前，格外清晰。

摘了眼镜，少了冰冷疏离，像个干干净净的少年。

他好像是真的没一点变化。

舒梨看了他许久，而后缓慢地翻身，背对着他。

今天就要走了。

她会开始自己的新生活。

心里有许多期盼，也有许多不舍。

舒梨侧着身，瞳孔没有焦距，不知在看什么。

她想得有些入神，无意间抬手顺耳边散落的头发的时候，忽然感觉哪里有些不对劲。

手指好像被硌到。

她看向自己的左手，无名指一圈银白，让她瞬间怔愣住。

很漂亮的戒指，简约大气，上面镶着一小块切割流利的钻。纵使在暗色之中，依然显目耀眼。

舒梨一下无法思考，她完全不记得这枚钻戒什么时候戴到她手上。

唯一的可能，就是在她睡着的时候，有人给她戴上。

愣滞间，身后传来微小的动静。

刚刚还在睡觉的男人，拥过来，揽住她的腰，将她拥在怀里。

他身体的温度传递到她皮肤，温暖了她的血液，连心跳都沸腾跳跃。

“我好像从没教过你始乱终弃。”

刚醒来的清晨，他的嗓音又低又沉，响在她耳畔，像密密麻麻的电流。

他又笑了笑，说：“即使想从头开始，也别想这样对我。”

舒梨的心神停滞了大半天，当她终于反应过来后，忍着眼眶的泪笑了声：“那得看你本事了。”

听到这话，边寂反而顿了顿，随后搂在舒梨腰间的手开始故意不安分。

“好。”他说。

舒梨不自觉颤了一颤，忙不迭地从他怀中逃脱，按住他已经碰到衣裙底下的手。

“你想干什么？”

“你猜。”

“……”

“我不是这个意思。”舒梨转头嗔了边寂一眼，往边上挪了挪，拉开安全距离后，正色道，“你送我戒指是什么意思。”

边寂也敛去适才捉弄的笑，眸色多了几分认真。

“你觉得是什么意思？”

“我觉得？我觉得你是想给我一个卖二手戒指的机会。”

“……”

舒梨看边寂微微无言以对的表情，她蓦地笑开，过来主动搂住他的脖子，在他脸上亲了亲。

“感谢你给我这个机会，我现在正缺钱。”

“……”

边寂适时搂紧了她，眉头蹙着，手心暗暗使着劲：“你敢卖试试。”

舒梨不受威胁，又是粲然一笑，她几乎都能感受到他的咬牙切齿了。

可笑了会儿，她就悠悠然道：“为了证明我不是个始乱终弃的人，这戒指我会留着的。”

边寂的脸上这才重新有了丝笑意。

他问：“你知道接受它，代表什么吗？”

舒梨没直接回答，而是说：“我没接受它，只是暂时替你保管而已。”

“舒梨，我是认真的。”

“我也是认真的。”

两人四目相对，对视很久。

谁都没有妥协。

僵持许久过后，舒梨先说：“边寂，我们都需要时间。”

“嗯，我知道。”

边寂的瞳眸里是清寂的光，他没失落，没失望，平静无浪。

他早就料到舒梨的回答。

“我没有强迫你的意思，只是想让你知道，我是认真的。”他望着她的眼，平静说着。

“舒梨，我想跟你共度一生。”

舒梨迟迟反应过来，眼眶弥漫上一层浅浅的红。

她笑了，依然还是那句：“我们需要时间。”

有那一瞬间，舒梨是想点头的。

可是她的理智暂时还是占了上风。

共度一生是什么概念，是他们结婚，成立一个属于他们的家庭。

可是她对边寂不了解。

边寂或许也不了解她。

而她，似乎没有那么确定地感受到边寂对她的爱。

边寂爱她吗？

舒梨想得很明白，她需要花时间去得到这个答案。

她收起泪光，看着手指上的钻戒，笑着："闪婚可不是什么好事。不过你眼光挺好，戒指什么时候买的？"

边寂看着她，纵然心底有几分怅然，可还是被她的笑容感染，跟着笑了笑，回答道："你说要跟我结束关系的第二天。"

他真的是个不善表达的人，可他想留她在身边。

纵然旧的关系结束了，可还会有新的关系。

或许恰如舒梨说的那样，他们还是需要时间去了解彼此。

半个多月后。

十二月初的江市气温陡降，连着下了好多天的雨。

冬雨和寒风，冰冷得像刀片。

晚高峰的一中门口，私家车堵成长队，喇叭声此起彼伏。

每隔一个月的放假时间，校门口都会这么堵，这已经是常态。

沛沛坐在边寂车里，翘首望着车窗外从车中间穿插而过的学生和家长，被堵车堵得人都快没脾气了。

"哥，我就说我坐公交车回去嘛，每次你来接我，都在这儿堵上大半天。"

车窗外似乎有雨丝飘进来，边寂关上沛沛那边开着的车窗，四周的喧噪似乎一下被隔绝了不少。

车内清静下来，边寂说："趁现在有时间，想一想一会儿吃什么。"

"你要带我出去吃啊？"沛沛马上兴奋起来，"这么冷的天，当然是去吃火锅了！"

前方交警来了，在疏导交通，边寂目视前方，按着交警指示轻轻打着方向盘，车往边上移了一下。

"那就去吃火锅。"他漫不经心地应。

"好啊，我们是不是要先回家接嫂子？还是让嫂子直接去火锅店等我们？"

边寂的眸光定了一下，而后不带表情变化地说："她不在我们家。"

"啊？"沛沛有些愣，"不在我们家？"

"嗯，搬出去了。"

"……"

见边寂回答得这么淡定，沛沛从诧异中回过神，立马皱起眉头气呼呼的质问他："是不是你把嫂子气走了？！"

边寂转头瞧一眼自己妹妹，无奈道："没有。"

"要是你没惹她，她怎么会搬走！你们是不是吵架了？分手了？"

"不是你想的那样。"

“那是哪样！哥，你可不能这样，嫂子搬走多久了？”

“快一个月。”

“我回学校后她就搬走了？”

“嗯，差不多。”

“都这么久了你现在才告诉我！那你们多久没见面了？”

“搬走后——”

“哥！”沛沛差点被气晕，“万万没想到你是这种无情大渣男！我真是看错你了！”

边寂：？

沛沛：“你们分手了？你出轨了？有别的女人了？”

边寂实在没料到沛沛反应那么大：“没有，你别瞎猜。”

“既然都不是，那你们就是没分手？”

边寂沉默片刻，盯着前方被车前玻璃上雨水模糊的车流和人流出神。

“分手”这两个字，用来形容他和舒梨可能有点不合适。

可是又好像，有点合适。

舒梨搬走的那天，没让他送。

有些时候舒梨也固执。

她固执，那他就妥协。

但他那天也跟着去了，远远坐在车里，看着舒梨从出租车上下来，走进新租的地方。

之后他们没有再见面。

舒梨忙着找工作，到处面试，边寂工作也忙，每天晚上都在公司加班，一星期合起来都没睡多少小时。

虽然没见面，但是联系还是有的。

他们会每天简短发几条微信。

“哥，你在想什么？”

沛沛看边寂一直在出神，奇怪地问。

边寂稍稍回神，恰好前方的路也通了，他便开着车缓缓离开这条堵车的道。

沛沛不死心，继续追问边寂：“哥，你现在和嫂子什么关系？”

边寂打着方向盘，看着前方路况，略微沉吟后说：“我想进一步发展的关系。”

听到这个回答，沛沛眨眨眼，有些吃惊：“你想结婚？！”

边寂给了她一个眼神，意思很明显：不可以吗？

沛沛心领神会，给边寂竖了个大拇指：“不愧是我哥。”

“恋爱中的男女啊，分分合合很正常。”她已经默认边寂和舒梨是因为闹了小矛盾而分开了，“不过哥你放心，有我在，我保证你今年能结上婚，明年生小崽崽，三年抱俩！”

边寂蹙蹙眉头，瞧了沛沛一眼，而后轻勾嘴角。

三年抱俩，那倒也不必。

一个就够了。

沛沛觉得自己实在有必要帮自己哥哥一把。

三年抱俩可能有点困难，但是今年内结上婚，大概还是可行的。

于是，她向边寂摊手：“哥，你把你手机给我。”

“做什么？”

“当然是叫嫂子出来一起吃火锅啊。”

边寂在专注开车，雨天路滑，晚高峰车多，路况不是很好。

他抽空稍微看了眼手腕上的表，说道：“她现在应该在工作。”

“这么晚了还在工作啊……”沛沛嘟囔着，可手还是摊着没收回来，“你知道人家晚上工作这么晚还不多问候问候。快，给我。”

拗不过沛沛，边寂只好说：“在那儿，自己拿。”

沛沛低眼一看，麻利地从中央扶手那拿起边寂手机，锁屏密码很简单，六个“0”。

她打开边寂的微信，一眼就看到了置顶的三个聊天框，一个是她，一个是他们爸爸，还有一个，看头像，应该是女生。

“哥，嫂子是这个微信号吗？”

边寂轻瞄一眼，点头：“嗯。”

沛沛“啧啧”两声，既然都学会置顶了，怎么还不知道改个备注。

她点进聊天框，先把舒梨的微信添加了备注，把英文名Shirley改成了“老婆”，然后再退回来，预备给舒梨发消息的时候，看到了舒梨和边寂的聊天记录。

“不是吧，哥，你平时都没跟她聊天？”

边寂清一下嗓子，面不改色说：“聊了。”

“这也叫聊天啊？‘吃了吗’‘吃了’‘下雨记得带伞’‘好的’，这些也叫聊天？”

沛沛一面咋舌一面摇头，怪不得舒梨能从家里搬走，她哥可真是不会谈恋爱，连天都不会聊。

“这不叫聊天？”边寂不承认自己什么都不会，在妹妹面前维持着最后的形象，“成年人不需要腻腻歪歪。”

沛沛差点翻白眼。

“不会就不会，还嘴硬。哪个女孩子不需要嘘寒问暖啊，甜蜜的小情话也需要好不好。来，妹妹我教你。”

沛沛拿着手机，逐一地教边寂：“当嫂子说今晚要加班，你就不能说‘辛苦了’，你当你是她领导呢？你就得说‘不要太累，几点结束，我去接你’。”

“之前我说过要去接她，但是她拒绝了。”

“那你就真不去接了？”

"我不想让她觉得烦。"

边寂大多数情况下，不愿给舒梨造成负担，所以舒梨不喜欢他做的事，他都不会再提第二遍。

沛沛忽然无言以对。

"哥，你是猪吗？"

边寂："……"

沛沛："你多说几句话就这么难？还有，你在下雨的时候，直接去接啊，不用多此一举地问。下雨天这么冷，这么难打到车，你直接过去，换谁谁感动。"

"现在你要约她吃饭，别发什么'晚上要一起吃饭吗'这种话，直接问'大约几点下班，一起吃个晚饭'。"

沛沛边说边打字，在聊天框里输入了这句话，然后发了出去。

边寂来不及阻止，蹙着眉说："她下班很迟的，估计九点了。"

"那就吃夜宵啊，你不会这都不愿等吧？"

"不是，我不是这个意思。"

沛沛拿着手机等回复，转头冲边寂笑："哥，我知道你是在照顾嫂子的感受，你都在替她想。但是你什么都不说什么都不做，谁知道你喜欢人家。今晚你都听我的，保证你年底就能结上婚。"

"……"

边寂无奈一笑："你要是把这个热情用到学习上，说不定我能少看到几张不及格的卷子。"

沛沛："……"

舒梨收到边寂发来的微信是在喝水休息的空隙。

这么晚了，她确实还在工作。

舒梨最近找了一份儿童艺术中心的工作，还在培训阶段。

白天在艺术中心帮忙接待家长和儿童，晚上和同事一起上课培训，经常九点十点才能下班。

有时下班晚了，虞茵那边顾不上，只能让虞茵自己先画，周末休息日的时候再过去。

舒梨这些天也在看集训的相关消息，准备寒假的时候送虞茵去参加专门的美术艺考集训。

想要参加艺考，还是得经过专门的学习和训练。

既然当初承诺要帮虞茵，舒梨就想对虞茵负责。

简短的休息时间，舒梨在喝水的时候看一眼手机，看到边寂的消息稍微愣了一下。

"几点下班，一起吃个晚饭。"

太阳打西边出来了，终于知道约人吃饭了。

她嘴角微微上扬，回了一句："九点下班。"

手机很快振动。

“等你。”

简单粗暴。

舒梨忍不住笑，慢悠悠发了几个字：“随便你咯。”

收起手机，继续上课。

入夜的雨越下越大，整个世界冷冰冰的。

舒梨在九点过五分的时候才下班，整理自己东西。

艺术中心所在的地段很繁华，在商场三楼，九点多，商场里来来往往的人依然很多。

舒梨按着边寂发来的消息，走到一楼的麦当劳。

他先前说他在这里等。

等走到麦当劳，舒梨没看到边寂，倒是先看到了从座位上站起来拼命朝她挥手的沛沛。

“姐姐！这里！”

舒梨在微微的意外过后，冲她笑起来，朝她走去。

“放假了？”舒梨问。

沛沛高兴地点着头：“对啊，刚放假。”

桌上只有一杯可乐和空了的蛋挞盒，舒梨看到，不由得抱歉：“不好意思，让你等我这么久。”

“没关系，我正好把我作业给做完了。”

“饿了没有？”

“不饿，我吃了个蛋挞，就等着姐姐你下班我们一起去吃火锅呢。”

舒梨笑一笑，这才问道：“你哥呢？”

“我哥啊……”沛沛嘿嘿一笑，眼神往门外那儿瞧。

舒梨跟着回头看过去，近一月没见的男人，正推开玻璃门走进来。

衬衫西服，金丝眼镜，永远那么一丝不苟。

清冽的眉眼似乎还带着外头冬雨的寒凛，可在与舒梨对上视线的那瞬间，寒意尽消。

边寂手上拿着两杯奶茶，走到舒梨和沛沛面前后，沛沛先拿走一杯。

随后，她冲边寂使了个眼色。

边寂心领神会，没有把奶茶直接给舒梨，而是牵住她的手，拉起来，再把热奶茶放置在她手中。

这样一个小小的动作，叫舒梨不由得错愕两秒。

热奶茶的热度逐渐温暖了她微微冰凉的手，他的手掌还覆在她指尖，似是蹙了下眉：“手太冰了。”

“哥哥好细心呀，特意买奶茶给姐姐暖手。”沛沛在旁边夸张地说着。

舒梨笑了笑，从边寂手中抽回自己的手，端着奶茶，对沛沛说：“走吧，去吃饭。”

沛沛嘬着奶茶点头，从旁边椅子上拿起自己书包。

她特别识相，背起书包就先自己往外头跑，给边寂和舒梨留点独处的空间。

边寂和舒梨互看一眼，然后缓慢地往外走。

许久没见，边寂觉得舒梨好像瘦了点。

他侧头，想看看她，但只能看到她微垂的睫毛。

“最近好吗？”他问。

“还行。”舒梨简短地应。

“这几天下班这么晚，回去方便吗？”

“可以坐地铁，很方便。”

“有没有好好吃饭？”

问这句的时候，他们已经走至麦当劳的玻璃门前。

舒梨停步，抬眸瞧着边寂，眼底是明晃晃的笑意。

“想知道？”

边寂稍敛神色，默认。

舒梨又是一笑：“关心我啊？既然关心我，这么久了，怎么也不见你打个电话。”然后推开门，径直走了出去。

外头的冷风还夹杂着冰凉的雨丝，扑面而来，有些寒冽。

边寂在原地驻足几秒，在玻璃门因为惯性自动关上后，才反应过来，推开门出去。

近十点，火锅店的客人没有几个，比平时显得安静不少。

舒梨不能吃辣，他们点了个鸳鸯锅，慢慢悠悠吃了一个来小时。

等吃完已经十一点多，雨在这时候停了。

沛沛说自己困了，让边寂先送自己回家睡觉。

舒梨本想说自己坐地铁回去，可硬被沛沛拉上了边寂的车。

边寂先把沛沛送到了观澜花园，确认她坐上电梯后，才把车从地下车库开出来。

终于是两个人真正的独处。

车内很安静，火锅的味道依然存留在衣服和发丝上，在这相对封闭的空间里显得有些闷。

“可以开窗吗？”舒梨问。

边寂没应答，主动降了一点两侧的车窗。

雨后的城市夜晚，风从脸颊拂过，冷冷的，足够让人清醒。

连心跳的频率，都格外清晰。

舒梨顺一下被风吹乱的头发，转头，恰好对上边寂幽深的眼眸。

她眼角扬了扬：“认真开车，一直看我做什么。”

“太久没见到你了。”

“噢？”舒梨若无其事地笑，“要不是你妹妹放假，说不定我们还不会见面呢。”

听出舒梨的言外之意，边寂问：“你生气了？”

“生气什么，这有什么好生气的。”

舒梨不愿承认自己的小情绪。

搬走那天还送戒指，说什么“想要共度一生”。

都是空话。

快一个月了，只知道微信上问几句，人没见到，电话也没有。

不生气，才不生气。

边寂看了她许久，红灯的时候，停下车。

红色数字显示还有三十秒。

边寂解开安全带，倾身过来，手指轻轻抚在舒梨颈后。顺着力道，他轻吻住舒梨的唇，而后唇瓣移至她耳边，嗓音喑哑：“生气也没关系，是我不对。想我了没有？”

舒梨耳垂泛着红，刚想推开他说“没有”，却又听到他说：“我每天都在想你。”

心神停滞几秒，舒梨被一阵刺耳的喇叭声拉回现实。

她猛然推开边寂，稳着嗓说：“别占我便宜。”故意不回应边寂那句“想她”。

红灯已经跳成绿灯，后面有车在催促，边寂暂时松开舒梨，系好安全带，将车开过这个路口。

他没问舒梨现在住哪儿，好像知道她住哪儿似的，车一直往前开。

舒梨过了半晌才反应过来，这是她回住处的路。她不由得转头，盯着边寂看。

边寂神色自若，打着方向盘。

直到停车。

对面就是春熙小区，舒梨现在住的地方。

老式小区，但是地段好，交通方便。

舒梨住 10 幢 10 楼。

车停下了，人也到了小区门口，可舒梨没有第一时间下车。

她问边寂：“你怎么知道我住在这儿？”

“不是你说的吗？”

“？”

边寂是一脸坦荡正直的表情，惹得舒梨反而自我疑惑。

她有跟他说她住哪儿吗？

好像没有吧？

舒梨确认自己没说过，狐疑的眼神扫到边寂脸上，她已经敏锐觉察出边寂有问题。

边寂倒是笑了笑，说：“有些东西给你，你带回去。”

“什么东西？”舒梨问。

边寂笑而不答，自己先解开安全带下了车，打开后备箱车门。

留在车里的舒梨皱皱眉头，总觉得边寂有点奇怪。

她也解开安全带，跟着下车。

雨已经停了，但是水泥地面上仍有许多积水，夜里的风格外的凛冽。

舒梨拉拢身上大衣的衣襟，走到后备箱那儿，恰好看到边寂从里面拎了两大袋的水果出来。

满满当当，看起来就很重。

舒梨语塞片刻，不确定地询问："这些……不会是给我的吧？"

边寂点头，将两个袋子递给她："嗯，工作辛苦，吃点水果补充营养。"

"……你倒是挺关心我身体啊。"

"先前等你下班的时候，经过水果店，看到就买了。拿上去吧，早点睡。"

边寂还是伸着手，维持着将袋子递给舒梨的动作，说得云淡风轻。

舒梨真是笑也不是，无奈也不是："这么重，我拿不动。"

边寂这才恍然大悟一般，低头看看这两个大袋子，露出抱歉的表情："是有点重，没考虑到你提不动。"

"……"

边寂将手上袋子收回，一副正经样儿："我帮你提上去。"

舒梨终于忍不住轻撇嘴角。

原来在这儿等着她。

什么买水果，根本就是故意的。

想上门才是目的。

醉翁之意不在酒，这招还挺高明。

舒梨含笑的眼眸瞧了边寂许久，似是将他看得透透的。

最后，她什么都没说，转头往对面小区走，看起来是默认边寂跟自己回去。

后备箱车门关上，车门上锁，边寂拎着有些重量的两个水果购物袋，跟在舒梨后面走。

——这些都是沛沛教的。

想去舒梨那儿，不能再用"我能上去喝杯咖啡吗"这些老套的借口。

新的借口，一定要顺理成章，挑不出毛病。

比如买些重的东西，舒梨提不动，那边寂就可以有正当理由帮她提上门。

吃饭前那杯暖手的奶茶，也是沛沛教的。

边寂第一次发现，自己妹妹还挺聪明，招数一套一套的。

舒梨住 1011 室，三室一厅。

她是跟别人合租的。

她的房间比较大，自带卫生间，房租比另外两个房间贵了几百块。但她觉得没什么关系，起码这样能减少很多麻烦。

两个室友都是女生，都在附近工作，偶尔加班。

舒梨和边寂回来的时候，一个室友和她男朋友在客厅看电视，另一个室友还在加班没回来。

两个年轻男女正一块儿靠在沙发上腻歪着，见舒梨回来了，也没太大反应，简短地打了声招呼，就关了电视，一块进了房间。

门锁“啪嗒”的声音清晰响亮，舒梨和边寂还站在玄关处。

舒梨对此情景早就见怪不怪，回头，看着边寂，故意说：“送到了。”

边寂的视线还停留在装修简单的房子里，摆设和家具有些乱，茶几那儿的垃圾桶满了，空了的零食袋子还在桌脚躺着。

这不像是舒梨平时的风格。

舒梨说不上有洁癖，但是爱干净，东西一直收拾得井井有条。

“你住哪儿？”他问。

舒梨一笑：“干吗，你还真的想把我送回我房间啊？”

边寂微绷着脸，看起来是认真的。

舒梨不再跟他开玩笑，带着他走向自己的房间。

反正人都已经来了。

舒梨的房间跟外面的杂乱相比，显得整洁又干净。

房间里几乎没有多余的东西，除了床和衣柜，就是一张书桌和一张椅子。

她平时只在自己房间活动。

外面的客厅、厨房和卫生间，都不是她的活动范围。

“刚才那两位，是你的室友？”

在舒梨关上房间门的时候，边寂问。

舒梨漫不经心地答：“女生是室友，和她一起的是她男朋友，偶尔会上来过夜。”

“偶尔？”

“嗯，大概……一周四五次。”

边寂蹙起眉头：“这也叫偶尔？”

舒梨笑了笑，挑眉问他：“你关心这个做什么。他又不是我男朋友，过不过夜关我什么事。”

“他是男人。”边寂语气之间有强硬的别扭，对舒梨住的地方几乎不满意。

舒梨不以为意：“男人又怎么了？我房门锁上，难道还会像某人一样拿钥匙开门进来？”

“……”

边寂停顿一下，认真道：“我帮你重新找个地方住，最起码是单间，安全些。”

“我现在挺安全的。”

“我觉得不安全。”

两人视线对上，似乎又陷入僵持。

“我工作的地方到这里，有直达的地铁，地铁站就在小区五百米不到的地方。我每天上下班很方便。我的室友确实会带男朋友回来，但是从来没有影响到我，我们几乎没有什么交流。”

舒梨对着边寂的眼睛，一字一句缓慢说着。

“这里就是个睡觉的地方，我没感觉到不安全也没不方便。我现在这个情况，有个落脚的地方已经很不错了，难道我还奢望跟以前一样住大别墅大豪宅吗？”

她笑一笑：“我不想再折腾了，也请你别干涉我的事。”

边寂沉着眸，将手上水果放置到一边桌上，背对着舒梨，没有说话。

舒梨看了一会儿他的背影，晦涩地收回目光，倚靠在门边上，视线垂落，盯着地板。

她没下逐客令，没让他走。

这么久才见上一面，她有舍不得，也有没化解掉的怨气。

“最近还有吃药吗？”边寂终于出声，问。

舒梨深呼吸一口，抬眸：“没有。”

边寂转过身，正视着她莹亮的眼睛，向她确认：“真的？”

“这有什么好骗你的。”

说话时候，她没再笑了。

两人又相互沉默了一会儿，舒梨定眸看着边寂，问他：“水果送到了，住宿环境你也看了，还有什么要说的吗？”

边寂眸光沉沉的，喉结上下滚动一番，说：“好好吃饭，别总吃便利店里的三明治。”

舒梨怔了怔，先前在车上的疑惑重新席卷而来，她蹙着眉头问：“你怎么知道？”

边寂避而不答，舒梨走上前，停在他面前追问：“你为什么知道我住在这儿，为什么知道我平时都去便利店买三明治？”

逃不过舒梨寻根追底的眈眈眼神，边寂只能回应：“我看到的。”

“你看到？”

“嗯，我看到。”

舒梨似乎有些不明白了，可很快她又想明白了。

她忽地露出个笑：“你不会……是偷偷来看我了吧？”

边寂轻轻咳了一声，面上虽过不去，可仍挺直背脊反问：“不可以吗？”

“可以啊，当然可以。”舒梨离他近了点，下巴仰着，鼻尖的气息略过他的下颌和锁骨。

她眉眼笑着问：“既然都来找我了，为什么不告诉我？”

“你在忙，不想打扰你。”

边寂其实私底下来看过舒梨几次，但是看到的都是她忙碌，没时间吃饭。

他不想占用她的时间，不想打扰她。

半晌之后，舒梨送给他一个字：“蠢。”

边寂眉心微拢，还没说话，舒梨就说：“很晚了，你该回去了，沛沛还在家等你。”

逐客令还是下了。

乘电梯下楼的时候，边寂的脑子里还是舒梨说的那个“蠢”字。

电梯不断下降，数字不断跳动。

随着数字跳到“1”，电梯门打开，边寂忽然想明白了什么。

确实，他很蠢。

……

舒梨慵懒地趴在窗台边，手上拿着烟，眼睛瞧着楼道口。

还没看到边寂从楼里出来的身影，她的房门先被敲响。

通常没人敲她房门的，她和另外两个室友没有任何交际。

这会儿，舒梨有点奇怪和意外。

她灭了烟，关上窗，走去开门。

房门打开，出现在眼前的人不是舒梨以为的室友，而是去而折返的边寂。

“你怎么回来了？”

“今晚大概走不了。”边寂神色坦然，微微一笑，“车坏了。”

舒梨：“……”

车坏了？

人都没从楼里走出去，怎么就知道车坏了？

这谎撒得也太没技术含量了。

舒梨双眼微眯，打量着边寂，停在门口，没让边寂进来，也没让边寂走。

刚才给边寂开门的室友男友朝他们这边投来个八卦的眼神，没瞧出个所以然来，端着杯水回了自己的房间。

等这儿只剩下他们两人后，舒梨慢悠悠地说：“车坏了，找维修。”

“手机没电了。”

边寂回答得很快，看着像是真的手机没电了。

舒梨停滞几秒，终究是忍不住牵动嘴角：“你撒谎都不会眨眼啊，说得就跟真的似的。”

边寂不置可否的，就站在门口不动。

舒梨不跟他僵持，往后退一步，转身往房里走，交代他一声：“锁门。”

房门很干脆地落了锁。

舒梨开了空调，带着暖意的风在房里吹拂，仿佛隔绝了外头凛冽的夜。

她将身上的大衣脱下，不紧不慢地挂到衣架上，对身后的边寂说：

“我这儿的床只有一米五大，你可能睡不下。”

“没关系，我可以打地铺。”

听到这回答，舒梨笑一笑，挂好大衣回头，看到边寂也正在解他西服的扣子。

她又说：“我这里也没你能换洗的衣服。”

边寂十分镇定，解完扣子就看向舒梨：“那我就不穿。”

舒梨：“……”

这人什么时候变得这么……不要脸。

“你真的要在我这儿过夜？”

“衣服都脱了，不然呢？”

舒梨被噎到，一时竟无言以对。

她知道，边寂去而折返，肯定是打定主意要留宿的。她肯定赶不走。

既然这样，她就放弃挣扎。

已经很晚了，明天早上还得上班，她没精神再折腾来折腾去。

舒梨把边寂带到卫生间门口：“卫生间在这儿，抽屉里有备用的牙刷和毛巾。”

边寂点着头，询问她：“你先洗，还是我先洗？”

舒梨嗔他一眼：“都可以，反正不跟你一起洗。”

最后还是舒梨先去洗澡，洗完后，她坐在床上看培训用的资料。

儿童艺术中心是跟小孩子打交道，需要学习儿童心理学、儿童语言发展等相关的理论知识。

培训合格了，才可以进入实习期。

所以她这些天一直很忙。

边寂洗完澡出来的时候，看到舒梨还在看资料。

他关了卫生间的灯，走向她。

突然被高大的人影遮住灯光，舒梨抬头看过来，发觉边寂全身上下只围了条浴巾。

肩宽腰窄，腹肌坚实，轮廓清晰。

浴巾松松垮垮的，瞧着一不小心就会掉落。

他的头发被吹干，发尾濡湿，垂在额头，遮住眉毛。

没有戴眼镜，眼底的侵略性倒是看得一清二楚。

舒梨太了解边寂现在是什么想法，可她不顺他的意，手指指了下床边地板上的绒毛地毯，长方形，恰巧能容纳下一个人。

上面放着一条小毯子。

“你睡那儿，开了空调，夜里不会冷。”

边寂俯身而来，沐浴露和洗发水的甜香就这样萦绕在舒梨鼻尖，将她包围。

在他更靠近的时候，她伸手抵在他胸口，阻止了他。

“我只答应让你留宿。”

留宿不代表可以做别的事。

面对舒梨澄澄的目光，边寂略弯嘴角，鼻息热意划过她耳边，薄唇一张一合间，似是碰上她耳边敏感的肌肤。

“早点睡。”

说完，他就走到地毯那儿，拿小毯子盖住身体，躺下睡觉。

纵然人已经离了开，可舒梨仍陷在适才心跳陡然加快的紧张里，耳边的痒意还存在。

视线移过去，边寂已经闭上眼，躺得笔直，看起来是真的在睡了。

舒梨放下手中的资料，抬手关了灯，然后慢慢躺下来。

黑暗之中，她发觉自己的心跳还是有点快。

她还因此失眠了。

毫无睡意。

封闭的房间里，空调机发出运作的声响，在这个安静空间里格外响亮。

彼此的呼吸声也有些清晰。

舒梨几乎听得很清楚，边寂呼吸的声音仿佛近在咫尺。

一些他们曾在暗夜里做过的事，突然在舒梨脑海里回放，他们的喟叹喘息像深夜野蛮生长的带刺玫瑰，嚣张跋扈，刺激着她的心神。

而这时候，外面传来大门开门和关门的声。

估计是另一位室友加班回来了。

很快声响没了，一切又陷入安静。

但是几分钟后，一墙之隔的另一个房间，却传来暧昧的声音。

那是细微的，极小的，属于成年男女间暧昧声响。

舒梨之前能视若无睹，当自己没听到。

但是现在——

她却有些尴尬。

因为边寂在。

她翻了个身，拿被子挡住头，这样就听不到那些令人想入非非的声音。

可忽然，她听到边寂格外清醒地问：“他们经常这样？”

舒梨一怔。

她还以为边寂已经睡着了。

拉开被子，她故作无所谓地说：“男女朋友，很正常。”

“不会影响到你休息？”

“当没听到就好了。”

边寂没说话了。

舒梨等了一会儿，问他：“影响到你了吗？”

想到什么，她突然笑了：“我还以为你这个年纪的成年男人，早就游刃有余，对这些都已经免疫了。原来你还不如我。”

黑暗之中，舒梨看不到边寂什么表情，甚至连他的脸都看不到。

她说完，边寂也没出声。

她也就没继续说了。

正当舒梨以为边寂已经睡了的时候，她又听到他说："还是换个地方住吧。我不是干涉你的生活，我只是担心你关心你。"

舒梨没有应。

望着天花板，她的思绪有些满，也有些空。

她问他："边寂，这段时间，你过得好吗？"

"不好。"

边寂这次没有沉默，没经思考就回答了舒梨的问题，声音低沉："每天都在想你。"

舒梨蓦地扬唇，眼里仿佛有了晶莹水光，语气埋怨："我以为你至少会来找我，没想到，除了微信问候几句，连个电话都没有。"

"下次别那么蠢了，既然来了，就别偷偷躲在角落。我就算再忙，见你一面的时间还是有的。"

"嗯，以后不会再这么蠢了。"边寂应着。

隔壁仍在翻云覆雨，随着一声闷响，世界归于安静。

估计是结束了。

边寂说："还是换个地方吧，不能总让你半夜听这些。"

舒梨本想说不需要，却还是松了口："再住两个月，租期到了就搬。"

"嗯。"

对话到此结束。

接下去是长时间的静谧。

舒梨完全没有睡意，实在睡不着，她掀开被子下床，去了一趟卫生间。

出来后，走到边寂身边，借着晦暗的光，看他安静的睡颜。

说可以不穿衣服还真的不穿衣服，就围条浴巾，胸膛都露着。一条小毯子根本盖不住他这样的大高个。

舒梨怕他睡地上着凉，把盖在他身上的小毯子拿走，换了自己的那床被子。

等给他掖好被子，她准备起身时，手腕却突然被拉住。

她猝不及防往前一趔趄，扑到了他身上。

"被子给我，你盖什么？"他睁开眼，黑暗之中眼睛暗暗发着亮。

"你没睡啊，"舒梨勉强支起身子，"地板容易着凉，我睡床，盖毯子就够了。"

边寂摇摇头，掀开被子一角，不由分说地将舒梨拉了进来。

被子盖上，舒梨也被边寂搂在了怀里。

舒梨想挣扎，可边寂的力道有些重，她挣脱不开。

"你……想干什么？"

边寂低下巴亲了一下舒梨的额头，然后将她搂得更紧。

他说："一起睡。"

“你确定我们这样，能睡得着？”

“如果睡不着，可以做其他的事吗？”

舒梨没回答，抬着头看他。

他也恰好垂着眸看她。

鼻息交错，呼吸绵延，她的掌心贴住他胸膛，感受到他心脏有节奏的律动。

当唇缓慢地碰触在一块，也说不上是谁在主动。

他唇的触感和轮廓如此清晰，呼吸间满是他深沉的气息。

就这样，她被他带到了另一个世界，浮浮沉沉，缠绵缱绻。

边寂与她十指紧扣。

这种时候，他还有心情问她：“为什么不戴戒指？”

这种时候，舒梨也有心情跟他开玩笑：“戴了戒指，别的男人以为我已婚，不来追我了怎么办。”

舒梨才说完，就被边寂狠狠箍住肩膀。

他一改刚才的温柔和怜惜，盯着她的眼睛说：“别的男人，想也不要想。”

……

舒梨忘了自己是怎么睡着的，醒来的时候，房间里已经没了边寂的身影。

窗外天已经亮了，舒梨拿过手机看一眼，七点。

有条未读消息，是边寂十分钟前发的。

“我先回家换衣服，今天有早会。晚上一起吃饭。”

舒梨看了许久，最后露出个笑来，把手机放下，准备起床。

洗漱收拾完毕，舒梨打开房间的门，恰好碰上室友和她男朋友一块儿出来。

舒梨有些尴尬和不好意思。

室友倒是没在意这个，挽着男朋友的手，冲舒梨笑：“你男朋友挺帅的。”

停顿几秒，舒梨忽地笑了。

男朋友。

她男朋友，当然帅。

上午，舒梨在艺术中心，中午时候，去了虞茵那边。

她在虞茵那里一直待到傍晚，最后被一个电话叫走。

对方自称李律师，负责舒连漪的案子。

安静的咖啡厅，背景音乐旋律悠扬，桌上的热咖啡早已经没了温度。

舒梨平静地听李律师说完案子的事，模样静静的，没有多余的动作和表情。

“这次我们有把握能减刑至二十年，舒小姐放心。”

二十年。

舒梨唇瓣轻抿，微小的弧度算不上笑。

“不能再短了吗？”

“……依照刑法，不能了。”

“谢谢，我知道了。”舒梨礼貌向李律师道谢，又询问他一遍，“一个月之后开庭是吗？”

“是的，下个月25号。舒小姐可以过来，等案子判了，就会有探视权，到时您可以去探望舒总。”

……

舒梨一整晚的心情都不大好。

连绵几天的雨在昨夜停了后，天一直没放晴。

入夜之后，更加阴沉，像是随时随地都能再下一场雨。

边寂过来接舒梨，舒梨正站在路口的梧桐树下点烟，白茫茫的烟雾使她的脸变得模糊。

她不知在想什么，看着心神飘远，心不在焉。

边寂停好车，走过来，风吹树叶的声响在耳边清晰吵闹。

“舒梨。”他喊了她一声。

舒梨慢半拍反应过来，稍稍抬头，冲边寂轻扯出一个笑来。

边寂走上前，目光在她纤瘦的肩膀停留，而后问她：“穿这么少，别站在风口。”

舒梨笑了笑，最后抽一口夹在手指间的吸烟，漂亮地吐了个烟圈，说：“最后一根烟，抽完就走。以后戒了。”

“戒了？”

“是啊，戒了。要教小朋友，身上最好不要有烟味。”

舒梨想起什么，又笑笑：“以前还有人特意给我写小纸条说‘吸烟有害健康’呢。”

这是好久之前的事了。

突然被提起来，边寂也不由得笑。

不过刚才他的眼睛却看得很清楚，舒梨刚刚在出神。他眼底的神色认真几分，问舒梨：“刚刚在想什么，有什么事吗？”

舒梨唇边的笑意稍微停顿：“这都被你看出来了？”

边寂怕舒梨着凉，把自己身上的外套脱下来给她披上，她的身子单薄，但总穿这么少。

被边寂温暖的外套裹住，舒梨的鼻尖不知为何突然酸了一下。

好像现在的她，在他面前，变得越来越脆弱，越来越不会掩饰。

“今天有个律师找我，我妈的案子要开庭了。”

边寂不动声色地沉眸，舒梨往他怀里靠了靠，头靠在他胸口的位置，低着声说："边寂，我好累。"

边寂轻搂住她，抚着她的背脊安慰："别担心。"

"我不担心，我就是好难过。律师说，最好的结果就是被判二十年。二十年……二十年真的好漫长……"

"二十年也不长的，我陪你一起等。"

舒梨滞了一会儿，在边寂怀里笑了："你别骗我。"

"我不骗你。"

这仿佛是个承诺。

街头路口的风很大，夜晚的温度很低，马路上一辆又一辆的车从他们身旁呼啸而过。

舒梨却觉得很温暖。

她那颗空了的心，好像被一些东西慢慢在填满。

晚饭的时候，沛沛来了。

舒梨和边寂兄妹俩在新开的日式拉面馆简单吃了饭，然后边寂先送沛沛回家。

有点像昨晚的套路。

不过今晚，舒梨没有再纵容边寂。

车在小区前停下后，舒梨解开安全带，说着："你这车今晚应该不会坏，早点回家。"

边寂却按住她握着安全带的手，目光炯炯。

"我送你上楼。"

"不用。"

"我送你。"

"不用。"

舒梨拒绝得太干脆，没给一点余地，边寂只好稍微妥协："我就送你上去，不然我不放心。"

"你能保证？"舒梨显然一副不相信边寂的样。

眼看边寂突然不说话了，舒梨慢慢靠近了看他，发觉他的耳根红了。

她倏地一笑："害羞了？"

边寂揉揉她的头，然后退开点，背靠座椅，故意不答。

看着就很心虚。

"好久没看到你害羞。我以前可喜欢看你脸红了。"

舒梨也坐好，想着五年前刚认识边寂时候的事。

其实五年也很快。

所以，她妈妈的二十年，肯定也会一眨眼就过。

"边寂，晚上你陪陪我吧。"

刚刚还说不让边寂送，现在却突然改了主意。

边寂有一点儿意外，可看到舒梨略显落寞和难过的脸，他的心也跟着颤了一颤。

“嗯。”他应。

两人又在车里坐了好一会儿，安静地陪伴着彼此。

许久之后，他们下车。

边寂今晚依然没带换洗衣服，但在便利店里，简单买了几件。

回到住处，他和舒梨分别洗过澡，最后一起躺在床上。

什么都没做，只是依偎在一起，说一些过去的事，说一些以后的计划。

曾经身体再亲密，都没有此刻这般心灵的亲密。

舒梨在边寂怀里缓缓入睡，边寂轻轻吻她额头，道了声“晚安”。

他没有太远大的梦想，他只希望，未来的每一天，都能像今晚这样，同怀里的她说一声晚安。

一个月后。

新的一年刚刚拉开帷幕，好似所有的事情都能有个新开始。

舒连漪的案子也有了个结果。

开庭那天，舒梨去了法院，可是在法院门口却犹豫了。

她实在没勇气去听别人细数舒连漪的一桩桩罪状，也不想亲耳听到法官对她母亲的宣判。

不管舒连漪这个人到底犯了多大的罪，她给舒梨的，是最富裕奢华的生活。

从小到大，舒梨什么都不缺，除了母爱。

但即使没有母爱，舒连漪仍然是舒梨的母亲，她在这个世上唯一的亲人，同样也是她心底最脆弱的那部分。

舒梨没勇气进去，一个人在法院外面等。

一个小时，还是两个小时，她不清楚。

总之，没有很漫长。

巍峨严肃的江市法院门口，很快多了来往的人，都是舒梨不认识的。

他们或许是舒氏集团的董事，或许是员工；他们或许是来做证的，或许是来听审判的……

这些都跟舒梨没什么关系。

舒梨等的人是边寂。

今天是边寂陪她一起来，替她进去。

在外面待了太久，吹了太久的风，舒梨的手很是冰冷。

边寂轻握住，垂着眼，努力过渡一点自身的温度给她。

“律师说得没错，是二十年。”

一滴泪从舒梨眼睑处滑落，她努力微笑，可是却发觉自己怎么都笑不起来了。

“但是表现好，或许会有减刑。而且，现在案子判了，你以后可以正常探视。刚刚我跟律师提过，他说他会尽快安排。”

边寂努力把好的一面说给舒梨听，但自己也不确定舒梨能否听得进去。

他心疼地抬手，手指轻轻擦去舒梨的眼泪，哄着她："别哭，都会好的。"

"她看起来好吗？"舒梨颤抖着嗓子，问。

边寂停滞一下，才回答："比上回你见到她时，瘦了一些。"

舒梨忍着眼泪，平复着心头情绪。

她想，她不能哭。

她得好好的，然后以最好的面貌去探视舒连漪。

这样，舒连漪才不会担心她。

边寂的掌心轻拢着舒梨的脸，擦着她眼泪。

法院门口依然有人出来，一个年轻男人推着坐着轮椅的男人缓缓出现。

舒梨无意间看到，目光顿了几秒。

边寂觉察到，顺着舒梨的视线看过去，眼底多了几分沉郁和不安。

"我送你回去。"他状似不经意地遮挡住江竟廷，要带舒梨离开。

舒梨点头，可是眉头却轻蹙着，还是往江竟廷那边看了一眼。

"怎么了？"边寂神色自若地问。

"那个男人……我这段时间经常能看到。"

舒梨经常能碰到江竟廷。

在公交站，或者地铁口，或者艺术中心的附近。

他们没说过一句话，但她总能发觉他在看自己。

"他也去庭审了吗？"

边寂犹豫半会儿，点头："嗯。"

舒梨明亮的双眸充满疑惑，她问边寂："你知道他是谁吗？他跟我妈认识？"

边寂一时不知该怎么答。

恰好这时，江竟廷注意到舒梨这边，他的轮椅停下，与舒梨和边寂遥遥相望着。

最后，他对身后的助理说了什么，助理缓缓朝他们走来。

助理停在舒梨和边寂对面，恭敬地打招呼："边先生，舒小姐。"

然后他对舒梨说："舒小姐，江先生想跟你谈一谈。"

舒梨第一次知道江竟廷这个名字，也第一次，和这个男人面对面。

他们在附近找了个可以坐的地方，只有他们两个人。

"江先生，我们认识吗？"舒梨先问。

她其实心里有答案，因为江竟廷看她的眼神，那么深沉。

他们已经碰上太多次，现在他又主动要求谈一谈——

她已经有了自己的猜测。

江竟廷看了舒梨许久，略带病容的清癯脸庞露出点愧疚来。

但他没回答舒梨的问题。

舒梨继续问他："您跟我母亲认识？"

江竟廷眸色暗沉几分，轻微点头。

"江先生，您要跟我谈一谈，现在却又什么都不说……请问您到底想跟我谈什么？"

舒梨的眼眸定定望着对面的江竟廷，他看着羸弱，坐着轮椅，可依稀能看出年轻时候的模样，应该斯文有礼、气宇轩昂。

江竟廷忽然笑了一声："你跟你母亲可真像。"

舒梨脸色微僵，江竟廷仿佛陷入过去的回忆，缓慢说着："你母亲以前，也是这样，什么事都要先问个清楚。"

"……你们很熟吗？"

"是，很熟。她是我看着长大的世家妹妹。"

说到这儿，江竟廷难忍心头愧疚，叹了口气："是我对不起她。"

"如果当初知道她有了你，我不会留在国外不回来，我对不起她，也对不起你。"

舒梨的心跳停滞了几秒，转而心头像缠着一团闷火，灼烧着，热烈着。

她神色看着很平静，可眼底已经有了暗暗的晶莹。

她已经知道对面这个男人是谁。

二十多年，不长，也不短。

他就是这二十多年里，从没出现过的那个男人，她的父亲。

舒梨忽然想笑，鼻尖酸酸的，为舒连漪感到难过。

"你的意思是，如果知道有我，你会回来。因为不知道，所以你就没出现。请问，我妈算什么？她在你眼里，到底算什么？"

冷冰冰的问句，让江竟廷怔了怔，随后他解释："我和你母亲之前，发生了一些事。当初就是个意外，第二天我要出国办事，答应她回来后给她一个交代。"

"我们之间没有感情基础，突然发生那样的事，暂时无法接受。希望你能理解。"

"那之后呢？之后你为什么又不回来给她一个交代？"

"之后……"江竟廷默默看向自己已经没有知觉的双腿，语气之间也多了许多的无可奈何。

"到国外不久，我出了车祸，如你所见，双腿瘫痪。当时从死神手中逃出来，辗转换了好几家医院，都没有办法再治好双腿。那时候我想，我这样一个半身不遂的人，怎么能再回来耽误你母亲的一辈子。所以我没有再回来，车祸的事也一直瞒着，从此和你母亲断了联系。"

当年，江竟廷确实对自己心灰意冷，这样一个残缺的身体，实在不想拖累舒连漪。

舒连漪那年才十八岁，多么好的年纪。

他们不过是一夜纵情，是个意外，忘记了，也就算过去了。

他根本不知道舒连漪怀孕，也根本不知道舒连漪为他生了个孩子。

“这些年，我身体一直不好，也一直没管国内的事。前段时间病了一场，后来才知道舒氏集团出了事。知道后，我马上就回国，帮忙处理——”

“是吗？”舒梨淡淡笑了笑，“然后你就知道这世上还有个我？”

江竟廷双眼充满歉意：“孩子，对不起，这些年……是我没尽到父亲的责任。”

“不用跟我道歉。活了二十几年，现在终于知道我父亲是谁了，也挺好。”

舒梨兀自笑着，眸底微光闪烁。

“小时候我没有拥有父爱，现在这个年纪，也不需要了。”

“江先生，我不知道你和我母亲之间到底有怎么样的过去，你对不起她是事实，我不需要你这个父亲，也是事实。谢谢你今天告诉我这些，以后，还请不要再来找我，不要再打扰我的生活。”

江竟廷没想到舒梨会这样说，满眼诧异。

“孩子，你别跟我赌气，我知道是我对不起你——”

“江先生误会了，我没有跟你赌气。我现在很冷静。”舒梨不紧不慢地说，“如果你觉得过去的二十年对不起我，那以后，请给我一个平静的生活。我不想知道你是谁，请你也别过问我的事。”

她起身：“谢谢。”

然后离去。

江竟廷还怔在原地，望着舒梨离去的单薄背影，久久没有回神。

他是想弥补的，可是他的这个女儿，不给他一点儿机会。

他忽然在想，她是像谁呢？

像她妈妈吧。

骨子里带着倔。

当年是命运弄人，阴差阳错地错过。

他不知道舒连漪怀孕，舒连漪也不知道他出了车祸。

假如有一方肯主动联系，那也许事情就不会变成现在这个样子。

可是说到底，还是他的错。

他不为自己开脱。

现在所有的局面，都是他造成的。

风太凛冽。

舒梨拉开车门，坐进去，才稍微感觉到一点温暖。

边寂坐在驾驶座，在等她。

见她进来，他下意识往车窗外面看一眼，然后询问：“谈完了吗？”

舒梨双臂环抱着自己，看起来是着了凉，瑟瑟发抖一样。

边寂感觉不对，连忙问她：“怎么了？冷吗？”

“嗯，冷。”

边寂马上把车内的暖气打开，然后伸手去碰舒梨的手，发觉她的手确实很冰。

他握紧，说：“一会儿就会暖了。”

可舒梨突然“啪嗒”掉下一滴泪，浑身发着颤。

“监狱里是不是更加冷？”

“舒梨……”

“以前，我总问我妈，这样把我藏着掖着，当初为什么还要生下我。我总是这样问她，那时候她的心应该很痛吧？”

舒梨眼泪止不住，垂着头，泪盈满了眼眶。

“她生我的时候才十八岁，一边等一个等不到的交代，一边一个人怀着我，生下我……我总觉得我可怜，其实她才最可怜，前半生是这样，后半生又要在监狱里度过……”

“我想恨那个男人，可是我发现我竟然做不到，他一直不知道有我的存在……”

边寂忍不住倾身过来抱她，嗓音低哑着：“他都跟你说了？”

舒梨抬眸看边寂，仿佛听出言外之意。

“你知道？”

边寂略一沉默，舒梨追问：“你知道他是谁？”

“嗯，我知道。”边寂没打算瞒着，坦白说，“他是华伦董事长的兄长，你的父亲。”

“你什么时候知道的？”

“有两个月了。那时候他找过我，想见你，但我没同意。”

舒梨忽然想到什么，恍然大悟般，说：“怪不得那次，你突然跟我提父亲的事，那天你就知道了，对不对？”

边寂皱着眉点头：“你会怪我不告诉你吗？”

“为什么要怪你，我本身就不想知道他是谁。”

舒梨往边寂肩头靠靠，疲倦地说：“我已经这么大了，不再需要父亲。我现在哭，是替我妈难过。如果以前知道她承受了那么多，我一定……一定学着做一个听话的孩子，不惹她生气，不一遍遍质问她为什么生下我……”

舒梨轻颤着眼睫，泪水在脸颊滑落。

当初舒连漪为什么要生下她，肯定是因为爱啊，因为爱着那个男人，因为心里还存有一丝期冀，等待着那个男人回来。

说到底，舒连漪也只是一个女人，一个人生下孩子，一个人撑起家父留下的家业，她已经尽了她所有的努力了。

“边寂，我好想我妈。”

边寂抱着舒梨，在她耳边低声说：“很快就能见面，很快。”

舒梨点点头，在边寂怀里闭上眼。

边寂抱了她一会儿，略显犹豫地问：“你知道我妈和你爸妈认识吗？”

舒梨睁眼，缓缓从边寂怀里抬头。

与他对上视线后，她说：“以前听我妈说过，她和你妈认识。”

“你会想知道他们之间的事吗？”

“为什么要知道？这是他们长辈之间的事，跟我们有关系吗？”

边寂也不知道为什么会这样问，可能他有自己担心的事。

他怕舒梨会受长辈间的过往影响，影响到他们。

可是过去到底发生了什么，他们无从知晓。

“你在想什么？”舒梨望着边寂的脸，问。

边寂回神，摇摇头，伸手擦拭舒梨脸上未干的泪痕。

舒梨想到什么，笑了一笑：“你说，我们是不是命中注定啊？”

“什么？”

“命中注定认识你啊，傻瓜。”

边寂也跟着微微露出个笑。

或许吧，或许真的是命中注定。

他和舒梨，当初差距那么大，他是贫寒学子，她是养尊处优的大小姐，家世、背景完全不一样，天差地别。

可他们还是碰上了。

年少的第一次心动，是因为她。

因为她恶作剧般的撩拨，也因为她深藏起来的善良。

曾以为她是想拉着他坠落深渊，其实是他甘愿为她沉沦。

他为她做所有一切，都心甘情愿。

“舒梨。”

他在她额间落下一吻，再将她拥紧。

他说：“我很爱你。”

怀里的人在怔滞，他却拥得更紧。

五年前的后知后觉，和重逢之后一直哽在喉口的话，在这一刻，他终于敢坦然告诉她。

“五年前，我就已经为你心动。”

“舒梨，我真的很爱你。”

第十章 昨日少年

二月初，农历进入最后一个月份，寒冬腊月，格外冷。

大街小巷已经在张灯结彩，提早迎接农历新年的到来。

但江市看守所，一如既往的冰冷。

在长达几个月的无法相见后，舒梨终于获得了探视舒连漪的机会。

隔着透明隔板，舒梨坐在这边，另一边，狱警带着舒连漪走过来。

舒连漪穿着件橙红色的马甲背心，左侧胸口印着白色的“江看22035”，里面同样也是看守所提供的服装，看着单薄。

她的头发已经剪短，瘦削的脸没有多少血色，整个人瘦了一大圈。

在看到她的那一刻，舒梨怔着，不自觉有热泪在眼眶里打转。

太憔悴了，舒连漪真的太憔悴了，憔悴到舒梨的心被狠狠揪在一块疼。

舒连漪跟舒梨对上视线，倒是轻轻笑了笑，在舒梨对面坐下。

她主动拿起旁边通话用的电话，手上还铐着冷冰冰的手铐。

舒梨后知后觉地把话筒拿起来，放在耳边。

一声“妈妈”，哽在喉咙口，眼泪快要掉下来。

“哭什么，这么大的人了，别动不动就哭。”

舒连漪先出声，语气还是舒梨这二十多年熟悉的，这让舒梨一时忍不住，眼泪倏地滑落。

“别哭了，就这么一点见面的时间，你想让我一直看你哭？”

舒梨马上憋住眼泪，吸吸鼻子，问：“你还好吗？”

舒连漪微微笑着：“不就是这样，冻不着，饿不死。”转而，她认真地看着舒梨，“你呢，你还好吗？”

舒梨点头。

“我很好，你不用担心。”

“那就好。舒梨，以后这二十年，我不在你身边，你要学会好好照顾自己。”

舒连漪放心几分，望着舒梨，叹气说道：“舒梨，你妈妈是个失败的人，败了你外公的家业，什么都没留给你，最后还让你一无所有……你别恨妈妈。”

“本来不想让你蹚进这浑水，让你一直在国外，哪知道你这么傻，硬要跑回来。”

“你是我妈，我怎么可能不管你？”

“我哪里配当一个妈呢，如果可以，我多希望你是出生在一个普通家庭，有父母疼，父母爱，而不是这样被我藏了二十多年。”

“妈……”

看着和自己十分相像的脸，舒连漪不知不觉眼里也有了泪。

她的女儿，她怎么可能不疼。

可是她生舒梨的时候太年轻，根本不懂得如何去做一个母亲，后来继承家业，也根本没时间去学着当一个母亲。

她自知这么些年自己对不起舒梨，可是人生，永远无法再重来。

“找一个爱你的男人，好好过日子。你过得好，我这辈子也就没什么别的牵挂了。”

舒梨再次忍不住，眼泪无声地从眼角滑落下来，她哽咽着：“我会等你出来的，二十年一点都不长，到那个时候，也许你已经当外婆了。”

舒连漪含泪笑了：“是啊，到那时候，也许我已经是你孩子的外婆了。”

过了会儿，她问舒梨：“你和边寂，现在……”

舒梨擦了一下脸上的泪痕，沉思一下，问：“你会反对我和他在一起吗？”

舒连漪摇摇头，垂着眸轻笑：“我哪有什么资格反对你们。那个孩子……是个好孩子。他有一个好妈妈，在那么艰难的条件下依然这么优秀，都是他妈妈教得好。”

“当年我知道他读大学，特意在他们学校设立了独项奖学金，他很优秀，每年都能靠自己努力拿到这笔奖学金。”

当初让他去给舒梨当家教，也是舒连漪想帮他。

只是后来……

“五年前我以为你们缘分已经断了，如果知道你们最后还是会在一起，当年我就不会让他离开你。”

舒梨第一次知道五年前还有这样的事，这当中的曲折，她完全没想到。

她想起那天，边寂用那样残忍决绝的方式推开她——

“你找过他？”

“你不要怪妈妈。那时候你还小，我不希望你因为一时兴起而耽误了一辈子。”

“是你叫他离开我的？他答应了？”

很久远的事了，舒连漪仔细回想了一下，才说：“我跟他交换条件，让他毕业后来舒氏集团，但是前提是和你保持距离。但是他没答应。他很倔，不接受我的好意，也不接受我的威胁。骨子里的清高，是随了他妈妈的。”

缠在舒梨心口多年的伤疤，终于找到一剂良药。

她已经不记恨当初边寂对她的伤害，可是此时此刻，她才是真真正正地敢去坦然面对那道伤口。

停顿几秒，她问："你和他妈妈，怎么认识的？"

"我们两家是世交，他妈妈比我大几岁。"

"你们，和让你生下我的那个男人，都是相互认识的，对吗？"

舒连漪蓦地睁大眼睛，愣怔地看着舒梨。

舒梨却是轻抿嘴唇："我已经见过他了。你放心，我没打算认他。"

二十多年前到底发生了什么呢，舒连漪最终也没完全说明白。

只不过是一起长大的几个人，最后都走向了不同的命运，几家人从世交，到渐渐断了联系。

边寂的外公外婆只有他妈妈一个独生女，家里发生变故，外公外婆很早就离世了，家产都落在了旁人手里。

江家两兄弟，继承了家业，江竟廷和舒连漪之间发生的事也导致江家和舒家不再熟络。

曾经认识，也只不过就是曾经认识而已。

最后，舒连漪告诉舒梨一件事。

舒梨出生的那天，医院外头的梨花开得灿烂，但她不仅仅只是因此而取名。

"梨"的谐音，是离。

她永远不会忘记江竟廷的离开，这辈子，也永远不会原谅他。

无论那一年到底出了什么样的意外，他负她，是事实。

舒梨走出看守所，边寂正在外面等。

他第一时间送来热咖啡暖她的手。

舒梨接过来，手心被温暖覆盖，可她的心也急需温暖。

她主动靠到边寂怀里，汲取着属于他的温度。

"我好像……终于能理解我妈了。"

边寂不知她在说什么，只得轻轻搂住她。

舒梨在他怀里释怀一笑："我很高兴。"

二十多年，母女俩第一次坦诚相待，她终于懂了她妈。

所谓恨一个人，其实就是爱一个人。

原来，她爱她妈，她妈也爱她。

临近春节，沛沛已经放寒假，这几天闲着没事，每天都在鼓捣电脑。

边寂以为她是在玩游戏，说了她好几遍，她都置若罔闻。

没有办法，他只好找舒梨。

在前往观澜花园的路上，边寂很是头疼地说："我和我爸都说不了她，也许她会听你的。”

“都放假了，玩玩游戏又没什么关系。”

舒梨站在沛沛那一边，听着不是很想帮边寂这个忙。

边寂拢着眉心，开车缝隙转头看舒梨一眼，转而无奈地摇头笑：“差点忘了你们是一边的，我找你是找错了。”

“我说的难道不对吗？放假了玩玩游戏又没什么关系，你别总管着她。”

“你知道她这次期末考了多少分吗？全班倒数第五。我都没脸去她的家长会。”

“才倒数第五，后面还有四个呢，人家家长都没说没脸去家长会。”

“……”

边寂竟被堵得哑口无言。

“那开学后的家长会，你去。”

舒梨哼一声：“我去就我去，才倒数第五，有什么丢人的。”

边寂真是无奈极了：“你就宠着她吧。”

舒梨笑笑，说：“那可是你妹妹，当然宠。”

“不是。”

边寂煞有介事地否认。

舒梨疑惑看向他，他勾着唇道：“她是你未来小姑子。”

“……”

去你的。

舒梨傲娇撇开头，可唇边却是满满的笑意。

在教育妹妹这个问题上，舒梨和边寂是完全两种态度。

但她还是拗不过这个老大哥对妹妹的关心，被推着去劝沛沛少玩游戏。

按照边寂的指示，舒梨端着杯热牛奶，敲响了沛沛的房门。

“咦，姐姐，你什么时候来的？”

来开门的沛沛穿着粉色的珊瑚绒睡衣，脖子上挂着蓝牙耳机，见到舒梨一脸开心。

“我……给你送牛奶。”

沛沛往不远处看了一看，瞧见半个边寂身影，就猜到怎么回事了。她凑过来，压低声音说：“是我哥叫你来当说客的吧？”

“来，你先进来。”

舒梨被沛沛拉着进来，沛沛的电脑正开着，显示屏上是几个聊天框，不是边寂所想的游戏界面。

“姐姐你坐。”

沛沛给舒梨拉了条椅子，让舒梨在自己的电脑旁边坐下。

舒梨坐下来，牛奶放置到桌上，无意识看到正开着的聊天框是个群聊，群名是“聋哑义工协会”。

“我哥已经跟我爸打过小报告了，现在还找你来，他真的以为我每天都在玩游戏。”

“那你每天在做什么？”

沛沛坐下来，指着显示屏：“就这个喽，我加了个义工协会，在帮一些有听障的小朋友卖手工，筹集善款给他们配助听器。”

舒梨有些意外，可也有些想不通：“这是好事，为什么不告诉你哥？”

“我不想引起他不好的回忆。”

沛沛的表情有些难过。

“姐姐你可能不知道，我小的时候一直听不见。我哥为了让我像正常人一样学习生活，一直很努力地打工赚钱。放假的时候他每天天没亮就去早餐店帮忙，白天去做家教，或者去附近的快餐店洗碗打杂，他正式工作后赚到第一笔钱，就是带我去找医生，给我配助听器。”

她说：“我知道他会支持我现在做的事，但我特别怕他会想起以前那些苦日子。我不舍得他难过。”

舒梨想起五年前第一次见沛沛，远远那一眼，就是看到她在跟边寂打手语。

当年那个什么都听不见的小女孩，现在已经长大，这么阳光、这么开朗，真的是世间少有的幸运。

她揉揉沛沛的头，安慰：“你哥不会难过的，他有你这么心疼他。”

“那姐姐呢？哥哥有姐姐吗？我可以改口叫你嫂子了吗？”

“……”

话题突然扯到这个，舒梨不自然地收回自己的手，故意不回答沛沛。

“牛奶送到了，你继续忙你的事。”

看舒梨要走，沛沛忙不迭地拉住她：“姐姐，你来都来了，多跟我说说话嘛。我现在也没什么事，刚在协会会员的蛋糕店里订了个蛋糕——”

沛沛拍了拍脑袋：“啊，姐姐，你知道吗，后天是我哥生日。”

后天是边寂生日？

舒梨完全不知道。

“姐姐，你要给我哥准备礼物吗？”沛沛笑嘻嘻的，满眼期待，好像能收到礼物的人是她一样。

“这个……再说吧。”

舒梨一时也想不到要送什么，她甚至都不知道这件事。

“我哥一定会约你后天来我们家吃饭的，我爸也会来。”

“你爸？”

“对呀，要过年了，我们爸爸要过来一起过年。”

也不知怎的，舒梨竟然有点紧张。

她都摸不清自己怎么回事，怎么一想到要见边寂的爸爸，她就会紧张。

舒梨从沛沛房间出来，边寂果然约她后天晚上来这儿吃饭。

“后天是什么特别的日子吗？”舒梨故意问。

边寂笑而不答，只说：“普通的日子。”

“普通日子那我就不来了，这两天得加班。”

“那等你下班再过来。”

“下班回家睡觉。”

沛沛在房间里，房子里只有他们两人，边寂便无顾忌地轻搂住舒梨的腰，低头在她唇上亲了亲，妥协道：“好了，后天我爸过来，他想见你。”

舒梨故意嫌弃地躲开他的吻，哼一声：“我是你的谁啊，为什么要见我。”

“你是我女朋友。”

“胡说。”

“是我胡说吗？”

“不然呢？”

边寂看出舒梨在故意跟他闹，他干脆一把横抱起她，漆黑的眸炯炯看着她的眼，薄唇轻启：“不承认是不是？”

舒梨下意识地揪紧边寂的衣领，双腿晃着要下来。

“你放开我！”

“不放。”

说完，边寂就抱着舒梨往卧房的方向走。

舒梨连忙朝沛沛的房间大喊：“沛沛！你快出来！快来帮我！”

然而在房间里的沛沛正面对电脑显示屏，手指在键盘上打字，跟对方约取蛋糕的时间。她脑袋上挂着耳机，几乎听不见外面的任何声响。

舒梨的呼喊她完全没听到。

……

一天后。

寒假一直在家里的沛沛终于出了一趟门。

她换上边寂给她买的新裙子，带上自己攒的零花钱，坐了一个多小时公交车，终于到了位置偏僻的一家蛋糕店。

蛋糕店对面是特殊教育学校，小学和初中，沛沛都在这里学习。

几年没有过来，校门口好像重新装修了，没以前看起来那么老旧，周围的绿植也多了起来。

沛沛站在冬日温暖明媚的阳光里，看了校门好久，转而走向她订了蛋糕的蛋糕店。

蛋糕店是义工协会的几个听障朋友开的，价格比那些私人烘焙便宜近一半，味道跟他们也差不了多少。

沛沛在加群之后，跟几个义工聊天，知道的这家店。

她特意加了老板的联系方式，订了生日蛋糕。

蛋糕店装修很简洁，柔和的白和绿，货架上摆放着今天刚生产的面包吐司，还有一些小糕点。

收银台没有人，蛋糕坯的香味从后面的工作间里传出来，特别香。

沛沛停在收银台前，在想自己要不要喊老板，可看到收银台前贴着的友情提示，她又打消了这个念头。

友情提示上写着："店主和店员均为听障朋友，付款请扫旁边二维码，店里没人请直接前往工作间。"

沛沛正考虑着自己要不要按这上面说的去收银台后面的工作间，恰好这时候，一个高个子男生捧着新做好的奶油蛋糕掀开帘子出来。

白净的衣裳，清秀的脸，看得沛沛突然间失了心神。

她想起那天在游乐园差点飞走的气球。

就是他帮她拿回来的。

男生看到沛沛，冲她笑了笑，把蛋糕放在收银台上。

沛沛微微张唇，想说什么，可余光瞥到旁边的友情提示，她又忍下了，转而打手语跟男生说："你好，我来取蛋糕。"

太久没有打过手语，又或者是面对这个男生紧张，沛沛的手都在抖，心也跟着在抖。

玻璃墙外折射进来的暖阳，像给男生的脸打了层柔光，眼前所有一切都让她觉得恍惚而不真实。

男生看了她一会儿，笑着点头，用手语问："请问你叫什么？"

"沛沛。"她打完手语，怕男生不清楚是哪几个字，就拿出手机打了自己的名字，递给男生看。

男生看完之后笑了笑，去帮沛沛取做好的蛋糕，沛沛在他转身的刹那，差点站不稳。

啊，心跳得太快了。

今天边寂休息。

清早时候出发，开车回乡下，把他爸接到市里。

他爸边林年纪已经很大，满头白发，精神还不错。

几年前退休，不愿跟边寂在市里住，自己一个人在乡下养老。家里的房子已经翻新重盖过，他平时就跟邻居们串串门唠唠嗑，在小院里头种点小菜小花。

逢年过节边寂和沛沛就会回来，有时候也会把他接到市里一块过年过节。

本来以前嫌麻烦，一直让两个孩子别管自己，但今年不一样。

边林很早就从沛沛那听说，边寂找了个很漂亮的女朋友，一直想着去见见。

这次提早好几天就做了准备，把自己养的老母鸡给宰了，半夜起来炖鸡汤，早上边寂到达的时候，鸡汤正好够火候。

车的后备箱，装满了年底新晒的腊肉和腊肠，还有许多年货。

边寂扶着边林坐上车，边林在副驾坐好，抱紧了自己装在保温壶里的鸡汤。

边寂站在车门外，给他系安全带，瞧小老头这么紧张这锅鸡汤，忍不住笑："爸，不会洒的，你放心，不用抱这么紧。"

"那不行那不行，给儿媳妇准备的东西，还是得上点心。"

"没关系的，要是洒了，回去我们还可以再买只鸡炖。"

"买的鸡跟我亲自养的，区别可大了。你别管我，快来开车，别让儿媳妇等久了。"

边林催促着边寂上来开车，怀里仍抱紧了保温壶。

边寂无奈一笑，替他关上车门，而后绕过车头，打开车门坐上驾驶座。

车缓缓驶离，没出村子，中途遇上许多相识的人，纷纷跟父子俩打招呼。

以前日子那么苦，村里人谁看了都替他们家唏嘘。

现在苦尽甘来，他们又都替这一家人高兴。

等车开出村子，抱着鸡汤的边林又开始担心，不住地问边寂："小寂，你说，儿媳妇会不会嫌弃寒碜？她会不会不喜欢我带的那些年货？她喝得惯鸡汤吗？"

边寂目视前方开着车，宽慰自己父亲："爸，你别想这些。她很好的，她不会嫌你。"

"那就好，爸就怕给你丢人。"

"爸，你是我爸，有什么丢人的？"

边林叹叹气，老态的脸露出几分叹息："爸没读过几年书，人也老了，只希望不拖你和你妹妹的后腿。"

"爸。"边寂深皱起眉头，表情微微严肃，"你别说这样的话。我和沛沛是你辛苦养大的，现在换我们照顾你，你永远不会拖我们后腿。"

边林转头看了自己儿子好一会儿，而后才点点头。

从乡下开车到市里，已经是下午。

舒梨站在路边等边寂，脚边立着个封着牛皮纸的长方形画框。

寒风瑟瑟，一辆辆车从眼前掠过，舒梨等了许久，终于看到熟悉的车型和车牌号。

车在她面前停下，边寂摇下车窗，看到她拿着一个大画框，立马解安全带，对边林说了一声："爸，你等一下。"然后下车。

边寂走到舒梨面前，伸手帮她拿住画框，问她："这是什么？"

"没什么，某个人过生日，随便送的。"

舒梨傲娇嘴硬，有边寂扶着画框，她就把手收回来。

可边寂却眼疾手快拉住了她左手。

舒梨看向别处，耳朵微微发红："干吗？"

"这是什么？"

边寂看着她无名指上戴着的戒指，再看向她。

舒梨抬眸对上他眼睛。

“自己送的东西都忘了？”

边寂嘴角抿起弧度，握紧舒梨的手，垂眸定定看着她，说：“没忘。这样算是你答应了？”

“答应什么？”

“答应嫁给我。”

舒梨停顿一会儿，微笑：“做梦吧。什么时候求婚再什么时候答应你。”

知道边寂的爸爸还在车上，舒梨不跟边寂多废话，强制收回自己的手，让他把画框搬到车上。

因为后备箱放了很多东西，再放不下画框，边寂只好打开后座车门，把画框放进去。

还好，画框正好够放一个位置。

舒梨坐进来，在旁边坐着，冲副驾的边林礼貌打了声招呼：“叔叔好。”

边林回头看舒梨，脸上是和蔼的笑容。

“哎，你好你好。”

第一次见家长，而且还算是正式的，舒梨心里其实一直七上八下的。

见着边林，她多多少少还是有点紧张。

她不是很擅长跟长辈交流。

小时候，她的长辈只有外公和舒连漪，而且她也不是嘴甜的那种小辈，不会哄长辈开心。

现在跟边林见面，舒梨尽量让自己看着自然点，好在，边林很亲切，看起来乐乐呵呵的，不难相处。

三个人在车上没说太多的话，边寂开车时分神观察舒梨和他爸，明显能看出两个人都很紧张。

把不紧张的他都搞得紧张了起来。

还好，观澜花园很快就到了。

取完蛋糕回来的沛沛早就在家翘首以盼了，听到玄关响动，急匆匆地从房间里跑出来，连拖鞋都没来得及穿。

“爸爸——”

沛沛冲到边林面前，一把抱住他。

边林笑着拍她的背。

旁边的边寂看着他俩，转头冲舒梨笑了笑，说：“我们进去吧。”

晚餐是边寂下厨，舒梨帮他打下手。

本来沛沛也说自己要来帮忙，不能让寿星公太累，可她总是帮倒忙，洗条鱼把厨房地面的瓷砖弄得全是水。

边寂最后忍不了，把她赶出去和他们爸爸一块看电视。

沛沛坐在沙发上，悄悄回头去观察厨房里配合相当和谐的两人，压低声音跟边林说悄悄话。

“爸爸，你觉得嫂子怎么样？”

边林低头凑耳朵过来听，听明白了，很满意地笑：“好，好。”

“我也觉得好，他们可真配。爸爸你看到没有，嫂子今天戴了戒指，哥哥真是闷声干大事，婚都求了。”

“都求婚了？”

“肯定求了，不然怎么会有戒指呢。”

边林一想，觉得沛沛说得有道理。他又想了想，对沛沛说：“明天陪爸去趟银行。”

“去银行做什么？”

“你哥要结婚，咱们肯定要准备准备，婚礼、酒席，都得提前去订。爸先去银行把钱取出来。”

沛沛瞬间激动道：“结婚！草坪婚礼好不好？很浪漫哎！海边婚礼也可以，就是现在冷了点……”

完全不知这边已经在“筹划婚礼”的舒梨，正专心地剥着蒜，蒜皮特别难撕掉，她不肯放弃，铆足了劲跟这颗蒜干到底。

旁边的边寂看不下去，从她手中拿过那颗蒜，放在案板上，用刀背去拍。

“你看，这样就好剥了。”

舒梨凑过来看，确实，蒜有些碎了扁了，蒜皮轻轻一弄就能剥掉。

可是她撇撇嘴，说：“这样就不是一整颗了。”

“反正最后都得切。”

“我就要一整颗剥掉。”

边寂忍不住笑：“强迫症？”

舒梨哼唧一声，不理他。

她嘴巴硬，但是身体却很诚实，学着刚才边寂的动作去拍蒜。

边寂看着她，微微笑了，转而似是无意提起：“你那边租期应该要到了吧？”

舒梨轻飘飘地应：“房东想让我跟她续租，我正在考虑。”

“不是说好租期到了就换地方？”

“开春后我实习期就过了，大概会长期在艺术中心工作，我住那边，每天上下班很方便。”

“你住我这儿也很方便。”

舒梨转眸去瞧边寂，怎么这个人正经起来格外可爱呢。

她佯装为难：“住你这儿多麻烦你，我要去艺术中心，地铁都得多坐几站。”

“我开车送你。晚上我去接你。”

“但你经常加班。”

边寂停顿一下，确实，他经常加班。

有时可能不能去接舒梨。

他蹙着眉，问舒梨：“你真的决定续租了？”

舒梨笑了，终于说了实话：“没有，我男朋友担心我跟别人合租，我肯定得换地方。”

男朋友……

细细品味这个称呼，这三个字，边寂竟害羞了。他红着耳根，目光定定地凝视着舒梨：“那你决定搬过来吗？”

“房租收我便宜一点，我考虑考虑。”

舒梨松口，边寂迫不及待去抱她，可她却躲开了。

“你爸你妹妹还在外面，注意点影响。”

“没关系，他们能理解的。”

舒梨：“……”

边寂拉住躲开的舒梨，将她搂到怀中，似乎是松了一口气。

“这是我收到最好的礼物。”

舒梨还想躲，可推不开他，只好作罢。听到他这一句，她不免嘟囔：“我画了两个晚上的画就不是礼物了？”

画框还放在客厅，没有拆封。

边寂知道是画，但是不知道里面画了什么。提起来了，他便问：“你画了什么？”

“晚上自己看。”

“我现在就去。”

“算了，赶紧做饭吧，你不饿，你爸估计都饿了。”

两人相互拥着，一个垂眸，一个抬眼，相互看着彼此，最后相视一笑。

一个多小时后，简单的晚餐准备好，边林带过来的鸡汤从保温壶里倒出来，还是滚烫的。

沛沛在生日蛋糕插上数字蜡烛，边寂看到“3”，不由得取下来：“你哥还没到三十。”

“不管你是二十七、二十八还是二十九，反正四舍五入一下，就是三十了。”

沛沛硬是把“3”“0”两个数字蜡烛插上去，歪理一套一套：“唉，三十岁的人了，终身大事要赶紧办一办。姐姐，你说对不对？”

突然被叫到，舒梨怔了怔，略微有点不好意思，抬手去捋耳边的头发，结果就被沛沛抓住了手。

“戒指都戴了，婚也求了，嫂子，你和我哥什么时候办事啊？”

这就……改口了？

舒梨猝不及防，面对齐刷刷的三双眼睛，她一时不知道要怎么说。

早知道就不戴戒指了。

什么求婚啊，根本没求。

边寂这个闷葫芦，让他说几句好听的话真的是比登天还难。

到现在为止，他也就说过那么一次“我爱你”，连“嫁给我”都没说过。

趁她睡觉时给她戴上戒指，才不算求婚。

可面对边林和沛沛如此期待的目光，舒梨无法把这些说出来，只能默认边寂已经求过婚。

便宜他了。

最后还是边寂打圆场，把闹腾的沛沛赶到一边位置上坐好，用眼神威胁她：“再乱来，没收你电脑。”

沛沛扁嘴，转头就跟爸爸告状：“爸爸，哥总欺负我，一会儿没收我手机，一会儿没收我电脑。”

边林笑呵呵地哄沛沛，边寂在舒梨边上坐下，趁他们没注意，在她耳边说了句：“舒梨。”

舒梨下意识地看向他，却看到他黑沉的眼眸，微光闪烁，他说：“嫁给我。”

其实在遇上边寂之前，舒梨没想过结婚。

甚至在遇上边寂之前，她都没想过去爱一个人。

青涩的五年前，如今回想起来，竟像做了一场梦。

辗转几年，梦里的那个少年，如今成为她最温暖的依靠，好像整个世界都因此鲜活了起来。

那些晦涩的、阴暗的、孤独的过往，都已经成为过去。

以后，春暖花开，她拥有了新生。

边寂突如其来的求婚，舒梨点头了。

没有鲜花没有仪式，总归是便宜他了。

即便这样，舒梨觉得自己得到的已经足够多，她不愿再去奢求或计较什么。

有边寂在，她等于是拥有了全世界。

夜深人静。

边林和沛沛已经睡了。

舒梨也已经回了住处。

边寂坐在客厅，对着还用牛皮纸封着的画框出神。

舒梨画了什么呢，他一直在想。

他也想去猜，却仍然猜不到舒梨的心思。

最后，他拿起剪刀，走到画框前。

画被拆封，出现在边寂眼前的，是一副肖像油画。

画中的人很年轻，仍是少年模样，穿着领口松旧的T恤，白肤黑眸，眉眼清冷。

这是五年前的他。

恍如隔世。

边寂都已经记不起五年前的自己是什么模样，那时候他奔波忙碌到连张照片都没留。

那时候手机低像素，拍不了什么，他也无心去拍。手机坏掉的时候，连着里面所有的照片资料全没了。

这些年一步步走到现在，他很少去回首过去，那是他隐忍又晦涩的一段时光，是他生命中最无能为力的一段过往。

如今因为舒梨的这幅画，曾经的那些画面全都在边寂眼前浮现。

好的，坏的，开心的，痛苦的……

都是他生命的一部分。

他在庆幸，庆幸幸好都已经过去。

舒梨不用替他承担那些过去，他可以跟她共同迎接未来。

手机响起来，是舒梨。

“看到画了吗？”她问。

边寂敛着心底翻涌的情绪，应着：“嗯，看到了。”

“虽然我没想你怎么夸我，但是你的反应也不至于这么平淡吧？”

听着舒梨不满的嘟囔，边寂嘴角微扬：“画得很好。”

“……”

舒梨无语：“你还不如不夸。”

“舒梨。”

“怎么？”

“谢谢你。”

谢谢你出现在我生命里，成为照亮我生命的那一抹光。

舒梨笑他傻。

“不用谢，生日快乐。”

生日快乐，我爱的人。

在过完热闹的春节，边寂爸爸就回了乡下，继续过他晚年的清静小日子，只不过跟以前不同，现在倒是经常打电话询问边寂到底什么时候办事。

沛沛的学校开学，她的家长会是舒梨去的，班主任在家长会结束后留下舒梨，跟舒梨单独谈了很久。

沛沛特别庆幸幸好不是边寂来，不然她又得挨一顿骂。

有嫂子真好。

但舒梨这次也没纵容沛沛，因为作为倒数的家长，被单独留下来谈话，确实怪丢人的。

她以前虽然没好好学习，但也没真的倒数过。

舒梨跟沛沛约法三章，要是开学后的小考没有进步，她就把这次家长会班主任说的话一五一十地告诉边寂，以后家长会让边寂来。

沛沛瑟瑟发抖，扁着小嘴泪眼汪汪地答应。

就这样，两个月后。

开春的江市乍暖还寒，春寒料峭。

实习期过后的舒梨已经是儿童艺术中心正式的老师，带两个小学生绘画兴趣班。

最近她还在准备考教资，同时还在存钱，想以后开一家自己的画室。

晚间下班，几个年轻老师约着一块吃火锅。

舒梨晚上没什么事，就一起去了。

年轻的女孩子总有相同的话题，谈小朋友在课间暖心的举动，谈道听途说的小八卦，还谈谈最近的新闻和娱乐圈的瓜。

这样的聚会舒梨通常不会拒绝，她喜欢听她们聊天，虽然她不是那么爱八卦的人，但听听也是很有意思的，就像之前听家政阿姨扯东扯西一样。

火锅快吃完的时候，一个同事忽然提出一会儿去汗蒸，这样冷的天，出一出汗对身体好。

另一个同事露出遗憾的表情："来'大姨妈'了，不方便。"

舒梨在涮一块肥牛，听到这个，忽然心思停滞，不知想到了什么。

"哎，舒老师呢，要不要一起去？"

同事转而问舒梨，舒梨一下回过神，略抱歉地说："有点晚了，一会儿男朋友来接我回家。"

"哎哟，好羡慕啊，你男朋友怎么每天都能按时接送你上下班，羡慕哭了。"

"对啊，还这么帅。那个词怎么形容的，对，斯文禁欲。"

……

斯文禁欲？

嗯……斯文倒还沾点边，禁欲……

八竿子打不着。

边寂就是长了张禁欲的脸，其实就是个斯文败类。

吃完火锅，舒梨在路边跟同事们告别，然后转头，就见到了她家那位斯文败类。

他的车刚停下，戴着副新换的黑边眼镜，身上的西装还是她早上给他挑的。

模样看着确实斯斯文文，这要是出去骗女孩，肯定有大把的小姑娘为他要死要活。

边寂注意到舒梨在看自己，眉眼之间露出点疑惑，正预备解安全带下车时，舒梨先朝他走来。

就几步的距离，舒梨打开车门，坐了上来。

边寂只好把安全带系回去。

"晚上吃得好吗？"他问。

舒梨“嗯”一声，有点儿犯困了。

看起来没什么精神。

其实这几天她都没什么精神，感觉身体特别重，估计是前些天熬夜熬多了，内分泌失调了。

可是她忽然又想起吃火锅时同事说的话，不免心神不定起来。

边寂见她在出神，担心地问：“怎么了？”

“没，没什么。”

舒梨随口回应着，扯过安全带系好。

“今天我往你账上转了笔钱，收到了吗？”边寂问。

舒连漪的案子了结，舒梨的账户也归于正常，不再被冻结。

听到边寂的话，舒梨怔了怔：“转账？什么时候？白天有点忙，家长群和家长的消息太多，我还没仔细看手机。”

“不过，你给我转账做什么？”

边寂笑着看她，说：“虞茵的哥哥托我给你的，虞茵去集训的钱。”

“……我没想让她还我。”

“她哥过年没回来，在外面包了个工程，一直很忙，不知道虞茵参加集训的事。前些天他跟家里通电话，才知道这笔钱是你出的，恰好工程款拿到了，就托我把钱还你。”

边寂解释着，看舒梨还在犹豫，就说：“收下吧，确实没有道理让你出钱。”

舒梨垂着眸，沉默好久后开口：“我只是想帮她，没有别的意思。”

“我知道，我们都知道，你是好心。”

舒梨轻轻笑了一笑，叹气：“我还挺怕虞茵和她家人误会我是可怜他们同情他们。”

就像当初她对边寂兄妹一样。

她单纯的好心，却被误会。

“别这样想，虞茵和她哥都很感谢你。”边寂握住舒梨放在大腿上的手，宽慰她。

舒梨点点头，可心仍然沉着，心里有事。

“边寂。”

“嗯？”

舒梨张张嘴，话到了嘴边却又说不出口，只好暂时作罢。

“我困了，我们回家吧。”

边寂微微一笑：“好，我们回家。”

在舒梨合租的房子租期到期后，舒梨就搬回了边寂这边。

不过还是分开两间房睡，所谓距离产生美。

只是边寂经常半夜爬上舒梨的床，死皮赖脸地不肯走，舒梨只好将就。将就着将就着，也就成了习惯。

今晚他们也是相拥而眠，可舒梨半夜却失眠了。

她脑子里想了太多东西，一颗心也紧紧提着，放松不下来。

第二天一早，舒梨请了半天的假，在边寂送她去艺术中心后，她打车去了市医院。

她的例假已经两个多月没来。

昨天同事不提，她真的快忘了。

这阵子真的太忙，作息不稳定，舒梨也一直没想到这个事。她不想做无谓的猜测，直接来医院验血。

等报告单的时间并不长，可舒梨感觉像过了一个世纪。

这里来来往往的大部分是挺着孕肚的准妈妈，有的是一个人，有的有家人陪伴，无论是哪种，她们都看起来很幸福。

当妈妈幸福吗？

舒梨不知道。

但她很想问舒连漪这个问题。

当初舒连漪生下她的时候，到底是怀着怎样一种心情呢？

有期待吗？

有满满的爱吗？

舒梨真的想了好久，一直到她忽然感觉一阵恶心，捂住嘴巴差点呕出来。

她第一次有这样的反应，或许是医院消毒水的味道太刺鼻，让她格外敏感。

还好，她只是干呕，没有吐。

看一眼时间，差不多可以取报告了。

舒梨稍微平复一下，走去报告机前刷就诊卡，取出自己的验血报告……

从医院门诊大楼走出来，舒梨真的说不上自己到底什么样的心情。

这时候手机响起来，是个陌生号码，归属地在遥远的云市。

舒梨本想当骚扰电话拒接，可是她忽然有了种特殊的预感。

她接起电话，电话那头熟悉的声音，叫她差点鼻酸。

“我的朋友，最近还好吗？”

周洛南略带笑意的声音，响在舒梨耳边，恍若隔世。

“你还知道有我这个朋友啊，应该是我问你你最近怎么样，几个月了，没一点消息。”

听舒梨的埋怨，周洛南还在笑：“逃婚肯定要逃远一点，确定没人追过来才敢告诉你我在哪儿。”

舒梨哼一声：“那我现在知道你在哪儿了，跑得挺远，跑到云市去了。你逃婚后，你的未婚妻上门来找我，发誓抓到你一定要把你生吞活剥，你小心点。”

“我爸我妈都找不到我，她哪来的本事找到我。”

周洛南毫不在意，转而问舒梨：“我前段时间看到新闻了，你妈那个案子已经上庭结案，你现在怎么样？还好吧？”

“挺好的，找了份稳定的工作。”

“那你现在……还跟那家伙在一块？”

“嗯。”

周洛南笑一笑：“这样也好，你过得好我就放心了。”

“你别担心我，先好好担心你自己。你真的不打算回来了吗？你现在在做什么、过得怎么样？”

周洛南担心舒梨，舒梨同样也担心周洛南。

怎么样都是好几年的朋友，她真的担心周洛南在外面过得不好。

“我好得很，你也别担心我了，好好和那家伙过日子。我还在避风头，你的喜酒可能赶不回来了。”

周洛南那边好像有人叫他，他说完话又匆匆跟舒梨说了句：“先不说了，要做事，下回有时间再聊。”

电话猝不及防挂断。

舒梨感觉自己好像还什么都没说。

她都不知道他现在到底在做什么。

同时间，遥远的云市。

偏僻国道附近，一家修车行前正停着一辆越野车。

周洛南从修车行里面走出来，视线打量着这辆越野车，车主是个女孩，正站在几步远的地方打电话。

他瞧了眼她的背影，心想着这女孩胆子真大，敢一个人自驾游。

“车怎么了？”周洛南冲她背影问了声。

“噢，”女孩挂了电话，回头说，“轮胎好像漏气了——”

四目相对的那一刻，两个人同时愣住。

周洛南打死都想不到，会在这儿见到江薏。

江薏更想不到，自己被逃婚的未婚夫气到昏厥，赌气一个人跑出来自驾游，没想到还能有个意外收获——

她清丽的双眸瞬间积攒起怒火，拿起立在旁边墙头的扫帚，就要往周洛南冲过来。

“周洛南——你死定了！！！”

……

在江市的舒梨无法知晓周洛南这边的情况，她还在期盼自己这个朋友能避过逃婚这个风头。

从医院离开，舒梨打车到了华伦大厦。

她第一次来边寂工作的地方，这也是跟她有那么一点点渊源的地方。

不过她这次过来，只是来找边寂。

边寂在开会，对舒梨的到来很意外，他一时抽不开身，只能让梁夏帮忙带舒梨上来。

舒梨在边寂办公室里坐了近半个小时。

全透明的玻璃墙，让她感觉自己像置身于所有人的视线之中，不少好奇的目光在偷偷打量她。

但她不是很介意，或者说是有点无所谓。

行研例会终于开完，边寂回到办公室，立马快步走到舒梨面前紧张地问："怎么了，出什么事了？"

"没有啊。"舒梨很淡定，"你干吗这么紧张。"

"你突然来找我，我能不紧张？连开会都没有心思。"

"难道你金屋藏娇了，这么怕我过来？"

边寂蓦地一笑，在舒梨身边的沙发坐下，看着她说："我哪敢。"

"你最好永远都不敢，不然，你会失去你老婆孩子。"

舒梨说得自然，表情没什么变化。

边寂却忽地愣住，好像没听明白："什么？你说什么？"

舒梨忍着唇边的笑，从随身的包里拿出一张折叠的化验单，塞到边寂手上。

"自己看。"

边寂疑惑又诧愣，打开化验单，看到上面显示的hcg指数，有些没看懂。

"这个……什么意思？"

"什么意思，意思就是，你要当爸爸了。"

舒梨怀孕了。

应该是边寂生日前那一次的意外。

从上一次例假时间推算，应该有三个月了。

这将近三个月的时间，她完全没一点孕期反应，没觉得胃口有变化，也没觉得恶心想吐，肚子也没见大。

可是她就是怀孕了。

舒梨的直觉一向很准，没想到昨晚担心的事情，竟然是真的。

现在她的心情有些复杂，紧张，高兴，期待，又害怕。

所以一拿到结果，她就第一时间来找边寂。

然而现在的边寂，蒙得不得了，看起来还没从舒梨的那句"当爸爸"里面反应过来。

舒梨盈盈抿唇，眼角一扬："你完蛋了，闹出人命了。"

边寂终于反应过来，黑沉的双眸微光浮动，牢牢将舒梨拥入怀中。

忽然被抱住，舒梨有些呆滞，外面的人也都注意到了他们这一边，纷纷投来好奇惊叹的目光。

舒梨被边寂箍得太紧，差点没喘过来气。

“边……边寂……”她试着推他。

边寂不为所动，抱紧了她，在她耳边低声说：“对不起。”

舒梨又是一愣。

以为边寂不准备负责。

她的心忽然重重落下，跌至万丈深渊。

可下一秒，边寂又松开她，对着她的眼睛很诚挚地说：“谢谢你。”然后拉起她的手，直接往办公室外面走。

舒梨完全蒙的。

走到门口时，梁夏恰好过来：“边总，与销售部的会议在十分钟后开始——”

“边总你要去哪儿？”

“结婚。”

简单利落的两个字，这下换梁夏蒙了。

在众目睽睽之下，边寂拉着舒梨走至电梯里。

电梯门关上，边寂才转头看舒梨，好像是这时候才想起问她：“愿意正式成为边太太吗？”

舒梨笑了。

笑他这个猪脑子，还知道问她愿不愿意。

“你这是补票，你知道吗？”

边寂颇为认真地摇头：“可是我爱你，从很久以前就已经开始。”

（正文完）

番外一 婚后

领证是在很普通的一个工作日，很普通的一天。

所有的一切都是顺其自然。

其实边寂还挺感谢这个意外到来的宝宝，这样他才有机会让舒梨这么早就松口愿意嫁给他。

即使舒梨没有怀孕，边寂也早就做好了跟她结婚的准备。

红彤彤的结婚证被打开放在舒连漪面前，隔着透明面板，舒连漪看清了结婚证上的姓名和日期。

她突然感慨万千，问舒梨："想好了？"

"现在也没反悔的机会了吧，证都领了。"舒梨笑着说。

"他应该会好好对你的，只是……"

舒连漪露出歉疚和心疼的表情，望着舒梨："假如你在这段婚姻里受了什么委屈，都没有一个娘家可以回，也没有一个娘家人能听你诉苦。"

假如她没有坐牢就好了。

她现在，连女儿的婚礼都不能参加。

"妈，你放心吧，他不会让我受委屈。还有一件事，我想告诉你。"

"什么？"

"我怀孕了。"

舒连漪定住。

看着舒梨如此平静和幸福，她一时想起很多过去的事。末了，她微微叹气，说："你比我幸运。"

看似相似，都是未婚先孕，可是她们的命运却截然不同。

舒梨比她幸运，以后，也会比她更懂得做一个母亲。舒梨的孩子，会是带着爱出生在这个世界上的。

孕期三个月，舒梨一点都不显怀，身边同事大多不知道她怀孕。

开春之后天气逐渐转暖，衣服穿得少了，舒梨的肚子才逐渐被大家发现。

大家惊叹于她的低调，甚至都不知道她已经结婚，他们多多少少都给了她一些孕妇的优待，她很感谢。

婚礼在春暖花开的三月，舒梨生日那天。

低调简约的草坪婚礼，艺术中心的同事们都来了，边寂那边的亲戚不多，能来的也都来了。

虞茵和沛沛站在一块，穿着白色小礼裙，算是舒梨的伴娘。

舒梨是扶着边林的手进场的，漫天如雪的梨花飞舞，站另一边等她的男人，一袭白色西服笔挺修身，眉眼轮廓分明清晰。

等站在他面前了，两人对视着，明明什么都没说，她却忽地红了眼眶。

走进一个人的生命里大约就是这种感觉，从此他们密不可分，他们是一体的，像海面抱着浮木漂浮的人，谁都不能先松手。

没有后悔。

无法后悔。

不能后悔。

舒梨想起那一年猝不及防闯入她眼眸里的边寂，想起那时候他的隐忍、坦白、克制、孤冷，再看如今在自己眼前的他，一切都那样恍惚不真实。

边寂看到舒梨舒润的眼眶，心疼地捧住她的脸，轻轻吻在她眼角。

这样一个暖心温柔的动作，没有安慰到舒梨，反而让她的情绪突然崩溃，眼泪就这样掉下来。

边寂将舒梨揽入怀中，在她耳边轻笑："别哭，哭了就不漂亮了，都看着呢。"

"你好烦。"舒梨吸着鼻子嘟囔。

边寂松开她一点，对着她眼睛，仍是笑着："觉得我烦也没办法，现在开始，你没机会反悔了。"

"谁要反悔，你别反悔就好。"

舒梨哼着，边寂微微笑，替她擦去脸上的泪痕。

这算是个极短的插曲。

司仪继续主持婚礼，沛沛激动得直拍手，像只小海豹，到边寂给舒梨戴戒指的时候，她"哇"的一声哭了。

很久之后看婚礼的照片，沛沛恨不得把每张照片上的自己都给抠掉。

她每张都在哭，长这么大好不容易化次妆，眼线都给哭晕了，顶着两个黑眼圈。

婚礼那天，周洛南赶不回来，但是给舒梨送了礼物。

婚礼过后的第三天，舒梨才从一堆的快递中，看到周洛南寄来的东西。

一套粉色的婴儿衣服，还有一双白色毛茸茸的小鞋子，看着可爱极了。

舒梨很喜欢。

怀孕四个月，她一直挺忙的，还没开始给肚子里的宝宝置办东西。

原来小宝宝的衣服鞋子这么可爱，简直要萌化了。

舒梨对这份礼物爱不释手，看了好久，久到一旁的边寂开始酸溜溜。

“有这么好看？”

“好看啊，你不觉得很可爱吗？”舒梨没察觉出来边寂语气里的醋味，还把小鞋子递到边寂面前，“你看，好小啊，原来小朋友的脚这么小。”

边寂勉强看一眼，是挺小挺可爱的。

但是……

他清清嗓子，说：“很晚了，睡觉吧。”

“你先去吧，我还不是很困。”舒梨的心思还在小鞋子上，上面有个粉色的小毛球，她用手指轻轻碰着。

“十点了，你不能熬夜。”

“明天我休息，可以晚一点起来。你困了就去睡，不用管我。”

边寂皱起了眉，目光缓缓地，从舒梨的眼睛、鼻子、嘴唇掠过。

嘴角牵起几分笑意，眼睛凝在舒梨脸上，他问：“别的男人送的东西有这么好？”

听到这话，舒梨愣了几秒，倏地反应过来。

她故意说：“好，当然好，他可是周洛南啊。”

只一句话，成功惹火。

舒梨忽然失重，被边寂横抱起来。

现在有身孕，但体重没太大变化，舒梨本身就轻，边寂轻轻松松就能把她打包带回卧房。

不过他的动作还是特意放轻了，毕竟舒梨现在是孕妇。

“边寂，我警告你，你现在不能乱来！”

“你再提他一个字，我对你就不只是乱来了。”

“你威胁我！”舒梨才不会轻易投降，在边寂把她放到床上的时候，她就翻身，把边寂困在了自己身下。

边寂皱着眉，看坐在自己腰上的人，神情严肃：“下来，睡觉。”

“才不。”舒梨狡黠一笑，靠近他，在他唇上亲了亲，红唇轻启，温热刻意扫过他唇瓣。

“你是不是吃醋了？”她笑着问。

“嗯。”

边寂应一声，克制着，头往后退了点，跟舒梨拉开距离。

舒梨忽然抱住边寂的脖子，头靠在他的胸膛上，清清浅浅地说：“就这么喜欢我啊。”

“嗯。”边寂也将她抱紧。

“很喜欢。”

第二天早上。

今天舒梨休息，睡了个懒觉。

边寂请了假，在家办公，顺便陪她。

上回边林从乡下宰了几只本地鸡送过来，还剩一点在冰箱里冻着。边寂拿出来解冻，准备熬点汤。

舒梨睡到十点多才起床，整个人懒懒的，坐在餐桌前发愣。

落地窗那边的太阳倾泻进来，笼罩在她单薄的肩背上，多了些暖意。

边寂把热牛奶和早餐端到舒梨面前，宠溺地看着她："还没睡醒？"

"全身都累。"

舒梨懒洋洋地回答着。

边寂笑开，揉揉舒梨乱糟糟的头发："先吃点东西，待会儿带你出门。"

"去哪儿？"舒梨端起牛奶，小口喝着。

"去商场。"

"你要买什么东西吗？"

"嗯，要买很多。"

神神秘秘。

舒梨奇怪地看了看边寂，不再问要买什么，反正待会儿她就能知道。

工作日的商场，人倒没有很多。

边寂先带舒梨在商场四楼吃了饭，然后去了三楼，母婴专场。

他们走进一家母婴店，小婴儿的衣服鞋帽琳琅满目，往里走，还有各式各样的婴儿推车和婴儿床。

营业员热心地过来介绍，边寂听得特别认真，把每个推荐都仔细做了对比。

"这款实木的婴儿床是我们店里的热销款，可以一直睡到宝宝六岁，质量方面绝对可以放心，保证零甲醛，对宝宝和孕妈没有一点伤害。"

听着营业员的介绍，舒梨看向了旁边的白色小床，上面挂着公主白纱蚊帐和旋转摇铃，星星月亮的形状，看着很温馨。

"我喜欢这个。"舒梨拉拉边寂的衣袖，说。

边寂看过来，笑了笑："好。"

"上面这些东西我也要。"

"好。"

边寂答应得很爽快，转头对营业员说："这一整套都有现货吗？"

"有的，都有。"营业员忙不迭地点头，"我去仓库取货。"

营业员走了，舒梨也站得累了，走到旁边的小沙发上坐着休息。

另一个营业员给她端来一杯水，询问者还要看些什么。

她指指前方还在看婴儿推车的边寂："你去问他吧。"

舒梨是真的累了，边寂比她看起来更有购物的欲望。

原来出来买东西，就是来买宝宝用品的。

估计就是昨晚上受刺激了。

这么大的人了还吃醋，跟小孩似的。

周洛南不就送了衣服鞋子吗，他今天就要过来买大件小件了。

边寂的兴致还格外好，看完床，看完车，现在又去看小衣服——

“老公。”

舒梨忍不住喊他。

可边寂竟然没听到。

一时间舒梨有点尴尬。

“边寂！”

边寂这才有所反应，回头看过来，眼神疑惑，走过来问：“怎么了？”

“我刚刚喊你你没听到？”

“刚刚？”

“对，非要我喊你名字你才知道我在喊你。”

不知道舒梨怎么突然来了小脾气，边寂在她边上坐下来，哄着她：“刚刚我确实没听到，你刚才喊我什么？”

“喊你‘猪头’。”

边寂笑了：“那你再喊一遍。”

“猪头。”

“哎。”

边寂马上应，舒梨一下就笑了。

“喊我做什么，哪里不舒服吗？”边寂握住舒梨的手，问。

舒梨摇摇头：“没有不舒服，只是……好像没必要买奶粉。”

“你准备母乳吗？”

“难道你觉得我不行？”

边寂无奈地笑着：“我没觉得你不行，只是母乳很辛苦，我不想你连个觉都睡不好。”

舒梨心里受到触动，望着边寂眨眼：“你真好。”

边寂受不住这样的夸奖，他跟舒梨十指紧握，好似轻飘飘地说：“你是我太太，我不对你好，对谁好。”

营业员从仓库把婴儿床拿过来了，过来问边寂和舒梨还要不要买些什么。

舒梨想再看看婴儿服，边寂扶着她从沙发上起来。

在看婴儿服的时候，舒梨挑了很多粉色的，边寂忍不住问她：“真的这么确定一定是女儿？”

“女人的直觉向来很准。我说我们宝宝是女孩，就是女孩。”

“那万一……直觉错了怎么办？这些粉色的衣服……”

“买都买了，到时也只能让宝宝穿了。”

舒梨拿着件粉色兔子的连体衣，笑起来：“不过我相信我的运气不会那么差。”

边寂跟着笑：“嗯。”

其实男孩女孩，边寂没什么执念，反正是他和舒梨的孩子，无论是男是女，他都爱。

怀孕 17 周的产检，结果不是很好。

唐筛报告显示有临界风险，这就意味着，舒梨肚子里的宝宝，很有可能不健康。

医生建议舒梨做无创或者羊水穿刺的检查，这两者的结果会更加准确。

舒梨预约了第二天来医院做羊水穿刺。

羊水穿刺的结果是最准确的，宝宝有没有染色体异常，健不健康，基本能清楚。

从医院回到家，舒梨的心情就一直很低落，回来后就把自己关在房间里。

边寂担心她，给她煮了一点软糯的面条，端进房里。

"吃点东西吧，一早上都没吃什么。"

边寂在床头柜放下托盘，坐到床边，伸手轻拍舒梨侧躺着的肩背。

等舒梨缓慢转过身，边寂才看到她在哭。

他的心一下就疼起来，连忙安慰："没事的，别哭。"

他替她擦眼泪，她却哭得更厉害，钻到他怀里，抱紧了他。

"舒梨……"

"我好后悔。"舒梨在边寂怀里掉着眼泪，颤着嗓音说，"一定是因为我以前抽烟，虽然我已经戒了，可是多多少少还是会有影响的……都怪我不好，都怪我……"

听舒梨这样自责，边寂心揪着疼。

"不怪你。事情没那么绝对。检查结果只是临界风险，不是高风险，这就表明可能会有问题。你别太担心。"

道理都懂，但是……

让舒梨不担心，是不可能的。

这个孩子来得意外，但是已经是她身体的一部分，也是她人生的一部分。

如果有什么事……

她不敢想。

"边寂，如果明天检查的结果确认有缺陷，那你……会不要我们的宝宝吗？"

边寂沉默了。

在他沉默的时候，舒梨缓缓从他怀中退开，抬头望着他幽深的眼眸。

她的眼眶里还有晶莹的泪，但眼底的光却那么坚定。

边寂知道，舒梨是想要的。

可是他说："你舍得我们的孩子到这个世上受苦吗？"

舒梨目不转睛地看他，他伸手轻轻擦着她眼泪。

"舒梨，我不舍得。沛沛小时候受了很多歧视，我不舍得我们的孩子也被别人用异样的目光来看待。可是如果你想要，我会支持你，这毕竟是我们的孩子，无论健康与否，我都爱。”

舒梨忍住眼泪，重新抱住边寂。

这一晚上，舒梨怎么都没睡好。

边寂既担心她，又担心明天的检查，也没怎么睡。

第二天，他们一起来到医院，做了羊水穿刺。

结果要等上好几天，在这几天的时间里，舒梨整个人都很低落。

艺术中心有过相同经历的老师劝她，用自己的经验安慰她，让她别想太多，检查结果肯定没问题。

本来唐筛就是检查个大概，结果不一定准确。

虽然大家都这么安慰开导，但舒梨就是过不了心里那关。

她想不开。

她以前吃了那么久的抗抑郁药，也有抽烟的习惯，即使在怀孕之前已经戒了，也很长一段时间不吃药了，可是这些一定是有影响的。

舒梨真的好怨自己。

这些天，她每晚都失眠，饭也吃不下，整个人只有在艺术中心上课的时候才稍微有点精神，其余时候都一个人坐着发呆。

同事们看她这样，都只是默默叹气。

艺术中心的校长担心舒梨的情况，给她放了几天假，让她好好休息。

这个世界上总有那么多的暖意。

舒梨感受到同事们的关心和照顾，她很感谢，但是她不想麻烦他们，就没有请假，努力强打起精神，把自己的工作做好。

就这样，一周的纠结挣扎终于过去。

周末时候，舒梨和边寂去医院拿检查报告。

这一周时间，舒梨过得不好，边寂也一样。

他担心舒梨担心得不得了，就怕她想不开，抑郁症又复发。

万幸，检查结果是好的。

他们的宝宝，很健康。

医院走廊，舒梨看到检查报告的那一刻，就忍不住掩面哭泣。

像紧绷的弦，一下松了，她的情绪也崩溃了。

可这是喜极而泣。

舒梨也顾不上丢人不丢人，此刻的她只想痛痛快快哭一场。

边寂在她身边，没有劝她别哭，只轻轻拥着她，让她发泄。

他知道，她需要好好发泄一下她的情绪。

其实他的眼眶也有点湿润。

拿到检查报告，又哭了一场，舒梨饿了。

这些天都没怎么吃东西，现在胃口上来，什么都想吃。

边寂被舒梨拉着回了家，点了各式各样的外卖，吃完就发困，靠在沙发上就睡着了。

边寂想抱她回卧室，但她不给抱，肚子大了，睡床反而不舒服。

他只好由着她，拿来几个抱枕铺在沙发下面的地板上，然后找来条毯子，给她盖好。

舒梨的肚子现在已经很显怀，她人单薄瘦弱，肚子大起来，看起来很辛苦。

边寂轻轻将手放在她的肚子上，低着眸笑。

其实也挺奇怪。

为什么舒梨觉得肯定是个女儿呢，他怎么感觉……就是个小魔王？

边寂一直不敢跟舒梨说自己的直觉，他怕舒梨说他乌鸦嘴。

反正还有几个月，到时就能知道到底谁的直觉更准确。

餐桌上还堆着各种各样的外卖盒，边寂过去收拾了，再拿自己笔记本电脑过来，坐在沙发前的茶几上，一面顾着睡觉的舒梨，一面办公。

时光静谧，而温馨。

怀孕七八个月的时候，婴儿房重新装修好了。

是原来舒梨睡的那间客房。

衣柜和床都换成了婴儿专用的，玩具区也给空了出来，铺上了爬行垫。

整个房间焕然一新，富有童趣。

墙角装了监控，以防万一。

舒梨为此忙了大半个月，各种买买买，存款余额不断减少，但第二天马上就有新的转账进来。

她不想花边寂的钱，但边寂又不舍得她花她自己的。

小两口在这方面有点别扭，明明都结婚了，舒梨还非要保持经济独立。

边寂想了想，干脆跟舒梨交换了银行卡。

舒梨的卡，他来保管，她每月的工资打到卡上，他不动。

他的卡，给舒梨，家里一切生活开销都从这张卡上支出。

从某种意义上来说，舒梨好像赚了。

第二天她就去查了账户上的钱，开始做起了理财规划，甚至还想拿出一部分炒股票。

舒梨本来是没这个想法的，艺术中心有个同事，闲聊时候说炒股的好处，舒梨听了，觉得还不错。

钱生钱，挺好的。

然后晚上她跟边寂说起这个的时候，边寂无语了近半分钟。

“你还记得你老公是做什么的吗？”

舒梨捧着个手机，正在询问那位同事哪只股票比较好，听边寂这么一问，她愣了愣。

啊，是忘了。

她不过问他工作的事，所以她都已经忘了他是做什么的。

舒梨放下手机，傻呵呵地干笑："俗话说，一孕傻三年，你原谅一下。"

"……"

边寂无奈摇头，说："炒股的事情别想了，最近股票市场不景气。你要是想投资，你问我，你家里有个现成的分析师你不用，跑去跟别人瞎凑什么热闹。"

"我也是为我们这个家打算啊，多赚点钱又没什么坏处。"

舒梨撇嘴，表情委委屈屈的。

边寂笑一声，手指轻勾她鼻子："什么时候这么有烟火气了。"

"……什么意思？难道我以前那么不食烟火？"

边寂笑而不语。

现在的舒梨，跟以前真的很不一样。

舒梨忽然皱起眉头，揪住边寂的领口，硬要他说明白："你是不是觉得我现在胖了丑了，又精打细算过日子，没以前那么吸引人了？！"

"……"

怎么会这么想。

边寂摇头："别瞎想。"

"真的是我瞎想？都说孕期丈夫的出轨率很高，我告诉你，你要是动什么花花心思，你的小命难保！"

"好好好，我绝对不动什么花花心思。"

面对边寂的保证，舒梨不大相信，边寂被迫进了房间，证明清白。

时间转眼到预产期。

七月底，盛夏最为炎热的季节。

舒梨和放暑假的沛沛趁边寂不在家，偷偷分享冷藏柜里的雪糕。

天气太热了，舒梨怀着身孕，哪哪儿都不舒服。

这么热的天，就想吃点冰的。

但是边寂不允许，觉得会伤害肠胃。

但是边寂一走，舒梨就和沛沛开始暗度陈仓了。

香草味的雪糕席卷味蕾，冰冰凉凉，全身的不舒服好像一下就消失。

已经要到预产期，舒梨的肚子很大，瘫靠在沙发上，看着电视吃雪糕，真的是舒服极了。

可是正舒服着的时候，舒梨忽然感觉扑通一声。

好像有个水球在自己身体里炸开。

大摊的水从双腿流下，沙发上也流了大片。

舒梨蒙了。

沛沛也蒙了。

"嫂……嫂子……你……是要生……要生了吗……"

舒梨还算镇定，低头看看破了的羊水，然后对沛沛说："你快去给你哥打电话。”

“好——”沛沛慌张着，连忙找手机。

舒梨平复心情，看到自己手上还剩最后一口的雪糕，想着马上要去生孩子了，生完就不能再吃，于是她一口把雪糕吃完，顺便叮嘱在要打电话的沛沛：“别让你哥知道我刚刚吃了雪糕，快，我们快把犯罪现场收拾掉。”

沛沛：“……”

在羊水破了的时候还想着清理犯罪现场吃掉最后一口雪糕，大概也只有舒梨了。

沛沛几乎都是蒙的，连打电话给边寂都语无伦次，帮忙清理犯罪现场时手忙脚乱。

舒梨则很耐心地坐在沙发上等边寂回来送她去医院。

她现在除了羊水破了，没有其他的感觉，好像羊水也不怎么流了。

想了想，她让沛沛扶着自己起来，去卫生间换了底裤，放上一片卫生巾。

待产的东西很早就已经准备好，其实舒梨发作时间还算晚，都已经快到预产期，接近四十周了。

简单收拾了下自己，换了身衣服，舒梨甚至还想再洗个澡洗个头。

毕竟生完孩子坐月子，好长时间不能洗。

不过边寂的到来让舒梨打消了洗头洗澡的念头。

边寂接到沛沛电话的时候正准备开会，临时把会议内容交给梁夏，就急匆匆从公司离开。

回来的路上因为着急，差点就闯了红灯。

十几分钟的路程，他连续打了三个电话给沛沛，询问舒梨的情况。

结果沛沛的回答是——

“嫂子在看电视。”

“嫂子去卫生间了。”

“嫂子拿衣服想洗澡。”

火急火燎往回赶的边寂，忽然就哭笑不得。

舒梨怎么就能这么淡定。

一口气回到家，边寂拦住拿待产包的舒梨，让她什么都别动。

“现在感觉怎么样？肚子痛不痛？”

舒梨非常平静，摇摇头：“没感觉。”

“真的没感觉？”

“真的啊，一点感觉都没有。”

“那羊水呢？还有在流吗？”

“好像有，又好像没有。”

“……”

边寂没有经验，但之前在网上看过许多生产日记，做了些功课，知道羊水破了比见红要危险一点。

要是羊水流光了，胎儿就会有缺氧的可能。

他不再多说什么，让沛沛拿上舒梨的待产包和整理在一块的孕妇手册、各类检查单，然后自己扶着舒梨，一块儿离开家去医院。

生产的医院很近，几分钟就到了。

天气炎热，边寂因为着急和紧张，衬衣的袖口挽到手腕以上，跑前跑后的，额上都沁出了薄汗。

看起来有些狼狈，少了平日的斯文精致。

医院三楼的产科，边寂跟导医台的护士交流，准确说出孕周和现在孕妇的情况，护士把大着肚子的舒梨带到走廊尽头的待产室。

待产室隔壁就是产房。

产房前有许多家属在等待，阳光明媚的白天，产房传出一阵又一阵的嘶叫声，听得舒梨忽然停住脚步。

她这时候才觉得怕。

扶着舒梨的边寂感觉到她的停滞，也跟着停下，轻轻握住她的手。

“别怕，我在外面等你。”

舒梨摇着头，抓紧了边寂的手。

边寂安慰她：“刚刚一路上不是还很淡定吗？没事的，别怕。”

“如果——如果有什么意外，要二保一……”

边寂眉头蓦地皱起：“说什么傻话，没有什么意外。”

“万一有呢？”舒梨也不知怎么在这时候较上劲，或许她是真的有点怕。

“嫂子，你一定是电视剧看多了。”跟在他们身边的沛沛也来安慰舒梨，“你和小宝宝什么事情都不会有，一会儿小宝宝就‘咻’的一声从你肚子里跑出来了，你和我哥会是世界上最幸福的爸爸妈妈，你什么都别想别担心，我和哥哥就在这儿等你。”

边寂看一眼沛沛，点着头，对舒梨说：“别瞎想。就算遇上什么二选一，我的选择永远只有一个。”

“你别去想这些有的没的，知道吗？”

舒梨忍不住低头抿唇，或许就是她想太多吧。

本来都不怕，一点感觉都没有，但是要进这扇门，她却突然怕了。

甚至连电视剧里的那些情节都担心会发生在自己身上。

护士在旁边催促，舒梨不再停留，转身往待产室走。

临走前，边寂忽然拉住她，将她抱住。

“我知道你怕你担心，但是你放心，我们的一辈子很长的，你和宝宝什么事都不会有，我等你。”

舒梨在边寂怀里泪湿眼睫，点着头，忍着眼泪。

在舒梨进了待产室后，边寂望着关上的那扇门，久久没有回神。

沛沛知道她哥是在担心。

她拽拽他的袖子，他回过神看她，她冲他露出个笑。

边寂知道沛沛的意思，伸手拍拍她的头，然后说："我去给你嫂子办住院手续，你在这儿等。"

"嗯嗯，对了，哥，要告诉爸爸吗？"

边寂沉眸思考片刻，回答："等生完再告诉爸，免得爸担心。"

待产室这边，舒梨先称了体重，然后才去边上躺着。

有医生过来，询问情况，内检了一下，说才开了一指。

已经开指了，舒梨躺在那儿，却还是没有任何感觉。

胎心监护做到一半的时候，她才开始有感觉，感觉肚皮发紧，特痛的感觉忽然就袭上来。

一直都知道生孩子痛，现在才知道原来生孩子这么痛。

舒梨开指开得快，疼痛也比其他人来得快和密。

她一阵一阵地疼，一阵一阵地出汗，嘴唇咬得发白。

甚至连无痛都没来得及打，她就被护士扶着到了隔壁的产房，躺在了产床上。

生命的诞生，只在那么一瞬间。

当咬紧牙关全身发力，耳边什么都听不到。

舒梨不记得这个过程有多久。

她疼到已经忘记了这个过程到底是什么样，反正她跟随着医生的指示，机械性地完成每一个动作，完成每一次用力。

最后，像有什么东西从身体里出来，她感觉自己的身体一下就空了。

婴孩的啼哭响在耳畔，舒梨仍然怔滞着，几乎反应不过来。

她生了。

是她和边寂的孩子。

是属于他们的孩子。

好多事情在舒梨眼前一闪而过，闭上眼睛，才发觉有泪流下。

助产士和医生抱着孩子剪断脐带，跟舒梨报喜："恭喜，是个男孩。"

医生把小宝宝抱给舒梨看一眼，接着准备抱去清洗和称重。

舒梨却愣了好久。

男……男孩？

真的是男孩？

难道女人的直觉也会出错？

舒梨这下是真的没反应过来，她想起家里那么多的漂亮公主裙，漂亮的公主床，还有各式各样的粉……

她忽然感觉头疼。

以至于医生给她轻微撕裂的地方缝针的时候，她都完全没反应。

怎么会是男孩……

怎么就是男孩呢……

刚出生的小宝宝稍微清洗了一下，由护士抱过来放在舒梨身边，他们还需要观察一小时才能离开产房。

小小的人儿就在自己怀里，舒梨低头看他，小脸白白的，鼻子高高的，闭着眼睛安静地睡着。

完全看不出来像谁。

刚出生还有点丑。

舒梨伸出自己的手指轻轻碰他的脸，他的小手摆起来，动了动，转而又安静继续睡。

这就是在她肚子里待了将近十个月的小宝宝啊。

这就是一个新的小生命啊。

生命真的好神奇。

舒梨看着他，低头轻轻亲他额头。

虽然是个儿子，超出她的预料，让她很意外，但是……

“欢迎你来到这个世上，我的宝贝。”

舒梨的病房是楼上的 VIP 套房。

之前联系好的月嫂已经过来，在小厨房里炖汤。

舒梨刚生产完，身体很虚，感觉很累，躺在病床上休息。

小宝宝安静地睡在医院提供的婴儿床里，由沛沛看着。

边寂就守在舒梨床边。

舒梨本来还想睡觉的，可是转头就看见边寂盯着自己看，忍不住问：“这么看着我做什么？”

边寂沉默不语，替她盖好被子，怕她着凉。

舒梨看着这样的边寂，两人之间的默契告诉她，边寂有心事。

她追问：“怎么了？”

边寂黑沉的眸子望着她，倾身过来在她脸颊轻轻一吻，低着声说：“辛苦你了。”

舒梨粲然一笑：“你是不是傻。”

“我还以为你是因为有了个儿子而不开心呢。”

“怎么会。”边寂帮舒梨顺着凌乱的发，神情认真，“不管是男是女，我都喜欢。”

舒梨眨眨眼，转而叹气。

“竟然是个男孩，我买的那些小裙子……唉。”

边寂笑了：“你不是说男孩也照穿吗？”

舒梨又是一声叹气：“性别意识还是要从小培养。那些小裙子就留给沛沛吧，几年后也许用得着。”

小宝宝在这时候突然哭了起来，在一旁专心看自己小侄子的沛沛慌了：“怎么办怎么办，要抱他吗？”

月嫂闻声过来，说着：“可能是肚子饿了。”然后抱起小宝宝，抱到舒梨身边。

沛沛和边寂走出病房，在外面等，月嫂在里面教舒梨怎么喂奶。

本来舒梨觉得自己的宝宝还挺乖的，出生到现在都不哭不闹。

结果，在他张开嘴的那一刻，她就痛得眼泪差点掉下来。

成年人的崩溃就在一瞬间——

这么小的小宝宝，都没有牙，为什么能咬得那么疼——

第一次喂奶，舒梨崩溃了。

喂奶的疼，堪比生孩子的疼。

生产时候至少还只是一瞬间，而喂奶……真是每一次撩起衣服都需要莫大的勇气。

月嫂有经验，舒梨按她教的，咬着牙坚持，几次下来，虽然每次都憋着眼泪，可是已经开始麻木。

月嫂说，多喂喂就会习惯。

舒梨逐渐习惯，但边寂实在心疼。

晚上，夜深人静的时候，小宝宝在安静睡觉，月嫂在外面客厅休息，沛沛回了家。

边寂陪在舒梨床边，向她提议：“要不，换奶粉吧？”

舒梨想了很久，沉默很久，最后还是摇头。

边寂只好给她掖被子，轻声说：“睡吧，多睡会儿，我陪你。”

“你不用陪我，这里有月嫂在，你回家睡一觉吧。明天还得工作。”

“我请假了。一星期产假。”

舒梨笑了：“你都有产假啊？”

“老婆生孩子，作为孩子他爸，当然有产假。”边寂摸摸舒梨苍白的脸，有些话想想，还是决定不说。

华伦的董事长知道他请假陪护，江竟廷肯定也已经知道舒梨生产的事。

这两天，江竟廷也许会过来看舒梨。

其实边寂和舒梨结婚的时候，江竟廷找过边寂，说了很长的话。

他希望边寂能好好待舒梨，也准备了很多的嫁妆，几乎要把大部分的资产交给边寂。

但是，边寂没收。

边寂知道江竟廷关心舒梨，可舒梨并不承认这个父亲，所以他也不会心软去承认江竟廷。

这些事边寂没跟舒梨说，他知道舒梨不是很想知道跟江竟廷有关的事。

“你在想什么？”

舒梨看边寂忽然不说话，好像是在想事情。

边寂回神，没事般地笑一笑：“没想什么，睡吧。”

舒梨很累，没有太多的心思去追问，闭上眼睛就睡了过去。

夜里小宝宝哭过两次，舒梨半梦半醒地喂奶，又半梦半醒继续睡。不过她似乎只需要做头奶牛就够了，其他的事都不需要她来管。

沛沛是第二天跟边林一起来的。

昨天边寂没顾得上跟边林报喜，沛沛帮他打了电话。

一大早，边林就赶着早班车过来了。

见着自己的小孙子，边林略显苍老的脸露出笑意。他不敢抱孩子，怕自己不小心抱不好，只看着小宝宝的睡颜，然后把自己打的小金镯子放在小宝宝的床边。

“取名字了吗？”边林问。

舒梨回答：“还没有，但是小名想好了。”

边寂看向舒梨，他跟边林一样好奇舒梨给宝宝取了什么小名。

他们以前提过名字这个话题，但是都没定下来到底叫什么。

舒梨笑一笑：“小名就叫‘小雪糕’。”

旁边的沛沛“扑哧”一声笑出来，跟舒梨对视一眼，心领神会。

边林不懂年轻人的世界，但他也不干涉，反正名字的事，孩子爸妈说了算。

边寂倒是从舒梨和沛沛的表情里察觉出什么来。

这两个人，有秘密。

出生的第二天，宝宝有了自己的小名。

小娃娃很乖，除了肚子饿和拉臭臭，几乎就是安静地睡觉，不会无缘由地哭闹。

舒梨有时想想，也行吧，这么乖，是个儿子也没事。

就是有点小遗憾，她还是想要个小棉袄的。

在舒梨面前劝服自己接受这个意外的儿子后，这小家伙，开始作妖了。

那是出院没几天，一直乖巧的小家伙就开始各种哭这种折腾。

跟刚出生那会儿完全两样。

舒梨都怀疑自己是不是在出院的时候抱错孩子了。

边寂白天要工作，家里有月嫂和沛沛，还有边林，但他还是怕他们几个搞不定小家伙，就又请了个保姆。

唯一的要求，就是确保坐月子的舒梨能好好休息。

像打仗一样的月子终于过去，月嫂走了，边林回了乡下，沛沛也准备开学。

家里就剩舒梨和保姆。

还好，舒梨对带孩子已经稍微上手了一些，艺术中心的同事来看她，跟她说了很多经验，她都记在心里。

现在她已经不像刚开始那样手忙脚乱。

小雪糕三个月的时候，江竟廷的助理找到舒梨。
在家里，助理给她一把钥匙。
“舒宅前段时间拍卖了，江总将它拍下，现在转赠给舒小姐。这是钥匙。”
舒梨没有去接，沉默着，没有说话。
保姆在旁边抱着小雪糕，在哄他玩。
小雪糕“咿咿呀呀”发出点声音来，舒梨和助理都不由得看过去。
“舒小姐，江总很想见一见这个孩子，但是他知道你不愿意，所以没有亲自前来。”
助理似是叹气：“江总近些年身体一直不好，当年车祸遗留下许多后遗症。这些天他旧毛病复发，要出国治疗休养一段时间。”
舒梨这时候才开口：“帮我祝他身体健康。”
“舒小姐……如果可以，你能和江总见一面吗？”
“没这个必要了，我和他只是陌生人。”
“可是……”助理欲言又止，“江总这回出国，不知是否还能回来。他身体很不好……”
舒梨在这瞬间没有说话。
她很安静，不知在想些什么。
过了一会儿，她对助理说：“用你的手机拍张孩子的照片吧，带回去给他。”
当了母亲之后，舒梨的心变得柔软许多。
她还是不会原谅江竟廷，但是她能理解江竟廷作为一个父亲、一个祖父的心情。
她也不必如此绝情。
给他一张照片，希望他此生走得没有遗憾。
助理给小雪糕拍了一张照，拍了个小视频，最后走了。
钥匙还留在茶几上。
舒梨对着钥匙看了许久。
那是她以前的家，是她从小长大的地方。
她知道江竟廷是好意，她也很想要回去这个地方，但是……她仍然不能接受。

边寂晚上回来，发现舒梨总时不时地出神。
现在小雪糕都跟他们睡，婴儿床就在他们床边。
夜深了，舒梨哄他睡着，自己躺下的时候，边寂从身后拥过来，低着声问：“听说今天有客人来访了？”
“阿姨跟你说的吧。”
舒梨在边寂怀里躺着，望着天花板。
“我问她的，你晚上总看上去心不在焉。”

“哪有心不在焉。”
“明明就有。”
好吧。
舒梨妥协：“是有那么一点。”
她转向面对边寂，说：“他的助理来了。”
一个简单的代称，边寂已经知道“他”是谁。
“来说什么了？”
“也没说什么，带来一些东西给孩子，给了我一把钥匙，然后说他身体不好要出国治疗。”
边寂搂住舒梨，看穿她的心事。他问：“担心他的身体？”
“我也不知道。虽然不想跟他有任何的联系，但还是希望他在我看不到的地方身体健康。我这样矛盾吗？”
“不矛盾。怎么会矛盾。”
舒梨笑了，头顶故意蹭边寂的下巴：“你在哄我。”
边寂低头亲亲她额头，说：“真心话。你不想他打扰你的生活，和你希望他健康，都是你的本能，这不矛盾。”
“什么本能呀，你还一套一套的。真不愧是读书人。”
舒梨搂住边寂的脖子，望着他眼睛眨着眼：“老师，要跟我去我原来的家看看吗？他把房子买下来了，钥匙给了我。”
又被舒梨喊作“老师”，边寂有些恍如隔世的感觉。
他想起那一年，在那座房子里，她也这样喊他。
“别闹。”他哑嗓道。
舒梨莞尔一笑，露出个梨涡来：“我就问你要不要去看看，旧地重游一下，我闹什么了？”
“你喊我老师。”
“喊你老师怎么了，我也被人喊作老师啊。”
“……”
边寂无奈，舒梨明显是故意装傻。

江竟廷什么时候出国的，舒梨不知道。
边寂给她带回来这个消息的时候，已经是两个月后。
听说江竟廷身体情况越来越差。
保姆抱着小雪糕在旁边玩小玩具，舒梨和边寂坐在餐桌前吃晚餐，舒梨沉默吃着饭，没有回应这个事。
边寂也陪着她沉默，没有再多说什么。
过了好久，小雪糕饿了，保姆把他抱过来给舒梨，舒梨抱着他回卧室喂奶。
她走后，保姆悄悄问边寂：“太太是不是心情不大好？”
边寂目光深沉，看向关上的房门。

夜深的时候，边寂在书房忙完工作回卧房，看到舒梨已经和小雪糕睡了。

他小心翼翼地去洗漱，不想吵醒他们。

可等他关灯躺到床上，舒梨就翻身，过来抱住他。

“吵醒你了？”

舒梨摇头：“没有。”

边寂忽然懂了。

舒梨应该是一直没睡着。

而他也知道她是因为什么没睡着。

“舒梨……”

“其实也没什么。”舒梨先说，“就是觉得他也挺可怜。”

“不过可怜之人必有可恨之处。”她又补充。

她的父母，是个悲剧。

两个人都可怜。

“边寂，我很满足。”

边寂有点不明白，不知舒梨怎么忽然会说这句话。

舒梨抱紧他，侧脸靠在他心口处，听着他铿锵有力的心跳，闭上眼睛。

“真的好庆幸，那年回国，遇上的人是你。”

也庆幸，那一年的夏天，能遇见他。

“谢谢你给我这么安稳的生活，让我当一个无忧无虑的边太太，谢谢你给我的一切。”

边寂停顿着，须臾，他说：“应该是我谢谢你。”

舒梨笑了，有眼泪在眼角。

他们确实是该谢谢彼此。

不长不短的时间里，他们彼此成长，从另一种层面来说，也算是一种相互治愈。

舒梨的产假快结束了，在结束前，她带着小雪糕，和边寂一块回了一趟舒宅。

江竟廷出国前应该有交代人来定期打扫，舒梨他们过来的时候，房子里很干净，一尘不染。

所有的家具摆设和以前一模一样，没有一点变化。

舒梨站在大厅里，望着这个陌生又熟悉的地方，心头涌上万般情绪，感慨万千。

那年她站在这里，和舒涟漪吵了一架。

舒涟漪打了她一巴掌，她忍着眼泪说自己要出国，再也不回来。

后来她走了，出国了，一走就是五年。

再回来的时候，这里已经被贴上封条。

回国到现在，这短短一年多的时间，发生的是翻天覆地的变化。

舒梨从大厅走到偏厅，那个夏天，边寂就是在这儿教她英语。
她还记得他发音端正的口语，记得他隽秀的字。
还有外面蓝湛湛的泳池，她曾捉弄他，第一次亲他。
这些记忆真的太短暂，短暂到都有些令人恍惚是不是真实存在过。
但他们存在舒梨的脑海里，那么深刻。
边寂抱着孩子，安静陪着舒梨，陪着她陷入沉思。
其实他也在想过去。
那时候他为了高额的补习工资，来到这儿，没有想到遇上的是决定自己命运的舒梨。
这世上，所有的一切原来都已经提早安排好。

“你说，当时我妈要是没让你来教我，我们还会认识吗？”
舒梨假设性地问了这个问题。
边寂冲她微笑，神色却坚定。
“会认识的。”
“这么肯定？”
“嗯，很肯定。无论开头怎么样，结局一定是我们现在这样。”
最怕不会说情话的人突然腻歪。
舒梨嫌弃过后，笑看着边寂：“我们现在怎样？一家三口吗？”
边寂默认。然后抱着孩子走至她身旁，眼眸带着浅浅笑意，跟她相互对视过后，一起看向天边橙黄的夕阳。
不过可惜，他们的结局不是一家三口。
在小雪糕快满一周岁的时候，舒梨又怀孕了。
非常普通早起的一天，她正在刷牙，忽然一阵干呕。
怀第一个孩子时候没有任何孕期反应，所以舒梨没有当回事。
但是短短几天，接二连三的恶心让她开始觉得情况不对。
这不正常。
仔细一想，这个月例假还没来。
舒梨开始有强烈的预感了。
抽空去了一趟医院，拿到验血结果，一半欢喜一半愁。
欢喜的是她有机会生个小棉袄了，愁的是万一又是个儿子……
晚上回到家，舒梨把医院的检查报告拿给边寂看，边寂看了大半天，久到舒梨忍不住问：“还要看多久，能看出花来吗？”
边寂笑了：“我就是想到沛沛说的话。”
“沛沛说什么了？”
“她说我们，一定能三年抱俩。”
三年抱俩？
想想还真是。
不过……

舒梨叹气：“我觉得我都老了。怎么一转眼就是两个孩子的妈了。”

“没有，哪里老，你还是这么漂亮。”

“……我发现最近你的嘴越来越甜了。”

舒梨的苦日子来了。

这次怀孕，跟上一次完全不一样。

舒梨从刚开始就孕反，一直在吐，无论吃什么，吃完就马上吐光。

短短两个月，体重就直线下降，好长一段时间低血糖。

因为身体实在受不了，舒梨辞了艺术中心的工作。

她打算等生完孩子，休整好了，开一家自己的画室。

未来的规划很清晰，现在就等着肚子里这个孩子能少折腾点，平安降生。

可惜舒梨一直到五个月了，孕吐的症状才稍微减轻了些。

但症状只是减轻一些，她还是经常犯恶心。

一岁多的小雪糕已经会蹒跚学路，这么小就已经有了作妖的本事，经常一个不留神就搞破坏。

不是把奶粉罐开了倒了一床的奶粉，就是把湿纸巾抽光丢得到处都是。

舒梨很是头疼。

她现在就担心肚子里这个也是个小魔王，毕竟在肚子里就已经这么会折腾。

女人的直觉暂时消失了，她已经猜不到现在怀的是不是小棉袄，就只希望别像哥哥一样皮。

怀胎十月，来年五月末，舒梨生了。

是个女孩。

在产床上的舒梨听到医生说是女孩的时候，她热泪盈眶。

她的小棉袄终于来了。

不只是舒梨，边寂对这个小女儿也是疼得不得了，捧在手心就怕化了似的。

都说女儿是爸爸上辈子的情人，瞧边寂这样，这话说得太对了。

舒梨每次瞧边寂抱女儿那甜蜜的样，她就哼哼。

出院回家坐月子，舒梨就把边寂赶出卧室，让他带着儿子在儿童房睡。

眼不见心不烦。

边寂答应得不假思索，可半夜等小雪糕睡着，他就会偷偷溜回卧室，抱着老婆看着女儿。

然后舒梨就会赶他走。

每晚如此，每晚都被赶，但每晚还是偷偷过来，乐此不疲。

……

小雪糕五岁的时候，舒梨和边寂准备搬家。

舒梨在整理东西时，发现了衣柜深处放着的纸盒。

这么多年，一直被外面的衣物遮盖着，平时根本看不到。

纸盒打开，里面还是衣服。

可舒梨看着它们，看着看着，忽然就红了眼眶。

边寂还真是念旧，连当初她给他和他妹妹的衣服，都这样整齐叠好，保存着。

这是他的念想吗？在他们没有联系的那五年，他就这样保存着它们吗？

客厅里两个孩子在打闹，边寂推门进来：“你女儿又欺负你儿子，他们又打起来了——”

他停顿，目光定定地看着舒梨打开的纸盒。

舒梨看向他，含着泪冲他笑：“你以前就这么喜欢我啊，连这些都留着。”

边寂敛着目光低笑一声，似是回忆起从前，望着舒梨：“谁说不是呢。”

他喜欢她，她那么致命强烈地吸引着他，在他那段晦暗的生命里，她是唯一的斑斓。

他怎么能够，不喜欢呢？

番外二 沛沛

沛沛的耳聋是后天的。

小时候生了一场病，没有得到及时的治疗，从此什么都听不到。

她已经忘了自己那时候有多大，可能五岁，可能六岁，反正她因为听不到，从而慢慢丧失了说话的能力。

爸爸妈妈经常带着她去医院，后来慢慢地，去医院的人成了她妈妈一个人。

妈妈病了，爸爸和哥哥从来不说妈妈到底得了什么病。

沛沛只记得，在一个很冷的冬夜，哥哥和爸爸站在妈妈的病床前，沉默着。而她伸手，摸到的是妈妈冰凉的手指。

妈妈走了。

家里所有的积蓄都给妈妈治病，但妈妈最后还是走了。

那个冬天太冷，风吹在脸上，像刀割一般。

哥哥安慰她，让她不要哭，可她看到哥哥黑沉又哀痛的双眸，就忍不住掉眼泪。

因为妈妈的病情，家里不止花光了钱，还欠了许多外账。

爸爸年纪大了，仍然离开家，去外面工地找活干。

哥哥一面读书，一面利用休息的时间去打零工。

那是一段很灰暗的日子。

一日一日的，看不见光明。

他们这个家，是靠哥哥撑起来的。

哥哥工作之后，他们的生活才一点一点好起来。

沛沛终于戴上了助听器，终于能听见这个世界的声音。她也开始重新学说话。

因为花了一年的时间重新学习语言，所以沛沛高中比同龄人晚入学一年。

但是她已经和正常人没什么两样，不用再读特殊学校，可以像正常人一样学习和生活。

如果她不说，没有人能发现她耳朵里的人工耳蜗，被藏在披肩的长发里。

沛沛很爱她的哥哥。

小时候条件不好，但哥哥仍把她放在手心上疼，尽自己能力给她最好的，替她撑起了一片天。

她是被哥哥呵护着长大的。

但是十七岁，是叛逆的年纪。

沛沛遇到一个男孩。

人群中无意的一眼，像石子坠落湖心，泛起涟漪无数。

在蛋糕店再见时，沛沛很想跟这个男孩说一句话。

你好，我叫边沛沛。

可她开不了口。

现在站在蛋糕店里，沛沛望着对面这个男生，平时咋呼什么都能说的嘴巴却因紧张而抿着，不敢出声。

她想，他听不到。

沛沛想跟他正式介绍一下自己，但她觉得他应该已经忘了她。

几个月前的游乐园，短暂到不足三秒的相视，浮光掠影。

对于他来说，她可能只是人群中不起眼的一个女孩，微不足道。

沛沛又怔又紧张地看着他给自己拿纸盒包装蛋糕，看他稍短的刘海整齐落在眉毛上方，高挺的鼻梁和白皙的皮肤，五官秀气又耐看。

蛋糕很快打包好，男生给沛沛装了蜡烛和餐盘，然后冲沛沛微微一笑，打着手语："好了。"

沛沛这时候发现，他连手指都好看。

修长白净，指甲修剪得平整圆润。

沛沛感觉自己都快捂不住胸腔内疯狂跳动的那颗心。

怎么走出蛋糕店的，沛沛不知道。

直到走到站台等公交车，她才幡然回神。

应该向那男生要联系方式的，微信，QQ，无论哪个都可以啊。

沛沛一咬牙，一跺脚，公交车都在前面停下了，她掉头就跑。

她"呼哧呼哧"跑回蛋糕店，收银台前站着的却是个较为年长的阿姨。

这儿的店员都是听障人士，沛沛翘首往工作间看，什么都看不到，只好用手语问这个阿姨刚刚的男生是否还在。

阿姨告诉她，男生出去买东西了。

沛沛的失落溢于言表。

她低着头，转身走出蛋糕店，却与迎面而来的人撞了个满怀，手上拿着的蛋糕差点摔到地上。

沛沛勉强站稳，抬头去看，看到刚才那个男生正弯着身子，在捡地上散落的橘子。

刚刚那一撞，她没事，但他手上拎着的橘子散落到了地上。

沛沛蒙了好久，傻愣愣地站着。

直到男生捡完橘子放回到袋子里，都没回过神来。

男生看到是她，略带笑意的眼睛看着她，好似是在问她刚刚有没有事，又好似带着歉意，是在道歉。

沛沛努力稳定心神，从衣服口袋里掏出手机，直截了当地递给他。

男生顺着视线看过去，微微一愣。

是添加好友的二维码。

回家的公交车上，沛沛整张脸都红了，心跳完全抑制不住。

她把那个男生的个人资料看了无数遍，明明没有任何东西，可她就是能看一遍又一遍。

他的朋友圈三天可见。

最新的一条状态，是在几分钟前：冬天的橘子有点甜。

沛沛从口袋里掏出刚才加完微信后，男生从袋子里拿给她的橘子，看着看着就笑了。

她给橘子拍了一张照，发给了男生。

“谢谢。”

男生可能在忙，并没有回复。

沛沛等了好久，一直等到下了公交车，都没收到他的消息。

跟爸爸和嫂子一起给哥哥过完生日，沛沛就躲到了自己房间里，试着用这个男生的微信名在义工群里找他的 QQ。

可惜没找到。

群里没有一个叫 lucky 的号。

也是，大概很少有人会把社交账号都用同一个名。

可是……他本名叫什么呢?

沛沛实在按捺不住好奇心，点开了介绍她入群的义工姐姐的聊天框。

“姐姐，前几天群里说的那个蛋糕店，你有了解吗？”

义工姐姐是大学生，几乎二十四小时在线。她马上就回：“就是你要给你哥哥订蛋糕的那家吗？”

“是啊是啊！”

“怎么了？”

“唔……也没什么，就是……想打听个人。”

义工姐姐也是从沛沛这个年纪过来的，马上就嗅到了八卦的味道。

“什么人？”

沛沛有些不大好意思，可是忍不住问：“他们店里有个跟我差不多的男孩子，你认识吗？”

“噢，我知道你说的是谁了。他是寒假工，我们帮忙找的工作。”

从义工姐姐这儿，沛沛知道了这个男生的名字。

蒋易。

比她大一岁。

先天性双耳失聪。

义工姐姐还给沛沛推了男生的QQ，沛沛加了，但是没通过。

可能对方不在线。

这一晚上，沛沛都没睡。

原因有很多，最主要的原因，还是因为十点多的时候，她收到男生的微信。

“不客气。”

单单三个字，沛沛心里炸开了花。

无论如何都睡不着。

沛沛平时鬼点子多，可是到了自己这儿，竟然一时找不到话题。

于是她假借订蛋糕的名义，跟男生聊起来。

“今天的蛋糕很好吃，要是想再订一个，可以直接跟你说吗？”

男生说可以。

沛沛马上订了个草莓蛋糕，约好明天下午两点去拿。

然后她又不知道要说什么了。

男生只回复了一个“好的”，也没有再发来消息。

天就这样慢慢地亮了。

沛沛睡了个大懒觉，到中午才醒。

爸爸从乡下过来过年，已经在厨房准备午饭，哥哥和嫂子都不在家。

她在家里跟爸爸一起吃过午饭，然后跑去换衣服，打了声招呼就跑出了门。

今年冬天的阳光特别好。

沛沛再次来到蛋糕店前。

隔着一条马路，她努力抑制着怦怦的心跳，想往前一步，却又紧张得不行。

最后，她想起义工姐姐的话。

男生是先天性失聪，听不到任何声音，没有治愈的希望。

为了能跟他更靠近一些，沛沛主动摘下了自己的助听器。

世界的喧闹嘈杂瞬时消失，她成为和他一样的人，活在无声的世界里。

沛沛再次走进蛋糕店，男生正在给她的草莓蛋糕装盒。

和昨天一样，神情认真。

两个人不经意对视，男生微微一笑，沛沛觉得自己整个人没了。

好像踩在棉花上，腿都是软的。

更别提小鹿乱撞，心花怒放。

沛沛手机扫码，付了蛋糕的钱。男生把打包好的蛋糕递给她，她接过来，趁他不注意的时候，往他手上塞了两颗蓝白色包装的奶糖。

然后她转头就跑了。

好似做了坏事一般。

沛沛一口气跑到马路对面，拦下一辆出租车，坐上去，感觉脸颊发烫。
话题还是要自己找的，沛沛顺顺呼吸，拿出手机，给男生发消息。
“昨天橘子的回礼。”
因为没戴助听器，司机问了好几声沛沛去哪儿，沛沛都没听到。
还是发觉出租车一直停着没动，她才反应过来。

蛋糕店里，男生看着手机屏幕，再看看手心那两颗大白兔奶糖，微微扯起嘴角。
很可爱的女孩子。
尤其脸红和慌张的模样，像只白绒绒的小兔子。
他还没有想好怎么回复沛沛，或许应该礼貌地回一句“谢谢”。
手机这时候响起来，是他妈妈。
他接起来。
“喂，妈。”
“景深啊，你今天什么时候回来？晚饭回家吃吗？”
林景深想了想，说：“回去大概九点了，你和爸不用等我。”
“哎，行吧。你自己一个人小心点。小易现在怎么样，没事吧？”
“没什么事，腿有一点摔伤，休养一段时间就好。”
妈妈叹气：“那就好，好端端被摩托车撞伤，幸好没大问题。”
林景深同妈妈简单说了几句，就挂断了电话。
他是替蒋易代班的。
蒋易前两天出门，被摩托撞伤，走路有点困难。
这边的兼职很早就定了下来，蒋易心里歉疚，林景深想让他的好兄弟好好养伤，就主动提出帮他代班。
反正寒假里并没什么事，闲着也是闲着。
重新看向那两颗奶糖，林景深忽然觉得，好像代班也是件好事。

沛沛没有等到微信的回复，但是看到了林景深的朋友圈。
一分钟前。
只有一张照片。
是她给他的两颗奶糖。
沛沛兴奋傻了，想给他点赞的小手蠢蠢欲动，最后还是忍住了。
女孩子，不能太过于主动，就算是主动，也是讲究方法的。
后面几天，临近过年，沛沛都在家陪爸爸和哥哥，没有再去蛋糕店。
今年的除夕比往年热闹，家里多了一个人，哥哥有了嫂嫂。
除夕夜的零点，沛沛发了个“新年快乐”的朋友圈。
过了几分钟再去看，除了同学们的点赞和评论，她还看到了“lucky”的评论。
“新年快乐。”

简单四个字。

沛沛捧着手机在床上翻来滚去，笑个不停。

明明什么都没有，甚至都没好好聊过，可是越朦胧，越击中她的少女心。

除夕过后，开学在即。

义工协会有许多义工和受帮助的会员都是学生，大家准备组织一个聚会，在开学前聚一聚。

沛沛偷偷跟义工姐姐打听蒋易会不会去。

义工姐姐也不确定，这个活动不是她安排的，但是通常来说，大家只要有空，都会来。

沛沛瞬时满心期待，数着手指头等聚会的日子。

聚会安排在正月初十，一家餐馆的小包间。

许多在网络上聊过的人，现在都成了真实的人站在面前，大家都很热络亲切。

沛沛是他们当中年纪最小的。

组织活动的哥哥姐姐让大家都入座，人应该是都来齐了。

但沛沛还在偷偷望着门口，期待下一秒门会被推开。

下一秒，门是被推开了，但是来的人不是她想见的，是进来上菜的服务员。

她失落叹气，坐在她身边的义工姐姐悄悄问她："怎么了，在等蒋易？"

沛沛瞬间红了耳朵，可她没否认，眨着眼可怜地问姐姐："他不来吗？"

"来不了。刚刚我打听了一下，他好像出了意外，伤了腿。"

"伤了腿？！严重吗？！"

沛沛紧张起来，眼睛都睁大了。

义工姐姐摇摇头："具体的我就不清楚了，你要想知道，晚上回去后，我帮你问问。"

"谢谢姐姐。"

"不客气。"

这顿饭，这个聚会，沛沛显然心不在焉了。

她反复打开手机，望着聊天界面，打了字又删掉，苦恼着该怎么问候。

最后，她组织好语言，发过去。

同时间，蒋易家。

林景深和他是邻居，就住在他对门。

蒋易刚出院，林景深怕他无聊，来陪他。

蒋易的妈妈端进来洗好的草莓，冲着林景深笑："景深，来，吃点水果。"

"谢谢阿姨。"林景深礼貌道。

蒋易妈妈笑了笑："跟阿姨客气什么。你能来陪小易玩，阿姨还得感谢你呢。你们玩吧，阿姨不打扰你们。"

蒋易妈妈放下草莓，出了房间。

林景深从盘子里拿起一颗红艳新鲜的草莓，递给坐在床上的蒋易，腿上打着石膏，没一个月是拆不了的。

蒋易摆摆手，不是很想吃。

林景深作罢，放下草莓，打手语问他："心情不好？"

"有一点。"蒋易耷拉着脸，告诉林景深，"感觉自己像个废物。"

林景深不动声色地蹙起眉头。

蒋易："我好像是爸妈的累赘，或许我就不该出门，这样也不会被车撞。"

"你在想什么？"

林景深有点生气。

"什么废物什么累赘，你就是你，跟别人没什么区别。"

蒋易望着林景深，眸色沉沉的。

最后他笑一笑，似乎是受到了鼓励。

"谢谢你。"

林景深看着自己从小长大的好朋友这样，心里有种说不出来的滋味。

蒋易是先天的聋哑，小时候林景深的妈妈就叫他不要戴着有色眼镜看蒋易。

林景深不仅没有把蒋易当异样的人，还每天找他玩，跟他一起和老师学手语。

因为蒋易，林景深才知道这个世界上不是所有人都是健全的。

在这个世界的角落，总有那么一群人，相互依偎取暖，努力与这个世界做着抗争。

口袋里的手机振动，林景深拿出来看，澄净的双眸露出抹疑惑。

"你的腿还好吗？"

"我听义工姐姐说你出了意外受伤了，你没事吧？"

林景深不大懂沛沛的意思，仔细看了几遍，缓缓抬头，看向对面蒋易打着石膏的腿。

沛沛一直没等到林景深的回复。

一直到聚会结束，她的心情都很低落。

散场时候，沛沛勉强打起精神跟大家道别，然后先去了趟厕所。

哥哥的电话这时候打过来。

沛沛洗完手，接起电话。

"什么时候回来？"

"现在回去。"

"我去接你。"

“不用了，我打车回去，很快的。”

“现在有点晚，打车不方便，你把地址给我，我现在去接你。”

“才八点多，哪里晚了。我待会儿发车牌号给你。”

沛沛不想哥哥大晚上还出来接自己，快速说完就挂断了电话，抬头，却愣在了那儿。

餐厅的玻璃门前，有个清瘦高挑的身影。

灰蓝色的卫衣，外面是短款的黑色羽绒服，干净又简单的穿着。

他似乎在等人。

沛沛愣了好久。

是不是看错了？

背影和侧脸像的人应该有很多吧？

不是说他腿伤了吗？现在不可能完好地站在这儿啊。

在沛沛半天没回过神的时候，林景深无意地回头，恰好看到傻傻站在餐厅里面的她。

隔着一道玻璃门，他们目光碰上。

几秒后，他冲她扬起嘴角。

林景深是特意过来的。

他问了蒋易义工的事，知道很多协会的会员和义工会特意照顾蛋糕店的生意，所以他猜沛沛可能是协会里的人。

蒋易又告诉他，今晚有聚会。

林景深就这样来了。

他相信沛沛会在这儿。

果然，他见到了她。

两个人在餐厅门口碰上面，寒冷冬夜的风吹过沛沛的衣摆和垂在肩头的长发，她穿的是红色的呢子大衣，耳边别了个蝴蝶结发夹。

很乖巧，很可爱。

能在这儿见到林景深，沛沛很意外，同时也有很多疑问。

她一时不知从何问起，正纠结着，林景深先用手语告诉她：“我不是蒋易，我没有受伤。”

沛沛蒙了，脑子没转过来。

“虽然当中不知道有什么误会，但是我想当面告诉你这个事，顺便，告诉你我的名字。”

“你好，我叫林景深。”

言简意赅，单刀直入。

沛沛从没见过这么直白的男生。

她蒙得半天没有反应。

林景深观察着她的表情，忍不住笑了，问她：“很意外？”

她呆滞地点头。

“你一直以为我是蒋易？”

沛沛再次点头。

林景深眉眼略弯，看着沛沛："那现在你知道我的名字了。"

也不知怎的，沛沛忽然就脸红了。

可能是因为林景深这样一瞬不瞬的注视，她的心脏怦怦乱跳，甚至都害羞得不敢直视他的眼睛，低着头想避开。

"我送你回家吧，很晚了。"

沛沛受宠若惊，反应过来想说不用，可林景深已经跑到路边拦出租车。

一切来得太快，沛沛完全都是呆愣的表情。

被林景深拉着坐进出租车里后，她更愣了。

她听到司机问："去哪儿？"

林景深回答："叔叔麻烦你等一下，我问一问。"

他的声音很好听，是少年特有的清润。

每一个字，都那么有礼貌。

原来他会说话，他是正常人。

可他问沛沛的时候，却又是打的手语。

他问沛沛她家在哪儿。

在这一瞬间，沛沛的嗓子发紧，唇瓣微张，很想说话，却又不敢说。

沛沛尿了，拿出手机打了几个字，递给林景深。

林景深看着手机上的地址，报给司机。

十分钟不到的路程，很近。

车里很安静。

两个人隔着一小段的距离坐在后座，呼吸很远，却又很近。

沛沛的手心都在冒汗，快要被这种紧张吞噬，心脏好似就要蹦出她的身体。

终于，观澜花园到了。

林景深下车，送沛沛进去。

他们一前一后地走着，冬夜树影斑驳，月明星稀。

在快到的时候，沛沛突然停住脚步，回过身，面对林景深。

她的手指攥紧衣摆，说话时候，好似连嗓音都发着颤。

她终于对他说了她的第一句话。

那是第一次见面，她就想对他说的话。

"我叫边沛沛。"

我是边沛沛。

女孩明显紧张，男孩明显错愕。

在冗长的安静过后，林景深忽然笑了。

他向沛沛伸手，重新自我介绍。

"林景深。"

这是他对她说的第一句话。

很多年以后，沛沛都记得这个晚上，记得风的喧嚣，记得冬的寒冷和热烈。

记得眼前少年，清澈又明亮的眼。

……

这算是个误打误撞的开始。

沛沛以为林景深是天生聋哑的蒋易，林景深误会沛沛是听障。

其实，沛沛真的是听障。

但是林景深并不介意。

好多事情，他们都在后面的聊天中慢慢了解。

比如沛沛知道蒋易是林景深的好友加邻居，林景深是帮他代班才会出现在蛋糕店。

比如林景深知道沛沛耳朵里的助听器，那是她与这个世界沟通交流的中介。

再比如，他们发现他们的学校原来离得很近。

她在一中，他在隔了两条马路的二中。

他比她大一岁，在二中读高三。

沛沛因为晚读高中一年，现在还是高一。

高一和高三完全不一样，高一的沛沛完全没有学习的压力，无论哥哥怎么督促，她都没把心思放学习上。

高三的林景深马上要高考，开学之后就没再有那么多时间跟沛沛聊天。

但他还是会在每晚临睡前，抽空跟沛沛聊几句。

沛沛再见到林景深，是在两个月后。

两个学校的放假时间不一样，高三生的周末都被占用，林景深几乎没有放假时间。

难得周六下午早放学，他从学校回家，和腿伤好了的蒋易在小区楼前的篮球场打球。

傍晚夕阳红成火焰，在天边燃烧。

林景深抢篮板，投球，一气呵成。

他撩起T恤下摆擦汗的时候，无意间看见篮球场边站着的女孩。

她穿着灰色针织衫、白色衬衣，浅蓝的格子裙裙摆随风晃荡。头发梳成马尾，没有刘海，五官精致。

她冲他一笑，抵得过这世间一切。

林景深愣住。

蒋易捡起球，跟沛沛打了个招呼，然后很识相地先走了。

沛沛跟他摆手，等他走后，重新看向还在发愣的林景深。

半晌之后，林景深才反应过来。

刚打完球，他的皮肤因为运动有些泛红。

比起冬天，他的头发剪短，只穿了件单薄的短袖T恤，宽松领口，喉结凸起明显。

“你……怎么在这儿？”

沛沛歪头一笑：“你朋友告诉我的。”

她之前加过蒋易的QQ，后来才通过的。

沛沛很诚实地告诉蒋易她加错了人，蒋易明白过来后，主动给沛沛通风报信。

比如今天，就是他告诉沛沛，林景深在这儿打球。

现在就剩沛沛和林景深，平时用手机无话不说的两人，这会儿见了面，却有点别扭。

已经春暖花开，但是傍晚的风还是微微凉。

沛沛看林景深只穿着件薄T恤，就先开口说：“要不你先穿件衣服吧。”

林景深低头看一眼自己，然后笑笑，走去一旁的篮球架下，捡起自己原先脱下的校服外套穿上。

沛沛望着他拉上校服拉链，感慨着二中的校服就是好看。

不对，应该是人好看，所以穿什么都好看。

林景深一回头，就见沛沛在对着自己傻笑。

他略有疑惑，眼里却含着笑意，问：“笑什么？”

沛沛摇头。

林景深又是一笑。

突然的见面，两个人好似都不知要做什么。

已经是傍晚，晚霞红透天边。

沛沛要回家吃饭，来这只是想看一看林景深。

林景深送沛沛去坐公交车，途中经过奶茶店，给她买了杯奶茶。

“我是不是打扰到你了？”等奶茶的时候，沛沛问。

林景深微蹙着眉：“没有啊，怎么会这么想？”

“嗯……就……怕吧。”

沛沛模棱两可，避开林景深的视线，带着红晕的脸颊透出几分少女的娇羞。

林景深注视了她好一会儿，直到服务生递来奶茶。

三分糖，但有十分的甜。

沛沛很喜欢。

他们一路走至公交站台。

“你家离我这有点远，我陪你坐回去。”

“有点晚了，你家人不等你吃晚饭吗？”

林景深笑一笑：“回来再吃。”

沛沛微滞，公交车停下，她被林景深拉着手腕上了车。

周六日的晚高峰，公交车上通常没有多少座位。

但很巧的是，这辆公交车人不多，最后一排有两个空位。

林景深带着沛沛走到最后一排，坐在了“唯二”的空位上。

半开的车窗送来阵阵晚风，交缠着空腔内奶茶的甜，是这个春天最无法拒绝的怦然心动。

沛沛坐在靠窗的位置，一直低头喝奶茶，心如擂鼓。

林景深就在她身边。

他们至今为止，最近的距离。

他的校服裤子，碰着她的裙摆。

“蒋易跟你说我在打球，你就跑来了？”

这是个挺突然的问题，原本在刚见面的时候就该问了。

但是林景深现在才问。

沛沛稍一抬头，就撞进他又黑又亮的眼睛里。

她心跳停顿，呆呆应了声：“嗯……”

好奇怪，为什么碰上他的时候，她好像突然就不会说话了。

林景深眼尾一弯，说：“明天我放假，本来打算问你要不要一起去看电影。”

“……”

沛沛愣滞几秒，忙不迭地就抓住他手臂衣袖：“去去去去去，我去——”

林景深就笑看着她，她马上又反应过来，松开自己的手。

“我不是在说脏话，我是说……”

“那我们就这么说定了。”

“啊？”

沛沛又是没反应过来。

林景深倾身过来，替她关上了车窗，转而看向她，说：“风太大，小心感冒。”

过近的距离，他的气息萦萦绕绕的，一下侵袭她的思绪。

没头没尾的。

像他们的对话。

沛沛回家，得知了一个好消息。

嫂子怀孕了。

顺便还看到了他们刚领不久的结婚证。

哥哥嫂嫂结婚，把沛沛激动得好像是她结婚了一样，拿着两本结婚证翻来覆去地看。

小宝宝有了，婚也结了，是时候要把婚礼提上日程了。

沛沛大晚上不睡觉，上网找了许多婚庆公司，决定一手包办哥哥嫂嫂的婚礼。

结果被她哥非常狠心地关了电脑拔了网线。

“边沛沛，上周小考你不仅没进步，还退步了一名。马上就要期中考，你要是再是倒数，婚礼都不用参加了。”

“哥，这是两码事！”

边寂神色坚定：“一码事。”

“你独裁专政！”

“手机拿过来，没收。”

沛沛一下就尿了，手机要是没收，她还怎么跟林景深联系。

“嫂子——我哥要打我——”

沛沛一溜烟就跑出房间搬救兵。

留下的边寂：?

只要沛沛找舒梨帮忙，边寂就拿她没办法。

能怎么办，天大地大老婆最大，他得听老婆的。

成功护住手机的沛沛转头就跟林景深说了自己刚才的遭遇，万万没想到，这导致第二天她期待万分的电影，直接成了图书馆半日游。

林景深取消了看电影的计划。

他要给沛沛辅导。

沛沛简直要哭，有苦说不出来。

周末的图书馆四楼，坐的大多都是复习看书的学生。

春天暖洋洋的阳光倾泻在木质桌椅上，有股特有的书香气。

林景深坐在沛沛边上的位置，向沛沛伸手：“给我吧。”

“什么……”

“上周小考的卷子。”

“……”

沛沛慢吞吞地从书包里掏出几张叠在一块的卷子，弱弱地放到桌上。

昨晚林景深问她卷子带回来没有，她就该说没有的。

怎么就这么傻地说带回来了。

要是知道他要给她辅导，她打死也不说她因为考得差而被哥哥差点没收手机的事。

沛沛的卷子着实不好看。

满满的红叉，看得林景深不自觉蹙起眉头。

沛沛偷偷观察他表情，心虚得要死。

又觉得丢脸。

面子里子全没了。

“那个……我……”她尝试开口，但是林景深没听到。

而后，林景深拿起笔，瞧她一眼，叹气：“一看就知道你高一第一节课就没好好听。”

沛沛：“……”

林景深：“数学卷第一个选择题，是上学期的内容吧。”

沛沛瞄一眼，好像是的。

“语文考得还可以，英语也行，但是数学、化学真的……你偏科很严重啊。”

“我老师也这么说，说我偏科严重。”沛沛的声音特别小，又有点儿委屈，“可是数学、化学和物理真的太难了，我听不懂。不是我不想学，是我真的听不懂。”

看沛沛这委屈可怜的小表情，林景深的心一下就软了，忍不住拍拍她的头。

“我教你。”

“你教我？”

“嗯，我教你。不过我时间也有限，不能每天像现在这样面对面教你。”

沛沛刚想说没关系，马上又听到林景深说：“回校后，你每天晚自习下课给我发视频，我给你讲课。”

“每天？这样不会影响到你吗？”

毕竟是高三生啊，没几个月就要高考了……

林景深煞有介事地看着沛沛：“要是不想影响我，就好好学习。我要是你哥，也会想没收你的手机拔掉你的网线。”

“……”

天下乌鸦一般黑。

沛沛哼哼唧唧的，林景深觉得可爱，哄她：“要是下次考试有进步，我们再去看电影。”

沛沛一下就来了精神，眼睛都放大了，拉着林景深就问：“真的？！怎样算进步？名次前进多少？！”

“及格，每个科目都及格。”

“……”

沛沛望一眼自己“2”打头的数学卷子，忽然蔫了。

人生如此艰难。

让她数学及格，简直比登天还难。

整个一下午，沛沛都在听林景深给她讲卷子。

她听得云里雾里的，好像听懂了，又好像没听懂。

其实她并不是脑子笨，只是心思太活络，除了学习，她对其他任何事物都感兴趣，脑子也比学习时候转得快。

讲完数理化的卷子，休息时候，沛沛问林景深：“你有想过考什么大学吗？”

她觉得他成绩应该挺好的，那些让她觉得变态难的题目，他却信手拈来几秒就能给出答案。

林景深正在喝水，他敛眸想了想，看向沛沛。

“之前没想过，一直无所谓。但是现在有想法了。”

"现在？"

"嗯。"

沛沛很好奇："现在你准备考什么大学？"

"本地任何一所大学都可以。"

他想留在这儿。

他从来没有什么梦想，人生平静，一步一个脚印。

可是十八岁的年纪，他的心忽然起了涟漪。

……

期中考如约而至。

最近一段时间，沛沛挑灯夜读，每晚看书做题，很迟才睡。

检验成果的时刻终于到了。

期中考成绩出来，沛沛坐在座位上不敢去看。

成绩表就贴在黑板边的墙壁上，前面围满了同学。

同桌跑过去帮沛沛看及没及格，沛沛双手合十望着天花板猛搓，祈祷着自己每门及格。

很快，同桌跑回来了。

"你的名次前进了十名哎！"

沛沛还没来得及高兴，同桌又说："可惜数学差两分及格，其他的都过了及格线。"

霎时，沛沛蔫了，像霜打的茄子，差点就要哭出来。

晚饭时候，大家都去吃饭了，同桌也喊了沛沛几次，但沛沛没心情没胃口，不想去。

她一个人躲在厕所里，摸出手机，组织着语言给林景深发消息。

思来想去，她还是决定实话实说。

"数学没及格，差两分。"

令她意外的是，林景深很快发来了语音。

她犹豫一会儿，才接起来。

语音接通，两人谁都没有先说话，沛沛不知道该说什么好。

反倒是林景深最后先开口："怎么了，不开心？"

"没及格呀，当然不开心。"

沛沛闷着声回答。

"不说才差两分，下回补回来。"

"但是……我答应你的没做到，感觉很对不起你，你要准备高考，还每天花时间给我辅导……"

"傻瓜。"林景深轻声笑着，问她，"现在是休息时间吧？"

"嗯，大家都去食堂吃晚饭了。"

"你没去？"

"我……不饿。"

“你呀。十分钟后去校门口传达室。”

“啊？去校门口干什么？”沛沛眨巴着眼，不懂林景深的意思。

林景深神神秘秘的，不多说，只让她过去就好。

语音结束，沛沛在厕所盯着手表上的秒针，数着时间。

等过了七分半的时候，她转头就往校门口跑。

跑到校门口传达室门前，看一眼手表，刚好十分钟。

沛沛喘着气，走进传达室，看到眼前的人，一下蒙了。

林景深就站在传达室里，因为学校不允许外校的人进来，他只能在这儿等她。

他递给沛沛打包的麦当劳，说：“你跟我说的时候，刚好打包了一份准备带回家。你没吃饭，先送来给你。”

传达室的保安用警惕和奇怪的眼神打量着这两个人。

林景深发觉后，故意对保安说：“叔叔，谢谢你让我进来，我妹妹总不好好吃饭，爸妈可苦恼了。”

沛沛：？

随后林景深拍拍沛沛的头，“回去吧，好好吃饭。”

沛沛抱着麦当劳走出传达室，整个人都还是傻蒙蒙的。

谁——

谁是他妹妹啊！

她噘起嘴，不高兴地回头，恰好看到校门之外的林景深。

隔着自动门，他冲她挥手，笑得灿烂。

沛沛忽然也一下笑了。

她才不当他妹妹呢，想得美。

等以后再算账。

回教室之后，沛沛又躲到厕所里。

她问林景深：“为什么给我买吃的？”

林景深：“怕你因为没考好而饿坏肚子。”

“一顿两顿也不至于饿坏。”

林景深发了六个点：“……”

然后他又发来一句：“我怕你饿坏，行吗？”

沛沛差点尖叫，兴奋到手机都拿不住。

她赶紧捂住嘴，故意问：“你还真把我当你妹妹啊？”

林景深回：“你想多一个哥哥？”

沛沛：“当然不想。”

林景深：“我也不想。”

脑筋一转，沛沛问林景深，问：“下次考试我要是都及格了，能去看电影吗？”

“能。”

沛沛瞬间笑开，捧着手机“啵叽”了好几下，惹得进来上厕所的同学投来奇怪的眼神。

沛沛赶紧整理衣服，收敛情绪，把手机放回口袋里，出去洗了个手，然后回教室吃麦当劳。

汉堡还是热的，比以往自己买的好吃多了。

吃完后，她就拿出书来复习，重新过一遍知识点。

高一的期末考在高考后面。

六月高考，全城肃静。

沛沛不敢在考前打扰林景深，在他考最后一门的时候，偷偷跑到考场外面等。

考场外面满是等待的家长。

也许林景深的爸妈就在里面。

沛沛悄悄躲到一旁，啃着一个冰激凌，翘首期望着。

终于，考试结束的铃声响起，沉静的校园一下变得沸腾。

校门打开，交了卷的考生相继出来。

人群之中，沛沛看到了考完的林景深。

看他轻松的表情，应该考得还可以。

沛沛忽然也松了口气。

想上前喊他的时候，她看到他走向一旁等候的父母。

沛沛又停了脚步。

远远看一眼也满足了。

她拿手机给他们拍了一张照片，然后笑嘻嘻地给林景深发消息。

“恭喜毕业！”

等坐上回家公交车，沛沛才收到林景深的回复。

大概是刚刚才开机吧，所以现在才回她。

“你在哪儿？”

沛沛回：“公交车上。”

“你刚刚也在考场这边？”

“对啊。”

“来做什么？”

“当然是看你。”

“那为什么看到我了，还不叫我？”

“你爸爸妈妈在。”

“他们在不是更好，正好可以介绍你给他们认识，你跑什么？”

看到这句话，沛沛脸一红。

故意忽略前半句，她揪着后半句说：“谁跑了，我才没跑。”

林景深：“既然没跑，那你下车，我去找你。”

沛沛发了一连串问号，林景深就发了语音过来。

她手一抖，差点按了红色的挂断键。

接起来后，沛沛清清嗓子，还没开口，就听到林景深问："边沛沛，看电影了。"

……

沛沛在电影院前那一站下车。

林景深是打车过来的，比她早几分钟到。

"你才考完高考就跑来看电影啊？"沛沛站在他面前，故意说。

晚霞之中，林景深眉眼柔和，他笑起来的时候，总是温温柔柔的。

他说："高考结束，一定要做一件自己一直想做而一直没做的事。"

"我没什么别的想做的事，就想跟你看一场电影。"

沛沛莫名红了耳朵，而后又心虚，声音低几分："可是……我还没期末考。不知道这次能不能及格。"

"边沛沛。"

"嗯？"

"我们不止这一场电影可以看。"

以后，还会有无数场。

初夏的晚风，荡漾着少年少女的情思，那些捕捉到的，捕捉不到的，全都在彼此欲语还休的眼眸里。

他们看的第一部电影，剧情到底讲了什么，沛沛几乎都记不大清。

她光记得电影院的爆米花特别甜。

可乐特别冰。

还有身边这个人……

特别让她开心。

后来，沛沛说林景深没有原则。

他就不该这么早带她来看电影，不该给她这个甜头。

不然她也不至于这次期末考又没及格。

上次是数学差两分，这次是物理差五分。

学习太难了，沛沛真的郁闷了，信心备受打击。

林景深也遭遇了人生第一个滑铁卢。

自己学习的时候没感觉，觉得很容易，为什么教沛沛——

高考过后，林景深每天都有时间。沛沛也放暑假了，他就每天把沛沛带到图书馆，盯着她看书学习。

沛沛痛并快乐着。

可是快乐总是短暂的。

在图书馆，沛沛和林景深碰上了她哥哥和嫂子。

沛沛完全没想到哥哥嫂嫂会这么有闲情逸致来逛图书馆，尤其嫂子还挺着那么大的肚子。

她去卫生间的时候，看到在自动扶梯上的小夫妻，腿都吓软了，赶紧跑回去，胡乱把书本塞到书包里，拽起林景深就要跑。

林景深摸不着头脑，没搞清发生了什么，就已经被沛沛拉着手腕离开座位。

“怎么了？出什么事了？你带我去哪儿？”

沛沛“呼哧呼哧”往前跑，想到前面就是扶梯，马上又掉了个头，拉着林景深跑向楼梯间。

图书馆现代化设计，每层楼都有扶梯上下，最左侧是直达的观光电梯，而角落边的楼梯，平时无人问津。

等跑进了楼梯间，沛沛才累得靠向墙壁，喘着气。

林景深往楼梯间外看，问着：“有人在追我们？”

“没——没有——”

沛沛平复着呼吸，顺带把林景深往自己这边拉了一下：“别往外面看。”

安静的楼梯间，有微弱阳光从小窗那投射进来，尘埃飞舞。

过了好一会儿，沛沛清清嗓子，说：“那个……我刚刚看到我哥我嫂子了。”

“所以你就把我拉到这儿了？”

“本来是想拉着你跑的，可是乘扶梯或者乘电梯都可能碰上他们。”

……

上了四楼的舒梨一直往楼梯间的方向看，眉眼之间露着点疑惑。

边寂扶着她，奇怪地循着她视线看过去：“怎么了？”

“噢，没有。”

舒梨感觉自己刚刚好像看到沛沛了，虽然是一眨眼的事。

但她觉得那个就是沛沛，穿的裙子还是前些天她逛街买的。

九月开学，林景深去江大报到，一个月的军训，整个人晒黑了一圈。

沛沛进入高二，因为林景深的帮助，她终于门门及格，不再是班上的倒数。

时间就是这么一眨眼就过去。

进入大学的林景深经常会在周末去看沛沛，但他们去得最多的地方还是图书馆。

两个人的关系没有疏远，但是也没再进一步。

两年后。

沛沛终于高中毕业。

为了能和林景深在同一个大学，沛沛的高三格外努力，就差不吃不喝了。

放假时候，林景深会带沛沛出去，吃个饭，或者看场电影，但是更多的时间还是陪着沛沛在图书馆复习。

边寂看自己妹妹学习这么努力这么辛苦，对她管得松了许多。

沛沛放假了经常出去一整日他都不多问，他以为她是出去学习了，毕竟每次出去都背着书包。

六月的初夏伴随着高考来临。

沛沛对自己倒是有几分信心，反正她没什么特别大的梦想，能去江大就好。

她要跟林景深在一块。

江大有一本和二本，再不济，就专业调剂吧。

这么一想，面对高考，沛沛没有太紧张。

高考很顺利地结束，沛沛先在家睡了个一天一夜。

整个高三，她都没睡到自然醒，现在终于能好好睡一觉。

等沛沛舒服睡完，醒来打开手机才知道，林景深受伤了。

林景深在学校打球摔伤，伤了脚腕，昨晚上回家了。

虽然他一直说自己没关系，但是沛沛还是担心他。

于是，在下午太阳最猛烈的时候，她打车去了林景深那边。

林景深只是脚腕扭伤，没什么大碍，听到门铃响，还能蹦着一条腿过来开门。

见到沛沛，他没太大意外，反而是预料之内。

“我就知道你会跑过来。”

沛沛望着林景深打着绷带的左脚腕，哼唧一声：“受伤了干吗不告诉我。”

林景深似是无奈：“不就是怕你这样跑来。外面这么热，中暑了怎么办。”

说到这儿，沛沛就觉得热，今年六月的太阳已经非常毒辣，她被晒得小脸红扑扑，T恤短裤薄薄一层，好似已经黏上汗液。

很难受。

林景深看出来了，就让她进门来。

“进来吧，外面太热。”

沛沛却犹豫了一下，停在门口不肯动。

林景深回头一笑：“家里没人，只有我。”

“你爸妈呢？”

“上班。”

这么一说，沛沛就放心了。

林景深家里的布局敞亮温馨，他房间里开着空调，就让沛沛去他房里。

然后他去冰箱拿了两瓶冰可乐，又切了半个西瓜。

沛沛看到，连忙跑过来帮忙拿。

“你行动不便就不用做这些了，我来看看你，马上就走。”

林景深稍稍站稳，笑了笑："这是最基本的待客之道。"

"噢……经常有同学来你家吗？"

沛沛也不知自己怎么会突然问这个，问完她就觉得自己好像问多了，有点儿不好意思。

"挺多的。"

林景深人缘好，跟同学朋友都处得不错，经常会有人来找他玩找他打球。

可他停了停，意有所指地说："但是女生，就只有你来过。"

沛沛低头笑，从林景深手中拿走一瓶可乐，端走装西瓜的盘子，帮他拿进他房间。

其实沛沛也是第一次进男孩子的房间。

林景深像这个年纪所有的男生一样，会上网，会玩游戏，墙上也会贴着篮球明星的海报。

但他房间特别干净，书本在书架上归置着，连空调被都是叠好的。

书桌上放着大学专业选择的资料，沛沛走近了才看清。

林景深好像是在做笔记，旁边的笔记本正罗列着什么。

"这是什么？"

沛沛放下可乐和西瓜，指指摊开的笔记本。

跟在后面进来的林景深看了一眼，然后说："你高考完了，我在给你摘录一些适合你的专业。"

沛沛的心忽然受到触动，说不上来的感觉，像感动，也像旁边这瓶冰镇可乐，咕噜咕噜在她心上冒着泡。

她掩饰自己的心跳，转头拿起可乐拉开拉环。

林景深行动不便地单脚跳到沛沛身后，正说着"什么时候去估分"时，沛沛突然被喷出来的可乐吓了一跳。

可能是刚刚拿进来的时候，她不小心摇晃了，拉环一拉开，可乐就直接喷了出来。

沛沛慌张地拿着可乐，转过来，恰好林景深又在她身后。

可乐一时间全喷到他们两个人身上。

"对不起对不起——"

沛沛没想到林景深也会遭殃，一手拿高可乐罐，一手去擦林景深的裤子。

她很抱歉，也觉得丢脸。

她脑子里什么都没想，帮林景深擦裤子也只是下意识的动作。然而，几秒后，她僵住了。

耳朵和脸霎时就红了起来，她现在手足无措，心跳爆表。

两人的呼吸同时间变得沉重，清晰入耳，一声又一声。

不知僵持多久，沛沛猛地收回手，转身就举起另只手上一直拿着的可乐罐，咕咕往嘴巴里灌可乐。

冰凉甜腻充满口腔，却无法平缓她的心跳。
她不敢看身后的林景深。
林景深也不敢看她。
属于少年的迥然和秘密，就这样见了光。

沛沛高考完就进入了无所事事的假期，但是大学还没放假。
林景深有早课，从宿舍楼出来，抬头就看到买了早餐等他的沛沛。
惊喜又意外，他冲沛沛笑。
身旁一起走的室友纷纷啧叹，大清早就被喂了一顿狗粮。
他们看林景深不用去食堂吃早饭了，就几个人搭着肩一块儿先走，留下林景深和沛沛。
林景深身边的人都知道，他有个特别关心和在意的小学妹。
过去这两年，林景深一直盯着沛沛学习，每次出来都是去图书馆复习。现在沛沛已经高考完，不是高中生，两个人似乎连告白都省略了，彼此拥有着仅属于他们的默契。

初夏早晨的阳光特别好，沛沛和林景深一起走在大学的校园里。
林景深上课时候，她坐在最后一排陪他。
专业课她听不懂，越听越困，很快就趴在桌上睡着了。
林景深一面认真听课，一面看她恬静的睡颜，嘴角一直牵着弧度。
今天沛沛的运气不好，林景深满课，从早上一直到下午，都在上课。
中午时候他带她去校门口的小餐馆吃了顿饭，再在学校里闲逛了一下，下午又继续上课。
不过今天沛沛的运气也算好，林景深的室友今天生日。
下午最后一节课下课后，他们就按原计划一起出学校，去外面过生日。
林景深把沛沛也带上了。
男孩子的生日很简单，吃一顿丰盛的，然后去 KTV 唱歌。
不知道这几个室友是不是故意的，总是找各种理由让林景深喝酒。
林景深不大会喝，他们明明知道，还硬是要跟他玩骰子。
几局下来，林景深都输，连着罚酒。
沛沛在旁边干着急。
明天是周六，他们今晚不回学校都没事，所以他们就可劲地闹。
林景深实在喝不下了，酒劲上来，脑袋发晕。
几个室友让沛沛先带林景深回去。
一米八几的大男孩，虽然瘦，可光是骨骼重量都能压死人。
沛沛非常艰难地扶着林景深走出 KTV 的包厢，一步一趔趄，发愁怎么把人扛回去。
是送回学校，还是送回家？
这么晚了，他爸妈应该都在家吧？

她这么送过去，合适吗？

沛沛正愁着，手臂搭在她肩上的人却忽然停下了，收回手，往后靠过去，靠到了墙壁上。

林景深眼底有微醺，但没那么醉。

他冲沛沛一笑："那几个家伙疯了，故意灌我。"

沛沛这才明白过来："你刚刚装的？"

"不装，怎么能这么早走。"

虽然是装的，但林景深不胜酒力也是真的。

他脑袋还真的有点晕，不过还能自己走。

他去拉沛沛的手，说："我先送你回家。"

"还是我送你回去吧，你喝那么多，现在觉得没事，待会儿就可能酒劲上来不省人事了。"

沛沛嘟囔着。

最后沛沛还是把林景深送回了家。

他家里没人，姑妈那边办喜事，爸妈去了姑妈家帮忙。

林景深是真的有一点醉了，回到家躺在床上，不能动弹了，却还是拉着沛沛不让她走。

沛沛搞到大半夜，等他睡着了才走人。

她并不急着回家，可是她从没夜不归宿过。

哥哥和嫂嫂已经打了几个电话来问了，这么晚了她还没回来，他们难免担心。

第二天早上。

沛沛担心一个人在家的林景深，就起了个大早跑出门。

知道林景深家里没人，所以沛沛就敢肆无忌惮地摁门铃，摁了几次之后，门开了。

刚睡醒的林景深睡眼惺忪，还穿着昨天的衣服，整个人看起来很蒙。

"醒醒。"沛沛伸手去揉林景深的头发，故意弄得乱糟糟。

林景深反应半天，才想起昨晚的事。

"昨晚你送我回来的？"

"对啊，就你喝多了那个样，能自己走回来吗？"

林景深有点不好意思，把沛沛拉进来，关上门，在她耳边笑："有点丢人，没想到真醉了。"

"没关系，我不嫌弃你丢人。"可说完，沛沛还是露出了嫌弃的表情，"你快去洗个澡吧，酒味好重。"

"好。你在客厅先坐一会儿。"

"不坐了，我给你做早饭。"

林景深这才看到沛沛手上拎着的购物袋，忙帮她拎过来。

林景深去洗澡了，沛沛在他家厨房，做她最拿手的三明治。

三明治很快做好，她又切了半个西瓜。

等准备完毕，林景深洗完了澡，换了干净的T恤短裤出来。

空气里满是沐浴露的香气，沛沛被这味道乱了心神。

尤其是看到林景深额前湿黑的刘海，看水珠从他脸侧滑过下颌，她的心思忽然就飘远了。

他们坐着一块吃早餐，林景深夸沛沛的三明治好吃，可沛沛明显心不在焉。

他不禁奇怪。

“怎么了？”

沛沛猝然回神，亮晶晶的眼眸盯着林景深的脸，故作认真地说：“你知道你的酒品很差吗？”

这一句话，把林景深吓到了，整个人僵住，问：“我——我对你做什么了吗？”

“也没什么，就……拉着我不让我走。”

“……”

林景深倒吸一口气，然后脸红了起来。

“对——对不起——”

沛沛无奈道：“你跟我说什么对不起啊……”

她又忽地露出笑来，用叉子叉起一小块切好的西瓜，送到林景深嘴边。

林景深还有点蒙，下意识地张开嘴巴。

“西瓜甜吗？”沛沛问。

林景深点头。

沛沛又问：“我也挺甜的，要尝一下吗？”

林景深完完全全地僵住了……

令人心悸和难忘的夏天过去，九月开学，沛沛到江大报到。

在宿舍楼下，边寂和林景深见了面。

沛沛笑呵呵地拉着林景深的手跟边寂介绍这是自己男朋友，边寂半天没反应过来。

等反应过来，沛沛已经冲他挥手，不用他送自己上楼。

“哥哥再见，快回家陪嫂子吧。”

林景深接过沛沛的行李，礼貌又乖巧地喊他：“哥哥再见。”

边寂：“……”

他妹妹什么时候谈的恋爱？

这家伙是从哪儿冒出来的？

“你们交往多久了？”

沛沛转头跟林景深对视一眼，然后甜甜笑开：“不久，就是认识久了点，也就两三年吧。”

从高一的那个冬天开始，到现在，不长也不短。

两三年——

边寂估摸一下时间，眉头蹙起来："边沛沛，你竟然瞒着我——"

"我高考完才谈恋爱的！"

沛沛俏皮哼一声，然后转头拉着林景深往宿舍楼里跑去。

被留下的边寂一时竟无话可说。

九月的阳光充沛，宿舍楼前的新生和家长来来往往。

边寂看着沛沛和林景深身影消失，不知怎的，心忽然定了几分。

能像普通人一样学习，读大学，谈恋爱……

挺好的。

他的妹妹，总算没有因为耳聋而一直活在世界的角落里。

能这样走在阳光下，真好。

番外三

周洛南

周洛南是私生子，他的妈妈是他爸爸的情人，正大光明的那种。

可惜因为他妈不太光彩的过去，他爸爸的原配去世了，他妈都没能扶上位，做不了周太太。

不过这也没什么关系，他们母子俩除了没名没分，周家老头没亏待过他们。

周洛南就是在这样的环境中长大的，舒梨最想要的是家人的陪伴，在他看来，通通都是狗屁。

靠别人能靠得住吗，不如靠自己。

认识舒梨，只是个意外。

那会儿周洛南心想，怎么会有这样的女孩，一颦一笑，那么难琢磨。

她高傲又孤独，被同学们孤立仍潇洒自在，不把任何人放在眼里。

可是真的跟她认识了，周洛南就觉得这真是个令人心疼的女孩。

她所有的刺，不过是保护自己的武器。

其实他们是同类人。

他是私生子，她大概率是私生女，他们是一个世界的，他们那么相似。

而这样相似，却无法在一起。

周洛南在法国陪了舒梨五年，最后只得到好朋友这样的身份。

很多时候周洛南在想，如果回国那时候，他没有因为自己的私心想乘虚而入，或许边寂就没有机会。

或许他能慢慢感化舒梨。

或许最后和舒梨在一起的人，是他。

可惜了，这世上就是没有如果，也没有后悔药。

失去的东西，就是失去了。

周洛南爱了舒梨很多年，陪了她五年，当初也是一腔孤勇不求回报，到如今，倒也真的不需要什么回报了。

只要舒梨过得好。

只要她过得好，他就能释怀。

周家需要联姻，生意上的事情周洛南从来不参与，但是这次却将他拉到了明面上。

他成了他爸原配的小儿子。

他妈对此没有任何意见，外界认为谁是他的亲妈不要紧，重要的是他能正式入周家的族谱。

也许等他家老头百年之后，还能分到不菲的遗产。

周洛南觉得挺搞笑的。

他推不开这样的联姻，决定逃婚。

其实从很早开始，他就已经厌倦了这样的生活，活在周家的金钱补给之中，当他们不能见光的私生子。

现在舒梨已经有人照顾，他不用再担心，可以走他自己的路。

他走得很远。

他想这么远了，总不会被家里的老头和大哥找到吧。

万万没想到，他没被家里人找到，但意外碰见了江薏。

他的未婚妻。

江薏一见到他，就恨得牙痒痒，抄起扫帚就朝他冲过来。

周洛南猝不及防，被扫帚打了好几下。

他穿的是黑色工字背心，手臂硬朗结实的肌肉立即出现几条扫帚扫过的红痕。

躲无可躲之后，周洛南从江薏手中抢过扫帚，还没说什么，江薏就哭了。

那叫一个梨花带雨，撕心裂肺。

直接把周洛南搞蒙。

“喂，你……”

“你闭嘴！”江薏又气又恨地瞪周洛南一眼，转而又闭上眼睛哭。

“都是因为你，现在我成了江市的笑话，每个人都在我背后笑我。我有那么差吗，你不想结婚就直接说啊，为什么还要逃婚——”

江薏真的憋了太久。

她一个从小被捧在手心长大的小公主，在江市名媛圈也算是有名有姓吧，一夜之间成了所有人的谈资。

明里暗里的，都在笑话她。

周洛南拿她没办法，她这么哭，他只能干看着。最后他看不下去了，给她找来张纸巾。

江薏哭花了妆，吸吸鼻子，看递到面前的纸巾，犹豫了。

周洛南的手有点脏，可能是修车的缘故，没洗干净。

瞧见江薏略带犹豫嫌弃的表情，周洛南无语，换上一包抽纸巾。

“这个干净，你尽管用。”

江薏接过纸巾，瞪着周洛南：“你凶什么？”

"我哪儿凶了？"

"哪里都凶。"

"……大小姐，刚刚不由分说就打人的是你吧，你才凶。"

江薏气鼓鼓的："我哪里是不由分说，你自己做了什么你不知道吗！"

周洛南略微理亏，走到一旁拉过张塑料凳，往上一坐，从口袋摸出烟。

他熟练又利落地点燃烟，透过白色烟雾，瞧着拿纸巾擦脸的江薏，眼眸微沉。

"你一个人出来的？"

江薏哼一声："你管我。"

"我才不想管你，就是好心提醒你一句，这一路不安全，你一个女孩子，小心被骗。"

"就算我被坏人骗，那个坏人肯定也没你坏。"

周洛南蹙起眉头："你怎么说话夹枪带棒的，好心提醒你还被你说是坏人。"

"难道你不是吗！你现在被我逮到了，等着被抓回去吧。"

江薏往垃圾桶丢下擦脸的纸巾，作势要拿手机打电话。

周洛南眼疾手快，冲上去抢走她手机。

"你想干什么？！"

"当然是跟我爸说找到你了——"

江薏要抢回来手机，但周洛南身形高大，她根本敌不过他。

"你就这么想跟我结婚？"

江薏一顿，抬头，看到的是周洛南似笑非笑、故作捉弄的眼神。

她不知怎的就红了脸，话都有点儿说不利索了："做——做梦，谁想跟你结婚！"

"那你还告诉你爸你找到我？既然不想跟我结婚，那你就要当作没见过我。"

"……"

好像是有那么点道理。

江薏突然就被周洛南给说服了。

周洛南嘴角轻勾，继续说："再告诉你件事吧，我不是我们家的小儿子，我就是个私生子。你一个江家大小姐，总不会自降身价跟我这样的人在一块吧？"

私生子？

江薏的眼睛蓦地睁大，她完全不知道。

周洛南瞧她表情就知道她被他爸的谎言给骗了。

"咱们门不当户不对，我逃婚，对你也是件好事。你回去提出解除婚约，我家老头肯定没话说。所以啊，你现在就收拾收拾，回去办正事。"

江薏听着听着，差点就要点头了。

忽地，她反应过来，真是差一点被洗脑。

“我为什么现在就回去！我是出来旅行的，你少管我的事！”

周洛南往边上站，咬着烟轻笑，转而拿下烟抖下烟灰，说：“修车是吧，等着。”

说完，他就去给江薏修车了。

江薏心口攒着火气，闷闷地发不出来。

现在暂时只能屈于现实，走到边上坐，等着周洛南给自己修车。

一直到天色渐暗。

车是江薏租来的，除了爆胎，还有些其他的问题。

周洛南怕她一个女孩子开车不安全，特意给她全部检查一遍，大大小小问题的都给解决了。

天已经晚了，最近的旅馆离这都有几公里。

周洛南提出自己送江薏过去，江薏捂着自己干扁的肚子神色不自然地问：“旅馆有吃的吗？”

她饿了。

周洛南明白过来，笑一声：“肚子饿了？旅馆没有吃的，但我这儿有，要吃吗？”

江薏红了耳朵，别扭地说：“我会付你钱。”

“不用，就凭我们的关系，我请你。”

周洛南这段时间就住在这儿，地方偏僻，但是设施很全。

修车行后面有个小厨房，他平时自己做饭，随意吃点。

江薏在这儿，他特意多炒了两个菜。

但也不是什么大餐，就很随意的一顿晚餐。

江薏是饿坏了，她早上开车出来，路上就没吃什么东西。

现在眼前是香喷喷的米饭，她哪还顾得上跟周洛南客气，先吃再说。

周洛南慢悠悠拉开啤酒的易拉罐，懒懒靠着椅背看她。

不愧是娇生惯养的大小姐，这么饿了，吃起饭来还这么有形象，没有狼吞虎咽。

碗里的米饭很快就空了，江薏饱了，但是有点渴。

她盯上了周洛南的啤酒。

周洛南给她递了一瓶，顺手帮她拉开拉环。

啤酒下肚，这下是舒服了。

江薏满足了。

“哎，没想到你还挺会做饭。”

周洛南勾着笑：“我会得可多了，这还只是冰山一角。”

“嘁！”江薏撇嘴。

过了会儿，她说：“你前女友跟边寂在一起了。”

提起舒梨，周洛南神色正经几分，但眸里还是带着笑意：“再跟你纠正一遍，她不是我女朋友。”

江薏眨巴眨巴眼，没说什么。

周洛南问："看你这表情，怎么，难过？你就这么喜欢边寂啊？"

"你管我。"

江薏心里头烦，抿抿嘴巴，说："以前喜欢，现在不喜欢了。"

"噢？"

江薏喝一口啤酒："他不喜欢我，我再努力都没用。而且现在他都有女朋友了，我才不想做那种背后搞小动作的人。"

当初她还傻到去找舒梨，被气到七窍生烟。

现在想想，是真的又蠢又傻。

周洛南没说什么，倒是江薏问："你跟你前女友到底什么关系？"

"说了，她不是前女友。"

"不要紧，你就说你们是什么关系。你暗恋她？"

周洛南半沉着眸，说："跟你一样。"

江薏停顿几秒，转而嘲笑他："原来你也是爱而不得啊，你还是男人吗？"

周洛南皱起眉头："我们处境一样，你笑我，就等于是在笑你自己。"

"……"

江薏闭嘴了。

他们还真是有缘。

这个缘分真是难以想象的可笑。

都是爱而不得，结果还偏偏有了婚约要联姻。

两个人相互坐着，喝着啤酒，心里都在想着事。

曾经的执念，已经一点一点地释怀消散，未来怎么样，谁都不知道。

"哎，你缺钱吗？"江薏突然问。

周洛南看向她，她笑一笑："我雇你开车吧，我想自驾游，但是车技不大好。"

周洛南："……"

江薏："多少钱我都能给，反正我路上无聊，缺个人说话。车坏了你能修，肚子饿了你还能做饭。"

周洛南："……我对旅行没兴趣。"

"那我就马上告诉我爸你在这儿，大不了就是回去跟你结婚，我怕什么。"

"？"周洛南搞不懂这个大小姐的脑回路了，"你还真想抓我回去结婚？"

"我无所谓啊，反正都要嫁人。你长得不错，嫁了也不亏。"

"……"

周洛南无语了。

"我很凶的，会打人的。"

"那我们就看看谁打得过谁。"

"……"

周洛南败了。

很多年很多年以后，当孩子们问他们当初是谁追的谁，他们相视一笑。

也没有谁追的谁。

长达半年的自驾游，走遍了大半个中国，每天朝夕相处，感情是这样一点一点积攒起来的。

舒梨曾经说过，周洛南应该找一个喜欢他、适合他的女孩。

周洛南也没想到，那个人会是让他逃婚的江薏。

原来一切命中注定，命运很早就已经安排好。

曾经爱过别人，那一段感情终究会成为生命中的一段纪念。

最后还是会重新爱上另一个人，跟那个人携手一生。

吵吵闹闹，走完一生。

番外四

旧梦

二十年，仿佛没有那么长。

身后的铁拉门重重关上，阴暗被隔离，眼前是盛夏灿烂的光。

舒连漪往前看过去，她的女儿站在光里，在迎接她。

人生恍然如梦。

一眨眼，便是半辈子。

舒连漪比江竟廷小了将近十岁。

江家的两兄弟总喊她“小漪”，白家的姐姐也喊她“小漪”。

他们把她当妹妹。

可舒连漪不想当妹妹，尤其是江竟廷的妹妹。

她喜欢他，说不清从什么时候开始，可能是从记事开始，她就喜欢他。

舒连漪把这个秘密藏了很久，直到长辈们给江竟廷寻觅合适的结婚对象。

长辈没有考虑舒连漪，因为她还太小。

最合适的人是白家的槿苏姐姐，她的年龄与江竟廷合适，长辈们最看好她。

但是这个结婚的提议，在一开始就被白槿苏否决了。

白槿苏有交往的对象。

婚事还没提起就作罢，白家长辈心里多多少少有些不快。

白槿苏和男友的交往面临许多阻碍。

白槿苏准备跟男友离开，换句话说，是私奔。

这件事只有舒连漪知道，那晚她是凑巧碰到他们的。

舒连漪怎么都想不到，一向聪慧稳重识大体的姐姐，会做出这样离经叛道的事。

白槿苏摸摸舒连漪的头，笑着说：“小漪，姐姐去过自己的生活了，以后可能都见不到你，你要好好长大，知道吗？”

如果舒连漪知道后来白槿苏遇上的事，她可能就会拉着她的手不让她跟那个男人走。

爱情是什么，是甘愿放弃一切和他共生死吗？

还是小孩子的舒连漪不懂。

她目送白槿苏和那个男人离去，第二天白家找人找疯了的时候，她都咬紧秘密，不说白槿苏跟谁走了。

可惜即便她不说，大家也猜得到。

有名望的大家族出了这样的事，长辈们气坏了，对白槿苏的去向闭口不提，对外只道出了国，背地里仍在找人。

江竟廷开始接手家业，舒连漪只在偶尔的场合碰见他。

她感觉他好像不开心。

她以为他在难过白槿苏的离去。

时间一年又一年地过去。

再有白槿苏的消息，是警方那边的消息。

原来白槿苏和那个男人私奔后，因为缺钱，男人将她骗到小乡村，卖给了一个鳏夫。

可能是四千块，可能是五千块，反正就这样，白槿苏被卖了。

幸运的是，同时白槿苏又被村里另一个男人救了，并报了警。

白家的人去接她回家，最后空手而回。

白槿苏不愿回来。

也许是觉得没脸，也许还有别的原因，反正她不愿走。

舒连漪和江竟廷去了一趟。

那是个盛夏，村子里有棵大榕树，知了在枝叶之间不停地叫唤。

舒连漪坐在榕树底下，烈日里的阴凉覆盖着她的身体，她静静望着前方的小平房。

江竟廷和白槿苏在里面谈话。

她不知道他们在谈什么，不知道江竟廷能否劝回白槿苏。

可她希望能，她不舍得白槿苏在这样的地方受苦。

可惜最后江竟廷还是白来一趟，白槿苏仍然不愿走。

舒连漪看着江竟廷沉着脸色出来，就知道了结果。

她小跑几步追上，在他坐到车里后，她又回头跑去找白槿苏。

她想问为什么，为什么白槿苏不愿走。

白槿苏却笑着告诉她，她有留下的理由。

她想为一个人留下。

舒连漪见到了那个人，一副老实木讷的模样。

她不懂。

她不懂，难道江竟廷比不上他吗？

舒连漪心里带着怨，一直怨了很多年。

后面，听说白槿苏和那个男人结婚了。

听说那个男人就是将她救出来的人。

听说他们生了个儿子。

听说他们过得很幸福。

舒连漪能听到这些，她想，江竟廷肯定也会知道。

她替他感到难过。

这几年，江竟廷没有结婚，也没有交往的对象，舒连漪猜想，他还没放下白槿苏。

舒连漪十八岁那年，江家在海外开拓市场，江竟廷大概会长时间留在国外。

也许是过于难过，在一场晚宴上，舒连漪喝多了。

江竟廷送她回家，她抱着他哭。

两个人都喝了酒，轻轻一个颤抖的吻，就能引起涟漪无数。

在舒连漪鼓起勇气亲吻江竟廷之后，后面的事陷入不可控的状态。

舒连漪后悔吗？

当下是不后悔的。

甚至在几十年后，她也不后悔。

可能她只是感到心痛。

江竟廷说会给她一个交代，然后匆匆去赶了飞机。

而她为了这一个交代，等了那么多年。

她对他的爱，一点一点地，变成了恨。

她的倔，让她不允许自己流露一丝软弱。

没人知道她怀的是谁的孩子，没人知道是什么时候的事。

她对此只字不提。

甚至于，她都不愿让外界知道这个孩子的存在。

因为她听说江竟廷在国外结婚了。

她觉得自己仿佛是一个笑话。

生下舒梨的时候，舒连漪才十八岁，根本不懂如何当一个母亲。

她都还只是一个孩子。

后来父亲去世，被迫接手家业，舒连漪更没有时间去学习怎么当母亲。

再后来，舒梨逐渐长大，她们母女总是三两句就吵起来。

舒梨不懂舒连漪，舒连漪也不跟她解释太多。

在江竟廷之后，舒连漪有过其他男人，但都只是昙花一现。

她早就学会不放感情在男人身上，所有男人都不能信。

几年之后，舒连漪听说了白槿苏病逝的消息，也知道了白槿苏留下的两个孩子。

舒连漪在舒氏集团已经千疮百孔的情况下，还给清大资助奖学金。

她想用这种方法帮一帮白槿苏的儿子。

再后来，她让白槿苏的儿子去教自己女儿英语。
舒连漪当时并没想到，自己这一个决定，就决定了女儿的一生。
如今，白槿苏的儿子，是她的女婿。
……

舒梨和边寂接到舒连漪，给了舒连漪一封从国外寄来的信。
信是两年前寄来的。
江竟廷在两年前已经因病离世，骨灰留在国外，没有回来。
舒连漪将信打开，一别几十年熟悉的字体，忽然叫她湿了眼眶。
在信里，江竟廷还是叫她“小漪”。
仿若儿时，他穿着衬衣校服，牵着她的手，喊她“小漪”。
看了信，舒连漪才知道，原来当年江竟廷并没有爱过白槿苏。
他对白槿苏只是兄妹之情，他没爱过任何人。
他的心只在他们荒唐一夜之后才有了动摇。
可惜，那年他刚出国就出了车祸，从此半身不遂。
他不愿拖累她，宁愿不回国，不让国内的人知道他受伤的消息。
就连在国外结婚，也是故意放出去的假消息。
他不知道她怀孕。
她也不知他出意外。
两人就此错过。
一错过，便是一生。
这真的，是他们的一生。

舒梨坐在副驾驶座，望着后视镜里无声流泪的母亲，眼眶也微微泛泪。
她不知道信里写了什么。
当初收到的时候，江竟廷那边的人就告诉舒梨，等舒连漪出狱了再拿给她。
上一辈之间，到底是怎样的过往，只有上一辈的人知道。
舒连漪还恨江竟廷吗？大概也只有舒连漪自己知道。
如今她已经是白发苍苍，唯一庆幸的，也许是在他们彼此的记忆中，他们仍是年轻的模样。
她想，她会永远记得，曾经少年模样的人，也曾牵着她的手，陪她长大。
这仿若一个旧梦，朦朦胧胧，却又清晰无比。
“舒梨，我们把他的骨灰……接回来吧。”
“……好。”

番外五 边寂

落魄时遇到心爱的人，大抵是一场灾难。

舒梨对于边寂，便是如此。

那年盛夏的最后一个烈阳，边寂藏在郁郁葱葱的灌木丛后，看着舒梨坐上离开这座城市的车，独身一人，没有人送。

穿着白裙子的女孩，她的笑她的脸，都消失在那日的烈阳里，随着远去的汽车尾气，离开了他的世界。

从来不因自身条件而感到自卑的边寂，唯独在那天，有那么一瞬间在想，如果他不是这样糟糕的处境会怎么样。

他若是不落魄，或许他就不会这般躲着，像个偷窥者一样偷窥着她的一切。

抑或许，他还会有勇气走上前，跟她说一声再见。

可是上帝早在一开始就安排好了一切，每个人都有自己的人生轨迹。

舒梨只是边寂人生中的一个意外，是他不容许有一丝差错的人生中的意外。

他赌不起，要不起。

边寂目送舒梨离去，心脏仿若被生生剜去一块。

他知道自己舍弃了什么，在那么短暂的几天时光里，陷进去的那个人其实是他。

所以如今，心痛的那个人，也是他。

也是在那天，边寂才知舒梨平时抽惯了的烟叫作 Marlboro，薄荷珠被唇齿捻爆的时候，浓烈薄荷味会直冲脑门。

眼睛会发酸，鼻子会发酸，心脏也会发酸。

这是边寂第一次抽烟，这熟悉又陌生的薄荷味，让他仿若又感受到了舒梨的存在。

他知道，自己只能用这样的方式去感受她的气息，也知道自己这辈子，可能只能在梦中再见她。

没有多久，大四开学。

这是很忙碌的一学期，边寂到处投简历，最后进了一家投行实习。

他在校的简历很漂亮，进入投行后因个人工作能力强，很快就在同期的实习生中崭露头角。

但是这还不够，他还需要做更多。

边寂牺牲了许多休息时间，几乎每天加班，半夜搭最后一班车回家。

其实那也不算是他的家，那只是他在这个城市落脚的地方，是不得已的寄人篱下。

他迫切地想离开那儿，想带着自己的妹妹和父亲过上好的生活，所以他连吃饭的时间都省出来，用来工作。

好像生活一旦忙碌，人就不会去想一些其他的东西。

边寂并没有多少时间去刻意想起舒梨，只是会偶尔的，真的就只是很偶尔的，在某些属于他自己的安静时刻，譬如深夜万籁俱寂之时，想起她，梦到她。

他想，她在国外一定过得很开心吧。

他想，她一定已经忘了他这个人了吧。

他想……她会不会也有那么一瞬间，想起他呢？

他猜，她不会。

最后那次见面，他大抵是伤透了她的心。

他也不知道，自己所谓的“偶尔想起”，其实是一直放在心上。

从表婶这边搬离，是在投行正式转正的那天。

签完劳务合同后，边寂就请了半天假，回去带沛沛搬家。

他拿到第一个月的实习工资时，给沛沛买了一副助听器，这段时间一直省吃俭用，省出一笔租房的钱。

现在的他有了正式工作，就代表着，他晦暗的人生终于开始有光。

他也有能力，带妹妹离开这里，结束寄人篱下的日子。

表婶坐在小面馆门口的板凳上，嗑着瓜子吐着瓜子皮，嘴上冷嘲热讽，说边寂两兄妹白眼狼。

边寂没有回应，牵着沛沛的手，去小阁楼收拾东西。

水泥楼梯依然布满灰尘，角落的蜘蛛网许久无人清理。穿着一身笔挺工作西服的边寂，站在这逼仄的阁楼里，仿佛已经与这格格不入。

他们的行李并不多，简短的十多分钟就已经收拾完。

可是边寂在收拾床底衣服的时候，对着一个积了灰的纸盒出神，仿若不敢触碰。

很多与这有关的回忆纷至沓来，像是那个夏天的热潮，席卷身心。

与这段回忆有关的那个人，曾经也来过这儿。

边寂定了许久，目光滞愣，直到沛沛发觉他的不对劲。

当沛沛想伸手帮他拿出纸箱的时候，他抓住了她半空中的手，转而冲她轻轻摇了摇头。
沛沛明白哥哥的意思，不再动。细心的她，也没有多问。
她先将一些东西拎下楼，留给哥哥独处的空间。
沛沛其实心里是知道的，哥哥有秘密，她曾亲眼见过深夜时候，他的眼泪。
或许，哥哥的秘密跟这个纸箱有关。

在沛沛走后，边寂的脑海中浮现过许多画面，他似是失去力气一般，颓然抬头，望着头顶那一块四方天窗。
灼目的日光毫不吝啬地投掷而来，映衬着他逐渐成熟的脸。
在这样的日光里，边寂想着舒梨。
想着她当初的一切，所有的细枝末节都清清楚楚，不愿忘记。
她的娇纵，她的捉摸不透，她满身的刺，和隐藏在刺深处的善良，还有那一天，她在这儿给他的一巴掌，都是他珍贵的回忆。
现在他要离开这儿了。
他似乎在逐渐让自己变得更好，似乎逐渐有能力去拥有一些什么，可是她……
早已经消失在他的人生中。

边寂最后还是没有勇气打开那个纸盒。
他只是轻轻用手掌擦去上面的灰尘，然后小心妥帖地将它收好。
纸盒里装着的是舒梨唯一留给他的东西，是那时他不愿接受的衣服。
如今只有这些东西才能代表舒梨真的存在过，那个夏天所发生的一切并不是他的臆想。
小阁楼的门被关上的瞬间，关于前面二十多年的窘迫、凄苦，隐忍和晦涩，似乎都有了结局。
现在，他们要离开这儿，要开始新的生活。

人在落魄时候遇上心爱的人，真的是一场灾难吗？
或许一开始是的。
与舒梨分离的这短暂又漫长的五年，对于边寂来说真的像一场难以言喻的灾难，他总是不经意地因她而失神，一次次颓败于控制不住的想念，更溃败于一日更甚一日的僭越揣测。
她应该在国外过得很好，应该有了新的朋友，或者是新的交往对象。
而他，只能在夜以继日的苦涩孤独中，承担当日所作取舍的后果。
幸好，上天还是眷顾他的。
在五年后，边寂重新遇上舒梨的时候，他想，他的灾难应该是结束了。